SUSANNE STAUN

THRILLER

TROPEN

TOTEN ZIMMER

Aus dem Dänischen von
Günther Frauenlob

Tropen
www.tropen.de
Die Originalausgabe erschien 2010 unter dem Titel »Døderummet«
im Verlag Gylendal, Dänemark
Published by arrangement with Nordin Agency, Sweden

Printed in Germany
Schutzumschlag: Herburg Weiland, München
Gesetzt aus Janson Text von r&p digitale medien, Echterdingen
Gedruckt und gebunden von cpi books, Leck
ISBN 978-3-608-50213-8

Es hatte etwas Unwirkliches, so lange auf den Tod zu starren, irgendwie fühlte sich das verboten an, wie wenn man harten Sex beobachtete – aber der Tod – sollte ich lernen – war noch viel schmutziger.

Mikal Gilmore, Shot in the Heart

FREIBURG, OKTOBER 2009

Als ich das Bewusstsein verlor, wurde alles schwarz.

Beim Aufwachen war dann alles weiß. Wände, Decke, Nachttisch, Bettzeug: weiß wie Kreide. Nur der dünne Schlauch, der aus der Kanüle in meiner Hand schräg nach rechts oben zu dem Gestell führte, an dem die dunkelrote Blutkonserve hing, aus der ich tröpfchenweise versorgt wurde, glänzte gelblich fahl.

Von der anderen Seite der Tür drangen leise Geräusche zu mir herein. Hektische Betriebsamkeit, fremde Laute aus einer anderen Welt: leichte, schnelle Schritte, gedämpfte Stimmen, weit entfernt; Türen, die sanft geöffnet oder geschlossen wurden. Dann auf einmal etwas Metallisches, das schnell und schwer an meiner Tür vorbeischepperte, gefolgt von etwas lauteren, schnellen Schritten. Dann versank die Welt dort draußen wieder in Watte, alles wirkte weit weg und gedämpft.

Ich lag da wie betäubt, auf einer vollkommen flachen Matratze und spürte meinen Körper, schmerzlos, ohne Gefühle, bloß wie etwas Schweres, Weiches.

Zuerst wusste ich nicht, wo ich war, doch dann rollten die Bilder heran, langsam und leise, eines nach dem anderen, bis ich zum Schluss alle zu einer Sequenz zusammensetzen konnte, die Sinn ergab. Ich vermutete, dass die Polizei irgendwann kommen würde, um mit mir zu sprechen, und ich wusste, dass ich mir bis dahin Gedanken machen musste, was ich ihnen sagen sollte. Aber jetzt konnte ich das nicht. Stattdessen starrte ich die weiße Wand an und dachte über meine Entscheidungen nach, die mich an diesen Punkt geführt hatten.

Auf der einen Seite waren die guten Entscheidungen, die mir das Überleben gesichert hatten. Dass ich mich im letzten Moment doch noch dazu entschlossen hatte, nicht zu sterben. Dass ich immer darauf bestanden hatte, die Leichen selbst zu öffnen. Ich hatte dadurch Kraft in Händen und Armen, so dass mir das Skalpell willig und vertraut gehorchte.

Auf der anderen Seite gab es Entscheidungen, die ich bereute: allem voran, dass ich die Stelle am Rechtsmedizinischen Institut in Odense angenommen hatte. Außerdem konnte ich einfach nicht begreifen, warum Nkem die Warnung, die ich voriges Jahr an jenem Maitag im Zoo erhalten hatte, nicht verstanden, sondern nur darüber gelacht hatte. Gelacht. Natürlich, sie war Christin und hoch gebildet, aber trotzdem war sie eine rabenschwarze Frau, deren Mutter Pülverchen benutzt und Geister gesehen hat und die inmitten eines vom Aberglauben geleiteten Volkes aufgewachsen war. Ebenso wie Mangelernährung, die sich über Generationen hinweg in die menschlichen Züge gräbt und Hungerformen entwickelt, glaubte ich daran, dass auch der über Generationen kultivierte Aberglaube physisch aufgenommen wurde und von keiner weltlichen Lehre jemals ausradiert werden konnte. Nkem aber lachte nur, als das Brotmesser durch meine Hand schnitt und das Blut ins Gras tropfte; sie lachte und sagte, das hätte ich absichtlich getan, damit sie bliebe.

KOPENHAGEN, 2008

1

Nkem hatte selbstgezogene Gurken und Tomaten mitgebracht, und ich hatte Brot und Brotmesser in meiner Tasche. Wir hatten uns auf einer kleinen Anhöhe niedergelassen und blickten über die weite hügelige Landschaft mit ihren vereinzelten Bäumen. Das alles war an einem Samstag im Mai gewesen, vor etwas über einem Jahr. Wir waren im Zoo, es war warm, und die Luft summte vor winzigen, kaum sichtbaren Fliegen, die den ganzen Körper jucken ließen. Nkem hatte die Stelle als Chemikerin in der Rechtsmedizin von Odense bekommen und wollte bereits am nächsten Tag umziehen, damit sie am Montag ausgeruht mit der Arbeit beginnen konnte. Es war unser Abschiedspicknick, und das Ganze fühlte sich so fürchterlich falsch an.

Keine von uns hatte gefrühstückt, und Nkem hatte solchen Hunger, dass sie, kaum dass wir auf der Decke saßen, auch schon den warmgeräucherten Lachs aus ihrer Tasche holte. Dann legte sie den Kopf zur Seite: eine ungeduldige, kaum sichtbare Bewegung, begleitet von einem fast tonlosen, aber dennoch kommandierenden Tsk-Laut. Gehorsam schob ich meine Hand in die Tasche, um das Brot zu holen, griff aber in die Klinge des Brotmessers, das ich gerade erst beim Schuhmacher hatte schleifen lassen. Der Stahl fuhr durch die Schwimmhaut zwischen Zeigefinger und Daumen und drückte sich bis auf den Knochen, so dass die Hand, als ich sie wieder aus der Tasche zog, rot und nass war. Für mich war das ein weiterer Beweis für meine Ungeschicklichkeit, und so saß ich nur wie gelähmt da und starrte benommen auf meine Finger, von denen das Blut großzügig ins Gras tropfte. Nkem hingegen fischte sofort ein Taschentuch heraus, nahm meine Hand und presste eine dicke Lage auf die fast zwei Zentimeter tiefe Wunde. Natürlich drang das Blut trotzdem in Windeseile durch die vier Päckchen Taschentücher, so dass sie schließlich ihr hübsches, pinkfarbenes Haarband abnahm und mir damit einen Verband machte.

»Das hast du absichtlich gemacht, *nne.*« *Yoo didd id ona porrpoz.*

Nkem hatte an der Universität Edinburgh in Chemie promoviert. Sie war mit Nigeria-Englisch aufgewachsen und sprach fast nie Dänisch mit mir, weil sie *ihre erschöpfte Zunge schonen* müsse, wie sie sagte. Ihre Stimme klang exakt wie die Bassversion von Tia Dalma aus *Fluch der Karibik*: ein faszinierender, dunkler Überfluss aus scharfen d's und runden o's. *Yoo didd id ona porrpoz.*

»Nein«, jammerte ich. »Ganz sicher nicht. Das tut weh.«

Sie schüttelte den Kopf und lächelte mich besserwisserisch an. »Doch, das hast du.«

Auch ich musste lächeln: Nkem war einfach ansteckend, und außerdem – was sollte ich sonst tun?

»Du willst, dass ich bleibe. Du versuchst mir zu zeigen, dass du ohne mich nicht zurechtkommst, *winch.*« Sie gluckste die ganze Zeit über tief in ihrem Bauch und schnalzte mit der Zunge.

»Hör doch damit auf, du musst doch nicht immer diese alte Leier anstimmen«, sagte ich trotzig, starrte eine Weile vor mich hin und spürte, wie unsicher ich wurde, denn vielleicht hatte sie recht. Vielleicht hatte ich das unbewusst tatsächlich aus diesem Grund getan.

Panik ergriff mich. Es stimmte, was sie sagte – nein, noch schlimmer: Ich hatte Angst, ich hatte dezidiert Angst, ohne sie nicht klarzukommen. Nkem war der einzige Mensch auf der Welt, der es mitunter schaffte, die Schrauben in meinem Kopf, die nach meiner Geburt nie richtig festgezogen worden waren, einigermaßen anzuziehen. Und das wusste sie ganz genau: *I keep you zane*, pflegte sie bisweilen zu sagen.

Nkem bedeutete in etwa »Mein Eigen«. Und genau das war sie,

doch damit nicht genug, denn sie war auch »Meine Einzige«, auch wenn ich sie nie gefragt hatte, was das auf Igbo hieß.

Sie tauchte in meine Tasche, nahm vorsichtig mein vollgeblutetes Graubrot heraus und legte es auf das orangefarbene Plastikschneidebrett, das sie mitgebracht hatte. Dann schob sie mit größter Vorsicht zwei Pinzettenfinger in meine Tasche, fischte das blutige Brotmesser heraus und wischte es im Gras ab.

»Ich will nicht, dass du bleibst. Ich komme mit«, rutschte es mir plötzlich heraus, so überraschend, dass ich selbst ganz perplex dreinblickte. Da saß ich mit meiner blutigen Hand und fasste große Entschlüsse, bloß weil Nkem wegging. Es war ihre Entscheidung gewesen, das Rechtsmedizinische Institut in Kopenhagen, in dem wir beide arbeiteten, zugunsten seines kleineren Pendants in Odense zu verlassen: »Ich brauche etwas Neues, um die friedlich schlummernden, selbstzufriedenen Gehirnzellen in meinem Kopf zu aktivieren«, war ihre Begründung.

»Aaah-haah«, antwortete sie, ohne von dem Brett aufzublicken, auf dem sie das Brot zu schneiden begonnen hatte. Irgendwann in der Mitte hielt sie inne und wandte sich mir zu.

»Hast du nicht erst gestern gesagt, dass dir da oben zu viele alte Männer sind?« Wie immer sagten ihre mandelförmigen Augen und die schwach nach oben gezogenen Mundwinkel mehr als jedes Wort. Sie begann die Tomaten zu schneiden.

Ich nickte. »Stimmt ja auch, aber egal. Ich bin eine Insel.«

Das Institut für Rechtsmedizin in Odense hatte die Stelle des stellvertretenden Leiters ausgeschrieben. Der scheidende Rechtsmediziner war ein siebenundsechzigjähriger Mann, eine kleine, ebenso graue wie müde Eminenz mit leicht gebeugter Körperhaltung. Der andere Stellvertreter war Ole Banner. Auch er war um die sechzig, und obgleich er den Eindruck machte, zu gleichen Teilen aus einem Hundewelpen und einem Hüpfball zu bestehen, galt er tatsächlich als der beste Wundballistiker ganz Skandinaviens. Der Dritte im

Bunde war der leitende Rechtsmediziner, Hans Bonde Madsen. Er war vierundsechzig Jahre alt und sein klebriger Blick schien irgendwie in seinem gewaltigen Körper gefangen zu sein. Er hieß, er vergäße niemals eine Ungerechtigkeit oder Enttäuschung. Ich kannte diese Männer, hatte sie schon oft auf Kongressen und ähnlichen Veranstaltungen getroffen und studiert, bisher aber kaum ein Wort mit ihnen gewechselt. Man erzählte sich über diese drei, dass sie mit ihrer verbissenen Maskulinität ein undurchdringliches, fest verschweißtes Triumvirat bildeten, das sich köstlich über den »Frauenverein« in Kopenhagen amüsierte, wo man, wenn man nachts zu einem Tatort gerufen worden war, am folgenden Tag nur Büroarbeit machte oder zum Ausschlafen nach Hause geschickt wurde. Das Triumvirat meinte, bei der neuen Generation Ärzte handele es sich um übersensible Weicheier, die gar nicht dazu in der Lage waren – wie die echten Männer in Odense –, nach einer nächtlichen Tatortuntersuchung am nächsten Morgen gleich eine anspruchsvolle Obduktion anzugehen.

»Außerdem vermisse ich etwas, das … das … wie soll ich das sagen? Naja, etwas, das meine schlummernden …«

»… selbstzufriedenen Gehirnzellen wieder in Gang setzt«, schloss sie für mich.

»Ich will mich bloß versichern, dass ich es ertrage, ihn reden zu hören«, fuhr ich fort.

»Wen?«

»Den leitenden Rechtsmediziner. Dr. Bonde Madsen. Ich fürchte, er ist ein schrecklicher Aufschneider.«

»Es gibt da noch eine andere Sache, und die ist fast noch schlimmer.« Ihr Grinsen wurde immer breiter, bis ihre riesigen, fast schwarzen Augen kaum mehr zu sehen waren.

»Was?«

»Der schreibt wahnsinnig veraltet und benutzt Wörter wie *gleichsam* und *mitunter*.« Dann kam es, ihr tiefes Ho-ho-ho-Lachen. Sie selbst musste sich um solche Worte keine Gedanken machen, da es ihr in der Regel erspart blieb, etwas auf Dänisch zu schreiben. Aber sie wusste verdammt gut, was ich nicht ertrug.

»Das ist nicht dein Ernst! Woher weißt du das?«

»Er hat eine Webseite, auf der er Fragen beantwortet. ›Mitunter verspürt man Schmerzen in der Brust, während das Blut sich durch die Aorta drängt …‹, zitierte sie in ihrem Zirkusdänisch. »Was, wenn er jetzt auch noch *alsdann* oder *gehabt euch wohl* sagt?«

»O nein«, lachte ich und vergrub das Gesicht in meinen Händen.

»Und wie ist dieser Jüngere? Dieser Banner?«, fuhr Nkem fort.

»Ungefährlich, der kriecht Bonde Madsen nur in den Arsch, ist ständig überall, hält Türen auf und lächelt.«

»*Nice*.« Wieder perlte ihr tief glucksendes Lachen.

»Wenn ich mich für die Stelle bewerbe, kriege ich sie auch.«

2006 hatte das Rechtsmedizinische Institut in Kopenhagen eine ähnliche Stelle ausgeschrieben, auf die ich mich erfolgreich beworben hatte – als einzige Bewerberin. Denn während die Nachfrage nach rechtsmedizinischen Diensten in den letzten Jahren stetig angestiegen war, sank die Zahl der Rechtsmediziner in der gleichen Periode – und das obwohl man gerade in diesen Jahren immer wieder Rechtsmediziner als Helden und Superdetektive in zahlreichen ebenso verherrlichenden wie unrealistischen Fernsehserien präsentiert bekommen hatte. Ich amüsierte mich zum Beispiel köstlich, als die Serie *Crime Scene Investigation* 2004 den Saturn Award in der Kategorie Science Fiction erhielt. Eine richtig nette Art, um jemandem zu zeigen, wie sehr er neben der Spur ist. Wenigstens konnte man bei diesen Serien gut einschlafen, jedenfalls bei den übelsten, die gegen Mitternacht gezeigt wurden, wenn ich in der Regel ins Bett ging.

Im wirklichen und deutlich weniger glamourösen Leben bekamen wir zehn bis fünfzehn Prozent weniger Lohn als ein Oberarzt der Pathologie, aber auch die Arbeitsbelastung mit all den Sonderschichten trug dazu bei, eventuelle Interessenten rechtzeitig abzuschrecken. Gerade jetzt war es schwer, erfahrene Rechtsmediziner zu bekommen. In der letzten Zeit hatten zwar einige die fünf Jahre dauernde Facharztausbildung begonnen, aber das hieß ja nur, dass die Verhältnisse sich in vielleicht fünf Jahren deutlich entspannen würden. Oft fragte ich mich, warum wir uns das eigentlich antaten. Zwölf Jahre Ausbildung ohne Aussicht auf irgendetwas und für einen Lohn, den auch mein Klempner in Kopenhagen nach Hause brachte. Dabei lag die Antwort auf diese Frage für mich eigentlich auf der Hand: Die Toten waren deutlich weniger anspruchsvoll als die Lebenden.

Nkem sah mich noch immer lächelnd an. Ich sagte: »Ich habe von niemandem gehört, der sich sonst noch beworben hätte, aber sollte mir auch nur ein einigermaßen qualifizierter Mann in die Quere kommen, nehmen sie sicher ihn, damit ihre tolle Stimmung nicht durch so eine Klimakteriumsschnalle wie mich vergiftet wird. Gib mir mal 'ne Gurke. Vielleicht sind sie aber so auf Männer fixiert, dass die Bewerbung einer Frau ihnen ziemlich egal ist.«

»Ja, und noch dazu die einer Negerin.«

Ihr Mund war jetzt zehn Zentimeter breit, und ihre Zähne glänzten weiß im Sonnenlicht. »Und einer Insel.«

Nkem sagte immer: »Du bist eine Negerin«, und ich antwortete darauf regelmäßig, dass sie besser den Mund halten solle. Nur beim ersten Mal hatte ich die aschblonden Haare nach hinten geworfen und gesagt: »Nicht wirklich, oder?« Sie hatte mein Gesicht gemustert und gesagt, ich hätte Negerlippen, dickes, elastisches Bindegewebe und braune Augen, und das würde völlig ausreichen. Immer wieder sagte sie, ich sei eigentlich eine Negerin. Ich wusste nur zu gut, was sie damit meinte: Das Schicksal hatte mich dazu verdammt, in den Augen der anderen weißen Menschen immer irgendwie anders zu sein.

Wir saßen lange da und aßen schweigend. Erst gegen zwölf Uhr, als die Sonne groß und diffus durch eine dicke Schicht Wolken schien und sich ein Schwarm winziger Fliegen für die Reste unseres warmgeräucherten Lachses zu interessieren begann, packte Nkem das Essen weg. Ich sah mich um. Zwei ältere Männer auf Pferden verschwanden gerade hinter ein paar Bäumen, ansonsten war es ruhig. Eigentlich sollten bei diesem Wetter mehr Leute hier draußen sein, dachte ich, als die Stille jäh durch das Geschrei einer Gruppe sieben- oder achtjähriger Kinder zerschnitten wurde, die zwischen den Bäumen oben auf dem Hügel hervorkamen und nun hangabwärts rannten. Ihr Lachen sprudelte aus ihren Körpern, perlte über ihre Lippen und erfüllte die Luft mit sorglosem Leben. Wir beobachteten sie still, und Nkems breite Lippen wurden auf einmal sehr schmal. Munachiso hatte sich vor Jahren von ihr scheiden lassen, weil sie Fibrome in der Gebärmutter hatte und deshalb keine Kinder bekommen konnte. Nkem hatte mir einmal erzählt, dass Munachiso so viel bedeutete wie »Gott und ich arbeiten zusammen«, eine Bedeutung, die ihrer Meinung nach aber wenig zutraf. Trotzdem, Munachiso, über dessen breite Stirn sich dicke Adern zogen, war ein großer Mann – wenn auch nicht groß genug für Dänemark, das zwar Platz für große Männer, nicht aber für große Neger hatte, so dass Munachiso jetzt als Professor für Chemie an der Nsukka-Universität in Nigeria unterrichtete. Er hatte Frau, fünf Kinder, Dienstmädchen und Chauffeur. Etwa zu der Zeit, als er Dänemark den Rücken kehrte, lernte ich Nkem kennen – wir waren auf einem Flur ineinandergerannt, so dass ich eine Beule auf der Stirn bekam –, und das Erste, was sie mir über Munachiso sagte, war: »Möge sein Apparat den Geist aufgeben, mögen Hexen die Gebärmutter seiner neuen Frau verfluchen, möge er an Durchfall sterben.«

»Und was sagt Michael?«, fragte sie auf einmal. »Glaubst du, er will mit?«

Ich sah sie ausdruckslos an. Eine von Nkems ganz besonderen

Eigenschaften war es, zu wissen, was dieser Blick bedeutete: *Der sagt doch nie was. Nickt vielleicht mit dem Kopf und liest weiter. Er wird es gar nicht merken, wenn ich nicht mehr da bin.*

»Und was ist mit eurer Wohnung?«

»Die ist abbezahlt, das ist kein Problem. Außerdem verliert sie nicht an Wert, wenn Michael da allein wohnt. Ebenso wenig wie ich.«

Montagmittag meldete sie sich wieder bei mir. »Ich habe den großen Oyinbo getroffen. Eigentlich wirkt der ganz in Ordnung. Ein bisschen schüchtern. Und er hat auch nicht *mitunter* gesagt.«

»Dr. Bonde Madsen?«

»Hm, er hat weggeguckt, als er mir die Hand gegeben hat.«

»Er trifft sicher nicht oft so eine große, schwarze Negerin.«

»Ho-ho-ho. Und in seinen Schubladen ist auch nichts Interessantes.«

»Verdammt, hast du schon wieder einen Blick riskiert?« Nkem war pathologisch neugierig. Ohne jede Scheu durchwühlte sie die Schubladen von Leuten, las ihre Tagebücher, blickte in Geldbörsen und überprüfte die Internetchronik. Wer vor ihr etwas verheimlichen wollte, musste schon verdammt früh aufstehen.

»Wie konntest du das tun? Du hast doch gerade erst mit deiner Arbeit begonnen«, fragte ich resigniert und ein bisschen verärgert. Ich sah sie vor mir, dem Telefonkabel und dem kalten Wasser im Storebelt zum Trotz, wie sie mit den Schultern zuckte und ein irgendwie nachsichtiges Gesicht machte.

»Wir saßen in seinem Büro, bevor ich die Runde machen und alle begrüßen sollte, als eine Sekretärin hereinkam und sagte, ein Dr. Soundso warte im Sitzungsraum auf ihn. Er verabschiedete sich mit diesem standardmäßigen *bin gleich wieder da*, von dem man doch weiß, dass es mindestens zehn Minuten dauert. Und in dieser Zeit muss man sich ja irgendwie unterhalten. Sein Computer war auch nicht gerade interessant. Der Typ muss todlangweilig sein.«

Ich konnte nicht anders als mich in diesem Moment zu fragen, was sie wohl über mich dachte. Ich hatte nämlich auch nichts in den Schubladen und schon gar nicht auf dem Computer.

Schließlich erzählte sie mir, was für ein seltsamer Ort dieses Odense sei. Sie hätten da kein Ramlösa-Wasser, nur Egekilde. Überall wimmelte es vor Albani und H. C. Andersen, sonst sei überhaupt nichts los, und das Magasin-Einkaufszentrum habe nicht einmal eine Delikatessenabteilung, dafür müsse man zum Pinkeln aber angeblich mit einem Uraltfahrstuhl in den vierten Stock fahren. Sogar das Radisson sähe aus wie eine Jugendherberge. »In den Zimmern sind keine Minibars, dafür steht draußen auf dem dunklen Flur irgendein Flaschenautomat«, stöhnte sie. Sie hatte eine Nacht dort verbringen müssen, weil sie die Schlüssel ihrer neuen Wohnung erst am folgenden Tag übernehmen konnte. Und sonntags sei in Odense alles geschlossen. Dann informierte sie mich noch, dass im Nachbarhaus eine Eigentumswohnung zum Verkauf stehe. »Mit Balkon zum Hunderup-Viertel, steht hier. Ich habe zwar keine Ahnung, was das bedeutet, ist aber bestimmt was Gutes.«

Es war Dienstag, 9.23 Uhr. Für zehn Uhr war eine Obduktion angesetzt worden. Meine zerschnittene Hand steckte in einem großen Verband, und jedes Mal, wenn ich ihn abnahm, sprang die Wunde wieder auf und begann erneut zu bluten. Abwechselnd starrte ich das Telefon und meine Hand an. Ich hatte keine Lust auf die dreiköpfige männliche Auswahlkommission und versuchte mir einen Grund auszudenken, um vor der Abgabe meiner Bewerbung ein Vier-Augen-Gespräch mit dem leitenden Rechtsmediziner Bonde Madsen führen zu können. Sollte ich einfach so tun, als bräuchte ich sein Fachwissen für einen Fall, an dem ich aktuell arbeitete? Ihn in einer Angelegenheit um Rat fragen, die seine Spitzenkompetenz betraf? Männer mochten so etwas, und da ich den Eindruck hatte, dass er mehr Mann war als Stallone, Willis und Kennedy zusammen, mochte er das bestimmt auch dreimal so gern.

Ich hatte mir eine Übersicht der Artikel beschafft, die er im Laufe der Zeit geschrieben hatte. Nur zur Sicherheit. Und sie gelesen. Trotzdem hatte ich nicht genug Mut für diese Taktik, griff einfach irgendwann zum Hörer und wählte, nachdem ich bereits seit dem frühen Morgen das Telefon angestarrt hatte, die Nummer. Es klingelte endlos, doch als ich gerade aufgeben wollte, hob er ab.

»Madsen.« Die tiefe, murmelnde Stimme schien zu einem Mann zu gehören, der nicht am Telefon klebte, sondern dieses allem Anschein nach lieber mit ausgestrecktem Arm hielt, wenn er denn überhaupt den Hörer abnahm.

»Ja, doch, ich kann mich an Sie erinnern, ha-ha«, sagte er in einem etwas helleren Tonfall, als ich ihn erwartet hatte: »Dr. Maria Krause, RI, Kopenhagen.«

Ha-ha?

Ja, ich bin die mit den unauffälligen Brüsten und den schönen Beinen, von denen Sie bei den letzten gemeinsamen Tagungen Ihre Augen nicht lassen konnten. Ich weiß nicht mehr, in welcher Stadt das beim letzten Mal war, aber das Essen war gut und reichlich. Natürlich erinnern Sie sich an mich. Mir schauderte.

»Was kann ich für Sie tun, Maria?«

Es wäre mir lieber gewesen, er hätte mich mit Dr. Krause angesprochen, aber trotzdem sagte ich ihm, dass ich gerne ein inoffizielles Gespräch mit ihm führen würde, um mich über die ausgeschriebene Stelle als stellvertretende Rechtsmedizinerin – nicht gerade eine Berufsbezeichnung für jemanden, der eine Tendenz zum Lispeln hatte – zu informieren. An das *mitunter* denkend, sprach ich von *in Kenntnis setzen.* Ich wollte verschiedene Sachen wissen – fragte nach den Dienstplänen, den Zuständigkeiten für Grönland oder die Färöer und der neuen Kita …

Als ich wieder auflegte, hatte er mich in ein Restaurant namens Franck A eingeladen, *zu Fuß vom Bahnhof unschwer zu erreichen*, mit freundlichen Grüßen vom Rechtsmedizinischen Institut, Odense.

Mein Blick fiel auf meinen Verband. Ich musste mir wohl ein Pflaster suchen, um die Wunde verkleben und die Hand in einen Latexhandschuh zwängen zu können.

ODENSE, 2008

2

Ich war nie zuvor in Odense gewesen, sondern immer nur an dieser Stadt vorbeigefahren, wenn ich denn überhaupt ein seltenes Mal in der Gegend war. Deshalb stellte ich mir alles Mögliche vor, als ich in Kopenhagen aufbrach und meine Nase in meinen Fünen-Guide vergrub, genauer gesagt in die Doppelseite 171/172, auf der das Zentrum von Odense in verschiedenen Maßstäben gezeigt wurde. Ich fragte mich, was die großen grauen Bereiche inmitten der Karte darstellten. Zwar stand da Zuckerraffinerie, TV2/Danmark und Güterbahnhof, aber das erklärte noch lange nicht, warum das Areal auf der Karte grau und leer war. Sah man einmal davon ab, dass die Albanigade den Tuborgvej ersetzte, glich die Stadt einer Miniaturversion von Kopenhagen: Kongens have, Assistens Kirkegård, Vesterbro, Østerbro, Allégade. Aber es gab auch ein paar fremde Namen wie Falen, Munke Mose und die Thomas B. Thrigesgade, die bestimmt nach einer lokalen Berühmtheit benannt worden war, bei der es sich – ging man von der Größe der Straße aus – um keine unwesentliche Gestalt gehandelt haben konnte.

Der Bahnhof von Odense aber war eine Enttäuschung: ein hässlicher roter Ziegelbau neueren Datums, den sich die DSB mit dem regionalen Busunternehmen und der Zentralbibliothek teilte und der eine Aura verströmte, die meilenweit von der summenden, internationalen Stimmung entfernt war, die hinter den fantastischen Mauern des Kopenhagener Hauptbahnhofs herrschte.

Ich sah mich um. Ganze acht Gleise und nicht ein hübscher Fleck, auf dem der Blick ruhen konnte. Ein Toilettenautomat, in dem das Pinkeln zwei Kronen kostete, vermutlich, weil die eingebauten Metallaggregate so teuer gewesen waren. Der Rest bestand aus einem

Einkaufszentrum: Baresso, Sunset, Bodega mit Raucherzimmer und ein paar verstreute Boutiquen für Mädchen unter sechzehn.

Ich schlenderte durch die Odenser Version des Kongens have, der offen, kahl und klein wirkte und direkt neben dem stark befahrenen Lille Stationsvej lag. Das alte, mondäne Bahnhofsgebäude schien inzwischen von der Zeitung *Fyens Stiftstidene* übernommen worden zu sein. Der Park glich einer Baustelle und war voller Bagger, Männer in orangen Warnwesten und großen Sandbergen, aber laut Stadtplan war dies der kürzeste Weg zur Jernbanegade und Franck A.

Der Tag hatte schon warm und sonnig begonnen, doch jetzt, da es auf sechs Uhr zuging, schien die Luft zu schmelzen. Ich hatte den Kongens Have noch nicht einmal zur Hälfte durchquert, als mir aus jeder Pore meines Körpers der Schweiß ausbrach. Wenn es so weiterging, würde ich den leitenden Rechtsmediziner mit klitschnassen Händen begrüßen müssen.

Ich sah ihn schon von weitem. Groß und breit thronte er draußen an einem der Tische unter einem Sonnenschirm, vor sich eine Flasche, die aus der Ferne Rotwein vermuten ließ. Er hatte mir die Seite zugewandt, so dass ich sofort sah, dass er Shorts und Dockers ohne Strümpfe trug. Es war erst kurz nach sechs und für einen Maiabend ungewöhnlich warm. Das ganze Restaurant orientierte sich nach draußen, und so gab es sowohl Decken für kalte Beine als auch Wärmelampen an breiten Schirmen, wenn auch beides zu diesem Zeitpunkt ziemlich überflüssig war. Ich sah Dr. Madsen an, dass er mich längst erkannt hatte, als ich mit dem Rucksack über der Schulter auf ihn zukam, obwohl er hartnäckig die Fassade über mir anstarrte, so dass ich schließlich etwas sagen musste, um seine Aufmerksamkeit zu erregen. Er hatte tiefe Falten im Gesicht und sah mich an, ohne zu lächeln, was mich nervös machte. Mühsam stand er auf und reichte mir die Hand, während seine Augen sich bereits anderen Bereichen meines Körpers zuwandten.

»Maria – ich habe einen Riesenhunger. Ich musste heute das Mittagessen überspringen, also, was meinen Sie, könnten wir vielleicht gleich etwas essen?«

Dr. Krause, versuchte ich ihm mit den Augen zu signalisieren, als ich ihm gegenüber Platz nahm. *Sie sollen mich nicht Maria nennen.*

Dr. Madsen setzte sich, schob eine Speisekarte zu mir hinüber, öffnete sie und pflanzte zielsicher seinen Zeigefinger darauf.

»Das ist mein Lieblingsessen.«

Ich warf einen Blick auf Dr. Madsens Lieblingsessen, das gleichzeitig auch Franck A's *Favorit* war: am Spieß gegrillte Scampis mit einer Unmenge seltsamer Beilagen. Dann sah ich zu Dr. Madsen hinüber. Er sah irgendwie aus wie eine wehmütige Bulldogge.

»Ist für mich in Ordnung.« Es war mir eigentlich ziemlich egal, außerdem war ich nicht hungrig, da ich immer noch mit dem Hotdog kämpfte, den ich im Kopenhagener Bahnhof gegessen hatte.

»Und was trinken Sie?« Er nickte in Richtung seines Rotweins, angeblich ein ausgezeichneter Villa Antinori.

Ich nickte und zuckte mit den Schultern. »Gerne so einen und ein Ramlösa.«

Während Dr. Madsen bestellte – und mich dabei kommentarlos korrigierte, indem er nicht um ein Ramlösa, sondern um ein Egekilde-Wasser bat – musterte ich ihn. Sollte es mich jemals nachts nach Bagdad, in die Provinz Helmand oder ins Epizentrum der Russenmafia in Moskau verschlagen, dann gerne mit einem Mann seines Kalibers. Er war derart grobschlächtig und voluminös, dass er sicher nur in solche Schlägereien verwickelt wurde, die er selbst vom Zaun gebrochen hatte, es sei denn, seine Gegner waren benebelt oder schlichtweg lebensmüde. Ein Blick von ihm genügte, um jedes Großmaul einzuschüchtern.

Er goss mir ein und musterte mich mit seinen beunruhigenden Augen. Hastig trank ich das erste Glas Wein, um meine Nervosität zu verjagen, und nahm mir vor, direkt zur Sache zu kommen. So konnte ich wenigstens die Stille mit Worten pflastern, die ihn auf

Distanz hielten. Doch dann entspannte er sich plötzlich und begann lächelnd zu erzählen. Von Kollegen, die wir beide kannten, ganz besonders von denen, die er absolut nicht mochte, von den Sekretärinnen im Institut, die sich gegenseitig mobbten, von einer früheren Rechtsmedizinerin, die er als eine *sehr, sehr böse Frau* bezeichnete, und von Dr. Banners Schweineversuch. Er füllte seine eigene private Sphäre, die sicher bis zum Bahnhof reichte, so vollkommen aus, dass ich unweigerlich an meinen verstorbenen Vater, einen Magen-Darm-Chirurgen, und seine Visiten denken musste. Mit einem ganzen Rattenschwanz weißgekleideter Puppen mit nickenden Köpfen im Schlepptau war Papa wie ein König von einem vor Dankbarkeit zu Tränen gerührten frisch operierten Patienten zum nächsten flaniert. Keiner dieser Menschen hatte auch nur eine Sekunde daran gezweifelt, dass dieser Mann Gott war. Und auch der Mann, der mir jetzt gegenübersaß und dessen Worten ich lauschte, war zweifellos ein solches Kaliber.

Er goss mir Wein nach. Seine Finger waren dick und seine Hände wie mit Rinde überzogen. Eine neue Flasche tauchte in Gesellschaft des Egekilde-Wassers auf.

»Haben Sie etwas dagegen, wenn ich rauche?«, fragte ich und wühlte mit einer Hand durch den Rucksack.

»Nein, wir sitzen ja draußen.«

»Ja, aber wenn es Sie stört …«

»Ich habe selber geraucht, und auch meine jetzige Frau hat geraucht, als wir uns kennenlernten. Ich habe ihr dann aber gesagt, dass sie das lieber sein lassen soll, weil ich keine ausgetrockneten, verblassten Blondinen mag.«

Ich rauchte. Und bekam im Eildurchlauf einen Überblick über die Dienstpläne, Grönland, die Färöer und die Kita. Eildurchlauf deshalb, weil er offensichtlich keine Lust hatte, ausführlicher über diese Dinge zu reden. Viel lieber erzählte er mir von einer seiner Sekretärinnen, Helle, die vollkommen *verrückt* nach ihm war. »Wirklich verrückt, Sie sollten mal sehen, wie die mich ansieht. Ha-ha. Aber ich fange nie etwas mit einer der Angestellten des Instituts an. Ich liebe meinen Job und möchte ihn gerne behalten. Trotzdem schadet es ja nicht, wenn man tagsüber ein bisschen Zuspruch bekommt.«

Ich sah ihn an. Er log. Als er gesagt hatte, dass er nie etwas mit einer Angestellten anfangen würde, hatte er gelogen. Er hatte die Finger angezogen, sein Blick flackerte, und seine Stimme war plötzlich eine Oktave höher gewesen. Ich erkenne die Lügen der Menschen intuitiv und sofort, und wenn ich anschließend ihre Körpersprache analysiere, weiß ich, dass ich recht hatte.

Er wusste noch nicht, ob ich ihn mochte, und wollte mich nicht abschrecken.

Dann kam das Essen, aber ich hatte noch immer kaum Appetit und probierte nur ein bisschen. Er dagegen fraß wie ein Tier – und arbeitete sich dabei schnell und systematisch durch die erste und dann, unterstützt von mir, durch die zweite Flasche Wein. Jetzt saß er unruhig da und wartete auf den Kellner, um noch eine dritte zu bestellen. In der Zwischenzeit hatte das Gespräch sich eingegrenzt auf das Thema »Frauen«. Es gab böse Frauen, die waren in der Regel lesbisch, und es gab wunderbare Frauen, richtig viele wunderbare Frauen, die auch ihn wunderbar fanden. Das Leben war so einfach.

Ich starrte ihn fasziniert an und wusste nicht, was ich sagen sollte. Seine fingerdicken Lippen waren in ständiger Bewegung, er aß oder er redete, wenn er mir nicht zwischendurch – schwupps – meine Butter klaute. Konsterniert schaute ich von der Butter zu seinen dicken Lippen und zurück auf meinen Teller. Wieder musste ich an meinen Vater denken, der einmal an einem Büfett alle Spargelköpfe abgeschnitten und auf seinen Teller geladen hatte, während er dem Kellner ganz selbstverständlich erklärte, wie sehr er diese Spargelköpfe liebte. Schließlich klaute Dr. Madsen mir auch noch mein Schälchen Aioli – meiner Meinung nach auch nur ein etwas schickeres Wort für Mayonnaise. Hatten die vielen Jahre in Gesellschaft der Toten ihn verlernen lassen, wie man mit den Lebenden umging, oder hatte er ganz einfach vergessen, dass man zunahm, wenn man mehr Kalorien konsumierte, als man verbrauchte? Sein Bauch war so dick, dass es für ihn jetzt schon die reinste Kunst war, an einem Tisch zu essen.

Plötzlich unterbrach er sich mitten in einem Satz (es ging um eine Frau) und durchbohrte mich wieder mit seinen Augen. Für einen kurzen Moment schlossen sie sich fast vor Konzentration: »Nun, ja, Sie sind ja wirklich qualifiziert. Lassen Sie mich mal überlegen …« Er richtete seinen Blick auf einen weit entfernten Ort und kaute energisch. »Geboren 1962, Studienbeginn 1980, Medizinabschluss 1988 und 1993 dann Promotion, über plötzlichen Kindstod, nicht wahr? Am Institut für Rechtsmedizin in Kopenhagen haben Sie als Vertretung angefangen und sich seither über die verschiedensten Positionen nach oben gearbeitet, und wenn ich richtig informiert bin, können Sie auch eine recht ansehnliche Publikationsliste vorweisen …« Er sah für einen Moment erleichtert aus, als hätte er etwas sehr Schweres hinter sich gebracht und bräuchte jetzt keine Kraft mehr darauf zu verwenden, all das in seinem Kurzzeitgedächtnis zusammenzuhalten.

»… verheiratet?«

Ich schüttelte den Kopf.

»… Kinder?«

Ich zögerte, bevor ich wieder den Kopf schüttelte.

»… stellvertretende Rechtsmedizinerin seit 2006 …« Er legte den Kopf zur Seite und schloss den Mund für einen Moment, bevor er sagte: »… und 2008 stellvertretende Rechtsmedizinerin am Rechtsmedizinischen Institut in Odense.« Er verzog seine vollen Lippen zu einem breiten Lächeln. »Jedenfalls, wenn Sie mich ganz lieb fragen.«

Ich fragte nicht.

Das Ganze ging schneller und schneller. Dreimal bestellte er Brot nach, das, mit beunruhigenden Mengen Mayonnaise bepackt, gleich wieder in seinem Mund verschwand und die Worte zwang, sich erst einmal brav hinten anzustellen. Irgendwann war er nur noch ein großer, weit geöffneter Mund, der Fett und Worte zermalmte. Hypnotisiert musste ich an Schweine denken und hatte plötzlich den Gedanken, dass Dr. Madsen einem vermutlich die Möse leckte, wie ein Schwein eine Auster fraß.

Jetzt war er mitten in einem Vortrag über seine Eröffnungsrede beim Rechtsanthropologischen Kongress, der gleich darauf in einem Lobgesang über die immer größer werdende Anzahl von Rechtsmedizinerinnen endete. Ich warf einen Blick auf meine Armbanduhr. In knapp zwanzig Minuten ging ein Expresszug nach Kopenhagen. Auch am Tisch neben uns wurden die Leute immer lauter.

Es schien fast so, als erleichterte es ihn, als er mich wieder mit seinem Blick festhielt und sagte: »Ich kriege zur Zeit so viele Fotzen.«

Ich schlug den Blick nieder und sah auf meine Beine. Hatte ich irgendetwas an mir, dass er so etwas sagte? Lag es an meinen Kleidern? Oder strömte ich einen Geruch aus, den ich selbst nicht roch? Unweigerlich musste ich mich fragen, was er wohl denken würde, wenn man ihm morgen einen Ausdruck unseres heutigen Gesprächs präsentierte. Business as usual? Oder: »Oh, da hatte ich wohl ein bisschen viel getrunken …«

Ich hob den Blick und murmelte im Schutz des Gegröles, das in diesem Moment vom Nachbartisch kam: »Ja, ja, manchmal ist es schwer, sich selbst den Arsch abzuwischen.«

»Was haben Sie gesagt?« Brot und Aioli kämpften in seinem offenen Mund um die Vormachtstellung. »Wollen Sie ein Dessert? Wie konnte ich nur vergessen, dass Franck A's *Favorit* eine Vorspeise ist. Ich habe noch immer Hunger.«

Ich starrte ihn hypnotisiert an und war für einen Moment nicht in der Lage, ihm zu antworten, denn gerade in diesem Moment geschah das Merkwürdige. Seine Kleider fielen auf wundersame Weise von ihm ab, und ich starrte auf eine Brust älteren Jahrgangs, etwas schlaff und eingefallen, wenn auch noch immer breit, bedeckt von hellbraunen bis hellgrauen Haaren. Durch den Tisch sah ich mit meinen nun gänzlich unwillkommenen Röntgenaugen ein paar leicht gespreizte Schenkel, zwischen denen sich, eingerahmt von ebenfalls hellbraunen bis hellgrauen Schamhaaren, ein halb erigierter Penis bewegte. Ich schloss die Augen für einen Moment und riss das unwillkommene Bild in tausend Stücke.

»Ja, danke, ein Stück Schokoladenkuchen wäre schön«, sagte ich und vergrub mich in der länglichen, roten Speisekarte. Jetzt begann er zu summen.

In diesem Augenblick, noch bevor ich mich richtig umgesehen hatte oder überhaupt wusste, ob Schokoladenkuchen auf der Speisekarte stand, fasste ich den Entschluss, mich nicht nur um diese Stelle zu bewerben, sondern sie auch zu bekommen.

ODENSE, 12.–13. JULI 2009

3

Ich war den ganzen Sonntag allein zu Hause. Dass Nkem auf dem Weg zur Kirche mit einem Sack Reis und ein paar Kochbananen vorbeikam, ehe sie mit den gleichen Sachen wieder ging, zählte ebenso wenig wie die Tatsache, dass kurz darauf Großvater anrief. Ich war nicht in der Stimmung, mit ihm zu reden und brummte mich durch das Gespräch. Im Prinzip war ich allein, seit ich um 7.30 Uhr am Morgen aufgewacht war. An sich kein Problem. Ich war eigentlich immer allein zu Hause.

Als ich am Abend von meinem Buch aufblickte und zum Fenster sah, wurde mir wieder einmal klar, dass ich ein Problem mit hellen Nächten hatte, diese Nacht eingeschlossen: Sie erzeugten Schuldgefühle in mir. Ich sollte sie nutzen, sagte eine innere Stimme. Aber warum denn, fragte eine andere, draußen sind doch Mücken. Außerdem hatte ich keine Lust, durch die erleuchteten Fenster meiner Nachbarn zu glotzen, und was sollte ich sonst schon tun?

Das Leben vergeht, bald gibt es keine hellen Nächte mehr, meldete die Stimme sich wieder.

Merkwürdig. Als ich jung war, verpasste ich immer das Frühjahr, weil ich auf die Examen lernte. Später dann begann ich zu arbeiten und fand ebenfalls keine Gelegenheit, die Frühjahrszeit zu genießen. Ich bewunderte sie bloß von drinnen durch irgendwelche Scheiben; morgens früh, wenn es noch kalt war, oder dann wieder am Spätnachmittag, wenn lange Schatten die Wärme schluckten.

Ein leiser, willkommener Sommerregen zeichnete weiche Muster auf die schiefergrauen Fensterscheiben. Ich schätzte, dass es gegen zehn Uhr abends war, vielleicht etwas später. Abwesend betrachtete ich einen besonders weichen Tropfen, der sich langsam und voller

Elastizität in die Länge zog, als würden die Zellen sich verändern. Unweigerlich musste ich an die Petersilie denken, die ich Ende Mai in meinen Balkonkasten gepflanzt hatte. Der drei Tage andauernde Regen im Juni hatte sie auf die nasse Erde geklatscht, doch danach hatte sie sich wieder aufgerichtet und war jetzt sogar etwas gelb an den Rändern. Aber was wusste ich schon über Petersilie?

Draußen startete widerwillig der Motor eines Autos. Über mir schlug eine Tür. Schritte auf der Treppe. Zwei Menschen. *Jane Eyre* lag auf meinem Schoß und verbarg die Kordel der grauen Jogginghose. Meine Gedanken kamen und gingen, träge und angenehm, wie sie es immer dann waren, wenn ich ein paar Glas Wein getrunken hatte. Ich sollte nicht trinken, wenn ich Bereitschaft hatte, tat es aber trotzdem. Nicht viel, nur ein bisschen, genug aber, um es erträglich zu machen. Davon wusste der große Mann mit dem seltenen Lächeln aber glücklicherweise nichts. *Ein rechtschaffener Mann, manchmal aber etwas kantig*, hatte einer meiner Kollegen vor etwas mehr als einem Jahr gesagt, als ich mich endgültig entschieden hatte, nach Fünen zu ziehen.

Kantig? Eine Untertreibung.

Nkem hatte den Kopf geschüttelt. Nicht kantig, *oyinbo*, sagte sie. Oyinbo – weiß, einer, der anders ist; ein kleines Wort mit großer Bedeutung.

Nur widerwillig verkorkte ich irgendwann die halbvolle Flasche australischen Syrah und ging ins Bett; widerwillig, weil ich wusste, dass ich doch nicht schlafen konnte. Außer …

Ich faltete die grüne Decke zusammen, die ich mir auf die Beine gelegt hatte, als ich auf dem Sofa Brontë gelesen hatte, legte sie über die Armlehne, nahm die Katze auf die Schulter, ging ins Schlafzimmer und setzte sie aufs Bett. Sie veränderte ihre Position und schlief weiter.

Ich warf kurz einen Blick in den Spiegel, als ich mir die Zähne putzte, und glaubte in diesem Moment wirklich, eine andere werden zu können: eine mit etwas längeren Haaren vielleicht, oder eine, die häufiger lächelte. Aber warum sollte ich das?

Ich nahm eine Schlaftablette, meine Freundin Imovane; das Telefon würde ja doch schweigen; und die Schlaftablette wirkte ohnehin nicht lange. Eine Nacht wie die letzte konnte ich nicht noch einmal verkraften. Immer am Rand des Schlafs, aber nie richtig dort. Gespannt, angespannt, aufgewühlt, ohne zu wissen, warum. Die Schlaflosigkeit füllte meinen Kopf mit Gedanken, die ich nicht haben wollte, machte mich mutlos und matt, so dass ich tags darauf einen schweren, todmüden Körper mit mir herumschleppen musste.

Als wäre ich krank.

Nur nicht heute Abend. Ich verschwand, alles wurde still, wohltuend, bis ich mit einem Mal weg war, alles schwarz wurde wie bei einer Narkose – neben dem Orgasmus die einzige Form des Kontrollverlusts, die ich wirklich liebte. Schwarze, undurchdringliche Nacht, keine Träume, einfach fort.

Erst als das Telefon zu klingeln begann, kamen die Träume: Ein Telefon klingelte, weit weg, gefolgt von der merkwürdigen Wut darüber, dass niemand den Hörer abnahm. Erst dann wurde mir bewusst, dass es mein Telefon war und nur ich mich in dieser Wohnung befand. Ich und die Katze. Ich tastete in Richtung des Geräuschs, lokalisierte es schließlich auf dem Nachtschränkchen, gleich hinter der Nachtcreme, die samt Handy zu Boden ging. Irgendwie musste ich es aber geschafft haben, die grüne Taste zu drücken, denn von unten hörte ich eine Stimme:

»Dr. Krause?«

Wenn ich mich langsam ausstreckte, konnte ich es vielleicht erreichen, ohne aus dem Bett zu fallen, aber es dauerte seine Zeit, und ich fühlte mich alt und blind.

»Dr. Krause, sind Sie da?«, sagte das Telefon, als ich es endlich in der Hand hielt. Ich war mir noch immer nicht ganz sicher, ob das kein Traum war.

»Ja-a?« Ich fiel zurück ins Bett und richtete den Blick auf die Uhr auf dem Nachttischchen. Die roten Digitalzahlen durchbrachen das Dunkel: 02.55 Uhr.

»Hier ist John P. von der Kriminaltechnik, ich habe einen verdächtigen Todesfall, den Sie sich anschauen sollten.«

»Ja-a?« Ich war mir nicht sicher, ob ich wusste, wer John P. war, aber das war vielleicht ja nicht so wichtig.

»Worum geht es?«, fragte ich, richtete mich auf und versuchte, die Reste des Schlafs abzuschütteln. Ein dumpf dröhnender Schmerz kroch aus meinem Hinterkopf hervor.

»Am Gudmesee liegt eine jüngere Frau. Ich fürchte, es handelt sich um Mord. Könnten Sie kommen – jetzt sofort?«

Langsam wurde ich wach und suchte nach dem Lichtschalter. Gudme, was war das denn noch mal? Kannte ich nicht mal einen Typ, der so hieß ... mit Nachnamen ...? Bjarne Gudme?

»Geben Sie mir die Adresse«, sagte ich und versuchte vergebens, meine belegte Stimme wach klingen zu lassen.

»Sie fahren auf die 305 und von da ...«

»Geben Sie mir einfach die Adresse, ich habe ein Navi.« Meine Stimme klang wirklich, als wäre ich ein uralter Esel. Ich räusperte mich. Jeder hatte ein Navi, jeder, nur der große, kantige Oyinbo nicht, der stammte noch aus dem letzten Jahrhundert und hatte sich und anderen deshalb auch immer so viel zu beweisen.

»Nordre Søvej, 5885 Gudme, und Sie sollten ...«

»Moment ...« Ich konnte ihn atmen hören.

Ich öffnete die Nachttischschublade, fischte einen Block und einen Stift heraus und bat ihn, mir die Adresse noch einmal zu sagen. Als ich alles notiert und zur Sicherheit noch einmal wiederholt hatte und auflegen wollte, sagte er: »Am Ende der Straße müssen Sie nach unten gehen. Da ist so eine Absperrung mit ein paar Blumenkübeln ...«

Ich unterbrach ihn: »Ich finde das schon. Geben Sie mir Ihre Telefonnummer.« Ich wusste, dass ich vergessen haben würde, was er gesagt hatte, noch bevor ich die Wohnung verlassen hatte, denn einen Tatort zu finden, war wirklich nicht schwer, allein schon wegen der Autos, die immer dort standen: ein Ford Mondeo und ein blauer Kastenwagen.

»Okay«, murmelte ich schließlich und legte auf, während er noch immer von Eile redete, weil die Leiche in einer so »unbequemen Stellung« liege. Mir kam das Wort »unbequem« in diesem Zusammenhang ziemlich falsch vor. Andererseits fühlte ich mich exakt wie eine Leiche in einer unbequemen Positur, als ich aufstand und herauszufinden versuchte, was ich zuerst tun sollte. Instinktiv ging ich ins Bad und klatschte mir kaltes Wasser ins Gesicht, jedoch ohne große Wirkung. Dann stieg ich in eine Jeans, die auf dem Wäschekorb lag, konnte mein T-Shirt aber nirgends finden. Noch einmal wusch ich mich mit kaltem Wasser und rubbelte mich anschließend so brutal wie nur möglich trocken, ohne dadurch aber wach zu werden. Dafür kam die Erinnerung. John P. war ein freundlicher Kriminaltechniker, mit dem ich schon einmal zusammengearbeitet hatte und den ich bislang nur im Dunkeln oder im kalten, grellen Licht des Obduktionssaals gesehen hatte. Er war ein Mann, der nicht mehr sagte als unbedingt nötig. Und Bjarne Gudme, war das nicht dieser Medizinstudent mit dem viel zu früh gealterten Gesicht gewesen?

Ich suchte aus dem Wäschekorb ein mehr oder weniger sauberes T-Shirt heraus und zog es an; versuchte mich zu erinnern, ob es draußen warm oder kalt gewesen war, und kam zu dem Schluss, dass wir Sommer hatten und gerade so etwas wie eine Hitzewelle über dem Land lag. Ich sah aus dem Fenster. Im vierten Stock des roten Ziegelhauses gegenüber brannte noch Licht, ansonsten war Odense stockfinster, aber an die undurchdringliche Dunkelheit hatte ich mich nach einem Jahr inzwischen gewöhnt.

Ich warf einen Blick auf die Katze, die noch immer entspannt und wie eine Sichel gekrümmt auf meinem Bett lag, irgendwo weit weg in ihrer Traumwelt. Während ich auf meiner Zunge herumkaute, überlegte ich mir meinen nächsten Schritt. In meinem Mund herrschte jener Geschmack, den ich mit dem Gefühl verknüpfte, mitten in einer REM-Schlafphase aufzuwachen: eine bittere Trockenheit, die ich sonst nur aus den wenigen, aber erinnerungswürdig beängstigenden Perioden meines Lebens kannte, in denen ich versucht hatte, ein paar Kilo abzunehmen. Einige Male war es mir tatsächlich geglückt, die Fettverbrennungsphase zu erreichen, in der in meinem Blut wie bei einem Zuckerkranken mehr Ketonkörper als Glucose zirkulierten. Ich zündete eine Cecil an, und das Nikotin knallte mit voller Wucht auf meine Nervenspitzen. Vom Geschmack wurde mir dafür schlagartig übel, so dass ich ins Bad rannte und die Zigarette in der Toilette herunterspülte. Rauchen half weder gegen Kopfschmerzen, noch machte es die Welt irgendwie besser. Stattdessen putzte ich mir rasch die Zähne und riss die Augen auf, um dem Schlaf zu trotzen, der mich zurückholen wollte.

Auf dem Weg durch die Tür schnappte ich mir meine Wildlederjacke und den Tatortkoffer. Mir fehlte die Kraft, erst noch den Inhalt zu überprüfen, andererseits war ich ziemlich sicher, das verbrauchte Material nach dem letzten Mal wieder aufgefüllt zu haben.

Ich fühlte mich schrecklich steif und unbeholfen, als ich die zwei Treppen nach unten lief. Irgendwie schienen meine motorischen Fähigkeiten noch im Standby zu sein, so dass ich mich wie eine Verrückte ans Geländer klammerte und die Stufen fixierte, als wollte ich sie so davon abhalten, sich zu bewegen.

Die Straße war komplett verwaist: Sonntagnacht, Montagmorgen; die trägen, ausgelaugten Wochenendkörper schliefen noch tief und die Bürgersteige glänzten leer und schwarz nach dem nächtlichen Regen.

Mein Golf GTI parkte direkt vor der Tür. Das Navi klebte an der Windschutzscheibe, und rechts unterhalb des Lenkrads wartete Dänemarks teuerste Stereoanlage auf mich. Ich war überzeugt davon, erst dann ein bisschen Respekt vor Odense empfinden zu können, wenn mir diese beiden Geräte in irgendeiner dunklen Nacht geklaut würden. Allerdings wohnte ich mittlerweile bereits ein Jahr hier, und Anlage und Navi waren noch immer unangetastet.

Ich schloss den Wagen auf, warf den Koffer auf den Beifahrersitz und setzte mich hinter das Lenkrad. Den Zettel hatte ich oben in der Wohnung vergessen, aber ich erinnerte mich noch an Gudme und Nordre Søvej.

Das Navi stellte meine Geduld auf die Probe, als es über dreißig Sekunden meine Route berechnete: vierunddreißig Minuten bis Gudme. Ich ließ den Wagen an und genoss das Geräusch des GTI ohne Endschalldämpfer: nicht ganz korrekt, aber eine sehr wohlige Verheißung auf noch mehr Pferdestärken, als sich so schon unter der Motorhaube versteckten.

Ich bog in den Hunderupvej ein, der ebenfalls vollkommen verwaist war, und beschleunigte – gefühlt – in einer Sekunde auf achtzig. Ich liebte mein Auto, liebte seinen Sound und war mir sicher, auch heute die Zeitberechnung meines Navis um mindestens zwanzig Prozent zu unterbieten; 6,8 Minuten, was bedeutete, dass ich in 27,2 Minuten in Gudme sein würde.

Hjallesevej und noch mehr Einöde. Weiterhin keine Menschen, nicht einmal ein Zeitungsbote.

Auf der Niels Bohr-Allé schaltete ich das Radio ein und trat zu den letzten Tönen von *Kun for mig* das Gaspedal durch. Dann machte ich das Radio wieder aus, um zu hören, was das Navi sagte, schaltete es aber wieder ein, als es hieß: zwanzig Kilometer geradeaus. Für einen kurzen Moment war nur sphärisches Rauschen zu hören, denn im Display stand RADIO DIABLO, dann dröhnte *Stupid Girl* in meinen Ohren und erinnerte mich daran, was ich war: *stupid girl, stupid girl, stupid girl, ich, ich, ich,* das alles traf auf mich so voll und ganz zu. Ich war es, die die Musik eingeschaltet hatte, die Musik, die auch dann noch weiterspielen würde, wenn ich selbst bereits tot in meinem zerschmetterten Auto lag. Das alles hatte ich nur mir zu verdanken. *Stupid girl: Bist du erst tot, geht alles weiter, als wäre nichts geschehen. Gewöhn dich daran.*

Schalte doch dieses Radio aus! Stattdessen drehte ich es lauter. *I'm so glad I'll never fit in*, brüllte Shirley Manson. Auch nach ihrer Stimmbandoperation hatte ihre Stimme nichts von der vertrauten Härte eingebüßt. Ich brauchte Härte, um wach zu werden, brauchte harte Musik, die mich hin und her warf, damit ich nicht atrophierte. Und auch ich selbst musste hin und wieder hart angepackt werden, um nicht schlafend durch das Leben zu rennen. Ich sah auf die Uhr. Das Navi hatte den Ankunftszeitpunkt bereits um sechs Minuten nach vorne korrigiert. Nichts half so gut gegen Nervosität wie leere Straßen und hohe Oktanzahlen. Dabei waren es gar nicht die Toten, die mich nervös machten, sondern eher die Lebenden, vor allem ihr Gerede.

Der Pfeil auf dem Display des Navis knickte nach rechts ab. Ich musste wieder auf schmale Straßen und brauchte Führung, weshalb ich die Musik ausschaltete.

Am Horizont waren mittlerweile längliche hellblaue und hellrote Streifen zu erkennen, und sehr bald würde ich wieder sehen können, dass Südfünen tatsächlich so schön war, wie alle sagten. Ich war seit dem letzten Jahr nicht mehr so weit südlich gewesen. Damals war es Faaborg gewesen, eine Landschaft voller Schlösser, Wallgräben und Bäche. Und seltsam zahmer Gänse, von denen ich noch immer träumte.

Das Einzige, was ich jetzt sah, waren Einfamilienhäuser, Hecken und Bodenschwellen. Ich war mitten auf dem Land. Wie merkwürdig ist doch die Welt, in der wir leben.

Als ich in den Nordre Søvej einbog, sah ich die vertrauten Autos und parkte hinter dem blauen Kastenwagen der Kriminaltechnik. Die angesprochenen Blumenkübel standen mitten auf der Straße. Ich überprüfte die Zeit und rechnete schnell aus, dass ich die vom

Navi errechnete Zeit um 21,453 Prozent unterboten hatte, aber das Spiel war zu leicht gewesen, um damit brillieren zu können, schließlich war mir auf der ganzen Fahrt kein einziges Auto begegnet.

Ich fischte ein Päckchen Cecil aus dem Handschuhfach, starrte es abwesend an und steckte es wieder in die Tasche. Es war fast schon beunruhigend windstill. Und finster. Nur die Vögel waren bereits wach und machten sich auf ihre emsige, lautstarke Weise bemerkbar, die mich immer denken ließ, dass sie irgendetwas Wichtiges zu verkünden hatten.

Ich dachte an die Asservierung, als ich mir den Schutzanzug aus der Tüte im Kofferraum holte. Zum jetzigen Zeitpunkt hatten die Techniker unter anderem Faserproben vorgenommen und dafür Teile der Leiche abgeklebt, was mir, als ich zum ersten Mal von dieser Technik las, höchst seltsam vorgekommen war. Auch das Wort DNA-Fingerprinting machte mir damals, vor Ewigkeiten, als ich mich noch nicht an die Branche gewöhnt hatte, Schwierigkeiten. Ich musste dabei immer an Handtücher mit hässlichen Flecken denken. Wieder sah ich sie vor mir: Handtücher auf einer Wäscheleine, voller dunkelroter Flecken, die nicht wieder herauszuwaschen waren.

Ich sah mich um: Die Silhouetten der Einfamilienhäuser, Hecken und Bäume zeichneten sich undeutlich vor dem dunkelgrauen Himmel ab. Dieses Fleckchen Erde schlief ebenso selig, menschenleer und lautlos wie Odense. Ich hätte wirklich eine Tasse Kaffee trinken sollen, vielleicht sogar zwei, bevor ich das Haus verlassen hatte. Aber es war schließlich so eilig, die Leiche lag ja in einer unbequemen Stellung.

Wie immer verspürte ich den beinahe unwiderstehlichen Drang, den Schutzanzug schon hier anzuziehen, außer Sichtweite all der Augen, die auf mich warteten. Wenn ich es vermeiden konnte, mich auf einem Polizisten abzustützen, während ich, den Po nach hinten gestreckt, versuchte, meine Beine in die Löcher zu bekommen, wäre mein Leben schon um Dimensionen angenehmer gewesen. Aber das ging nicht, schließlich wusste ich nicht, mit was ich auf dem Weg zur Leiche in Berührung kommen und dadurch unweigerlich den Tatort verunreinigen könnte. Ich sah zu ein paar krächzenden Vögeln empor, die auf einem Baum saßen. Vogelscheiße, zum Beispiel. Und alle anderen Formen von Kot.

Ich ging zum See hinunter, der wie nasser Lack in der abnehmenden Dunkelheit glänzte. Linker Hand standen einige halbhohe Gewächse, vielleicht ein kleines Wäldchen, zu meiner rechten stand ein aus roten Ziegeln errichtetes Haus. Für einen kurzen Moment dachte ich wieder an all die Häuser, in denen man leben könnte, wenn man denn mehrere Leben hätte. Und an all die Menschen, die viele Kinder bekamen, um viele Leben zu leben. Sofort kam die Enttäuschung über mein eigenes Lebens wie ein dunkler Pfeil auf mich zugeschossen und bohrte sich durch mein Hirn. *Geh einfach, vergiss es.*

4

Je weniger du sagst, desto weniger sagen sie; je weniger du reagierst, desto weniger reagieren sie, betete ich mir im Stillen vor, als der Weg zum See an einem elektrischen Weidezaun endete, in dessen Mitte ein Gatter eingelassen worden war. Ich wusste nicht, ob hinter dem Zaun Tiere weideten, ich sah jedenfalls keine. Der Weg führte nach links abknickend weiter am Zaun entlang. Ein Stück vor mir erkannte ich die Lichter von Taschenlampen, die sich wie wütende Insekten durch die Nacht bewegten, und die vagen Umrisse von Männern in Schutzanzügen. Ihre Stimmen drangen bis jetzt aber nur als leises Murmeln zu mir. Ich folgte dem Pfad, blieb aber stehen, als ich die ersten Worte verstehen konnte, und räusperte mich: John erblickte mich und winkte mich zu sich, doch ich nutzte die Gelegenheit und zog mir schon hier, mich auf einen Zaunpfahl stützend, Schutzkleidung, Überschuhe und Handschuhe an. Die Mundbinde ließ ich noch weg.

Ich hatte die allerbesten Vorsätze. Ich wollte meinen Job machen, so wenig wie möglich sagen, normal sein, am liebsten unsichtbar, und dann wieder nach Hause fahren. Die Kommissare beklagten sich regelmäßig über meinen Ton, dabei bemühte ich mich wirklich: *Je weniger du sagst, desto weniger sagen sie; je weniger du reagierst, desto weniger reagieren sie*, wiederholte ich.

Sie waren dabei, eine Art Zeltdach über dem blassen Körper aufzuspannen, der mit dem Rücken über den Elektrozaun hing. Das weichende Dunkel wurde immer rissiger, und als ich näher kam und schließlich unter der Absperrung hindurchtauchte, nahmen mich die Details immer mehr gefangen, so dass ich die bekannte, etwas kratzige Stimme, die mich begrüßte, kaum wahrnahm. Es war Tommy Karoly, der leitende Hauptkommissar. Ich nickte ihm zu, musterte kurz die Kontur seines Bauches und entdeckte, dass er unter dem Schutzanzug eine zu lange Hose trug. Dann drehte ich mich um und sah fragend zu John, der mich über eine Strecke gelotst hatte, die die Techniker bereits untersucht hatten.

»Gehen Sie nur zu ihr, der Strom ist ausgeschaltet«, sagte er. Ich mochte wortkarge Männer, sie gaben mir Sicherheit, besonders solche, die meine Gedanken lesen konnten. Er zeigte mit seiner Taschenlampe auf eine sehr junge, nackte Frau. Sie war übel zugerichtet: Schnittwunden am ganzen Körper, abgetrennte Brustwarzen. Schulter und rechte Hand lagen auf dem Gras der Weide, während die linke Hand auf ihrem Bauch ruhte. Das glasklare Gefühl eines Déjà-vu meldete sich in mir: Dieses Stillleben hatte ich schon einmal gesehen, diese Verstümmelung, dieses Mädchen. Ich zog die Mundbinde hoch und trat näher.

John leuchtete mit der Taschenlampe auf den toten Körper, ich hörte die anderen mit der Plane hantieren. Mein Blick aber klebte an der Leiche.

»Sieht aus wie ein Sexualmord, oder?«, hörte ich Karoly sagen, vermutlich zu mir gewandt.

Überflüssige Worte, dachte ich und starrte stumm auf die abgeschnittenen Brustwarzen, *verunreinigen die Welt*. Ich hob den Blick und starrte in zwei durchsichtige, blaue Augen, die leer unter den halb geschlossenen Lidern hindurchblickten. Das Gesicht des Mädchens war schlaff, ihre blonde Mähne berührte beinahe das Gras.

Einer der Männer, weder Karoly noch John – vermutlich einer der Kollegen von Karoly, die ich noch nicht kannte –, sagte:

»Sieht irre aus, oder?«

Sieht irre aus, oder? Wo holen die nur diese Worte her?

Ich ignorierte ihn und streifte mit meinem Blick weiter über den Körper mit all seinen klaffenden Schnitt- und Stichwunden, ein Mosaik aus getrocknetem Blut. Die Tote war schlank und bei näherem Hinsehen gar nicht blass, sondern sonnenverbrannt mit sichtbaren Bikinistreifen; wo die Sonne zugeschlagen hatte, war ein fahles Rot zu erkennen. Als ich in ihrem Alter war, dachte ich, lag ich im Kongens Have in Kopenhagen und paukte Anatomie. Splitternackt und grenzenlos braungebrannt, ohne Bikinistreifen.

»Was wissen wir?«, fragte ich, ohne den Blick von der Leiche zu nehmen.

»Nicht viel, aber möglicherweise ist das die, die Dienstagabend verschwunden ist, ich warte noch auf ein Foto. Die Vermisstenstelle sucht das gerade heraus«, sagte Karoly.

»Ich wette, das ist sie nicht«, sagte eine Stimme, die ich nicht kannte. »Die war doch aus Odense, aber klar, theoretisch könnten die sich ja auch bewegt haben.« Schon wieder so ein Déjà-vu.

»Die Frau, die wir letztes Jahr in Faaborg gefunden haben, stammte auch aus Odense«, begann ich und dachte: *verdammt viel Ähnlichkeit mit der hier*. »Sie waren im letzten Jahr nicht dabei, Karoly, das war … Ihr Kollege, dieser andere, ich vergesse immer seinen Namen, ist aber auch egal. Aber erinnern Sie sich an den Fall beim Schloss Hvedholm? Ich glaube, das Opfer hieß Camilla Porsman. August, letztes Jahr?«

Camilla Porsman war mein erstes Mordopfer auf Fünen gewesen, ich war damals gerade erst hergezogen. Auf jeden Fall war die Decke, unter der ich schlief, noch nicht bezogen gewesen, als das Telefon mitten in der Nacht klingelte.

»Ich erinnere mich ganz dunkel«, sagte Karoly. Ich schnappte ein leises Seufzen auf, als wollte er sagen: *Ich habe so viel zu tun, wie soll ich mich da an alles erinnern?* … Er stand unter Stress, während mein Leben ein Meer aus Zeit war, die ich nicht auszufüllen vermochte. Und was taten die anderen Menschen? Davon abgesehen, mich zu mystifizieren und dazu zu bringen, mich irgendwie fehl am Platze zu fühlen.

»Neunzehnjähriges Mädchen«, begann ich langsam. »Rücklings auf einem umgekippten Gartenstuhl liegend zurückgelassen. Am Wasser. Der Kopf war unter Wasser, die Beine ragten in die Luft. Blond und hübsch und jung wie diese hier. Auch ihre Brustwarzen waren abgeschnitten, sie glich … die Art, wie sie zugerichtet war, erinnert an die Vorgehensweise hier.« Ich hatte die Leiche noch nicht einmal untersucht und stand schon wieder da und füllte die Luft mit überflüssigen Worten. Ich konnte hören, wie Karoly fleißig etwas auf seinem Block notierte.

Ich schloss für einen Moment die Augen. Was ich nicht vergessen konnte und auch niemals vergessen würde, war der Anblick der drei zahmen Gänse, die über die misshandelte Leiche watschelten, an ihren Haaren zerrten und in ihre Scheide pickten wie Raubtiere.

»Er hätte sie einfach in den Wallgraben werfen können«, sagte ich laut, aber eher zu mir selbst, denn für die anderen ergab das natürlich keinen Sinn. Das Schloss Hvedholm verfügt über einen beeindruckenden, pittoresken Wallgraben, in dessen Nähe sich dieser kleine, blöde Teich befand. Er hätte sie wirklich beim Schloss liegenlassen sollen.

Erst als Karoly neben mir stand, reagierte ich. Er schüttelte den Kopf. »Ich erinnere mich gut, nur nicht an alle Details.«

»Das war Anfang August. Sie waren noch in den Ferien. Die Ermittlungen wurden irgendwann eingestellt …«

»Ausgesetzt«, unterbrach Karoly mich. »Mordermittlungen werden nie eingestellt.«

»Whatever. Das Mädchen war an einem anderen Ort ermordet und dort am Wasser nur abgelegt worden. Gefunden wurde sie in einer Samstagnacht von einem ziemlich betrunkenen Hochzeitsgast, der prompt einen Schock bekam. Klar, ein Mann – wer hat die hier gefunden?«

Er kritzelte noch etwas auf seinen Block, ehe er aufblickte. »Ein Liebespärchen, Teenager mit sehr roten Augen und großen Pupillen. Sie waren wohl auf dem Weg zum See, um zu … Sie wissen schon …« Er machte die Bewegungen und ich sah weg. »Es sind immer Betrunkene oder Ornithologen. Andere Leute schlafen nachts.« Er lachte etwas zu laut für die gedämpften Stimmen um ihn herum und viel zu laut für mich. Am liebsten hätte ich ihm eine geknallt – wie immer, wenn ich ihn traf –, stattdessen nahm ich den linken, nach unten hängenden Arm des Opfers und versuchte, ihn zu beugen. Die Leichenstarre war schon recht ausgeprägt, so dass es mir nur gelang, indem ich meinen anderen Arm gegen ihre Schulter stemmte. Ich ließ den Arm vorsichtig los und sah in Richtung des anderen Technikers, der plötzlich ein paar Meter von mir entfernt aufgetaucht war. Ein anonymer junger Kerl, den ich noch nie gesehen hatte. Er nickte mir freundlich zu und sagte, er hieße John. Mein lautes Seufzen konterte er mit einem Lachen und meinte: »Nennen Sie mich einfach den kleinen John, das macht die Sache einfacher.« Ohne weitere Worte trat er zu der jungen Frau und hielt sie fest, damit sie nicht vom Zaun rutschte. Ich begann nach Totenflecken zu suchen und fand ein paar deutlich ausgeprägte rote Stellen an der Rückseite der Beine. Warum mussten die auch alle John heißen? Gab es bei der Polizei denn keinen William oder Alexander?

»Darf ich zuschauen?«, fragte der kleine John. »Ich habe nicht so viel … ich bin erst ziemlich frisch dabei.«

»Ich suche nach Totenflecken«, sagte ich automatisch, »wissen Sie, was das ist?«

Er nickte etwas zögernd.

»Die entstehen, weil das Blut nach Eintritt des Todes durch die Schwerkraft bedingt innerhalb der Gefäße absinkt, die roten Blutkörperchen werden bei diesem Prozess durch intravasale Hämoly … gehen dabei kaputt, und dann bekommt das Gewebe diese typische rot-violette Färbung. Die Farbe hängt vom Sauerstoffgehalt ab und ist umso frischer rot, je höher der Sauerstoffgehalt ist. Hier sind die Totenflecken sehr hell, was ganz einfach damit zu tun hat, dass nicht mehr so viel Blut im Körper ist.«

Ich wusste genau, wie ich klang. Aber eine andere Erklärung gab es nicht.

Ich sah zu ihm auf und musste ihn einfach anlächeln. *Augen groß wie Teetassen*. Der Umzug nach Odense hatte mir und meiner Ausdrucksweise wohl schon ein bisschen geschadet.

John stand noch immer da und leuchtete uns mit seiner Taschenlampe. Dieser John musste dann jetzt der große John sein – nicht wegen seiner Körpergröße, er war klein und drahtig, etwa meine Größe, nicht der Rede wert, aber er war in meinem Alter. Man könnte ihn auch den alten John nennen.

»Brauchen Sie mal eine Pause, John?«

»Ich nehme die«, der kleine John streckte seinen Arm zu ihm aus und nahm ihm die Taschenlampe ab.

Ich sah mich um: »Sagen Sie mal – wo ist eigentlich das ganze Blut? Sie haben kein Blut gefunden, oder?«

Der kleine John schüttelte den Kopf. »Kein Blut. Nada.«

»*Gar* keins?«

Er schüttelte den Kopf. »Keinen Tropfen.«

»Die Wunden sind frisch, sie muss stark geblutet haben«, sagte ich, »und trotzdem ist kein Blut unter der Leiche.« Ich redete wie zu mir selbst. »Er hat sie an einem anderen Ort ausbluten lassen, sie dort getötet und hier nur abgelegt.«

Karoly sagte kein Wort, und als ich mich zu ihm wandte, sah ich, dass er etwas auf seinem Block notierte. Sein Kollege, den ich nie zuvor gesehen hatte, blickte Karoly über die Schulter und verfolgte, was er schrieb. Auch er schien eine zu lange Hose zu tragen.

»Genau wie bei diesem anderen Mädchen«, sagte ich.

»Dann herrschen hier wohl endlich auch amerikanische Verhältnisse«, sagte Karoly. »Wenn es derselbe Täter ist.« Er kramte mühsam einen Kaugummi aus der Innentasche seiner hinter dem Schutzanzug verborgenen Jacke hervor.

»Endlich?«, wiederholte ich.

»Ich meinte … schließlich … zu guter Letzt … wie sagt man das denn. Ich wollte damit nicht ausdrücken, dass ich mit Sehnsucht darauf gewartet habe.«

»*Inzwischen* würde passen«, sagte ich monoton und sah mir den Venushügel des Mädchens an, wo die Stiche besonders zahlreich und tief waren: »Dann herrschen hier wohl *inzwischen* auch amerikanische Verhältnisse, aber können Sie das eigentlich schon mit Sicherheit sagen? Brauchen wir nicht drei Tote, um wirklich davon auszugehen, dass wir es mit einem dänischen Serienmörder zu tun haben?«

»Sie wissen, was ich meine«, begann Karoly, und ich beeilte mich, das Thema zu wechseln: »Wenn Sie die Bilder gemacht haben, die Sie brauchen, nehmen wir sie vom Zaun, damit ich mir ihren Rücken ansehen kann.«

Der kleine John breitete einen Leichensack auf dem Gras am Boden aus und öffnete ihn. Karoly hielt die Lampe, und die beiden Johns halfen mir, den steifen, kalten Körper vom Elektrozaun zu nehmen, einmal zu drehen und dann vorsichtig auf den Leichensack neben dem Pfad zu legen. Ich holte mein Digitalthermometer heraus und schaltete es ein. Alle sahen zu, niemand sagte etwas, eine Ader an meiner Schläfe erwachte und begann zu pochen. Ich *hatte* daran gedacht, die Batterie zu wechseln, das Ding *musste* einfach funktionieren.

Der kleine John kniete sich neben mich, und ich spürte seinen Blick. Ich sah zu ihm hinüber, bevor ich anfing. »Die Messung der Körpertemperatur ist wichtig, sie hilft uns, den Zeitpunkt des Todes zu ermitteln. Die zuverlässigsten Resultate erhält man, wenn man im Gehirn misst, aber wer will schon ein Thermometer durch die Knochen am Ende der Nasenhöhle stoßen? Ich jedenfalls nicht. In Århus machen sie das aber, ohne mit der Wimper zu zucken.« Der kleine John lächelte mich vorsichtig an.

»Das ist aber ein Nachteil für die Obduktion, denn in den Bereichen, in denen das Thermometer durch den Knochen gepresst worden ist, können wir andere Schädigungen oder mögliche Krankheiten dann kaum noch identifizieren. Es ist deshalb der beste

Kompromiss, die Temperatur im Gehörgang, unmittelbar vor dem Trommelfell zu messen.« In Kopenhagen hatten wir die Temperatur immer im Enddarm gemessen, aber hier auf der Insel meinten sie, über das Ohr sei es präziser, was möglicherweise auch stimmte.

Ich maß mit dem Thermometer die Lufttemperatur. Sie betrug vierzehn Grad Celsius. Dann schob ich den Metallfühler vorsichtig in das rechte Ohr des Mädchens, bis ich einen Widerstand spürte. Sie trug einen winzigen, goldenen Ohrstecker. Karoly begann ungeduldig auf und ab zu hüpfen. Ich sah ihn nicht, weil er hinter mir stand, bemerkte es aber trotzdem.

»Müssen Sie aufs Klo?«, fragte ich, ohne mich umzudrehen. *Jetzt stehen Sie doch still, Sie Psychopath*.

»Nein, könnten Sie mir eine erste Schätzung geben?«

»Immer mit der Ruhe«, sagte ich und sah auf das Thermometer. Es zeigte vierundzwanzig Grad.

»Das ist noch schwerer als sonst«, begann ich und sah zum kleinen John hinüber. »Die Tote ist bewegt worden, und wir wissen nicht, welche Temperatur am eigentlichen Tatort geherrscht hat. Normalerweise gleicht sich die Körpertemperatur im Laufe von vierundzwanzig Stunden der Umgebung an, aber vielleicht ist sie gestorben, als es wärmer war. Wäre sie hier gestorben, würde ich aus dem Temperaturunterschied zwischen Luft und Körper und Abend und Nacht in etwa darauf tippen, dass sie rund zehn Stunden tot ist, aber dann müsste sie seit gestern Abend um sieben Uhr hier gelegen haben, und das ist unwahrscheinlich, denn dann wäre sie vorher entdeckt worden.«

Der kleine John saß mucksmäuschenstill da, während Karoly hinter mir unruhig hin und her trippelte und seinen Untergebenen, der mir (zum Glück) noch nicht vorgestellt worden war, etwas zuflüsterte. Es ging wohl darum, dass die Kollegen in der Nachbarschaft herumfragen sollten, wie oft dieser Pfad abends und nachts benutzt wurde.

»Ich kann nicht ganz ausschließen, dass sie erst kurz vor ihrer Entdeckung hier plaziert worden ist, wenn das auch unwahrscheinlich ist, da sie Totenflecke an den Fußsohlen hat. Wobei die Totenflecke bei ihr generell nur schwach ausgeprägt sind. Ich würde annehmen, dass sie ein paar Stunden lang hier über dem Zaun gehangen hat.«

»Warum an den Fußsohlen?«, fragte der kleine John und kratzte sich am Kinn, so dass das Licht seiner Taschenlampe für einen Augenblick seine Wimpern anstrahlte. Sie waren lang und hell.

»Die Schwerkraft. Das ist ein passives Absacken des Blutes, und die Fußsohlen sind der tiefste Punkt.« Hinter mir klingelte Karolys Handy, ein hässlich schriller und viel zu lauter Ton, der die Sommernacht durchschnitt.

»Kann man hier denn nirgendwo einen Kaffee bekommen?«

Ich konnte mich nicht mehr zusammenreißen, hinter meinen Augen schmerzte es schon lange. Der kleine John schüttelte bedauernd den Kopf, sein schiefes Lächeln ließ deutlich erkennen, dass er die gleichen Gelüste hatte.

»Haben Sie noch mehr Fragen?« Er schüttelte langsam den Kopf. »Im Moment nicht.«

Ich zuckte zusammen, als Karoly plötzlich meine Schulter berührte. »Zwischen Ørbæk und Ferritslev liegt ein toter Verkehrspolizist im Straßengraben«, sagte er. Ich hatte Karolys Stimme schon immer verabscheut. Sie war einfach ein paar Dezibel zu hoch, um angenehm zu sein, und überdies verkündete sie mir immer Sachen, die ich nicht hören wollte.

»Mein Kollege meint, es sähe irgendwie merkwürdig aus. Sie dachten erst, er wäre von irgendwem angefahren worden, aber am Motorrad ist kaum etwas zu erkennen. Der Beamte trägt keinen Helm, und sein Schädel ist zerschmettert. Können Sie sich den ansehen, wenn Sie hier fertig sind?«

Wieder so eine rhetorische Frage! Ich schloss die Augen für einen Moment und wusste, dass der kleine John mich beobachtete, mit diesem seltsam zögernden Lächeln in den Augen, von dem ich bereits ganz abhängig geworden war.

Super. Plötzlich wurde mir bewusst, wie lächerlich ich mit meinem grünen Häubchen und der weißen Mundbinde aussehen musste. Am liebsten hätte ich hysterisch gelacht.

»Natürlich«, sagte ich zu Karoly. »Ich bin hier in einer Viertelstunde fertig, ich schaue ihn mir dann auf dem Rückweg an.«

Liebes Tagebuch,

(Gott, wie kitschig, »liebes Tagebuch« zu schreiben. Geil, muss ich wieder tun.) Willkommen in der Welt meiner Geheimnisse.

Schon vor langer Zeit hätte ich mich dir anvertrauen sollen, damals war ich aber wohl noch nicht dazu bereit, über mich selbst zu schreiben und das alles schwarz auf weiß vor mir zu sehen. Vielleicht ist das aber sogar ein Vorteil, denn so kriegst du mich nackt zu sehen, destilliert durch die Erinnerung und mit ausreichend Weitblick.

Natürlich gibt es Bereiche aus meiner Kindheit, an die ich mich jetzt nicht mehr bis ins letzte Detail erinnere, andere leuchten dafür aber umso klarer und erinnern mich daran, wie vielschichtig Geheimnisse sein können.

Um es frei heraus zu sagen: Die ganze Zeit über allein mit ihnen zu sein, ist einfach unerträglich. Man braucht einen Zeugen, einen Mitwisser; das ist ein Drang, eine Verlockung, mindestens so stark wie Evas Apfel. Es ist wie ein Kitzeln im Bauch, ein innerer Druck – je mehr Geheimnisse, desto höher der Druck, doch weiht man einen anderen in seine Geheimnisse ein, *nur einen*, und teilt sie mit jemandem, fühlt es sich an, als würde der Druck im innersten Kessel abnehmen. Man ist erleichtert, fühlt sich fast so, als würde man weniger wiegen, weil einem jemand eine Last abgenommen hat. Aber es darf nur einen anderen geben, einen Zeugen, einen Mitwisser – *niemals mehrere*.

Ich bin nicht der Einzige, dem das so geht. Es heißt nicht umsonst, *sich das Herz erleichtern*, was man ja tatsächlich auch tut, wenn man seine Sünden gesteht. Sünden, Scham und Verbote sind die Basis aller Geheimnisse. Nur behält man die meistens für sich, wenn man nicht dumm oder krank ist.

Obwohl ich weder dumm noch krank bin, laufen die Dinge in meiner Welt nicht ganz so ab. Ich erleichtere natürlich auch mein Herz, aber nicht von den Sünden und der Scham, sondern nur von dem Verbotenen – ich meine dem, was vor dem Gesetz verboten ist. Mein Gewissen hat nichts gegen Sünden, und ich habe, wie man so schön sagt, kein Schamgefühl; darum müssen andere sich kümmern, was sie auch tun. Manche verbringen ihr ganzes Leben damit. Ich habe mich nie geschämt – und wenn doch einmal, dann für andere. Für ihre Dummheit und Genügsamkeit, darüber, wie wenig die Menschen fordern und wie schlecht sie darin sind, Glück und Freude in ihr Leben zu bringen. Sie geben sich einfach immer mit viel zu wenig zufrieden.

Was muss, das muss, war immer mein einfaches und ehrliches Lebensmotto.

Ich verstehe zum Beispiel den Onanierer, der sich schämt und lieber sterben würde als zuzugeben, was er tut, wenn die Hände erst unter der Decke sind. Würde ich onanieren, stünde das sicher auch nur hier und nirgendwo sonst.

Aber das tue ich nicht. Es ist so beschämend, so einfach und billig.

Wenn mich als kleiner Junge das Verlangen überkam, schlich ich mich zu meiner Mutter. Sie hielt den Mund und verriet unser Geheimnis nie, dafür war ihre Scham viel zu groß. Sie schämte sich für mich und für sich. Ich aber schämte mich nur für sie; für ihre Hilflosigkeit; ihre Scham darüber, dass ihr Mann sie nicht haben wollte; und dafür, eine Mutter zu haben, die das alles schweigend und wortlos geschehen ließ. Sie würde unser Geheimnis niemals verraten, denn wenn sie das tat, wäre ihr Leben in dieser Scheißstadt so gut wie vorbei. Dafür lohnte es sich zu kämpfen.

Hätte meine Mutter, die Frau des Oberarztes, zugegeben, ja öffentlich eingestanden, dass sie es mit ihrem dreizehnjährigen Sohn trieb, wäre sie in jeder Provinzstadt fertig gewesen, erst recht in diesem Kaff Bogense. Das sei sicher nur ihre kranke Fantasie, würden die Leute hinter ihrem Rücken sagen und ihr Blicke zuwerfen, mit denen sie sie am liebsten einsperren oder auf die Titelseite der Regenbogenpresse verbannen würden, damit die Nachricht dort, zwischen all den anderen unglaubwürdigen Meldungen aus einer unglaubwürdigen Welt unterging. Das wäre das Ende ihrer traurigen Bekanntschaften mit den anderen Oberklassefrauen und Arztgattinnen, deren Gesellschaft meine Mutter beständig suchte und ohne die sie – wie sie selbst meinte – nicht mehr leben konnte. Sie müsste wegziehen, weit weg, sich das Leben nehmen, sich auf die eine oder andere Weise selbst entfernen. All das wusste sie ganz genau, ich habe ihr das nie sagen müssen. Sie war eine begabte Frau, begabt, aber erbärmlich und voller Angst – eine Angst, die ich ihr selbst hatte einbleuen müssen: Angst lähmt Körper und Seele wie ein seltenes, über alle Spektren reichendes Schlangengift.

Angst kontrolliert das Leben. Wenn man sie denn kennt. Ich selbst habe keine Angst.

Also, nein, ich habe nie onaniert. Ich habe mich nie mit etwas derart Billigem begnügt. Hatte nie Angst, die Wahrheit hinzunehmen, wie erschreckend sie auch ist.

Das Leben ist voller guter Gelegenheiten, wenn man nur den Kopf an der richtigen Stelle sitzen hat und seine Geheimnisse bewahren kann.

5

Ich sah mir die Läsionen, mit denen der Körper des Mädchens übersät war, genauer an. Es gab schmale Schnittwunden, bei denen ich erkennen konnte, wie die scharfe Klinge eines Messers beim Herausziehen einen schmalen Riss in der Verlängerung der eigentlichen Stichwunde hinterlassen hatte. Daneben gab es aber auch verschiedene breitere Stichwunden, von denen die meisten etwa drei Zentimeter maßen, was der breitesten Stelle der Klinge entsprach. Bei den schmaleren Wunden war das breite Messer vielleicht nicht ganz in den Körper eingedrungen.

»Brauchen Sie mich noch?«, fragte der kleine John.

»Hm. Das Messer war nur einseitig geschliffen. Das können Sie hier sehen«, sagte ich und zeigte auf eine Wunde, »es gibt eine schmale Seite, ein einfacher Schnitt mit der scharfen Seite der Klinge, während die breitere stumpfe Seite zu zwei kürzeren Rissen geführt hat, wir nennen das einen Schwalbenschwanz. Dann gibt es da oder da«, ich zeigte wieder auf die Wunden, »eine ganze Reihe unregelmäßig tiefer Risse, als hätte jemand einen kleinen Fetzen Haut gepackt und dann daran gezerrt, nicht wahr?«

Der kleine John runzelte die Stirn, als ich zu ihm aufblickte. »Mit was?«, fragte er.

»Keine Ahnung, vielleicht eine Zange.« Ich untersuchte erst den einen Arm, dann den anderen und schließlich die Hände. Der kleine John sprach aus, was ich dachte: »Er hat ihr die Nägel ausgerissen.« Es war ein hässlicher Anblick, Klumpen koagulierten Blutes und Risse in der Haut. Hatte der Täter das nur getan, um sie zu quälen? Oder wollte er vermeiden, dass wir etwas Brauchbares unter den Nägeln fanden? Hatte sie ihn gekratzt?

»Sie hat keine Abwehrläsionen«, fuhr ich fort und blieb mit ihrem rechten Arm auf dem Schoß sitzen. »Die sind sonst ziemlich häufig bei Messermorden. Stich- und Schnittwunden an Fingern, Handflächen, Unterarmen und Ellenbogen, wo das Opfer getroffen wird, wenn es sich mit den Armen zu schützen versucht.« Ich sprach noch immer mit dem kleinen John. Hinter uns hörte ich die ganze Zeit über Karolys Unruhe. Er schrieb, redete und rannte hin und her. »Man sieht solche Verletzungen manchmal auch an den Schultern, wenn ein Opfer versucht hat, sich wegzudrehen, um das Herz und andere lebenswichtige Organe zu schützen.« Ich schlang die Arme um mich selbst und wandte mich vom kleinen John ab, um ihm zu zeigen, was ich meinte.

Es war inzwischen fast taghell, und die Vögel nervten mich mit ihrem Gezwitscher, das mich irgendwie an Karoly mit seinem unnötigen Gerede erinnerte. Der Kommissar stand jetzt wieder dicht hinter mir, ich konnte ihn riechen, Old Spice, und hören. Er atmete schwer durch die Nase.

Ich sah wieder zum kleinen John auf, der fast so aussah, als hätte er das Atmen längst eingestellt. »Bei der Behandlung, die ihr widerfahren ist, hätte sie sich wehren müssen.« Ich senkte meinen Blick wieder und untersuchte ihre Unterarme. Rings um ihre beiden Handgelenke waren rote Spuren zu erkennen. »Vermutlich waren ihre Hände auf dem Rücken gefesselt.«

»Auf dem Rücken?«, fragte der kleine John. »Woher wissen Sie das?«

»Wären die Handgelenke vor dem Körper gefesselt gewesen, hätte sie die Arme vor sich in die Höhe halten können, und dann hätte sie Abwehrverletzungen.«

»Zum Teufel!«, ertönte es hinter mir.

Ich drehte mich mit einem Ruck um und sah Karoly an. »Was?«

Er zuckte mit den Schultern. »Nichts.«

Ich versuchte wirklich, mich zurückzuhalten, aber irgendwie flutschte es doch über meine Lippen: »Wissen Sie, was mich an Ihnen stört?«

Er sah nach unten.

»Hm«, murmelte ich und drehte mich wieder um. *Je weniger du sagst …*

»Was?«, verlangte er zu wissen, und sein Tonfall gefiel mir überhaupt nicht. »Was stört Sie an mir?«

Wie oft hatte Tommy Karoly sich bereits beim Großen Mann über mich und meine Manieren beschwert? *Wir pflegen hier eigentlich einen freundlichen Ton …* Unzählige Male, ich kann mich kaum mehr erinnern.

»Eigentlich alles, was aus Ihrem Mund kommt.« Ich schloss die Augen und hätte mir im gleichen Moment die Zunge abbeißen können. Hätte ich doch nur eine Tasse Kaffee bekommen. Und eine Zigarette. Ich drehte ihm den Rücken zu, und als ich wieder die Augen öffnete, blickte ich direkt in das Lächeln des kleinen John. Ich legte meine Hand über seine, die die Taschenlampe hielt, so dass ich den Lichtschein dirigieren und mir einige Stellen in ruhigerem Tempo etwas genauer anschauen und dabei noch einmal nachdenken konnte.

»Sehen Sie hier«, sagte ich schließlich, ohne ihn anzusehen. »Die meisten Wunden sind frisch, ohne jedes Anzeichen einer Wundheilung, doch bei näherem Hinsehen gibt es an einigen Stellen Schorfbildung und sogar Granulationsgewebe – das ist frisch gebildetes Gewebe, das etwas körnig aussieht, weil sich dort so viele neue Blutgefäße bilden. Im Heilungsverlauf sieht man das nach etwa vier Tagen.«

»Das gesuchte Mädchen wird seit vier Tagen vermisst«, sagte Karoly hinter mir mit kühler Stimme.

Das bedeutete … nein, ich wollte nicht daran denken und es schon gar nicht laut aussprechen. *Komm schon, Karoly*, dachte ich. *Sag du es, du kannst doch gar nicht anders.*

»Dann hat dieser Kerl also schon vor vier Tagen angefangen, auf sie einzustechen«, sagte Karoly wie erwartet.

»Richtig. Könnte ich hier auf dem Hals ein bisschen mehr Licht haben?«

Als der Lichtschein auf den Hals der Toten fiel, sah ich dort weder Abschürfungen noch Unterblutungen, wohl aber eine seltsame, schwache Rotfärbung, die ganz und gar nicht an übliche Würgemale erinnerte. Sie sah eher aus wie der Abdruck einer Hand, die in verdünnten Rote-Beete-Saft getunkt worden war. An einigen Stellen waren ein paar hellere Punkte zu sehen.

»Was ist das?«, fragte der kleine John.

Ich schüttelte den Kopf, ohne den Blick von ihrem Hals zu nehmen. »Keine Ahnung, habt ihr da Proben genommen?«

»Nein, Augenblick.« Der kleine John war augenblicklich mit zwei befeuchteten Wattetupfern zur Stelle.

»Sieht aus wie der Abdruck von einem Noppenhandschuh«, sagte der große John, der sich jetzt über die Leiche gebeugt hatte. »Als hätte er sie mit Noppenhandschuhen berührt, also erwürgt, und dabei vergessen, dass er vorher gerade noch mit Wasserfarbe gespielt hat. Die Noppen sind wasserundurchlässig, weshalb diese Stellen heller sind.«

Ich stellte mir weiße Baumwollhandschuhe mit blauen Gumminoppen vor, hatte aber keine Ahnung, ob diese Dinger wirklich »Noppenhandschuhe« hießen. Meine Mutter benutzte solche Handschuhe für die Gartenarbeit, und bei meinem Großvater, einem pensionierten Schweinezüchter aus Rødekro, stand eine ganze Schachtel davon im Stall – Schweinezüchter aus Rødekro haben Hände, die sich mit der Zeit in Handschuhe verwandeln.

»Wir sehen diese Abdrücke oft, also ohne Farbe«, ergänzte Karoly. »Noppenhandschuhe sind bei Kriminellen sehr populär. Die sind billig und leicht zu kriegen.«

Ich sah mir den merkwürdigen Abdruck lange an. Der Täter hatte sie zweifellos am Hals gepackt, aber es gab keine Blutungen in der Unterhaut. Ich nahm zwei Pinzetten aus meiner Tasche, trat hinter ihren Kopf, hockte mich hin und zog mit der Pinzette vorsichtig das obere Augenlid hoch, so dass ich die Bindehaut sehen konnte. Sie war blass und ohne punktförmige Einblutungen. Ich blickte zum kleinen John hinüber. »Da sind keine Petechien.«

»Diese punktförmigen Blutungen?«, fragte er, wenn auch etwas unsicher. Er hatte gut aufgepasst und wollte mir das zeigen.

»Ja, und die sind in der Regel bei Gewalteinwirkung auf den Hals da, also beim Erwürgen. Wenn ein Opfer erst nach dem Tod erwürgt wird, entstehen keine Blutungen.«

»Es ist aber doch wohl ein bisschen merkwürdig, jemand zu erwürgen, der schon tot ist«, sagte der kleine John.

Ich zog das untere Augenlid herunter, wiederholte den Vorgang am anderen Auge, überprüfte den Bereich hinter den Ohren und zum Schluss die Mundhöhle, aber es gab definitiv keine Petechien. »Nicht, wenn man wütend ist«, antwortete ich. »Und auch nicht, wenn man sich nicht ganz sicher ist, ob das Opfer wirklich tot ist.«

Ich drehte das Mädchen vorsichtig auf die Seite und legte meine Finger um ihren rechten Unterarm. Sie lag nun mit der Vorderseite zu mir, so dass ich mich vorbeugen und einen Blick auf den Rücken werfen konnte. Der kleine John hatte bereits die Taschenlampe darauf gerichtet. Der Draht des Zauns hatte sich sichtbar in die Haut ihres Rückens gedrückt.

»Auf dem Rücken hat sie deutlich weniger Läsionen. Vielleicht wollte der Täter ihr in die Augen sehen, während er sie quälte.« Das hätte ich nicht sagen sollen, diese Worte waren komplett überflüssig.

»Welche Perlen Sie uns da kredenzen«, sagte Karoly verbissen. An diesem Kommentar arbeitete er sicher schon Minuten, das konnte ich hören, aber es sollte ihm gestattet sein.

»Klinische Perlen, direkt aus der Tiefkühltruhe«, fuhr er fort. Es war nicht das erste Mal, dass er mich als Tiefkühltruhe oder Gefrierschrank bezeichnete. Bei unserer letzten Begegnung hatte er mir das sogar auf Französisch gesagt, sicher um anzudeuten, dass solch eiskalte Schnallen wie ich bestimmt frigide waren.

Ich konnte mich kaum noch beherrschen, aber schließlich rettete mich Karolys Handy, so dass ich mich damit begnügte, die Luft anzuhalten. Was kam jetzt noch dazu? Eine kleine tote Parenthese irgendwo in einem Vorort von Odense, damit mir auf dem Heimweg, wenn ich mit dem Motorradbullen fertig war und die Sonne längst wieder vom Himmel briet, auch ganz sicher nicht langweilig wurde?

Kann mir hier wirklich niemand einen Kaffee bringen?

»Okay«, hörte ich ihn hinter mir sagen, »okay, okay, okay.« Er starrte noch eine ganze Weile auf sein Handy, nachdem er das Gespräch beendet hatte. »Das vermisste Mädchen heißt Emilie, den Nachnamen habe ich vergessen. Sie ist achtzehn Jahre alt und vor vier Tagen verschwunden.«

Es mochte am fehlenden Kaffee liegen, was mir persönlich am liebsten gewesen wäre, oder daran, dass ich jetzt wirklich dringend eine Kippe brauchte. Oder aber an dem Namen, dem Alter und an der Haarfarbe. Und natürlich lag es auch an mir, dieser nachweislich bindungsscheuen Frau.

Auf jeden Fall wurde mir am ganzen Körper eiskalt, ich vergaß zu atmen, und dann platzte es dummerweise auch noch aus mir heraus: »Emilie!« Meine Stimme war jenseits jeglicher Kontrolle, zitternd, schockiert und grenzenlos entlarvend. Niemand sagte ein Wort, alle starrten mich an, während die Reste der Nacht sich um mich zusammenschnürten.

»Sie kennen sie«, sagte Karoly scharf in die unerträglich lange Stille.

Ich biss die Zähne zusammen und atmete heftig ein und aus. »Nein, natürlich nicht!« Ich drehte mich um und sah Karoly hart an. Er erwiderte meinen Blick mit misstrauisch schmalen Augen und wartete offensichtlich auf eine Erklärung.

»Ich kenne nur aus Kopenhagen ein Mädchen, das achtzehn ist und Emilie heißt.«

Achtzehn Jahre, wiederholte ich in Gedanken und blickte am kleinen John vorbei auf den Nebel, der über dem Wasser lag, wo sich ein paar Enten versammelt hatten. »Und ich bräuchte dringend eine Tasse Kaffee.«

Karoly starrte verbissen auf sein Handy. »Entspannen Sie sich, Doktor. Sie sind ja gleich fertig. Wir müssen nur noch auf das Foto des Mädchens warten.«

Ich trat ein paar Meter beiseite, fischte eine Cecil aus der Tasche und schob die Mundbinde nach unten. Nicht die Fassung verlieren, nicht, wenn sie zusehen, nicht, wenn Karoly dabei ist. Ich suchte meine Taschen vergebens, dafür aber zunehmend verzweifelt nach einem Feuerzeug ab.

»Kann mir irgendjemand Feuer geben?« Meine Stimme klang wie ein Quaken. *Verdammt, das ist nur deine Fantasie*, raunte ich mir selbst zu. *Reiß dich zusammen, sie ist die Tochter einer anderen Frau.*

»Oh, die Frau Doktor raucht?«, sagte Karoly belustigt. »Hier ist das Bild.« Er glotzte erwartungsvoll auf sein Handy, das sich gerade mit einem lautem Piepen gemeldet hatte.

Der kleine John materialisierte sich plötzlich mit einem Feuerzeug vor mir und warf mir einen höchst verwunderten Blick zu. Ich blinzelte, brauchte doch nur einen Kaffee. Manchmal waren die Dinge verflucht einfach: Bekam ich einen Kaffee, hatte ich mich unter Kontrolle. Bekam ich keinen … verdammt, haben wir nicht alle … irgendetwas? Ich verspürte einen schier unbändigen Drang, den kleinen John zu fragen, ob wir nicht alle irgendein Leiden hatten.

»Sehen Sie«, sagte Karoly plötzlich mit deutlich fünischem Akzent und hielt mir das Handy vors Gesicht. »Das ist sie.« Ich schloss die Augen.

»Ich muss jetzt los, leider«, sagte ich und drehte mich um, um meine Tasche zu holen. Für einen kurzen Moment sah der kleine

John mir direkt in die Augen, und es war okay, dass er die Tränen dort sah. Ich ging zum Weg, machte dann aber wieder kehrt und ging zu ihm zurück. Mir war ein Gedanke gekommen, in den ich ihn gerne einweihen wollte, doch als ich in der Dämmerung vor ihm stand, war dieser Gedanke wieder entschwunden. Der kleine John stand da, den Kopf abwartend zur Seite geneigt, aber ich blickte nur zu Boden und murmelte: »Ach nichts.« Dann ging ich zurück zum Wagen. »Ihre Schutzkleidung, Doktor«, rief Karoly mir nach, als ich fast schon am Gatter war. Ich blieb stehen, dachte nach, zog sie langsam aus und warf sie mitsamt Haube, Mundbinde, Schuhüberzügen und Handschuhen mitten auf den Weg. Plötzlich sah das alles nur noch wie Sondermüll aus. Irgendetwas musste Karoly ja tun, wenn sein Handy mal schwieg, zwang ich mich zu denken. Manchmal ist es so ein verdammt kurzer Weg von Trauer zu Wut; dabei ist es viel leichter, wütend zu sein, so viel leichter.

Trotzdem war mir nicht entgangen, dass eine der Schrauben in meinem Kopf, die schon lange locker gewesen war, jetzt allem Anschein nach vollends abgefallen war.

KOPENHAGEN, 18. AUGUST 1990

6

Wären Michael und ich jemals zu zweit in ein Restaurant gegangen, hätten wir zu den Paaren gehört, über die alle reden: ein Mann und eine Frau, die stundenlang an einem Tisch saßen, ohne auch nur ein Wort zu wechseln, als wäre das das Natürlichste von der Welt. Aber wir gingen nie ins Restaurant. Michael war geizig und meinte, er könne das Gleiche »für fast umsonst« machen. Das konnte er nicht, jedenfalls nicht exakt so, dafür konnte er dann beim Essen aber fernsehen oder ein Buch lesen.

Schon 1990, in dem Jahr, in dem meine Gedanken sich jetzt befanden, hatte er kein Interesse mehr an mir. Und auch in den Jahren davor sah es kaum anders aus. Er war nicht daran interessiert, mit mir zu reden, fragte nie nach meiner Arbeit, und auch im Bett lagen wir Nacht für Nacht nebeneinander, ohne dass etwas geschah. Plötzlich schien es ein halbes Leben her, dass er mich zwischendurch mal gefragt hatte, ob ich einen Kaffee wolle, oder mich angelächelt hatte, wenn wir auf dem Flur aneinander vorbeiliefen. Ich selbst war kaum besser. Wir hatten kein Interesse mehr aneinander, nur dass mir diese Erkenntnis viel zu spät gekommen war.

Davor hatte es natürlich einmal andere Zeiten gegeben, lebhafte Zeiten, doch nachdem er sechs Monate nach unserer ersten Begegnung plötzlich eines Tages mit einem Koffer in jeder Hand vor meiner Tür, *meiner Tür*, gestanden und mir eine eichene Banktruhe versprochen hatte, war alles verloren gewesen, als wäre gerade in diesem Moment eine Hexe an uns vorbeigerauscht, hätte ihren gefährlichen Zauberstab auf uns gerichtet und – bums – einen Volltreffer gelandet. Es war ein Ostersamstag gewesen, abends gegen elf Uhr. Wir hatten ziemlich harten Sex auf der Fensterbank gehabt, was mich nicht sonderlich erregte, obgleich ich wusste, dass der Teenagersohn unseres Nachbarn uns zusehen konnte.

Danach waren wir nur noch wie zwei Fische in einem Aquarium, die die ganze Zeit über aneinander vorbeischwammen, ohne sich gegenseitig zu fragen, weshalb sie es denn so eilig hatten. Aus dieser Zeit ist mir kaum noch etwas im Gedächtnis. Ich weiß noch, dass er da war, dass seine Sachen da waren, sein Geruch, sein tiefer, langsamer Atem, wenn er schlief; all die Monate und Jahre erscheinen mir in meiner Erinnerung wie ein langer, immerwährender Dauerregen. Aber nein, jetzt, da ich darüber nachdenke, sehe ich ein, dass ich selbst wirklich nicht besser war. Ich verkroch mich in meinen wissenschaftlichen Publikationen, machte alle Fortbildungen, die ich bewilligt bekam, und versteckte mich ansonsten hinter meinem Walkman; verschanzt hinter dicken Mauern aus Heavy Metal. Nur wenn ich diese Musik hörte, fühlte ich mich wirklich lebendig. Außerdem hielt sie die Geräusche der anderen Menschen fern.

Vielleicht war es ganz einfach. Vielleicht war ich ganz einfach eine merkwürdige Person, die mit einer merkwürdigen Person verheiratet war. Für mich war es das Beste, mit meinem Walkman am Fenster zu sitzen und nach draußen über das künstliche Licht des Ørstedsparks zu blicken. Nur so gelang es mir manchmal, ein anderes, unwirkliches Leben heraufzubeschwören, nach dem ich mich sehnte. Wahrscheinlich blieb ich mit Michael zusammen, weil ich nichts vermisste.

Nein, ich vermisste wirklich nichts, denn wenn ich etwas wollte, stellte ich es mir einfach vor. Das war um so viel leichter, denn dann konnte alles exakt so ausgeformt werden, wie man es haben wollte.

Auch in jener merkwürdig warmen Augustnacht, in der ich um 01.40 Uhr über die Nørre Voldgade ging, dachte ich daran. Ich konnte mich deshalb so genau daran erinnern, weil ich auf meine Armbanduhr schaute, als ich den gelben Nachtbus passieren ließ, ehe ich weiter auf das Tor des Ørstedsparks zuging. Ich war mir vollkommen bewusst darüber, dass der Mann mir folgte, aber er war schön, also machte ich mir keine Gedanken darüber. Den Schweiß auf meiner Stirn schrieb ich der warmen Nachtluft zu.

Vergewaltiger können doch nicht schön sein.

Außerdem ging ich so, wie ich es gelernt hatte, wenn man als Frau nachts allein in der Stadt war. Zielstrebig, trotz kurzem Rock mit langen Schritten, den Schlüsselbund hörbar klirrend in der Hand: *Du kriegst reichlich Schläge, wenn du mich berührst.*

Ich war high von der Gitarrensuppe aus meinen Kopfhörern, dem Lärm, der das Loch in meinem Kopf stopfte, gerade hatte ich die Whitesnakes mit *Is this love* in meinem Walkman auf »repeat« gestellt. Es war 1990, alles war noch groß, schwarz und dunkel. Genau wie mein Walkman, groß, schwarz und schwer.

Is this love. Noch heute bohren sich die dünnen, einleitenden Gitarrentöne unter meine Knochen – dorthin, wo es wehtut – und lassen mich in einem beinahe hypnotisch sehnsüchtigen Zustand zurück. *I should have known better, than to let you go alone …*

Obwohl ich ihn gesehen hatte, hörte ich ihn nicht, er war in der Suppe aus Tönen und dem Sumpf meiner Gedanken verschwunden, so dass ich mich nicht einmal am schmiedeeisernen Tor umdrehte. Es war schwer, ich drückte in meinem abwesenden Zustand allerdings auch gegen die Mitte des Türflügels, und eilig hatte ich es auch nicht. Außerdem war es warm und dunkel, und ich liebte diesen Park, gerade wenn es warm und dunkel war und der Mond voll und rund am Himmel stand.

Der Ørstedspark im Dunkeln: wie ein Gemälde, das sich Nacht für Nacht, je nach Stellung des Mondes, ein bisschen veränderte. In dieser Nacht war der Park leer, der Mond hing schwer über dem See, und sein beruhigendes Spiegelbild klebte wie immer auf dem stillen Wasser. Es waren keine Enten zu sehen, jedenfalls konnte ich keine entdecken und natürlich auch nicht hören. Für mich gab es nur *Is this love*, ich hörte nicht einmal den Kies unter meinen Schuhen knirschen, dabei mochte ich dieses Geräusch sonst so gern.

Es war niemand auf dem Weg, auch die Bänke unten am Seeufer waren verwaist. Die Schwulen trafen sich auch damals schon hinten auf der anderen Seite des Wassers, auf der Brücke und rechts und links davon auf den Wegen oder in den Büschen.

Manche Dinge änderten sich eben nie.

Es war nicht mehr weit nach Hause, wo Michael mit einem Buch im Wohnzimmer saß; er würde nichts sagen, wenn ich zur Tür hereinkam, allenfalls kurz aufblicken, abwesend lächeln und sich dann wieder seinem Buch widmen und das Leben zwischen den Seiten weiterführen; ich stellte mir Sachen vor, er las sie. So kann man ein ganzes Leben leben.

Doch dann spürte ich die Hand auf meiner Schulter. Ich holte vor Schreck ganz tief Luft und drehte mich um: Es war der hübsche Mann, der mir gefolgt war und der mich jetzt, während mein Walkman *Is this love* spielte, in die Büsche stieß. Ich sah nur, wie sich sein Mund bewegte, hörte aber nicht, was er sagte. Er sah so nett aus, und mein Arm streckte sich zu ihm aus, aber zu langsam, denn er stieß mich weiter, ein, zwei Mal, bis ich ins Taumeln geriet und irgendwo zwischen grünen Zweigen zu Boden ging. *Is this love or am I dreaming*. Irgendwie musste ich mir wohl den Kopf gestoßen und für kurze Zeit das Bewusstsein verloren haben, denn als ich wieder zu mir kam, lag er auf mir, die Ellenbogen auf meine Brust gestützt, so dass ich nicht aufstehen konnte. Aber das machte nichts. Plötzlich war er in mir und küsste mich dabei so zart, dass ich weinen musste; er nahm die Ellenbogen von meiner Brust und ich streckte meinen Arm aus. Wir bewegten uns wie in Zeitlupe; ich legte meine Hand hinter seinen Nacken, zog ihn zu mir nach unten und küsste ihn. Für einen kurzen Moment war es wie die Szene eines Films, aber es war mein Film, meine Musik, mein Traum.

Ich hätte Angst haben sollen, aber er küsste mich wie ein Liebhaber, und die Musik, die ich später fürchten sollte, spielte weiter, endlos auf Repeat gestellt. Ja, sie würde auch dann noch zu hören sein, wenn ich zerschmettert in meinem Autowrack klemmte. Die Musik war wie die blanke Verhöhnung meines Todes, nur dass ich alles andere als tot war: *With you I've found the key to open any door*, sang David Coverdale in meine beiden Ohren.

Dann streichelte er mir über die Wangen, stand auf, zog seine Hose hoch und machte sie zu. Sein Mund mimte ein kurzes Wort, das ich weder hören noch von seinen Lippen ablesen konnte. Dann ging er.

Ich lag noch eine Weile da, mit hochgeschobenem Rock und zerrissenem Slip, die Fetzen auf den Knöcheln, und sah durch die dünnen Zweige der Büsche zum Mond hinauf. Ich fühlte mich satt und glücklich, während sein Samen langsam aus mir heraussickerte.

Und dann hatte ich eine Abtreibung. Ich wollte diesen Menschen lieben und ich wollte normal sein, aber beides ging nicht. Ich würde ihn niemals wiedersehen und bei Tageslicht nicht einmal erkennen, denn die Stadt war voller hübscher Männer mit halblangen schwarzen Haaren, Jeans und Lederjacke. Also entschloss ich mich dazu, normal zu sein, und normale Menschen bekommen keine Kinder von ihren Vergewaltigern, außer vielleicht, sie wohnten irgendwo in Texas, wo jedes Leben heilig ist. Für mich war das aber nicht so, für mich war das Leben etwas, das kommt und geht, das man wählen, abwählen oder sich in seiner Fantasie erschaffen kann.

Warum aber landete ich ausgerechnet im Bispebjerg Hospital? Ich weiß es nicht, aber es war so. Dort stank es nach Pisse und alten Männern, stickig, beißend und dumpf. Ich wachte in einem Achterzimmer auf, eine Zimmergenossin war allerdings gerade entlassen worden, *viel Glück und jetzt sieh zu, dass wir dich hier nie wieder sehen*, so dass uns auch ein leeres Bett Gesellschaft leistete. Natürlich waren wir alle gleich die besten Freundinnen, und das, obwohl ich weder einen grünen Fisch auf die Arschbacke tätowiert noch Lack auf den Zehennägeln hatte, sondern mich meistens nur damit begnügte, zu lächeln und auf meine Bettdecke zu starren, wenn sich die anderen unterhielten. Aber das war vollkommen in Ordnung, schließlich hatten wir alle eine Abtreibung hinter uns. Die Trauer machte mich ganz benommen, ich wusste, dass mein Leben für immer verändert sein würde, und dennoch schien es, als gehörten wir durch die Abtreibung irgendwie zusammen und verdienten einander. Sie lachten viel, und auch ich versuchte zu lächeln, manchmal. Auch nach der Entlassung trafen wir uns noch ein paar Mal, schließlich hatten wir ja alle diese Abtreibung hinter uns. Die Mädchen veranstalteten Feste mit Fassbier und Gegrilltem, aber ich brach immer früh wieder auf, was ihnen nicht gefiel. Sie wollten wissen, ob ich mich langweilte, und das tat ich, was aber sicher nicht nur ihre Schuld war. Auch Michael begleitete mich bei diesen Anlässen, mit versteinerter Miene, aber auch das war nicht nur ihre Schuld. Ich sagte, nein, ich langweile mich nicht und schob die Schmerzen in meiner Gebärmutter vor, die ich auch wirklich hatte. Es brannte, stach und drückte in meinem Unterleib, denn ich litt unter einer Streptokokkeninfektion, was ich damals allerdings noch nicht wusste. Erst Monate später ging mir auf, dass die Infektion eigentlich nur eine logische Konsequenz war, denn wie sollte es an einem Ort, wo ein solcher Gestank herrschte, auch nur annähernd hygienisch zugehen? Als ich endlich, nach zwei Monaten mit leichtem Fieber und Brennen, Stechen und Drücken in der Gebärmutter, zum Gynäkologen ging, konstatierte er eine Gebärmutterentzündung und stopfte mich mit Penicillin voll, aber es war bereits zu spät, bereits egal. Ich stellte mir meine Eileiter wie zwei riesige aufgedunsene Bälle vor, wie blanke, im Dunkeln leuchtende Zysten, hinter denen alles tot, übelriechend und schleimig war wie die Spur einer Schnecke.

Und dann, eines Tages, waren die Schmerzen weg.

Fast von einem Tag auf den anderen, so kam es mir jedenfalls vor; an dem Tag, an dem ich mein Pillenarsenal entsorgen wollte und mich endgültig entschlossen hatte, mit der Müdigkeit und dem Stechen und Brennen im Unterleib zu leben, war alles auf einmal weg. Der Tag, an dem ich aufgab, war der Tag, an dem die Schmerzen verschwanden. Ich war unfruchtbar geworden.

In meinem Kalender hatte ich diese Nacht mit einem Herz markiert. Genau zwischen den Tagen, wie ein Teenagergeheimnis in einem Tagebuch; nicht einmal Michael hatte ich von meiner Nacht im Park erzählt. Ich sagte ihm, ich müsse ins Krankenhaus, um eine Konisation am Gebärmutterhals machen zu lassen, und da ich so einen Eingriff zuvor schon einmal hatte vornehmen lassen, glaubte er mir. Wahrscheinlich dachte Michael, dass Frauen so etwas hin und wieder machen lassen müssen, wenn er denn überhaupt dachte. Gott behüte Michael, hoffentlich ging es ihm gut.

Was sollte ich noch sagen über diese Nacht? Natürlich nur zu mir selbst, denn nicht im Traum konnte ich daran denken, mit anderen Menschen darüber zu sprechen. Sich etwas vorzustellen war tatsächlich beinahe so gut wie es tatsächlich zu erleben, es tatsächlich zu tun. Ich stellte mir viel vor, und diese Vorstellungen taten mir gut. Ich schloss die Türen zur Normalität ganz leise, denn ich wollte nicht, dass die Menschen dachten, ich hätte eine Macke – so etwas geht verdammt schnell, und manchmal braucht es dafür erschreckend wenig. Ich wollte einfach normal sein, am liebsten unsichtbar. Ich *wusste*, dass ich meine Arbeit nicht machen könnte, wenn ich ganz offensichtlich eine Macke hätte, und ich wusste, dass ich mir das hier selbst ausgesucht habe, weil es mich glücklich machte. Ich mochte es einfach, mir Sachen vorzustellen. So fügten sich die Puzzleteile des Lebens am besten zusammen.

Ich zählte die Tage und rechnete mir den Termin der nicht stattfindenden Niederkunft aus. An diesem Tag fuhr ich in ein Ferienhaus in Odsherred, das ich von einem Kollegen gemietet hatte, und schrie mich in dieser schönen Aprilnacht durch eine ganze, nicht enden wollende Stunde, in der ich mir alle Details einer Geburt vorstellte: wie ich am Sommerhaus ankam, gebeugt vom Auto zur Tür lief, in den Händen die Einkaufstaschen aus dem nächsten Supermarkt, als die erste Wehe mich wie ein Schock traf. Mit zitternden Fingern machte ich Feuer im Kamin und wartete auf die nächste.

Später, als ich im Innern des kleinen, eiskalten Hauses saß, erzählte ich der Hebamme, die ich mir als ältere, graue, rundliche Frau vorstellte, dass die Fruchtblase geplatzt und das Wasser an meinen Schenkeln nach unten geschossen sei. Nicht langsam sickernd wie das Sperma des hübschen Mannes, sondern wild wie ein Fluss. Sie untersuchte mich und sagte, mein Muttermund habe sich noch gar nicht geöffnet, aber das käme sicher noch. Es dauerte eine Stunde, bis er zehn Zentimeter weit war, verdammt schnell und verdammt schmerzhaft. Ich hatte mich vorher schlau gemacht, gelesen und mit frisch gebackenen Müttern gesprochen, die ja immer gerne erzählten, und da ich gerne zuhörte, war ich schnell beliebt und gewann so manche neue Freundin. Die brauchte ich damals auch, später kündigte ich diese Kontakte dann aber für immer auf.

Ich hatte keine Ahnung von Kindern. Überhaupt keine.

Es war erlösend zu schreien, wohlwissend, dass niemand mich hören konnte, niemand eine Augenbraue hochzog oder sich seinen Teil dachte. Ich hatte *Sweet Child O'Mine* eingelegt, auf Repeat gestellt und die Lautstärke voll aufgedreht, damit mich nicht einmal die Igel und Füchse im verwilderten Garten hören konnten, als mein Becken sich weitete und vorrückte wie ein kalbender Eisberg. Stück für Stück und immer weiter, bis ich Emilie irgendwann aus mir herauspressen und ihren blutigen kleinen Körper an mich drücken konnte.

Ich saß da, ein Scheit Brennholz in ein Tuch gewickelt, und fühlte mich dank meiner Fähigkeit, mir Dinge vorzustellen, unendlich befreit.

Eine alte Kommilitonin aus dem Medizinstudium, mit der ich während der ersten Semester eine Wohnung geteilt hatte, war gerade niedergekommen, und ich fragte sie, ob ich mit in ihre Müttergruppe kommen dürfe. »Das wäre total nett«, sagte sie, dunkelblond, müde und glücklich, und ich kam mit, saugte alles in mir auf und spielte mit den Antworten, die ich gegeben hätte, wenn die kleine, süße Emilie auch außerhalb meines Kopfes existiert hätte.

Als Emilie drei Wochen alt war, ging ich zu McDonald's, denn dort hatte ich immer Familien mit Kindern gesehen. Aber ich sah schnell ein, dass die McDonald's-Kinder viel älter waren. Zu allem Überfluss legte sich dabei ein Big Mac irgendwie in meinem Bauch quer, nahm mir den Atem und stieß mir auch noch, nachdem ich nach Hause gekommen war und mir die Zähne geputzt hatte, immer wieder sauer auf. Aber es war toll, Emilie bei *Sweet Child O'Mine* im Walkman zu stillen und dabei an den zu denken, den ich nur im Dunkel dieser einen Nacht gesehen hatte. Den, dessen Stimme ich nie gehört hatte, der aber einen großen Entschluss für mich gefasst und mir den Weg gewiesen hatte.

In den nächsten Jahren schob ich einen imaginären Kinderwagen hin und her.

Als Emilie drei wurde, klappte es schließlich auch mit McDonald's. Ich trank eine Cola, während sie am Schaukelpferd herumfingerte, ohne darauf zu steigen. Und dann kam sie in den Kindergarten. Ich unterrichtete die Kindergärtner über all ihre Besonderheiten, ihre bevorzugte Liegeposition, ihre Schlafenszeiten, dass sie keine Tomaten mochte und unter keinen Umständen einen Schnuller bekommen durfte. Sie hörten mir bereitwillig zu, wie es solche Menschen zu tun pflegten. Während dieser ganzen Zeit wusste ich aber ganz genau, wie sich die Dinge verhielten; in mir, aber auch da draußen.

Ich hielt Kontakt zu Frauen mit gleichaltrigen Kindern, was mehr als leicht war, denn über ihre Kinder redeten ja alle gern.

Und das tat auch ich, mehr als gern.

Je mehr Jahre vergingen, desto ähnlicher wurde sie mir, vom dunklen Teint ihres Vaters sah ich in Emilies Gesicht jedoch keine Spur. Sie war hell wie ich, ein aschblonder Klon, und sie weinte, als ich sie am ersten Tag im Kindergarten, als alle unter der Ulme versammelt waren, allein ließ. Die ganze erste Woche ginge das so, aber dann sei es überstanden, lernte ich von meiner Nachbarin, deren Tochter gerade eingeschult worden war. Emilies Abschlussfeier nach der neunten Klasse und ihre Abiturfeier waren Spiegelbilder meiner eigenen Erinnerungen; reine, sympathische Schnapszahlen. Sie war ein unproblematischer Teenager, gar nicht wie diese anderen Teenies, vertraute mir alles an, war meine gute Freundin und verstand all meine Gedanken. Und auch ihr Freund war einfach. Und dann starb sie, nur dass das eben gar nicht einfach war. Sie wurde ermordet. Und ich wachte auf.

Fuck, ich war wirklich ganz schön lange fort gewesen.

Und als wäre das noch nicht genug, musste ich jetzt auch noch einen mausetoten Motorradbullen finden, der irgendwo zwischen Ørbæk und Ferritslev in einem Graben lag. Wo zum Henker war das nun wieder?

Liebes Tagebuch,

da saßen wir also wieder am gestärkten Tischtuch und lauschten dem nervösen Klirren des Bestecks. Silber natürlich, oder versilbert, was weiß ich, auf jeden Fall teures Zeug. Anders ging es ja nicht. Es klirrte sehr laut, scheppernd, lärmend, wenn es an den Teller schlug und ihre Nervosität in Geräusche übertrug. Sie redete und redete, denn außer ihr tat das ja niemand. Mein Vater saß am Ende des Tisches und aß schweigend. Manchmal hob er kurz den Kopf, blickte aber nur in abgrundtiefe Leere. Etwa jede dritte Woche fragte er, wie es in der Schule ging. Ich sah ihn dann nur an und sagte: »Es läuft gut, das weißt du doch ganz genau.« Er sah ja meine Noten und nickte immer zufrieden, zu bemängeln gab es wirklich nichts. Wenn er mich sah, sah er etwas Schönes, Sauberes, etwas, das mit Messer und Gabel aß und den Mund beim Kauen geschlossen hielt. Das allein, samt den guten Noten, genügte ihm schon.

In dem Blick, mit dem er meine Mutter beobachtete, lagen hingegen Abscheu und Gleichgültigkeit, zusammengesetzt etwa in dem Mischungsverhältnis von Hefe und Mehl in einem Brotteig. In seinen abwesenden Augen hatte ich nie einen anderen Blick gesehen. Meine Mutter und mein Vater schliefen jeder für sich und machten mir keine Schwierigkeiten. Ich hoffte für ihn, dass er woanders bekam, was er brauchte und nicht auch jemand war, der sich mit zu wenig begnügte.

Meine Mutter redete über das Essen und entschuldigte sich dafür, dass das Fleisch bestimmt zu viel oder zu wenig von irgendetwas hatte. Und die Sauce sei zu dünn, das täte ihr außerordentlich leid, sie könne selbst nicht verstehen, warum, sie habe sie doch angedickt. Waren die Kartoffeln in Ordnung, konnte man die essen? Ich kniff meine Augen zusammen, lächelte sie an und sagte lautlos HALT DEINEN MUND. Sie zog den Hals ein und klapperte mit Besteck und Tellern – welch ein Bild. *Hör mal Mutter, das Besteck stottert*, hätte ich gerne gesagt. Mehr als einmal. Ich liebte den Anblick, wenn sie sich kleinmachte, die Schultern bis über beide Ohren hochzog und ihre Nervosität aus jeder ihrer Poren sprach.

Sie würgte ihr Essen hinunter. Nahm sich nicht die Zeit zu kauen, da ja jederzeit etwas passieren konnte, ein plötzlicher Windhauch oder eine Schiffskatastrophe.

Ich hingegen hatte alle Zeit der Welt und nahm sie mir, ich genoss das Essen – es war wunderbar, wie immer, schließlich war meine Mutter eine traumhafte Köchin. Sie machte sich immer große Mühe und verdiente es eigentlich, dass jemand dies zu schätzen wusste. Aber weder mein Vater noch ich sagten etwas. Nicht eine Silbe kam über unsere Lippen. Wir entspannten uns und genossen das Essen, während sie vor Angst fast zugrunde ging.

Diese jämmerliche Frau. Auch wenn ich es mit ihr trieb, starb sie jedes Mal vor Angst, aber gesagt hat sie nie etwas. Nicht ein Wort. Beim ersten Mal meinte sie noch: »Was? Was machst du da? Was? Nein! Das geht doch nicht!« Aber ich legte meine Hand fest auf ihre Lippen, und seitdem schwieg sie. Schließlich war ich ja ihr einziges Kind, ihr ganzer Stolz.

ODENSE, 13. JULI 2009

7

Es war die Wut, an der ich festhielt, die Wut, die mich durch den Tag bringen und alles andere auf Abstand halten sollte. Ich war mit Wonne dazu bereit, alles und jeden zu zerkratzen, der sich mir in den Weg stellte.

Als ich die Chipkarte in die Tür der Rechtsmedizin steckte, schloss ich die Augen, um nicht in das Spiegelbild meines mitgenommenen Gesichts blicken zu müssen, und bemerkte daher nicht, dass mein Chef Bonde Madsen gerade auf dem Weg nach draußen war. The Voice dröhnte aus meinem iPod, weshalb ich von der Außenwelt nichts mitbekam und vollkommen schockiert gegen seinen ausladenden Bauch stieß. Irgendein Geräusch kam über meine Lippen, das spürte ich ebenso wie die Tatsache, dass er für einen Moment meine Oberarme festhielt und dann wieder losließ. Seine Lippen bewegten sich, wir blickten uns in die Augen, und mein iPod wiederholte fast liturgisch:

Bow down to me, bow down to me, bow down to me, bow down to me

Die ganze Situation war so absurd, dass ich lächeln musste. Etwas unfreiwillig, denn nun würde der leitende Rechtsmediziner dank seines ungeheuren Selbstvertrauens garantiert wieder denken, ich sei irrsinnig scharf auf ihn.

Ich hastete weiter durch einige Türen und schließlich über den mit Nadelfilz ausgelegten Flur, wo ich feststellte, dass es inzwischen 8.35 Uhr war. Mit einer ganzen Reihe von Dingen war ich ganz und gar nicht zufrieden. Zunächst hätte ich dieses Hühnchen-Schinken-Sandwich, das ich an der Q8-Tankstelle am Hjallesvej gekauft hatte, nachdem ich den Motorradbullen untersucht hatte, nicht aus dem Fenster werfen dürfen. Dummerweise war der Schinken im Brötchen aber nicht nur verkohlt, sondern auch noch eiskalt gewesen. So kalt wie mein Hirn, das sich wieder einmal anfühlte, als klirrten Eiswürfel darin herum – ein sicheres Anzeichen dafür, dass ich im Begriff war zu unterzuckern.

Die Kriminaltechniker und Tommy Karoly würden gegen zehn kommen, um der Obduktion von Emilie beizuwohnen. Ich hatte Ruth mitgeteilt, dass der Motorradpolizist gegen vierzehn Uhr obduziert werden würde, denn eine Obduktion war nicht zu vermeiden. Der Mann war weder angefahren worden, noch hatte er selbst einen Unfall verursacht. Alles deutete darauf hin, dass er durch ein paar gezielte Schläge auf den Kopf, die seinen Schädel zertrümmert und sein Hirn verletzt hatten, ins Jenseits befördert worden war. Ich wusste jetzt schon, dass ich es nicht bis vierzehn Uhr schaffen würde, hatte diesen frühen Zeitpunkt aber angegeben, um im Falle eines Falles nicht selbst warten zu müssen. Auf jeden Fall wollte ich vorher die Obduktion von Emilie voll und ganz abschließen – mitsamt allen Erklärungen und der Analyse der entsprechenden Proben.

Plötzlich, gerade als mir The Voice *Nothing Sweet about Me* servierte, stand Ruth vor mir und bewegte ihre Lippen. Der Text des Songs traf exakt auf mich zu, vor allen Dingen, wenn ich nicht bald etwas zu essen bekam. Ich schaltete den iPod aus und rang mir ein vorsichtiges Lächeln ab.

»Entschuldigung, ich habe nicht gehört, was du gesagt hast«, sagte ich und nahm zur Erklärung meinen Kopfhörer heraus.

»Nicht schlimm, ich habe dir bloß einen guten Morgen gewünscht«, erwiderte sie mit irritierend frischem Lächeln und ergänzte dann vollkommen unnötig: »Du hast heute ja richtig viel zu tun.«

Ja, deshalb habe ich dich ja vor einer halben Stunde angerufen, dachte ich und erwiderte kurz und knapp: »Ja«, bevor ich einen Bogen um ihren diätplankontrollierten Körper machte und eilig weiterging, damit sie gar nicht erst in Versuchung geriet, meinen Tag zu organisieren. Mit ihr wollte ich keinen Kaffee trinken, nein, ich wollte einen schwarzen Kaffee in Gesellschaft der schwarzen Nkem, nicht nur, weil sie immer irgendwo ein paar Kohlenhydrate versteckt hatte, sondern auch, weil ich fünf Minuten in der Gesellschaft ihres warmen, dunklen Blickes und ihrer stets passenden Worte brauchte.

Ich ging in mein Büro und rief sie an, aber sie war noch nicht da. Ich warf meine Wildlederjacke auf den Stuhl und lief in die Bibliothek. Linda wischte gerade die Kaffeemaschinen ab, die bereits einen wohligen Geruch ausströmten. Ich erleichterte die rechte der beiden Maschinen, die in der Regel den stärkeren Kaffee braute, um eine Tasse, hatte es mit dem Trinken aber zu eilig und verbrannte mir die Zunge.

»Mist …«

»Ja, ja«, sagte Linda mit dem mageren, unruhigen Gesicht. »Hast ist Last.« Sie hatte immer für alles einen Spruch. Bei unserer letzten Begegnung putzte sie gerade mein Büro, während ich kopfüber in einer Schublade steckte und alles auf den Boden pfefferte, weil ich einen ganz bestimmten Stempel nicht finden konnte. Damals sagte sie: »Was nicht oben liegt, liegt unten.«

Aber sie hatte Kaffee gekocht, weshalb ich keine spitze Bemerkung machte, sondern meine Energie darauf verwendete, in die Tasse zu pusten, damit ich endlich meinen Kaffee trinken und ein bisschen Ruhe finden konnte.

»Wie viele Obduktionen haben wir heute?«, fragte sie.

Ich nippte vorsichtig am Kaffee. Er war noch immer kochend heiß. »Ich habe heute zwei. In beiden Fällen handelt es sich zweifellos um Mord, ich werde also wohl eine Weile brauchen.« Das Abkühlen dauerte mir zu lange, so dass ich mir eine saubere Tasse holte und den Kaffee umfüllte. »Die zweite habe ich deshalb auf vierzehn Uhr angesetzt.« Ich goss den Kaffee zurück in die erste Tasse. »Vermutlich werde ich nicht rechtzeitig fertig, damit Sie den Obduktionssaal noch putzen können. Eigentlich können Sie jetzt schon die Putzfirma beauftragen.«

Meine Augen klebten an ihren hellblonden, dünnen Haaren. Ich verstand einfach nicht, warum sie sich nie nach den Fällen erkundigte. War sie so überhaupt nicht neugierig? Oder hatte sie Angst, die Antworten nicht verkraften zu können? Aber warum arbeitete sie dann hier? Mir kamen gleich mehrere, deutlich ungefährlichere Büros in den Sinn, die man stattdessen saubermachen konnte, wenn es wieder einmal »so war«, wie sie sich in ihrer speziellen Art auszudrücken pflegte. Sie wusste immer nur dann Bescheid, wenn wir Leichen mit ansteckenden Krankheiten auf die Tische bekamen, die sie hinterher putzen musste. Aber das *musste* sie dann auch wissen.

Linda hatte ihre ganze Aufmerksamkeit jetzt auf den Tisch gerichtet und schrubbte voller Eifer die Kante der Tischplatte. Ich sah zu der Obstschale hinüber, die aber nur zwei Äpfel und eine verschrumpelte Pflaume zu bieten hatte.

»Linda?« Ich sah sie bittend an. »Haben wir irgendetwas zu essen im Haus?«

Sie schüttelte den Kopf. »Nein, ich glaube, es hat niemand Frühstück mitgebracht.«

»Was soll ich machen? Die Kantine öffnet erst um zehn, ich stehe die beiden Obduktionen aber nicht durch, wenn ich vorher nichts gegessen habe. Mir ist jetzt schon schwindelig, und in meinem Mund habe ich einen üblen Metallgeschmack. Außerdem darf ich diesen Karoly nicht noch einmal anfahren, sonst … können Sie nicht nach drüben zum Krankenhaus gehen und mir ein paar Kalorien verschaffen? Ein paar Sandwiches, eine große Limonade – aber keine Light.« Sie nickte, und ich schob ihr zweihundert Kronen hin.

Die Hälfte des Kaffees war auf der Untertasse gelandet, als ich schließlich wieder in meinem Büro war. Ich hatte kaum die Tür hinter mir geschlossen, als meine Sekretärin Helle mit einem grünen Papierumschlag hereinschneite, den sie vor mir auf den Tisch knallte. Helle versäumte keine Gelegenheit, mich mit ihrer Abneigung zu quälen. Das tat sie seit dem ersten Tag, an dem Bonde Madsen mich altväterlich durch das kleine Institut geführt hatte. Sie hatte nämlich gleich die diskrete Hand auf meinem Rücken durchschaut und die Blicke bemerkt, die Dr. Madsen mir zuwarf und die, ihrer Meinung nach, einzig und allein ihr zustanden. Warum auch nicht? Sie war hübsch. Jünger als ich. Blonder als ich. Angepasster. Und sie roch auch besser, entsprach den richtigen Klischees und war noch dazu so grenzenlos unbegabt, dass es schon an Imbezillität grenzte. Ein besonderes Faible hatte sie dafür, Redewendungen und geflügelte Worte durcheinanderzubringen und falsch anzuwenden. So hatte ich sie unter anderem bereits sagen hören, dass in allem ein »Hörnchen Wahrheit« stecke, dass »der frühe Vogel auf dem Dach sitzt« oder die Unordnung in meinem Büro »das Fass mit dem Boden schlägt«. Letztere Bemerkung hatte ich einfach mit dem Satz kontern müssen, die Welt sei ja auch wirklich bodenlos. Es war mir wirklich ein Rätsel, warum sie – gegen alle Erwartungen – nicht Bonde Madsens Traumfrau war. *Wirklich verrückt nach mir*, *Sie sollten mal sehen*, *wie die mich ansieht*, hatte er gesagt. Und er sollte mal sehen, wie die mich ansieht, dachte sie, als Helles wütende Schritte sich über den Flur entfernten. *Pure love* in Minusgraden.

Ich schlug den Bericht auf. Er umfasste neun Seiten Informationen über die ermordete junge Frau: Die Polizei hatte noch keinen Kontakt zu Emilies Arzt aufnehmen können und hielt es für zu früh, ihre Familie zu vernehmen, die aber natürlich über den Fund informiert worden war. Den Zustand des Mädchens hatte Karoly bis jetzt allerdings verschwiegen. Abgesehen davon hatte die Polizei die Tote inzwischen als die achtzehnjährige Emilie Haundrup identifiziert, die seit Dienstagabend vermisst wurde. Mein Herz begann wieder zu hämmern, und ich starrte wie gelähmt auf das Papier. Als ich Schritte auf dem Flur vor meinem Büro hörte, knallte ich den Bericht laut zu, um mir selbst einen Schrecken einzujagen, und schloss die Augen: Einen Moment lang saß ich einfach nur da und atmete langsam durch die Nase. *Jetzt reiß dich endlich zusammen*. Und wo blieb Linda nur mit dem Essen? Ich sah auf die Uhr: 08.56. Ich holte mir eine Kippe, zündete sie am geöffneten Fenster an, nahm sechs Züge auf einmal und schnippte die viel zu lange Glut mit den Fingern weg. Ich ließ das Fenster offen stehen und dachte daran, dass ich noch den Sektionsgehilfen über die Obduktion um zehn Uhr informieren musste, damit er alles vorbereiten konnte.

Pouls Büro lag in der Mitte des Flurs. Er saß an seinem Schreibtisch und war der Inbegriff des Montagmorgens. Er glotzte leer durch die geöffnete Tür auf den Flur und zuckte zusammen, als er mich plötzlich erblickte. Seine Hand schnellte zu seinem Mund, so dass ich mich wie ein Wecker aus der Hölle fühlte. Ich hatte gehofft, mit Mickey obduzieren zu können, aber Mickey hatte diese Woche natürlich keinen Dienst. Pouls Anblick gab mir immer das Gefühl, ein bisschen zu sterben.

Er war einundsechzig und damit Institutsältester, was ihn zu einem »Mythos in der dänischen Rechtsmedizin« hatte werden lassen. Er galt als enorme Kapazität, wenn auch nicht enorm genug, um endlich auch einmal auf der Mitarbeiterliste des Instituts aufzutauchen. Manchmal, wie auch jetzt, drang der unverkennbare Gestank männlicher Übermacht aus Zimmer dreiundvierzig der gynäkologischen Abteilung – die Übermacht der *groffen* Männer. *Groff*. Dieses Wort drängte sich mir schon nach sehr kurzer Zeit hier im Institut auf, obwohl ich ziemlich sicher wusste, dass es nicht einmal existierte. Auf jeden Fall wäre dieses Wort die perfekte Verbindung von groß, grob und schroff …

»Sie wissen schon, dass wir heute zwei Obduktionen vor uns haben?« Ich lehnte mich an den Türrahmen.

»Ja, ein Vögelchen hat mir da so etwas zugezwitschert.«

Er war verärgert. Wie immer hatte er das Gefühl, nicht richtig informiert worden zu sein. Natürlich war das ein Problem, aber musste er sich deshalb so spitz ausdrücken? Seine Ausdrucksweise verschlimmerte den Gestank nur noch. Alle drei, Professor Madsen, der zweite Stellvertreter, den ich Schweinebacke nannte, und Poul hatten die unangenehme Tendenz, sich gegenseitig und auch die Welt, die sie umgab, zu hassen. Dies äußerte sich in einem seltsam sarkastischen Stil, häufig kombiniert mit einer Art Kanzleisprache, die vermitteln sollte, dass sie in staubigen Bibliotheken zur Welt gekommen waren, die Münder vollgestopft mit goldumrandeten Erstausgaben und mit intravenösem Zugang zu allem, was in dieser Welt wissenswert war. Im Grunde ziemlich bescheuert. Zu allem Überfluss musste es dort zwischen den Zeilen trotz der bereits bestehenden Enge nun auch noch Platz für jemanden wie mich geben. Deshalb vermisste ich Mickey. Wenn er fluchte, dann offen und von ganzem, ehrlichem Herzen, so dass alle rot wurden.

»Es handelt sich um einen wirklich widerwärtigen Sexualmord«, sagte ich. »Wir brauchen Proben von allem.« *Wirklich widerwärtig*, auf eine solche Beschreibung griff ich nur zurück, um bei einem Mann wie Poul, der selbst allenfalls *reichlich unangenehm* sagen würde, eine Reaktion hervorzurufen. Dabei hätte ich am liebsten noch viel mehr gesagt, und das laut und schrill und … um ehrlich zu sein, verspürte ich sogar Lust, ihm eine zu kleben oder ihn in Brand zu stecken, einfach um eine Reaktion zu provozieren, die nicht zu seiner Bibliotheksaura passte.

Poul nickte und stand wütend auf. *Er ist so ein hübscher Mann*, zwitscherte Ruth immer, *unglaublich fit*. Ich hingegen musste bei seinem Anblick immer nur an einen Ball denken, der ohne irgendeinen Nutzen auf dem Boden herumhüpfte. Aber Ruth fand auch Schweinebacke bezaubernd, und der hatte die Angewohnheit, auf betäubte Schweine zu schießen, um den Einfluss der Projektile auf das Gewebe zu studieren.

»Ich habe die Leiche schon herausgeholt«, sagte Poul. »Ich bringe sie jetzt gleich nach oben in den Obduktionssaal.«

Ich betrachtete meine Hände. Sie schwitzten. Wie mein ganzer Körper. Ich war eine große Chemiefabrik kurz vor der Explosion.

Eilig lief ich zurück in mein Büro, ließ mich auf meinen Stuhl fallen und griff gerade wieder nach dem Bericht, als es leise an der Tür klopfte und Linda mit einem halben Liter Cola und zwei Sandwiches in der Hand ins Zimmer trat. Thunfisch und Salami.

»Das Wechselgeld liegt in der Tüte«, sagte sie. Sie wusste ganz genau, dass ich lieber Käse und Schinken hatte. Vermutlich hatte sie das mit Absicht getan.

Die Kolleginnen hier am Institut gehörten nicht gerade zu meinem Fanclub, auch wenn Ruths honigtriefender Mund immer das Gegenteil verkündete.

»Danke«, sagte ich, nahm ihr die Tüte ab und sah sie ohne zu lächeln an, bis sie wieder verschwunden war.

Ich schlang das Salamisandwich wie ein Tier hinunter, spülte mit der Cola nach und rundete alles in Windeseile und ohne jeden Genuss mit dem Thunfischsandwich ab. Meinem Magen ging es aber bereits besser, und ich hoffte darauf, dass auch der Rest von mir in naher Zukunft die gleiche Entwicklung durchmachte. Wartend starrte ich auf den Polizeibericht, aber nichts geschah. Stattdessen klingelte mein Handy. Es war Großvater. Nicht jetzt, alter Freund, dachte ich und drückte den Anruf weg.

Dann klingelte es unten an der Tür. Ich wusste genau, wer das war, hastete ans Fenster, tankte in einigen eiligen, unbefriedigenden Zügen Nikotin, während sich eine der Sekretärinnen erbarmte und die Männer hereinließ.

Als ich kurz darauf Schritte vor meiner Tür hörte, öffnete ich und ließ den kleinen und den großen John eintreten, während ich mit der Zunge letzte Thunfischstückchen zwischen meinen immer freier liegenden Zahnhälsen hervorpulte.

»Darf man hier rauchen?« Der große John sah aufrichtig überrascht aus, als suchte er nach einem »Rauchen erlaubt«-Schild.

»N-nein«, antwortete ich und wunderte mich. Wie hatte er das riechen können, ich hatte doch aus dem Fenster geraucht.

»Und? Haben Sie Ihren Kaffee bekommen?«, fragte der kleine John lächelnd.

»Ja, hier in der Bibliothek gibt es Kaffee«, sagte ich und versuchte sein Lächeln zu erwidern. Ein bisschen, wenigstens. Zwei Dinge kamen mir beinahe zeitgleich mitten im Lächeln in den Sinn: zum einen, dass er mein Sohn sein könnte, zum anderen, dass er mich niemals in einem Park vergewaltigen würde. Ich drehte den Kopf zum Fenster und verbarg meine Gedanken hinter einem abwesenden Blick.

»Wir haben an der Tankstelle eine Tasse getrunken«, sagte der große John. »Wir halten noch ein bisschen durch.« Sie stellten die Kamerakoffer auf den Boden.

»Es wird eine ziemliche Schweinerei geben«, sagte ich und versuchte ein Stück Salami zwischen zwei Zähnen wegzusaugen. »Also ziehen wir lieber die Kittel an.«

Bald darauf standen wir in dem geräumigen Obduktionssaal mit der hohen Decke, in dem sämtliche Mordobduktionen durchgeführt wurden. Es gab genug Platz für alle, und sogar im Sommer war der Geruch hier nicht so belastend wie in dem nebenan liegenden kleineren und deutlich niedrigeren Obduktionssaal. Trotzdem roch es. Es roch immer. In beiden Obduktionssälen Odenses wie auch in allen sieben Sälen des Kopenhagener Instituts oder in jedem anderen Obduktionssaal auf der Welt.

Die anderen behaupteten, nichts riechen zu können, bei mir aber war das anders. Der Gestank versteckte sich hinter den Desinfektionsmitteln, schwach, aber unverkennbar. Ich hatte einmal gehört, dass Leichengeruch sich mit Fett verbindet und so auch in den Kleidern hängenbleibt. Vielleicht, dachte ich, müsste man immer alles putzen, die Wände, die Decken, die Armaturen, und das jeden Tag, um den Geruch wirklich ganz zu beseitigen.

Die doppelten Johns zogen sich die blauen Füßlinge an, bevor sie in den Saal gingen, und Poul reichte ihnen Hauben, Masken und Handschuhe durch die Tür. Ich selbst streifte noch eine durchsichtige Schürze über den grünen Stoffkittel, um zu verhindern, dass Blut und andere Körperflüssigkeiten durch das Gewebe bis zu meiner Haut vordrangen.

Mit Polizeibericht und Diktiergerät in der Hand sah ich mich um: Doppel-John, Poul und Henriette, unsere Praktikantin, waren anwesend.

»Karoly fehlt noch.« Kurz sah ich dem kleinen John in die Augen.

»Oh, Entschuldigung!«, sagte Poul und sah den großen John an, der die Kamera vorbereitete. »Ich habe vergessen mitzuteilen, dass Herr Karoly sich wegen einiger Vernehmungen verspäten wird, wir sollen ruhig schon anfangen«, sagte er und wandte sich wieder den Geräten zu.

Auf dem Tisch bei der Tür lag Emilie in ihrem weißen Leichensack. Der Reißverschluss war noch geschlossen, aber trotz der Sandwiches, des Kaffees und der Zigaretten verließ mich der Mut. Das lag nicht nur an der gleichermaßen speziellen wie ganz normalen Nervosität oder an dem Eindruck unendlicher Einsamkeit, der jedes Mal entstand, wenn ich hinter einem gerade verstorbenen Menschen stand und seinen Lebenslauf und seine Leidensgeschichte von der Oberfläche der Haut bis in den tiefsten Winkel seiner Organe verfolgte, sondern auch … mein Blick klebte an dem Leichensack.

8

Ich löste meine Augen von Emilie und sah zu Poul hinüber, der gerade die Nackenstütze an ihren Platz schob. Er warf mir einen kurzen Blick zu, nahm die elektrische Knochensäge und legte einen feuchten gelben Schwamm zum Abwischen der Organe bereit, dann sah er wieder zu mir. Ich wusste, dass er mich nicht leiden konnte, aber wer zum Henker konnte das schon? In seinem Blick lag allerdings nicht nur Ablehnung, er musterte mich irgendwie verwundert, als fragte er sich insgeheim etwas.

Neben dem Obduktionstisch plazierte er zwei Bretter, eines etwa so groß wie ein Schneidebrett für die Sektion des Hirns und ein kleineres in Größe eines Frühstücksbrettchens für das Herz. Hinter mir war Doppel-John, oder mindestens einer von beiden, bei der Arbeit. Erst hörte ich, wie der Reißverschluss des Leichensacks geöffnet wurde, dann das Rascheln von Tüten, die von Händen und Haaren genommen wurden. Ich richtete meinen Blick auf die Bahre und sah dann wieder zu Henriette, die sich einen Platz möglichst weit entfernt von der Leiche gesucht hatte. Die groß gewachsene, dünne, zerbrechlich wirkende Blondine stand mit verschränkten Armen da. Sie hatte schon mehreren Obduktionen beigewohnt, weshalb ich sie nicht explizit auf das vorbereitet hatte, was sie heute zu sehen bekäme, dazu hätte die Zeit aber auch gar nicht gereicht. Trotzdem kamen mir nun Zweifel; Henriette war nur wenige Jahre älter als Emilie, sie musste sich zwangsläufig mit ihr identifizieren, und das Gefühl, ebenso gut selbst dort liegen zu können, war bei einer Obduktion nicht gerade hilfreich. Andererseits war dieses Gefühl auch mir nicht fremd. Hatten die Toten irgendwelche Ähnlichkeiten mit mir oder ihre Leben mit dem meinen, musste ich mich zwingen, diese Gedanken beiseitezuschieben, um nur den toten Körper zu sehen und mir meine Objektivität zu bewahren. In

Emilies Fall war das beinahe unmöglich. Ich atmete ein paar Mal tief durch und musste dabei einen recht kläglichen Eindruck gemacht haben, denn Poul blickte auf und fragte: »Sollen wir den Chef rufen?«

Ich starrte ihn an und war mir fast sicher, dass meine Augen gelb vor Zorn wurden: »Nein, fangen wir endlich an. Außer natürlich, Sie brauchen ein bisschen väterliche Fürsorge und Unterstützung?«

Wortlos wandte er sich Emilie zu, während ich zum Waschbecken ging. Es half mir sehr, jemanden zu haben, auf den ich wütend sein konnte – und das noch mit gutem Grund. Leider hielt diese Befriedigung nicht lange an, denn schon im nächsten Moment musste ich wieder heftig schlucken. Emilie wurde von der Bahre auf den Obduktionstisch gehoben, und ich spürte, wie sich die nächste Schraube in meinem Kopf zu lösen begann. Ich beobachtete konzentriert den kleinen John, der mit seiner Kamera auf die Stahlleiter kletterte, um ein Übersichtsfoto zu machen, bemerkte dabei aber auch den kalten Blick, den Poul mir zuwarf, bevor er mit seinen Wattetupfern loslegte. Der große John stand neben Henriette. Er zwinkerte mir zu, als wolle er mir damit sagen: *Ein Glück, dass ich da nicht rauf muss.* Der große John hatte Höhenangst und brauchte nur ein paar Sprossen auf einer Leiter nach oben zu steigen, bis ihm der Schweiß ausbrach und ihm schwindelig wurde.

Poul führte einen Wattetupfer in Emilies Mund ein und rieb damit ihr Zahnfleisch, ihre Zunge und ihren Gaumen ab, um so mögliche Spermareste zu sichern. Ich nahm den Polizeibericht, schlug ihn auf und versuchte, ihn zu Ende zu lesen. Die Kamera klickte und summte leise. Dieses Geräusch überraschte mich jedes Mal. Ich wartete, der Macht der Gewohnheit gehorchend, noch immer auf den Laut der uralten Nikon F3, die von Hand aufgezogen werden musste, ein Geräusch, das in Kopenhagen alle Obduktionen geprägt hatte.

Emilie hatte gerade ihr Abitur auf der Kathedralschule abgelegt und ihre Sommerferien genossen, bevor sie im Herbst ein Jurastudium an der Süddänischen Universität beginnen wollte. Während ich diese Information las, deponierte Poul seine Mundhöhlenfunde in entsprechend nummerierten Pappschachteln.

Emilie hatte in den letzten zwei Wochen beinahe ausschließlich am Strand von Kerteminde gelegen, offensichtlich auch, weil sie sich erst vierzehn Tage zuvor beim Sturz von einer Leiter, als sie die Dachrinne am Haus ihrer Eltern reinigen wollte, das Schlüsselbein gebrochen hatte. Sie hatte also noch zu Hause gewohnt.

Wieder sah ich zu Poul hinüber, der inzwischen mit seinem Wattetupfer in Emilies Scheide nach Spermaspuren suchte. Er atmete schwer und räusperte sich. Aus den Augenwinkeln sah ich, wie Henriette ihre Stellung wechselte. Sie starrte fortwährend auf einen Punkt hinter mir. Ich las weiter.

Am Abend ihres Verschwindens hatte Emilie mit einer Freundin ein Sunset-Sandwich im Bahnhofszentrum am Østre Stationsvej gegessen. Danach, gegen 20.45 Uhr, waren sie ins City-Kino gegangen und hatten sich die Komödie *Sorte Kugler* angeschaut. Gegen 23.00 Uhr tranken sie noch einen Latte im Café From, das schräg gegenüber des Kinos lag, und anschließend war Emilie mit dem Bus nach Hause gefahren. Mehr wusste man im Grunde nicht. Ich klappte den Bericht zu und beobachtete Poul. Er schloss seine Suche nach biologischen Spuren gerade im Enddarm ab.

Ich trat dicht an Emilie heran, betrachtete ihr entstelltes Gesicht und ließ meine Augen dann nach unten wandern. Der Hals mit den gepunkteten Druckstellen ließ mich erneut an Rote-Beete-Saft denken. Doch nicht einmal in dem gnadenlosen Licht des Obduktionssaals waren Anzeichen einer Unterblutung der Haut an den Seiten oder der Front ihres Halses zu erkennen. Dazu passte, dass ich keine punktförmigen Einblutungen in ihren Augen gefunden hatte. Ich war mir ziemlich sicher, dass sie verblutet war, aber trotzdem war irgendetwas mit ihrem Hals geschehen.

»Geben Sie mir eine Lupe«, sagte ich und streckte meine Hand aus, ohne meinen Blick von Emilies Hals zu nehmen. Während ich wartete, betrachtete ich ihre Brust und ihren Arm, auf dessen Außenseite ich dicht unter der Schulter eine ganz schwache Druckstelle entdeckte, ebenso am anderen Arm. Beide Stellen waren leicht gepunktet, die Rotfärbung war allerdings deutlich schwächer und flächiger als am Hals. Sie führte nicht um den ganzen Arm herum, dafür waren hier aber recht deutliche Unterblutungen zu erkennen, was bedeuten musste, dass ihr Herz noch Blut ins Gewebe gepumpt hatte, als ihr diese Läsion zugefügt worden war. Irgendjemand hielt mir ein Vergrößerungsglas direkt unter die Nase, mit dem ich noch einmal den Hals untersuchte. Die Haut wirkte unter der Rötung irgendwie pergamentartig. Wenn Emilie nach Eintritt des Todes mit viel Kraft gewürgt worden war und der Täter dabei Handschuhe getragen hatte, die stark an der Haut rieben, hätten dabei gelbliche, pergamentartige Abschürfungen entstehen können. Etwas Gelbliches konnte ich unter dem Rot nicht erkennen, pergamentartige Stellen aber waren da, wenn auch nicht sonderlich stark ausgeprägt.

»Schauen Sie mal«, sagte ich zu Poul, der bereits mit sorgenvoll gekräuselter Stirn neben mir stand. »Was zum Henker ist das?«

Er schüttelte den Kopf. »Keine Ahnung.«

»Könnten Sie diesen Bereich mal abtupfen? Ich weiß noch nicht, wonach wir das untersuchen sollen, schauen wir mal, was Nkem herausfinden kann. Eine DNA-Probe haben wir schon genommen, also genügt ein Set mit vier Wattetupfern, nur für den Fall.«

Poul nahm ein paar Tupfer, befeuchtete sie mit sterilem Wasser und tupfte die roten Bereiche ab. »Was sollen wir auf die Pappschachtel schreiben?«, fragte er.

»Sie hat das auch im Gesicht.« Ich sah auf. Der kleine John stand auf der anderen Seite des Obduktionstisches, beugte sich über Emilies Kopf und deutete auf eine schwach rot verfärbte, leicht gepunktete Stelle auf einer ihrer Wangen.

»Stimmt …« Ich drehte mich zu Poul um und sagte: »Schreiben Sie einfach *Rotes Material von Hals, Armen und Gesicht*, und tupfen Sie auch die Stelle im Gesicht ab.«

Ich blieb stehen und musterte noch einmal die rötliche Verfärbung.

»Ich werde eine Sektion des Halses vornehmen«, sagte ich. Auch wenn ich am Hals nur leichte Spuren von Gewalteinwirkung feststellen konnte, wollte ich mir das auf jeden Fall auch von innen ansehen. Die rote Druckstelle konnte eigentlich nichts anderes sein als der Abdruck eines Noppenhandschuhs. Als ich nochmals die rote Stelle am Arm untersuchte, bemerkte ich, dass Poul neben mir stand. Ich drehte mich um und packte ihn – sicher etwas zu fest – an den Oberarmen. Er zuckte heftig zusammen. »Entschuldigung«, sagte ich, »aber das könnte der Abdruck von jemandem sein, der sie *so* an den Oberarmen gepackt hat. Bevor sie starb.« Poul nickte steif und lehnte sich zurück, weil ich noch immer seine Arme umklammerte. Ich ließ ihn los.

Im gleichen Augenblick flog die Tür auf, und mein Chef und Karoly kamen herein. Karoly trug Uniform. Die Luft vibrierte förmlich vor Autorität und Besitzansprüchen, aber Poul ging unbeeindruckt auf sie zu und versorgte sie mit Hauben und Masken.

»Ich begleite die Obduktion ab jetzt«, sagte Bonde Madsen und schien nicht darüber diskutieren zu wollen.

»Warum denn das?«, fragte ich kriegerisch und richtete mich auf.

Bonde Madsen sah kurz zu Karoly und richtete seinen Blick dann wieder auf mich.

»Wie ich gehört habe, wirken Sie heute ausgesprochen müde und schlecht gelaunt.«

»Das wären Sie auch, wenn man Sie mitten in der Nacht geweckt hätte«, antwortete ich. »Wenn man Sie nachts aus dem Bett klingelt, sind Sie doch immer so benommen, dass Sie nochmals zurückrufen müssen, weil Sie alles wieder vergessen haben, oder?«

Eine eisige Stille senkte sich über den Obduktionssaal, und vor meinen Augen flimmerte es. Bonde Madsen starrte mich kalt an, ohne zu blinzeln, und ich hörte, wie Poul hinter mir nervös an seinen Wattetupfern herumfummelte. Dann aber riss er sich zusammen und begann damit, die Leiche zu waschen.

»Ich habe dem verantwortlichen Rechtsmediziner gesagt, dass Sie heute einen recht unausgeglichenen Eindruck auf mich gemacht haben«, sagte Karoly und sah mich etwas verlegen an. »Und dass Ihre Reaktion bei mir den Verdacht geweckt hat, Sie hätten das Mädchen persönlich gekannt.«

»Das ist eine wichtige Obduktion«, sagte Bonde Madsen. »Da darf nichts schieflaufen.«

»Entschuldigung, aber das ist für mich jetzt vollkommen inakzeptabel«, platzte ich heraus, außerstande, meine Wut zu kontrollieren, und baute mich direkt vor den beiden auf. Ich starrte meinem Chef in die Augen und ignorierte Karoly ganz bewusst. »Wenn Sie fertig sind mit Ihren Belehrungen, würde ich gerne mit meiner Arbeit anfangen. Wie Sie selber gesagt haben: Das hier ist eine wichtige Obduktion, und deshalb wüsste ich es wirklich zu schätzen, wenn Sie beide jetzt gehen könnten«, sagte ich und war mir der Gefahr, sogleich in Madsens Büro zitiert zu werden und eine Abmahnung zu kassieren, voll bewusst.

Bonde Madsen allerdings schien vollkommen unbeeindruckt zu sein. »Sind Sie sich sicher, dass Sie die Tote nicht kennen?«, fragte er nur und bezog sich damit auf meine in Frage gestellte Unbefangenheit. Wie oft hatte er sein Credo vorgebracht, dass ein Arzt »unbefangen« sein musste – vollkommen neutral, was den Ausgang eines Falls anging. Die Rolle des Rechtsmediziners als objektiver Chronist eines Übergriffs war ein Thema, über das er nie müde wurde zu referieren oder zu schreiben, auch wenn ich den Verdacht nicht loswurde, dass er mit seiner Flut an Publikationen nur sicherstellen wollte, weiterhin im Licht der Öffentlichkeit zu stehen. *Aufmerksam-*

keit erregen, um jeden Preis! Wahrscheinlich würde er sich für eine Doppelseite in irgendeiner Schmuddelzeitung sogar nackt auf dem Obduktionstisch fotografieren lassen.

»Ja, ich bin mir absolut sicher, dass ich sie nicht kenne«, sagte ich, drehte mich um und sah dem kleinen John in die Augen. Fast spürte ich, wie sich Madsens und Karolys Blicke in meinen Rücken bohrten. »Wären Sie jetzt wohl so freundlich zu gehen?« Ich war müde, mein Tonfall klang flehend.

»Ja, aber Karoly darf doch sicher hierbleiben?«, fragte Bonde Madsen mit dem Anflug eines Lachens irgendwo am äußersten Rand seiner Stimmbänder. »Eigentlich *muss* er sogar dabei sein.« Ich drehte mich um, sah Bonde Madsen an und bemerkte das überlegene Lächeln in seinen Augen. *Du kriegst schon noch, was du verdienst*, schien es zu sagen, *eines Tages wirst du mich noch anflehen, dich zu ficken.*

»Karoly kann bleiben, aber nur, wenn er die Klappe hält und mich nicht wieder aufregt. Schließlich handelt es sich ja, wie Sie selbst gesagt haben, um eine wichtige Obduktion.« Ich drehte ihnen wieder den Rücken zu, noch immer zitternd vor Wut und voller Abscheu über Karoly. Dieses Mal ging es gar nicht darum, dass ich eine Frau war. Dieses Mal ging es darum, dass ich *ander*s war und nicht *gehorchte*. Es ging um Macht und Dominanz. Und natürlich um Sex. Aus den Augenwinkeln sah ich zu Bonde Madsen hinüber, der mit dem Rücken zu mir gedreht die Tür öffnete, um zu gehen. Wahrscheinlich war sein Stolz darüber, im Zentrum der Macht zu stehen, noch immer in seinem Gesicht zu sehen. Er hätte mich zurechtweisen können, wenn er gewollt hätte, hatte sich aber dafür entschieden, es nicht zu tun. Noch nicht.

Wieder fing ich einen Blick vom kleinen John auf, zusammen mit einem Lächeln, von dem ich nicht sicher wusste, ob ich in Zukunft darauf würde verzichten können.

Auch nachdem Bonde Madsen die Tür hinter sich geschlossen hatte, spürte ich noch die Wut in meinem Körper brodeln. Auf keinen Fall wollte ich allerdings zulassen, dass sein lächerlicher Führungsstil und meine daraus resultierende Wut Einfluss auf eine Obduktion hatten, schon gar nicht auf diese hier. Karoly stellte sich neben Henriette. Ich holte tief Luft und konzentrierte mich darauf, die nagellosen Finger zu untersuchen. Um mich selbst und die Anwesenden daran zu erinnern, warum wir eigentlich hier waren, sagte ich laut: »Selbst wenn sie Hautzellen ihres Angreifers unter den Fingernägeln hatte, können wir das jetzt nicht mehr rekonstruieren.«

Natürlich konnten wir ohne Nägel auch keine Hautreste *unter* den Nägeln untersuchen, aber rein theoretisch konnten sich trotzdem noch Täterzellen an den Fingern befinden, wenn sie ihn gekratzt hatte, bevor er ihr die Hände auf den Rücken gefesselt hatte. »Wir nehmen trotzdem Proben von den Fingern, und dann drehen wir sie um«, sagte ich, kam aber zu der Erkenntnis, dass Emilies Mörder offensichtlich nicht vollkommen blöd gewesen war – Fingernägel ab und Handschuhe an. Der perfekte Mord war es trotzdem nicht. Kein Mord war perfekt. Ich setzte meine Hoffnung auf die rote Farbe. Während Poul sich um die Finger kümmerte, nahm der kleine John die Kamera und kletterte wieder auf die Leiter. Das ging mir allerdings doch ein wenig zu schnell. Ich spürte, dass das Gespräch mit Bonde Madsen mir noch zu sehr in den Knochen steckte.

»Nein, mit dem Umdrehen warten wir noch etwas. Ich will erst noch ihre Vorderseite untersuchen. Wenn ihr einen Kaffee wollt, ist das jetzt die Gelegenheit.« Ich brauchte wirklich eine Tasse Kaffee. Und eine Kippe. Ich hatte noch viele Stunden vor mir.

Liebes Tagebuch,

jedes Mal, wenn ich eines der Mädchen in der Klasse … tja, wie soll ich das nennen – halb-vergewaltigte, wusste ich immer genau, dass das unter uns blieb. Ich wählte immer diejenigen aus, die ihren Mund halten würden, weil sie sich schämten oder einfach bloß Angst hatten. Eines der Geheimnisse meines Erfolgs ist meine Besonnenheit. Wenn ich mir nicht ganz sicher war, wie sehr die Mädchen unter ihrer Scham litten, jagte ich ihnen noch zusätzlich Angst ein und drohte, mit ihnen das zu tun, was ich in dieser einen Freistunde mit der Katze angestellt hatte. Oder genauer: was ich *vielleicht*, *vielleicht* aber auch nicht mit dieser Katze getan hatte.

Damals hatte ich Birgitte mit in das Wäldchen neben der Schule genommen, in dem ich den Käfig mit unserer Katze, Pjevs, versteckt hatte. Den Käfig hatte ich in einem Abfallcontainer am Ende unserer Straße gefunden, wo jemand gerade seinen Keller ausgemistet hatte. Ursprünglich war es wahrscheinlich ein Käfig für irgendeinen großen Vogel, aber an diesem Tag hockte unsere Katze darin. Pjevs war alt, mit diesem Vieh würde es ohnehin bald zu Ende gehen. Ihr Pelz stank, und manchmal konnte sie ihr Wasser nicht mehr halten oder verfehlte das Katzenklo. Ich hatte am frühen Morgen den Flachmann meines Vaters mit Rasenmäherbenzin gefüllt – der Kanister stand in der Garage – und in meine Schultasche gepackt. Schon lange fantasierte ich davon, was bei dem, was ich vorhatte, mit der Katze geschehen würde. Es ging mir gar nicht darum, ihr wehzutun – okay, vielleicht ein bisschen. Eigentlich aber verfolgte ich mit dieser Sache strategische Zwecke. Es ging mir darum, Furcht und Verunsicherung zu verbreiten.

Die Schultasche in der einen, den Käfig in der anderen Hand, war ich ins Wäldchen spaziert, wo ich den Käfig versteckte, bevor ich ins Klassenzimmer ging. Mehr als pünktlich, ruhig und ordentlich, sauber und anständig gekleidet, frisch frisiert und mit perfektem Pausenbrot.

Pjevs hatte es nicht gefallen, im Käfig zu hocken, sie hatte die ganze

Zeit über miaut und war mir auf die Nerven gegangen, so dass es angenehm war, ein paar Minuten vor den anderen in der Schule zu sein, um mich zu sammeln, bevor meine Klassenkameraden hereinkamen und den Raum mit dieser besonderen Art von Lärm füllten. Stuhlbeine, die über den Boden kratzten und dann hingeknallt wurden oder schwere Schultaschen, die hart und scheppernd auf dem Linoleumboden landeten, ließen meine Nervenbahnen auf höchst unangenehme Weise erzittern. All diese Geräusche irritierten mich, sie machten mich wütend. Schüler sind unglaublich plump und scheinen ihre Anwesenheit immer irgendwie durch Lärm manifestieren zu müssen: *Jetzt bin ich hier, hör zu! Ich mache Krach, also bin ich!* Geräusche! Das nervöse Zwitschern meiner Mutter, wenn sie von Steak und Sauce redete, ihr angsterfülltes Klirren mit dem Besteck: Dies waren Geräusche, die ihre Unterwürfigkeit betonten, Geräusche, die mir gut taten. Das Schweigen meines Vaters hingegen war unerträglich.

In der Freistunde erzählte ich Birgitte, dass ich ihr ein Geheimnis zeigen wolle, etwas, das mich mit Freude erfüllte. (Ich sagte das wirklich so. Alles an mir war brav und unauffällig, meine Haare, meine Kleider, meine Sprache, und diese Unauffälligkeit half mir zu überleben.) Ich hatte sie einmal halb-vergewaltigt, und sie war sicher eine, die ihren Mund hielt, doch genau das sollte sie dieses Mal nicht tun. Dieses Mal sollte sie ein Gerücht verbreiten, das ich entschieden und mit allem Nachdruck leugnen würde. Niemand sollte mit Sicherheit wissen, ob die Geschichte stimmte oder nicht. Alle sollten einfach gründlich verunsichert sein über den Jungen mit der netten Frisur und dem ordentlichen Pausenbrot.

Ich kippte den Flachmann über Pjevs aus, die jämmerlich miaute und mich auf unangenehme Art an meine Mutter erinnerte. Als ich sie mit meinem Zippo-Feuerzeug anzündete, schrie Birgitte auf und versuchte, wegzulaufen, aber ich bekam ihren Kragen zu fassen, hielt sie fest und zwang sie zuzusehen, wie die Katze kreischend im Käfig rotierte; ich muss einräumen, dass ich überrascht darüber war, wie lange ihr Todeskampf dauerte, und auch der widerliche Gestank überraschte mich.

Ich bat Birgitte, allen von dieser Geschichte zu erzählen und ließ sie dann laufen, während ich selbst den Rest der Freistunde dazu nutzte, die verkohlte Katzenleiche unter dem Laub zu verstecken und den Käfig zurück in den Container zu bringen.

Ich zweifelte nicht daran, dass meine Mitschüler in der Zwischenzeit erfahren hatten, zu was ich in der Lage war und auf welche Ideen ich womöglich kommen konnte, sollte man mir nicht gehorchen. Ich selbst leugnete alles mit entsetzt ungläubigem Gesichtsausdruck, als meine Kameraden mich noch am gleichen Tag darauf ansprachen. In meinen Augen ließ ich aber eine Art Lächeln aufblitzen, um Zweifel zu säen. Niemand konnte wissen, ob trotz meiner entschiedenen Leugnung nicht doch stimmte, was Birgitte erzählt hatte. Sie sollten lernen, mich zu fürchten und mir zu gehorchen, ohne dass jemand wirklich Bescheid wusste. Eine war keine, Birgitte war keine. Zwei wären fatal gewesen, eine jedoch, eine wie Birgitte, war genau richtig.

9

Inzwischen hatten die beiden Johns den Rücken des Leichnams fotografiert und waren nun damit beschäftigt, die einzelnen Läsionen zu nummerieren und Nahaufnahmen davon zu erstellen. Ich hatte siebzehn Stück unterschiedlicher Tiefe und Breite gezählt, alle verursacht durch einen scharfen Gegenstand. Auf der Vorderseite der Toten zählte ich sechsundzwanzig Stich- und Schnittwunden, wobei sich die meisten auf den Bereich des Venushügels konzentrierten. Ein Teil dieser Läsionen sah sehr tief aus, wie tief genau, konnte ich allerdings erst bestimmen, wenn ich die Leiche öffnete. Die Wunden waren unterschiedlichen Alters; die ältesten – an ihnen war das Granulationsgewebe deutlich ausgeprägt – lagen im Bereich der Brüste, wo besonders die teils abgeschnittenen, teils abgerissenen Brustwarzen auffielen.

Während John und John fotografierten, tastete ich Emilies Kopfhaut ab, um auch unter den Haaren eventuelle Läsionen ausfindig machen zu können, fand jedoch keine. Ich suchte noch einmal nach punktförmigen Einblutungen, wieder ohne Erfolg. Dann bewegte ich vorsichtig ihre Nase und hörte das Kratzen zweier unregelmäßiger Knochenflächen, die aneinanderrieben. Der Nasenrücken war bläulich verfärbt, und in beiden Nasenlöchern war angetrocknetes Blut.

Er hatte ihr die Nase gebrochen. Dann zog ich die Lippen mit zwei Pinzetten auseinander. Der Mund war leicht geöffnet, die Zunge war intakt und die Zähne sahen aus wie bei den meisten Teenagern ihrer Altersgruppe: nicht eine Plombe. All diese Ergebnisse sprach ich ins Diktiergerät.

»Sind Sie vollkommen sicher, was ihre Identität angeht, oder brauchen wir den Zahnarzt?«, fragte ich.

»Wir gehen davon aus, dass die Identität geklärt ist«, sagte Karoly knapp. Es war das Erste, was er sagte, seit er den Raum betreten hatte. »Die Eltern kommen nach der Obduktion.«

»Anstelle der Eltern«, sagte Henriette plötzlich, »wäre es mir lieber, sie vor der Obduktion zu sehen. Sie müssen sie doch nicht berühren, sondern einfach nur ansehen.« Der Blick, mit dem sie mich ansah, war beinahe vorwurfsvoll.

Ich ließ das Diktiergerät sinken und sah sie an. Was wusste dieses Mädchen schon davon, wie es war, ein Kind zu verlieren?

»Henriette«, begann ich. »Die meisten Leichen sind nach der Obduktion schöner, aber wahrscheinlich meinen Sie das gar nicht.« Ich richtete mich ganz auf. »Wir können die Eltern auf keinen Fall zu ihr lassen, bevor wir mit der Obduktion fertig sind. Wir haben ja noch keine Ahnung, wer ihr das angetan hat, und sehr häufig stammen die Täter ja aus dem Kreis der Familie – wobei auch ich nicht glaube, dass das hier von einem Familienmitglied angerichtet worden ist. Aber … trotzdem, wir dürfen auf keinen Fall das Risiko eingehen, dass es zu einer Verunreinigung kommt, sei sie auch noch so klein.« Henriette verschränkte die Arme vor ihrer Brust und starrte erneut auf einen Punkt hinter mir.

Ich fuhr mit der Untersuchung der äußeren Geschlechtsorgane fort und fand eine Blutung an der Innenseite der rechten inneren Schamlippe.

»Diese Läsion hier«, erklärte ich den anderen im Raum, »deutet auf einen sexuellen Übergriff hin.« Ich ließ meinen Blick über die vermummten Gesichter um mich herum schweifen und sagte, an Poul gewandt: »Wir müssen besonderes Gewicht auf die Untersuchung der Geschlechtsorgane und des Enddarms legen.« Er nickte. Im Saal breitete sich bedrückende Stille aus, einzig unterbrochen von dem Rascheln der Schuhüberzüge und dem Klicken und leisen Summen der Kamera des großen John.

Eigentlich entnahmen wir bei einer Obduktion die äußeren und inneren Geschlechtsorgane nur selten *en bloc*, aber in diesem Fall war das relevant, um aufklären zu können, was geschehen war – keine Untersuchung konnte sicher dokumentieren oder nachweisen, dass eine Frau vergewaltigt worden war, aber auf diese Weise konnten wir überprüfen, ob die Scheide so auffällig verletzt war, dass man nicht mehr von freiwilligem Sex ausgehen konnte.

Vom Kopf ausgehend machte ich mich daran, die nummerierten Läsionen zu beschreiben. Auch im Gesicht registrierte ich mehrere kreuz und quer geführte Schnitte und Stiche. Einer dieser Schnitte war in der Wange, so dass es aussah, als würde Emilie grinsen. Insgesamt fanden sich sieben scharfe Läsionen im Gesicht, besonders im Bereich des Mundes, was mich an etwas denken ließ, das Bonde Madsen einmal gesagt hatte: Männer, die Frauen misshandelten, konzentrierten sich häufig auf den Mund, da dies die Quelle all der bösen Worte und unbequemen Wahrheiten war, gegen die Männer sich häufig nur mit physischer Gewalt zur Wehr setzen konnten. »Aber Männer können doch auch reden«, hatte ich zu bedenken gegeben und dafür einen Blick geerntet, der mir deutlich zu verstehen gab, dass ich keine Ahnung von Männern hatte. Ich hatte im Laufe der Zeit die Erfahrung gemacht, dass Kinder am häufigsten im Bereich des Mundes misshandelt wurden.

Die Läsionen im Gesicht waren frisch, einige davon schienen Emilie erst ganz zum Schluss zugefügt worden zu sein. Ich vermaß jede einzelne von ihnen, sprach die Ergebnisse ins Diktiergerät und spürte dabei meine Müdigkeit wie eine langsam aufkeimende Grippe. Der kleine John hatte nun die Kamera übernommen und machte Fotos von allen Stellen, die ich ihm zeigte. An den Oberarmen fielen lediglich die schmalen, roten Druckstellen auf, die Unterarme waren frei von irgendwelchen Merkmalen. Im Schulterbereich entdeckte ich dafür gleich mehrere Schnitt- und Stichwunden.

»Das hier scheinen mir doch Abwehrläsionen zu sein, das konnte ich heute Nacht noch nicht richtig erkennen«, sagte ich und zeigte auf die Schultern. »Sie scheint sich weggedreht zu haben, um ihre

Brust und ihren Bauch vor dem Messer zu schützen.« Ich zuckte förmlich zusammen, als plötzlich ein höchst unwillkommenes Bild in meinem Kopf aufflackerte. Langsam atmete ich ein paar Mal tief ein und aus, ehe ich mich den nagellosen Fingern und dann den Zehen widmete. Die Fußnägel waren noch intakt, auf ihnen waren Reste eines roten Nagellacks zu erkennen. Die Beine waren unverletzt. Insgesamt konnte ich sechsundfünfzig Läsionen feststellen, aus denen so viel Blut ausgetreten sein musste, dass dies auch ohne weitere innere Verletzungen zum Tod geführt haben konnte.

Als ich nach dem Einmalmesser griff, um mit der Untersuchung der inneren Organe zu beginnen, warf Poul mir wieder den üblichen Blick zu. Das Öffnen der Leichen war nämlich eigentlich sein Job. Trotzdem übernahm ich diese Aufgabe lieber selbst. Poul missfiel das sehr, auch wenn er nichts sagte. Mein anderer Kollege Mickey ging besser damit um. Er spielte in diesen Situationen immer den Beleidigten und versuchte (vergeblich), meine Arbeit zu kritisieren. Von meinem Handwerk hatte ich immerhin ebenso viel Ahnung wie die beiden Techniker und legte großen Wert darauf, immer im Training zu bleiben. Sollten wir irgendwann einmal auf Grönland obduzieren müssen, würde sicherlich niemand den Leichnam für uns öffnen, und ich hasste den Gedanken, aufgrund mangelnder Übung schlechte Arbeit zu leisten. Heute aber spürte ich einen Widerwillen in mir, der schon an Übelkeit grenzte, so dass ich kurz davor war, Poul diese Aufgabe zu überlassen. Normalerweise hatte ich immer das richtige Gespür, wenn es um das Öffnen der Körper ging. Das war totes Fleisch, jede Leiche hatte die ganz besondere Aura eines entseelten Körpers. Wäre das nicht der Fall, hätte ich niemals Rechtsmedizinerin werden können. Mit Emilie war das anders. Bei ihr handelte es sich nicht bloß um eine Leiche, sondern um neunzehn Jahre meines Lebens, und nie zuvor waren mir diese Jahre lebendiger erschienen. Ich sah sie an und wusste, dass sie tot war, und doch fühlte es sich so an, als müsse sie nun ein weiteres Mal sterben. Wenn die Klinge sich erst durch das Gewebe bohrte und die darunterliegende Bauchhöhle öffnete, wenn wir die Organe erst entnommen und zur Inspektion bereitgelegt hatten, war definitiv Schluss. Ein unbekannter Täter hatte sie bereits gequält und entstellt, doch jetzt sollten Poul und ich dieser Schändung noch die Krone aufsetzen. Wenn wir fertig waren, würden sich andere auf sie stürzen, sie in die Schlagzeilen bringen und in ihrem kurzen, jungen Leben nach irgendwelchen Fehlern oder Vergehen suchen. Ich sollte nicht hier sein, ich sollte das hier nicht tun, ich sollte sagen, wie es war, nämlich, dass ich es nicht konnte. Dass ich nicht dazu in der Lage war. Aber ebenso wenig könnte ich es ertragen, wenn ein anderer diese Arbeit tat. Ich rang mit mir selbst, und meine innere Stimme fauchte: *Das ist die Tochter einer anderen Frau, du hast keine Tochter, Emilie ist nicht dein Kind. Reiß dich zusammen!* Ich spürte, dass alle Augen auf mir ruhten, und als ich schluckte, dröhnte es in meinen Ohren. Es musste jetzt sein, jetzt, oder ich musste gehen.

Mit dem Messer in der rechten Hand beugte ich mich über Emilies Körper und verspürte den unwiderstehlichen Drang, sie dort zu küssen, wo der Täter ihr dieses seltsam schräge Lächeln verpasst hatte. Dann atmete ich tief durch und machte einen langen, geraden Schnitt vom oberen Rand des Brustkorbs bis zur Schambeinfuge. Ich zog die Haut zur Seite und entblößte die inneren Organe. Ich hielt die Luft an, doch als ich mit einer kräftigen Schere die Rippen durchtrennen wollte, wurde mir schwarz vor den Augen. Leise wimmernd beugte ich mich vor und blieb in dieser Position stehen, bis ich eine Hand auf jeder Schulter spürte, fest, aber auch voller Fürsorge.

»Dr. Krause, was ist los?« Die Stimme des großen John.

»Magenkrämpfe«, flüsterte ich und blinzelte ein paar Mal mit den Augen. Als ich mich langsam wieder aufrichtete, sah ich, dass es der kleine John war, der meine Schultern festhielt. Ich atmete tief durch die Nase ein und aus, entschuldigte mich und begann sofort die

Rippen zu entfernen. Mit ein paar einfachen Handgriffen entnahm ich die Organe an einem Stück und legte sie auf den Sektionstisch. Dann stand ich einen Moment lang da und starrte leer vor mich hin. Karoly beobachtete mich mit einer Miene, die ich nicht zu deuten vermochte. Ich biss die Zähne zusammen. Jetzt war sie tot. Ohne jeden Zweifel. Tot. Es war überstanden.

Poul begann an ihren Beinen Blutproben zu pressen, die er in einen stählernen Messbecher laufen ließ. »Das Blut wird immer aus den Extremitäten genommen«, erklärte ich dem kleinen John mechanisch und heftete meinen Blick auf seinen Brustkorb, »weil die Verwesung in den zentralen Teilen des Körpers beginnt.« Ich musste reden, irgendetwas herunterleiern, wie ein Lehrbuch klingen und mich an meinem Wissen festhalten; an all dem Sicheren, das ich auswendig wusste, im Schlaf kannte. Und ich musste mit ihm reden, denn die Verbindung zwischen uns war rein und klar. Er wollte mir nichts Böses, das konnte ich spüren. »Früher hat man die Blutproben im Herz genommen, aber sollte ein Opfer wirklich vergiftet worden sein, misst man dort immer eine höhere Konzentration der entsprechenden Gifte, wohingegen das Blut der Extremitäten die tatsächliche Menge aufweist, die sich zum Zeitpunkt des Todes im Körper befunden hat.«

Ich untersuchte routiniert die Organe und versuchte, meine Gedanken auszusperren. Alles war jung und gesund. Hinter mir spürte ich Karoly, ich hörte seinen Atem, er sagte aber nichts. Trotzdem reichte schon der Gedanke an seine Stimme aus, um mich aggressiv zu machen. Pouls Füße raschelten über den Boden, und Henriette seufzte. In einem Nebel aus Erschöpfung begann ich, die Geschlechtsorgane *en bloc* freizuschneiden. Ich schnitt mit ein paar Zentimetern Abstand um die äußeren Geschlechtsorgane und die Afteröffnung herum, löste alles mit einem tiefen Schnitt über dem Becken, hob das Ganze an einem Stück heraus und legte es neben die anderen Organe auf den Sektionstisch. In der Scheidenwand fand ich mehrere Einblutungen und tiefe Läsionen in den Schleimhäuten, überdies war der Schließmuskel im Darm gerissen. Das alles waren aber – wie gesagt – keine definitiven Nachweise einer Vergewaltigung, weil es immer Leute gab, die sich freiwillig so behandeln ließen.

Die Sektion des Halses ergab mehrere Brüche des Zungenbeins sowie des Schildknorpels, die aber keine Blutungen hervorgerufen hatten. Auch dies zeigte deutlich, dass sie nicht mehr gelebt hatte, als der Täter sie überflüssigerweise würgte und dabei diesen seltsam rötlichen Abdruck mit den weißen Punkten hinterließ. Die Todesursache war mit anderen Worten also nicht Erwürgen, sondern Verbluten.

In Emilies Magen fand ich ein beinahe unverdautes Thunfischsandwich mit deutlich zu erkennenden Maiskörnern. Wir wussten, dass sie dieses Sandwich kurz vor ihrem Verschwinden gegessen hatte. Wenn ein Körper extremem Stress ausgesetzt wurde, stagnierte der Verdauungsprozess oftmals beinahe vollständig: eine weitere Bestätigung für das höllische Martyrium, das sie in den letzten vier Tagen durchlebt haben musste. Aber jetzt war es überstanden. Jetzt war es vorbei.

10

Nach der Obduktion rannte ich über die Treppe nach oben zu Nkem und erbettelte mir eine gebratene Banane und ein halbes warmgeräuchertes Lachsfilet; sie gab vor, gar kein ganzes zu schaffen. Darüber hinaus aber schwieg sie, ebenso wie ich. Während ich aß, vertiefte sie sich in einen Artikel und machte sich Notizen. Ich versuchte den Kopf frei zu bekommen und an absolut nichts zu denken, was mir schließlich auch gelang, denn es war vorbei – andererseits war mir vor Müdigkeit fast übel. Irgendwann hob Nkem ihren Blick und sah mich fragend an, war aber offensichtlich damit zufrieden, dass ich nur mit den Schultern zuckte. Beim letzten Stückchen Lachs sah ich auf meine Uhr: viertel vor zwei. Wenn ich mir die Freiheit nahm, fünf Minuten zu spät zu kommen, konnte ich mich vor der Obduktion des Motorradpolizisten noch zwanzig Minuten hinlegen. Sicher eine bessere Option als noch mehr Kaffee und Zigaretten. Ich berührte Nkem zum Abschied leicht an der Schulter und schlich mich hinaus. Irgendwann würde ich es ihr erzählen müssen.

Mein Büro hatte mir noch nie gefallen, obwohl es groß und eigentlich ganz nett war, jedenfalls wenn man dunkle Möbel mochte, dunkles Holz und gepunktete Bezüge. Die herabgelassene Kassettendecke hatte mich anfangs sehr bedrückt, inzwischen bemerkte ich sie aber kaum noch. Die Bedrückung war irgendwie ein Teil meines Lebens geworden.

Ich schloss die Tür hinter mir, knöpfte meine etwas zu enge Jeans auf und zog die Schuhe aus. Mein Blick wanderte zum offenen Fenster, das mich förmlich anflehte, mir wenigstens eine Zigarette zu gönnen. Ich gab nach und inhalierte drei oder vier Mal, bevor ich die Glut abschnippte und die Kippe auf der Untertasse eines Blumentopfes ausdrückte. Mein iPod lag auf dem Schreibtisch, und ich stellte die New-Age-Musik ein, die mir einmal ein Hypnotiseur, mit dessen Hilfe ich versucht hatte, mit dem Rauchen aufzuhören, empfohlen hatte. *Maria, Maria, Maria,* hatte der Mann, vermutlich ein Franzose, am Telefon gesagt, als ich ihn am Tag nach unserer 800 Kronen teuren Séance angerufen hatte, um mich über meinen unheimlichen Drang nach einer Zigarette zu beschweren. Ich deutete das als Indiz dafür, dass sein leises Murmeln nicht die Bohne geholfen hatte. *Maria! Sie müssen sich entspannen,* hatte er in seinem Zirkusdänisch gesagt – *legen Sie jetzt das Band ein, das ich Ihnen gegeben habe.* Ich hatte aber keine Lust auf dieses blöde Band, ich wollte einfach nur den Spaß am Rauchen verlieren – das sollte man doch wohl für 800 Kronen verlangen können. Natürlich war er da anderer Ansicht, so dass unser Gespräch damit endete, dass ich den Hörer auf die Gabel knallte.

Aber die Musik, die er mir gegeben hatte, wirkte wirklich entspannend, manchmal konnte ich dabei sogar einschlafen. Als das Kassettenband nach zehn Jahren – zehn Jahre mit Zigaretten wohlgemerkt – abgenutzt und ausgeleiert war, besorgte ich mir Bindus *Shamans Dreams* einfach per Download im Internet und lud es auf meinen iPod: *breathing in, breathing out,* gefolgt von einer ganzen Reihe Wassergeräusche, die Wirkung zeigten und die perfekte Untermalung für ein *Powernap* waren.

Im Büro war es stickig und heiß, die Sonne brannte schon seit Stunden auf die Fensterscheibe, so dass ich bis auf die Jeans und das schwarze, ärmellose T-Shirt alles auszog. Ich löste den Pferdeschwanz, schüttelte die Haare frei und legte mich auf das Sofa. Dann drückte ich mir die Kopfhörer in die Ohren, startete den iPod und schloss die Augen. Ich musste aufpassen, nicht wirklich tief einzuschlafen, denn dann würde jemand kommen und mich wecken, und das würde dann nur wieder den Anschein erwecken, dass ich zu müde für eine weitere sehr wichtige Obduktion war. Schließlich rangierte ein Polizist mit brutal eingeschlagenem Schädel auf der Prioritätenliste noch weiter oben als ein misshandelter, geschändeter und ausgebluteter Teenager. Trotzdem ließ ich mich von der Wassermusik weiter und weiter forttreiben, wurde schwerer und schwerer und wäre sicher tief eingeschlafen, wenn ich nicht plötzlich eine trockene Hand auf meinem bloßen Arm gespürt hätte. Die Berührung war vorsichtig und angenehm und fügte sich wie ein weiteres Instrument in die Musik ein. Sie war so sanft und zärtlich, dass mein Körper weder mit Zucken noch mit Zittern reagierte. Kein Härchen stellte sich auf. Ich tat so, als spürte ich nichts, ließ die Augen geschlossen, bewegte mich nicht und gab vor zu schlafen. Schließlich konnte ich riechen, wem diese Hand da gehörte.

Die trockene, warme Handfläche streichelte mir zärtlich über den Oberarm. Anhaltend, rhythmisch und ruhig, eine Bewegung, die mir höchst willkommen war. Ich ließ mich noch schwerer ins Sofa sinken und dachte, dass mich ja keine Schuld traf, wenn ich so tat, als würde ich schlafen. Aber die warme, trockene Hand bewegte sich jetzt zu meiner Schulter empor und drückte leicht und vorsichtig auf den Knochen, bis sie weiter nach oben glitt und meinen Hals zu liebkosen begann; Handfläche und Finger, die ich nun deutlich spürte, bewegten sich hinüber zur anderen Schulter, drückten dort wieder leicht und vorsichtig und fuhren dann über meinen anderen Arm mit weichen, warmen, trockenen Bewegungen nach unten. Jetzt, da er sich über mich lehnte, um meinen anderen Arm zu erreichen, der zwischen Körper und Sofalehne lag, nahm ich seinen unparfümierten, menschlichen Geruch noch deutlicher wahr. Die *Healing Seas*-Wellen erfüllten meine Ohren, seine Handfläche lag nun auf meiner Brust und blieb dort, warm, trocken und beruhigend. Ein Finger schob sich unter meinen BH-Träger, bewegte sich hin und her und machte einem weiteren Finger Platz. Gemeinsam streichelten sie weiter, bis sie das Körbchen des BHs anhoben und rhythmisch über meine Brustwarze glitten. Erst langsam und beruhigend, bis sie sich wie eine Zange fester und fester um meine Brustwarze legten, die sich in ihrem Ungehorsam erhob, während ich dahinschmolz. Mit festem Druck auf meine Brustwarze streichelte er nun meine ganze rechte Brust auf eine derart drängende, unaufschiebbare Weise, dass ich wusste, wie sich sein Atem anhören würde, wenn ich den iPod ausschaltete. Aber das konnte ich nicht. Ich schlief ja. Jedenfalls sollte er das glauben, weshalb ich mir Mühe gab, einfach weiter zu entspannen. Weiche, volle, mit Kaffee gewürzte Lippen glitten über meine Wangen und Augen, über meine Stirn und meine Haare und zurück zu meinen Wangen, während seine Finger weiter ungeduldig meine Brustwarze massierten. Die Lippen fuhren über meinen Hals und meinen Brustkorb, jetzt unterstützt durch die Zunge, die nun sanft über Schlüsselbein, Hals und Schulter wanderte. Ich konnte spüren, wie er etwas zurückwich, bevor er den Träger des Unterhemdes und des BHs über meine Schulter nach unten streifte, meine kleine Brust entblößte und sich langsam wieder über mich beugte. Mir brach der Schweiß aus. Er nahm die Brustwarze in den Mund und saugte daran wie ein hungriger Säugling, umspielte sie so gekonnt mit seiner Zunge, dass sie mich abermals hinterging, sich aufrichtete und mich dadurch endgültig verriet. Er zog sich zurück und konzentrierte sich auf meine Hüfte, streichelte voller Kraft und Nachdruck, während ich ihn durch nun leicht geöffnete Augenlider beobachtete und sah, wie sich seine Lippen bewegten. Er sprach mit mir. Wusste er nicht, dass ich ihn nicht hören konnte? Glaubte er nicht, dass ich schlief? Hatte er die Kopfhörer nicht bemerkt? Das dünne Kabel? Den iPod, der halb unter dem Kissen hervorragte? Sein Unterkiefer war entspannt, vorsichtig zog er meine bereits geöffnete Jeans bis zu den Knien herunter und streifte den Slip nach unten, während seine Lippen sich noch immer bewegten. Er schob meine Beine selbstbewusst auseinander, führte seinen Finger in mich ein und steckte ihn anschließend in seinen Mund; dann noch ein Finger, noch einer, bis es sich plötzlich so anfühlte, als spielte ein ganzes Fingerorchester in mir. Ich hielt die Luft an, als eine warme Woge sich in meinem ganzen Körper ausbreitete und mir überall der

Schweiß ausbrach. Dann spürte ich seinen Mund auf meinem Schenkel, seine Lippen waren warm, feucht und weich; er richtete sich mit einer fast ungeduldig wirkenden Bewegung wieder auf, nahm meine Schenkel und hob sie an, ehe er sich wieder über mich beugte und seine Zunge in mich schob, alle Wege erkundend und mich schließlich überall leckte, meine Beine über seine Schultern legte und mich in sich aufsaugte, während seine Hände mein Gesäß auseinanderdrückten. *Leckt die Möse, wie ein Schwein Austern frisst.*

Die Musik verstummte und ich hörte nur noch ein leises Rauschen, wie in einer Muschel, und seinen schweren, schnellen Atem. Eine weitere warme Welle breitete sich wie Feuer in mir aus, dann zog er seine Finger aus mir heraus und richtete sich mit einem Stöhnen auf. Seine Hände zitterten, als er sich die Hose aufknöpfte und sein halb erigierter Penis herausfiel, unsicher witternd, genau wie ich ihn mir vor gut einem Jahr im Franck A. vorgestellt hatte. Er blieb mit vor meinem Gesicht wippendem Schwanz stehen, die Hose in den Kniekehlen, und rang nach Atem. Ich lag auf dem Sofa, eine Brust entblößt, Jeans und Slip an den Unterschenkeln. Ein schnelles Klopfen, dann ging die Tür auf, und da stand sie: meine selbsternannte Erzfeindin in Form von Sekretärin Helle, aus deren Mund nur ein lautes Quietschen kam.

»Wenn du die Tür bitte wieder zumachen könntest?«, sagte Dr. Madsen heiser. Doch noch bevor er zu Ende gesprochen hatte, knallte sie die Tür zu.

Ich seufzte leise, um Dr. Madsen zu zeigen, dass ich schlief und die ganze Zeit über geschlafen hatte, aber er sah nur wütend in Richtung Tür und zog seine Hose wieder hoch. Dann ging er. Und ich? Ich klickte mich durch meine Playlist, bis ich bei David Bowie angelangt war: *It's been so long, you wouldn't believe what I've been through.* Eine Weile blieb ich noch liegen, wurde von Sekunde zu Sekunde wütender, bis die Wut schließlich die Erschöpfung verdrängt und mir das Hirn freigeblasen hatte: Ich war verraten worden – von meinem Chef und ebenso von meinem eigenen Körper. Dabei hätte ich diesen Verrat jederzeit kontrollieren können, wenn ich bloß einmal ein Auge aufgemacht und ihn angestarrt hätte, damit er ging. Ich hätte ihm auch eine kleben und ihn rausschmeißen können. Es musste Tausende von besseren Möglichkeiten geben, mit einer Situation wie dieser umzugehen, als ich es gerade getan hatte. Wenn ich denn überhaupt damit umgegangen war.

Die bittere Wahrheit lautete überdies, dass ich es genossen hatte. Der alte, fette, perverse Idiot hatte das Feuer in mir entfacht.

Ich stand auf, zog die Hose hoch, rückte das T-Shirt wieder zurecht, band mir einen Pferdeschwanz, sammelte mich und sah auf die Uhr. Es war fünf Minuten nach zwei. Ich war wütend auf mich selbst und mehr als wütend auf meinen Chef, auf Helle und all die anderen Sekretärinnen, die jetzt sicher bereits wussten, was in meinem Büro vorgefallen war. Ich war mir nicht bewusst, ihnen jemals irgendwie auf die Zehen getreten zu sein, war meiner Meinung nach immer freundlich und höflich gewesen, jedenfalls hatte ich das von ganzem Herzen versucht; und trotzdem verstummten sie alle schlagartig, wenn sie mich sahen. Immer, wenn ich mich dem Sekretariat am Ende des Flures näherte, hörte ich sie deutlich zwitschern, doch sobald ich in der Tür stand – Schweigen, Augen auf dem Bildschirm oder in irgendwelchen Akten. Ich hatte keine Ahnung, was ich Ruth angetan haben könnte, und doch waren ihr Blick, ihr aufgesetztes Lächeln und ihre gekünstelt fröhlichen Phrasen deutlich genug. Marianne wirkte auf mich so, als käme sie von einem anderen Planeten, überdies war sie die Lieferantin meines ersten Odenser Kulturschocks: Am ersten Tag im Institut hatte ich Probleme mit meinem Internetzugang und stellte ihr ein paar Fragen, die unter anderem auch das Wort *Internet* enthielten – ein Wort, das heutzutage wohl niemandem mehr fremd sein konnte. Marianne reagierte trotzdem vollkommen verwirrt und sagte: »Sie meinen diese Sache, mit der man in dieses Weltweitnetz kommen kann?« Wie dem auch sei, ich hatte mich nie irgendwie herablassend über sie geäußert, war ihr höchstens aus dem Weg gegangen, aber das war ja noch keine Beleidigung.

Und dann war da noch Helle. Die jetzt also gesehen hatte, dass Dr. Madsen mit mir machte, was sie sich von ihm so erwünschte.

Ich konnte spüren, wie das Blut durch meine Adern pulsierte, als ich hellwach aus der Tür trat und mich eilig für die nächste Obduktion umzog.

»Entschuldigen Sie die Verspätung«, sagte ich, als ich schließlich den Obduktionssaal betrat und die Tür hinter mir schloss. Henriette war nicht mehr da, und Doppel-John war durch zwei andere Techniker ausgetauscht worden, an deren Namen ich mich aber nicht erinnerte. Ich hatte sie zum ersten Mal gesehen, als ich den Motorradpolizisten am Straßenrand untersucht hatte. Karoly lehnte an der Wand. Er hatte die Augen geschlossen, die Arme vor sich verschränkt und wirkte genauso erschöpft, wie ich es noch vor wenigen Augenblicken gewesen war.

Die Techniker waren gerade mit der Uniform des Polizisten beschäftigt. Sie zogen ihn aus, registrierten jedes seiner Kleidungsstücke und verstauten sie in versiegelten Papiertüten, damit sie später auf eventuelle Spuren untersucht werden konnten. Außer Poul, der mir vom Waschbecken aus einen schwer zu deutenden Blick zuwarf, blickte niemand auf. Helle konnte doch noch nicht …? *It's been so long, you wouldn't believe what I've been through*, summte ich im Stillen, als ich mir den jungen, aber sehr toten Motorradpolizisten ansah, der auf dem Sektionstisch lag. Erst richtete ich meinen Blick auf die doppelkonturierten Unterhautblutungen, die sich quer über seine Stirn zogen. Die Breite entsprach der einer Brechstange, diesen Gedanken hatte ich schon am Tatort gehabt, wo mir auch Spuren von Rost aufgefallen waren. Ich ließ meinen Blick zu der klaffenden Quetschwunde an der rechten Schädelseite wandern. An den Wundrändern waren Knochensplitter und gräuliche, zerfetzte Hirnmasse zu erkennen. Beim Abtasten waren weitere Bruchlinien zu fühlen, die von der Wunde ausstrahlten, ein Teil des Schädels war richtiggehend eingedrückt. Ich begutachtete das Gesicht des toten Polizisten und bemerkte einen hellroten Fleck auf der einen Seite seiner Nasenspitze. Der war mir am Fundort der Leiche noch nicht aufgefallen. Ich beugte mich dichter über ihn und entdeckte auf jeder Seite der Nase so etwas wie einen Fingerabdruck, in dessen Mitte weiße Punkte zu erkennen waren. Ein weiterer Abdruck befand sich direkt unter der Nase. Ich beugte mich noch tiefer hinab und fand einen weiteren roten Abdruck unter dem Kinn, etwa in der Größe eines Daumens. Ich sah zu Poul hinüber. »Was meinen Sie? Was ist das?«

Er beugte sich über den Toten und sah sich die Stellen lange und gründlich an. »Das ist kein Blut«, sagte er schließlich. »Sieht eigentlich aus wie die Abdrücke, die wir bei dem Mädchen gefunden haben.«

»Ja, aber wissen Sie, wonach das noch aussieht?« Ich drehte mich zu Poul und packte mit Daumen und Zeigefinger der rechten Hand seine Nase. Er zuckte zusammen, ließ es aber trotzdem mit sich geschehen, auch als ich seinen Mund mit der linken Hand verschloss, den Zeigefinger unter der Nase und den Daumen unter dem Kinn.

»Der Täter hat ihn mit der Brechstange erschlagen, war sich aber wohl noch nicht zu hundert Prozent sicher, ob er wirklich tot war«, sagte ich, »weshalb er ihm dann noch auf diese Weise die Luft abgedrückt hat.« Ich verharrte in meiner Position, bis Poul schließlich meine Arme abschüttelte.

»Wie kann er sich nicht sicher gewesen sein, dass der Polizist wirklich tot war? Ich meine, so wie der aussieht und bei all dem Blut am Fundort?«, spekulierte ich laut und sah zur Tür. »Vielleicht war es einfach noch zu dunkel?« In diesem Moment ging die Tür auf und Bonde Madsen trat in voller Obduktionskluft in den Saal. Meine Routine hatte die Wut verdrängt, die wiederum die Müdigkeit geschluckt hatte, doch jetzt kochte der Zorn in mir wieder hoch. Ich wusste, was er hier wollte.

Bonde Madsen hatte Brille und Mundschutz unter dem Kinn hängen, fixierte mich mit mildem Blick und rief mich mit dem Zeigefinger zu sich. Manche Leute kennen wirklich keinerlei Scham, dachte ich, während ich die anderen im Obduktionssaal beobachtete. Poul sah weg und Karoly lehnte noch immer mit geschlossenen Augen und verschränkten Armen an der Wand. Nur die beiden Techniker blickten interessiert von den Kleidern des Beamten auf, einer von ihnen zog sogar eine Augenbraue hoch. Ich ging zu Dr. Madsen und schaffte es dank all der Wut und Scham kaum, einen höflich fragenden Blick aufzusetzen.

»Gehen Sie erst mal nach Hause und schlafen sich aus«, sagte er viel zu laut und fügte dann flüsternd hinzu: »Ich komme gegen sechs vorbei.« Ich warf ihm einen verwirrten Blick zu. Er legte seinen Mund dicht an mein Ohr und ich konnte spüren, wie seine Lippen einige Haare beiseiteschoben, die sich unter der Haube hervorgestohlen hatten. »Na, ich will schließlich auch noch auf meine Kosten kommen, kleiner Schatz«, flüsterte er, so dass mein Ohr nass wurde. Ich spürte, wie mein Mund sich öffnete und wieder schloss, und starrte wie versteinert auf den grünen Stoff, der sich über seinen Brustkorb spannte. Er musste mindestens einen Meter neunzig groß sein.

Also wusste er es. Er wusste, dass ich nicht geschlafen hatte. Und ich wusste, dass ich versucht hatte, ein Feuer mit Benzin zu löschen.

Liebes Tagebuch,

meine Mutter war unglücklich, nahm aber händeringend an all dem besorgten Theater teil, das in besseren Kreisen einfach dazugehörte. Wo war Pjevs? Das einzige lebende Wesen, das sich herabließ, mit ihr zu kuscheln, oder besser: das sich von ihr kuscheln ließ. Ich zuckte stumm mit den Schultern und ging nach oben in mein Zimmer, wo mir in einer plötzlichen Erkenntnis bewusst wurde, dass ich allein es war, der meiner Mutter von ihrem jämmerlichen Dasein befreien konnte. Sie sollte mir nichts mehr vorschreiben können, überhaupt nichts mehr sagen können.

Als ich in jener Nacht zu ihr ging, hatte ich das Schweizermesser meines Vaters dabei; ich klappte die mittelgroße Klinge aus und drückte sie gegen ihr linkes Auge, fuhr leicht an ihrer Schläfe entlang, ohne einen Kratzer zu machen, *ohne Spuren zu hinterlassen*. Ich flüsterte: *Und? Was machst du jetzt, Mama-Fotze, wie willst du verhindern, dass ich dir die Augen aussteche?* Sie jammerte aber nur, kniff die Augen zusammen und versuchte mit zitternden Händen, sich zu schützen. Jämmerlich, Gott, wie jämmerlich.

Als Fünfzehnjähriger war ich natürlich viel größer, breiter und kräftiger als sie. Hätte sie es auf eine Kraftprobe ankommen lassen, sie hätte keine Chance gehabt. Aber es gab kein Kräftemessen, sie versuchte bloß irgendwie zu überleben, widerstandslos, wie ein Pflanzenfresser. Erbärmlich.

Was hätte ich getan, wäre ich eine kleine, dünne Frau Mitte vierzig gewesen, die von ihrem Sohn, der gerade erst Haare am Sack gekriegt hatte, bedroht wurde? Was hätte ich getan, hätte mir jemand auf diese Weise Gewalt angetan? Ich hätte geschrien und um Hilfe gerufen, hätte mit meinem Mann gesprochen, den Jungen zum Psychologen geschickt, in eine Erziehungsanstalt – irgendetwas. Oder ich hätte ihn totgeschlagen. Ich hätte auf jeden Fall etwas unternommen und mich nicht einfach meinem Schicksal ergeben. Natürlich gefiel ihr das alles nicht – das war mir durchaus klar –, aber es war ja auch nie beabsichtigt, dass es ihr gefiel.

Ich hatte Lust, Löcher in sie zu stechen, träumte nachts davon, denn dann musste sie doch endlich Widerstand leisten. Etwas in mir sehnte sich mit aller Macht danach, herauszufinden, ob irgendwo in ihrem Inneren eine Grenze verlief, und wenn ja, wo. Dabei war mir eigentlich die ganze Zeit über klar, dass sie sich ohne große Gegenwehr abschlachten lassen würde. So weit konnte ich allerdings nicht gehen, denn niemand sollte etwas wissen. *Ich durfte keine Spuren hinterlassen.*

Geheimnisse sind zerbrechlich, man muss vorsichtig mit ihnen umgehen.

Ein paar Jahre später ließ ich sie fallen. Ich hatte nichts mehr davon, es mit ihr zu treiben, ihr Angst und Schrecken einzujagen. Der Rausch blieb aus. Sie war zu unterwürfig, wie ein Stück paralysiertes, zitterndes Schlachtvieh.

Ab jetzt richtete sich mein Blick auf meinen Vater.

11

Die Stille im Obduktionssaal war wie in Stein gemeißelt. Ich reagierte in Zeitlupe, Sekunden, aufgeblasen zu Stunden, in denen die Gedanken unverdaut und einsam Richtung Horizont drifteten und auf der anderen Seite der Erde verschwanden, um dort in einem schwarzen Loch zu versinken, das alles in sich aufsaugte und schluckte.

Schließlich drehte ich mich zu Poul um. »Denken Sie daran, die roten Flecken abzutupfen. Das ist das gleiche Zeug wie bei dem Mädchen, da bin ich mir sicher«, sagte ich heiser. Fast mechanisch. Dann wandte ich mich an die Techniker: »Haben Sie Proben von den roten Flecken genommen?« Die zwei Männer blickten verwirrt von den Kleidern des Polizisten auf.

»Welche roten Flecken?«, fragte einer von ihnen. Ich zitierte sie zu der Leiche und zeigte ihnen die geröteten Bereiche, die auch mir am Fundort noch nicht aufgefallen waren.

»Was ist das?«, fragte einer der Techniker.

»Das möchte ich auch gerne wissen. Sie sollten diese Stellen unbedingt abkleben.« Meine Stimme zitterte, aber jetzt hatte ich es gesagt.

Die vermummten Gestalten versammelten sich am Obduktionstisch, als wäre er ein Magnet. Ihre Stimmen wurden zu einem fernen Summen; das Ganze fühlte sich an wie ein Film, ich dagegen war soeben zur Zuschauerin degradiert worden.

»Poul, ich gehe mit der roten Farbe, die wir an der Leiche des Mädchens gefunden haben, nach oben zu Nkem. Nur damit Sie Bescheid wissen«, sagte ich mit noch immer zitternder Stimme. Ich fühlte mich nackt und winzig, als ich das Arsenal an Wattetupfern zusammenpackte und durch die Tür des Obduktionssaals schlüpfte. Draußen zog ich mir rasch den Kittel aus und lief nach oben zu Nkems Büro. Ich klopfte an und steckte den Kopf hinein.

»*Kedu?*«

»Du siehst aus wie eine lebende Leiche, *nne*«, sagte sie und ließ ihren tiefschwarzen Blick mitfühlend auf mir ruhen, als ich die Tür hinter mir schloss. Ich konnte sehen, dass ich sie bei der Arbeit störte, denn ihr Zeigefinger, auf der Oberseite tiefschwarz und auf der Unterseite fast weiß, ruhte auf der aufgeschlagenen Seite irgendeiner Publikation, die sie gerade las.

»Was machst du?«

»*Nsi*. Was willst du?« *Nsi* bedeutete Scheiße. Nkem fluchte fast nur auf Igbo.

»Die hier«, sagte ich und legte vier mal vier Wattetupfer in den entsprechenden Pappschachteln auf ihren Tisch. »Das ist ziemlich seltsames Zeug.« Ich erzählte ihr von der roten Verfärbung, die wir an den unterschiedlichsten Stellen auf Emilies Leiche und der des Polizisten gefunden hatten. »Wenn du Zeit hättest … möglichst bald? Ich meine, die Sache eilt wirklich. Drei Tage?«

»Aha«, sagte sie ohne zu lächeln, nickte aber. Nkem konnte schrecklich wortkarg sein, wenn sie beschäftigt war. Fast schien es, als sei ich ihr lästig, dabei ging es eher um den »Eilauftrag«, der sie verstimmte, weil er wahrscheinlich alle anderen Analysen verzögerte.

»In Kürze werden da noch ein paar Schachteln hinzukommen. Ebenso eilig. Von diesem Motorradpolizisten. Ich muss nach Hause und mich ein bisschen hinlegen. Und danach muss ich wirklich mal mit dir reden.«

»Aha«, sagte sie und drehte sich zum Schreibtisch um. »Schlaf gut.«

Ich ging zurück ins Büro, suchte die Akten des Mordfalls bei Schloss Hvedholm heraus, packte den Polizeibericht über den Mordfall Emilie ein und verschanzte mich hinter den Kopfhörern meines iPods, bevor ich das Büro verließ.

Als ich die Glastür öffnete, entdeckte ich Helle, die draußen stand, eine ihrer täglichen fünf Light-Zigaretten rauchte und augenscheinlich die Siebziger-Jahre-Architektur des Instituts bewunderte. Ich nickte ihr kurz zu und spürte ihren eisigen Blick im Rücken, als ich zu meinem schwarzen GTI ging. Das Sonnenlicht blendete mich, die Kopfschmerzen klopften heftig an die Hintertür, und ich sehnte mich nach dem Schutz meiner im Handschuhfach liegenden Sonnenbrille. Und nach einer Kippe.

In meiner Wohnung nahm ich erst einmal eine Kopfschmerztablette. Die Katze miaute unangenehm laut, so dass ich ihr schnell etwas zu fressen gab, bevor ich mir die Zähne putzte, die sich inzwischen beinahe behaart anfühlten. Ich verdunkelte das Schlafzimmer mit dem wunderbaren rabenschwarzen und lichtundurchlässigen Rollo, das ich bei Ikea gekauft hatte. Leider war es nicht breit genug, so dass an den Seiten doch noch etwas Licht in den Raum fiel. Dann schraubte ich die Klingel mit einem Schraubenzieher ab und schaltete mein Handy aus. Zu guter Letzt setzte ich eine Schlafmaske auf, legte mich hin und fiel in einen unruhigen Schlaf, in dem mir immer wieder diffuse Bilder von Emilie erschienen, die irgendwo in einem See trieb, bis ich irgendwann wieder aufwachte. Es war erst sieben Uhr abends. Mir war elend zumute, und ich fühlte mich schrecklich leer.

Morgens beim Aufwachen gingen meine Gedanken immer erst zu Emilie. Was sie jetzt wohl tat? In der Regel brauchte ich etwa dreißig Sekunden, um sie irgendwo zu plazieren. Mal in ihrem Bett – *diese Teenager schliefen ja immer so lang* –, mal an einem Frühstückstisch. Jetzt tat ich das nicht. Aber es war ja auch nicht Morgen. Außerdem sollte damit jetzt Schluss sein. Ich hatte von einem Mädchen geträumt, das ich überhaupt nicht kannte.

Ich schaltete das Handy ein, keine Anrufe, was mich nicht überraschte. Er hasste es zu telefonieren. Während ich die Klingel montierte, tauchte das Bild von ihm und mir, das Helle von der Türöffnung aus gesehen hatte, auf meiner Netzhaut auf, bis ich es in Gedanken in eine Zigarette verwandelte und im Aschenbecher ausdrückte. Dadurch bekam ich allerdings Lust zu rauchen, so dass ich mir eine Cecil anzündete und ein gefrorenes Croissant in den Backofen schob, nachdem ich mir ein Fertiggericht in der Mikrowelle aufgewärmt hatte – Fisch mit Spinat und Feta. Ich entkorkte die Weinflasche von gestern, schenkte mir ein Glas ein, kochte mir einen Kaffee und kraulte die Katze, die offensichtlich Nachholbedarf hatte, da sie sich heftig und anhaltend an meinem Bein rieb.

Am liebsten hätte ich mich auf eine Bank im Assistens-Friedhof gesetzt, um in der milden Abendluft noch einmal alle Akten und Berichte durchzugehen. Aus Furcht davor, ein Dokument zu verlieren, begann ich den Hvedholm-Bericht zu lesen. Ich war damals um vier Uhr morgens am Schloss angekommen und hatte das tote Mädchen gleich entdeckt. Sie hing über einem schweren hölzernen Gartenstuhl, den Kopf halb unter Wasser. Eine von drei Enten, die sich später als schottische Gänse herausgestellt hatten, watschelte auf der Leiche herum und balancierte auf ihrem Hals, weil sie an den Lippen zu knabbern versuchte. Eine zweite tummelte sich auf dem Bauch und pickte dort herum, während die dritte nicht recht zu wissen schien, was sie tun sollte, und einfach nur um die Füße der Toten herumwatschelte und den anderen interessiert zusah. Das alles stand nicht im Bericht, jedenfalls nicht so, aber dieses Stillleben war wirklich unvergesslich. Ebenso wenig stand dort, dass die Tote wie Emilie jung war, blond und hübsch. Camilla Porsman, neunzehn Jahre alt. Sie hatte als Servicekraft im Franck A. gearbeitet und das Restaurant etwa gegen zehn Uhr verlassen. Anschließend war sie mit dem Fahrrad nach Hause in die Gyldenløvesgade gefahren – das heißt, sie hatte vorgehabt, dorthin zu fahren, war dort aber nie angekommen. In der von ihren Eltern gekauften Zweizimmerwohnung hatte ihr Freund, Rasmus Tandrup, auf sie gewartet. Er hatte sich im Fernsehen *Der Soldat James Ryan* angeschaut und sich erst gegen halb zwölf zu wundern begonnen, dass Camilla noch nicht wieder zuhause war. Als er sie daraufhin anzurufen versuchte, erreichte er nur ihren Anrufbeantworter. Rasmus versuchte gut eine halbe Stunde lang, sie per Telefon zu erreichen und rief dann im Franck A. an. Bei diesem Anruf erfuhr er, dass sie bereits gegen zehn Uhr gegangen war. Daraufhin hatte er versucht, ihre Eltern zu erreichen und schließlich den ganzen Weg von der Gyldenløvesgade bis zum Bahnhof zu Fuß abgesucht. An der Ecke Albanigade/Kronprinsensgade, schräg gegenüber der Albanibrauerei, hatte er dann ihr umgestürztes Fahrrad gefunden. Es lag einfach auf dem Bürgersteig.

Camilla hatte 2008 auf dem Sprachenzweig der Kathedralschule in Odense als Jahrgangszweite das Abitur gemacht und arbeitete drei Abende pro Woche im Franck A., während sie tagsüber ebenfalls an der Kathedralschule ein paar Aufbaukurse besuchte, um sich auf ihr Medizinstudium vorzubereiten. Im August, dem Monat, in dem sie ermordet worden war, waren diese Kurse aber längst abgeschlossen, so dass sie als Vollzeitaushilfe im Franck A. arbeitete. Ihr Freund sagte aus, sie habe sich darauf gefreut, im September ihr Studium an der Süddänischen Universität zu beginnen. Es gab eine Notiz darüber, dass Camilla Mitglied der Jugendorganisation *Radikal Ungdom* gewesen war. Ihr Körper war alles in allem mit einhundertdreiundzwanzig Stich- und Schnittwunden verschiedener Tiefe und Breite übersät gewesen, wie bei Emilie vorwiegend auf der Vorderseite ihres Körpers, sowie vereinzelten Abwehrläsionen an Schultern und Rücken. Die Brustwarzen waren abgetrennt worden. Anhand der schweren Verletzungen konnten wir auf mehrere mögliche Todesursachen schließen. Wäre sie nicht erstickt worden, wäre sie in jedem Fall verblutet. Ich hatte Petechien in den Augen gefunden und ein paar Unterhautblutungen, aber Camilla war beim Eintritt des Todes derart ausgeblutet gewesen, dass sowohl die Unterhautblutungen als auch die Petechien von bescheidenem Umfang waren. An eine rote Verfärbung konnte ich mich nicht erinnern, und es stand auch nichts darüber in den Berichten oder in meinen Notizen. Stattdessen war die Leiche von Schuppen übersät gewesen, wobei wir nicht hatten klären können, um was für Schuppen es sich dabei handelte. Sicher war nur, dass sie nicht von Camilla, sondern vom Täter stammten. Es war den Chemikern gelungen, die Zellinformation einiger dieser Hautschuppen zu sichern, so dass die DNA des Täters bekannt war. Wenn die Morde vom gleichen Täter begangen worden waren, worauf vieles hindeutete, hätte der Mord an Emilie möglicherweise vermieden werden können, wenn die Biodatenbank des Seruminstituts für die Polizei zugänglich wäre. In dieser Datenbank wurden Blutproben von allen Personen aufbewahrt, die nach 1982 geboren wurden, und könnte man diese Blutproben analysieren, wäre eine vollständige Digitalisierung dieser Datenbank möglich. Damit hätten die dänischen Ermittlungsbehörden eine Waffe, die sämtliche Big-Brother-Fantasien übertrumpfte. Die junge Generation Dänemarks könnte dann kaum ein Geheimnis mehr für sich behalten. Sicherlich ein erschreckender Gedanke, doch ich musste zugeben, dass die Mordfälle, mit denen ich täglich konfrontiert wurde, um einiges erschreckender waren.

Als ich erneut die Bilder von Camilla betrachtete, erst lebendig, dann tot und geschändet, erschien mir dieses Überwachungsszenario definitiv das kleinere Übel zu sein. Wieder ging ich den Bericht über den Fall Emilie durch, dann noch einmal den über Camilla und schließlich wieder den über Emilie. Ich suchte nach Details und Gemeinsamkeiten, die über das Offensichtliche – dass beide jung, schön und blond gewesen waren – hinausgingen.

Dabei konnte man wirklich nicht sagen, dass Camilla und Emilie sich ähnlich sahen. Es gab reichlich Unterschiede: Nase, Ohr, Mund, Augen, Frisur, Haut. Beide hatten aber eine Verbindung zur Odenser Kathedralschule. Beide waren auf gleiche Weise geschändet, gequält und getötet worden, und beide hatte man etwa in der gleichen Entfernung zu Odense gefunden. Beide lagen nackt auf dem Rücken, und beide waren nicht am Fundort getötet worden. Aber waren auch beide auf die gleiche Weise verschwunden? Ich nahm noch einmal

Emilies Akte hervor und ging ihren letzten Abend durch: erst ein Sandwich mit ihrer Freundin im Sunset-Bistro am Bahnhof, danach Kino um 20.45 Uhr, gegen elf ein Latte Macchiato im Café From, und dann war Emilie in den Bus nach Hause gestiegen. Alle Unternehmungen der Mädchen hatten im Bahnhofscenter stattgefunden: Essen, Kino, Café, und auch der Bus, den Emilie genommen hatte, war unmittelbar vor dem Bahnhofsgebäude abgefahren. Ich schaltete den Computer an und tippte ihre Adresse in die Verbindungsübersicht ein. Laut Emilies Freundin hatte sie um 23.18 Uhr den Bus in Richtung Blangstedgårds Allé genommen – sie hatte rennen müssen, da sie, wie die Freundin sich ausgedrückt hatte, die Zeit vergessen hatten. Der Weg vom Café From bis zur Bushaltestelle wurde auf der Webseite mit sieben Minuten angegeben – dafür musste man aber schon eine Schildkröte sein, dachte ich.

Die Uhr zeigte 21.44. Ich öffnete das Fenster und sah hinaus. Der Abend war warm. Ich zog meine schwarzen Sportschuhe an. Der Weg von meiner Wohnung im Jagtvej zum Bahnhof dauerte etwa zwanzig Minuten, und ein Spaziergang würde mir gut tun. Ich brauchte wirklich keinen Schrittzähler, um zu wissen, dass ich an diesem Tag weit unter den angeratenen zehntausend Schritten lag. Dann kam mir der Gedanke, dass Bonde Madsen gleich um die Ecke wohnte, so dass ich noch einmal aus dem Fenster sah und die Straße abscannte. Keine Spur von nackten, alten Männern, die »auch noch auf ihre Kosten kommen« wollten.

Mit Klängen aus meinem iPod im Ohr machte ich mich auf den Weg in Richtung Oluf Bagersgade, bog dann nach links in die Absalonsgade ein und dann wieder nach rechts in die Kronprinsensgade. An der Ecke der Albanigade blieb ich stehen. Vor mir thronte das große, diskret beleuchtete Brauereigebäude aus roten Ziegeln. An dieser Stelle hatte der Mörder Camillas Fahrrad zurückgelassen. Vor etwas weniger als einem Jahr. Gegen zehn Uhr abends. Ohne dass jemand etwas gesehen oder gehört hatte. Ich sah mich um. Es waren nur wenige Menschen auf der Straße, aber ganz verwaist war sie nicht: Ich sah zwei jugendliche Skater und eine Frau mittleren Alters, die einen Terrier ausführte. Aus dem Polizeibericht ging hervor, dass sich nach Camillas Verschwinden keine Zeugen gemeldet hatten. Es hatte auch niemand ein Handgemenge bemerkt, ein Fahrrad umfallen gehört oder gar gesehen, dass jemand ein Mädchen entführt hatte. Sie musste doch geschrien haben. Zumindest, wenn sie ihn nicht gekannt hatte. Oder hatte er ein Auto benutzt? Verdammt, ich war wirklich müde. Natürlich hatte er ein Auto benutzt, wie hätte er sie sonst von Odense nach Südfünen verschleppen können? Hatte er sie blitzschnell gestoppt und dann in seinen Wagen gestoßen? Er hatte sie nicht geschlagen, es gab keinerlei Spuren stumpfer Gewalteinwirkung. Ich starrte auf die Stelle, an der ihr Fahrrad gelegen hatte, wurde daraus aber nicht klüger. Stattdessen kamen mir immer mehr Fragen. Sie war an einem Samstag verschwunden. Aber ob das im ausgestorbenen Odense mehr oder weniger Menschen bedeutete, konnte ich nicht sagen. Ich ging weiter über die Albanigade, aus der bald die Thomas B. Thrigesgade wurde, bog halbschräg nach links ab, wie mein Navi das genannt hätte, und folgte dann der Nørregade bis zum Østre Stationsvej. An der Ampel vor dem hässlichsten Bahnhofsgebäude ganz Dänemarks wartete ich in Gesellschaft eines reichlich angetrunkenen Jugendlichen und einiger Japaner mit Rollkoffern darauf, dass es endlich grün wurde. Im Gebäude blieb ich zwischen den Aufzügen auf der linken Seite und dem Sunset-Bistro auf der rechten stehen. Ich erwog, mit dem Aufzug nach oben ins Café From zu fahren. Es lag im zweiten Stock, gleich rechts neben dem Aufzug. Aber auch über die Treppe dauerte es kaum eine Minute, wenn man lief – wie Emilie es angeblich vom Café From zur Bushaltestelle getan hatte, die sich unmittelbar vor der Tür befand. Ich ging wieder nach draußen. Bus 162 sollte an Haltestelle A halten, doch als ich dorthin kam, war kein Bus zu sehen. Emilies Bus hatte dort bereits gewartet, als sie einstieg. Der Busfahrer hatte bestätigt, dass ein Mädchen, auf das Emilies Beschreibung zutraf, um 23.18 Uhr den Bus bestiegen hatte. Ich betrachtete den Fahrkartenautomaten an der Haltestelle. Er war voller Vogelscheiße. An der Haltestelle gegenüber hockten ein paar finstere junge Gestalten und sorgten ihrerseits dafür, dass man sich an diesem Ort nicht länger aufhielt als unbedingt nötig. Wir wussten also relativ sicher, dass Emilie nicht hier verschwunden war, sondern am anderen Ende der Stadt, irgendwo im südöstlichen Odense. Ich blieb an der Haltestelle stehen und wartete auf den Bus 162. Was hatte ich sonst schon zu tun, meine Tanzkarte war voll, mein Leben ein Meer aus Zeit, die ich nicht nutzen konnte. Schließlich setzte ich mich auf die harte Bank, genoss die warme Abendluft und ließ meine Ohren mit *The Best of Sort Sol* berieseln. Ich war so müde, dass ich mich, als der Bus nach einer ganzen Ewigkeit kam, direkt hinter den Fahrer setzte und ihn bat, mich zu wecken, wenn wir uns der Kreuzung Niels Bohr Allé/Ørbækvej näherten. Ein exotischer Ort, an dem ich nie zuvor gewesen war. Ich stellte die Musik leiser, schlief ein und träumte, dass ich mir das Becken abgetrennt hatte und es wie einen Säugling im Arm hielt.

Als der Fahrer mich grinsend schüttelte, sah ich mich verwirrt um. Der Bus war mittlerweile vollkommen leer. Schlaftrunken taumelte ich über die Stufen nach draußen und fand mich vor dem größten Supermarktgebäude wieder, das ich jemals gesehen hatte. Ich drehte mich um. Auf der anderen Seite der Straße, die wie eine Ringstraße wirkte, lag der blaueste Burger King, den ich jemals gesehen hatte. An diesem Ort also war Emilie ausgestiegen. Ich blickte zu Boden. Und dann? Was machte ich hier eigentlich? Mischte ich mich gerade nicht in die Arbeit der Polizei ein? Ich sah mich unschuldig um. Das tat ich nicht. Ich hatte doch wohl das Recht, eine Busfahrt in die Außenbezirke von Odense zu unternehmen, mir Gedanken über die riesigen Supermärkte zu machen und mir dabei Emilies letzte Nacht vor ihrer Tortur, ihrer Schändung und ihrem

Tod auszumalen. Solange es niemand bemerkte. Solange niemand bemerkte, dass ich eine Macke hatte.

Es war inzwischen so dunkel, wie es in dieser Jahreszeit werden konnte. Die Straßenlaternen brannten. Der Verkehr war dünn, aber nur fünfzig Meter entfernt kreuzte die zweispurige Niels Bohr Allé den Ørbækvej. Ich folgte Emilies Route zu der größeren Straße und weiter über den doppelten Radweg, der an ihr entlangführte. Auf der anderen Straßenseite lag eine eingezäunte Weide, auf der die Umrisse einiger Pferde zu erkennen waren. *Zentrum vier Kilometer*, stand auf einem hell erleuchteten Schild neben dem Zaun. Auf dieser Seite der Straße war ein gepflegter, frisch geschnittener Grünstreifen, auf dem man notfalls auch ein Auto parken konnte. Emilie konnte nur auf dieser Seite gegangen sein, denn auf der anderen gab es keinen Bürgersteig, und auch der Seitenstreifen war dort nur sehr schmal. Ich folgte der Straße etwa eine Viertelstunde, bis ich die Blangstedgårds Allé erreichte. Schön und gut, aber woher wollte ich wissen, dass sie wirklich diesen Weg genommen hatte? War sie ein vollkommen zufälliges Opfer, auf das der Täter gestoßen war, während er über die Niels Bohr Allé kurvte? Oder war er ihr den ganzen Weg vom Café From hierher gefolgt – und wie hatte er sie ins Auto bekommen? Schließlich hatte er sie nicht an Ort und Stelle getötet, sondern sie zuvor noch vier Tage gequält und misshandelt. Wenn er einen normalen Wagen fuhr, musste er sie betäubt haben, um ungestört fahren zu können und nicht Gefahr zu laufen, dass sie einfach aus dem Wagen sprang. Oder hatte er ihr gedroht, ihr irgendetwas versprochen? Hätte sie gerufen oder geschrien, musste irgendjemand sie gehört haben. Vollkommen verlassen war die Gegend hier ja nicht. Ich sah mich um. Doch, es war vollkommen verlassen. Im Umkreis von einer Meile war niemand zu sehen – hier konnte man durchaus ungestört ein Mädchen entführen. In Camillas Fall, die fast im Zentrum gewohnt hatte, war das schon merkwürdiger. Gab es einen Grund dafür, dass alles so still vor sich gegangen war?

Diese Spekulationen mussten auf jeden Fall warten, bis ich die Resultate der Toxikologie bekam. Ich ging zurück zur Bushaltestelle und registrierte, dass ich doch schon einmal hier gewesen sein musste, denn ein gelbes Schild verriet mir, dass Ikea nur noch zweihundertfünfzig Meter entfernt war.

ODENSE, 14.–17. JULI 2009

12

Was am Vortag in meinem Büro geschehen war, dämpfte meine Lust, wieder ins Institut zu gehen, ganz gewaltig. In Gesellschaft von Joni Mitchells *Sex Kills* schaute ich mich den ganzen Weg vom Eingang bis zu meinem Büro nervös um, sah aber niemand anderen als Dr. Banner, der mir wie immer höflich, aber kaum sichtbar zunickte, als ich an ihm vorbeiging. Aber auch hinter seiner zu einem Lächeln verzogenen Haut erahnte ich einen eiskalten Blick. Mit einem Mal hatte ich das Gefühl, dass er in sich zusammenfallen und wie Wachs schmelzen würde, sobald man wieder wegsah.

Ich setzte mich an meinen Schreibtisch und schaltete den Computer an. All meine bekannten Mangelsymptome tauchten sofort auf. Ich schlüpfte durch die Tür und schlich in Richtung Bibliothek, wobei mir glücklicherweise niemand begegnete. In der Kanne war Kaffee, und die Bibliothek war leer. Ich fühlte mich vom Glück verfolgt, ja fast gesegnet. Doch als ich die Tür mit dem Kaffee in der Hand öffnete, stieß ich beinahe mit Ruth zusammen, so dass die Hälfte des Kaffees gleich wieder auf der Untertasse landete. Ruths Lippen deuteten das übliche, hyperfrische »Guten Morgen!« an, aber ihre Augen fokussierten mich dabei auf eine ganz neue, musternde Weise. Ihr diskreter Fahrstuhlblick, als sie sich die ganze Szenerie vorzustellen versuchte, entging mir nicht: die eine Brust entblößt, den Slip an den Knien. Unfreiwillig spielte ich noch einmal den ganzen Film ab, zögerte aber am Schluss. Wie war es abgelaufen? War Helle gut gelaunt und mit weit aufgerissenen Augen in das klaustrophobische Sekretärinnenbüro gestürmt und hatte in schrillem Staccato gerufen: »Also, JETZT muss ich euch was erzählen!«? Sicher war ich mir allerdings darin, dass sie die Geschichte vor ihren begeisterten Zuhörerinnen noch extra ausgeschmückt hatte. In ihrer schwesterlichen Verärgerung waren sie alle jetzt gewiss noch bessere Freundinnen als jemals zuvor. Ich fragte mich, ob man damals, als die Menschen noch in Stämmen zusammenlebten, nur deshalb zusammenblieb, weil hin und wieder jemand sagte: »Also, JETZT muss ich euch was erzählen!«

Ich konnte nicht bleiben, auf keinen Fall. Das war unerträglich. Ich wollte nach Hause. Mit eingezogenem Schwanz … während die Geschichte sich langsam auch in den anderen rechtsmedizinischen Instituten verbreitete. Vor bestimmten Dingen konnte man ganz einfach nicht weglaufen.

Ich ging rasch zurück in mein Büro und schloss die Tür hinter mir. Der Kaffee war in null Komma nichts weg, aber ich traute mich nicht noch einmal nach draußen. Nicht schon wieder. Ich wollte mein Schicksal nicht herausfordern. Stattdessen beendete ich den Obduktionsbericht und beantwortete ein paar Mails, bevor Nkem an die Tür klopfte, den Kopf hereinsteckte und mir mit ihren hochgezogenen Augenbrauen erklärte, dass um 10.45 Uhr die Dienstagskaffeerunde begann. Ich durchforstete mein Hirn nach einer Entschuldigung, um nicht teilnehmen zu müssen, und sah auf die Uhr. Es war erst halb elf.

Nkem trug an diesem Morgen ein oranges Gewand und ein dazu passendes Haarband. Sie kam still herein, zog den Besucherstuhl vom Schreibtisch weg und setzte sich.

»Du wolltest mir etwas erzählen?«

Es gab so viel, was ich ihr erzählen wollte, aber in diesem Moment stand das Schrille im Vordergrund, das Frische, Konkrete, Handfeste, lichterloh Brennende, nämlich das, was in meinem Büro vorgefallen war. Ich setzte mich in den Fensterrahmen, öffnete das Fenster, zündete mir eine Zigarette an und gab mir einen Ruck. Nkem war gläubige Katholikin, sie ging jeden Sonntag in die Kirche und hatte illustrierte Ausgaben der Bibel bei sich zu Hause auf dem Klo, in der Küche und auf ihrem Nachtschränkchen liegen. Solch unchristliche

Handlungen wie die jetzt gebeichtete wies sie immer weit von sich. Der Katholizismus stand ihr, aber trotzdem wünschte ich mir gar nicht so selten, sie wäre einfach eine alte afrikanische Heidin mit Regalen voller Zaubertränke und Pülverchen, die man in die Kaffeemaschine kippen konnte. Nicht zu vergessen die Flüche und Beschwörungen, die auch bei Tageslicht und Nadelfilz ihre Wirkung nicht verloren.

»Hmm«, sagte sie nun, als ich zum Ende gekommen war.

»Ich ertrage das nicht.«

»Hmm«, sagte sie wieder und machte mich mit ihrem tiefen, ewigwährenden Atemzug drei Jahre älter. »Du hast drei Möglichkeiten. Du kannst ihn verklagen. Du kannst kündigen, und du kannst so tun, als wäre nichts geschehen.«

»Ich kann ihn NICHT verklagen«, sagte ich, halb aus dem Fenster hängend. »Ich hätte ihn jederzeit stoppen können. Ich meine, als er mich das erste Mal berührt hat, hätte ich doch bloß die Augen aufmachen und ihn zum Teufel jagen müssen.«

Sie fixierte mich wortlos mit ihrem schwarzen Blick. Ich sollte ihr das erklären, aber so etwas konnte ich noch nie gut, und Lust dazu hatte ich auch keine. Ich wollte einfach nur einen Rat oder eine mütterliche Standpauke.

»Weil ich es genossen habe. Verflucht, ich weiß wirklich nicht, wie ich das verstehen soll. Irgendwie finde ich ihn gleichermaßen anziehend wie abstoßend, und beides auf ziemlich intensive Weise. Ich träume davon, mit ihm ins Bett zu gehen, und muss anschließend kotzen.«

»Hmmm«, sagte sie nur. Und ich wusste, dass sie am Abend für mich beten würde. Seit dem Tag, an dem ich ihr von dem schönen, jungen Mann im Ørstedspark erzählt hatte, betete sie für mich.

Ich drückte die Zigarette aus und setzte mich neben sie. Ihre missbilligend nach oben gezogenen Augenbrauen verrieten mir, dass ich nach Rauch roch.

»Dann musst du kündigen – aber das tust du nicht, es sei denn, ich kündige auch, aber das tue ich nicht, mir ging es nie besser als hier.«

»Was tut dieses kleine Scheißinstitut denn schon für dich?« Wie durch ein Wunder wurde aus meinem wütenden Fauchen ein vollständiger Satz.

»Hier herrscht nicht annähernd der gleiche Stress wie in Kopenhagen. Ich habe die Möglichkeit, mich wirklich in eine Sache zu vertiefen. Das ist mir sehr wichtig. Ich bin eine alte Frau, Stress ist nichts mehr für mich.«

Nkem war einundfünfzig, sah aber aus wie siebzehn. In ihrem perfekten Gesicht war nicht eine Falte zu erkennen, so dass es mehr als schwierig war, sie ernst zu nehmen, wenn sie sich selbst als alte Frau beschrieb. Wie viele alte Frauen liefen schon Marathon und kletterten in ihren Ferien die Berge rauf und runter? Zogen die Vorhänge zu und tanzten stundenlang zu Gospelmusik?

»Dann bleibt dir nur noch eine Möglichkeit«, sagte sie und erhob sich geschmeidig wie eine Katze. »Du tust so, als wäre nichts geschehen. Die Menschen vergessen. Und was Bonde Madsen angeht, kommt sicher bald eine neue Blondine, auf die er sich stürzen kann. Komm, wir sind schon fünf Minuten zu spät.« Sie zog mich hoch. »Du kannst dich dann gleich darin üben, dir nichts anmerken zu lassen. Die Zeit vergeht, und die Menschen vergessen.« *Daaim flaaez, peeepl farget.*

In der Bibliothek war Bonde Madsen dabei, einen uralten Diaprojektor aufzustellen, damit er uns seine Bilder aus der Westbank zeigen konnte. Es war eine Befreiung, als endlich das Licht ausgeschaltet wurde. Trotzdem spürte ich auch noch im Dunkeln Helles eiskalten Blick auf mir ruhen. Ich überlebte, indem ich mich darauf konzentrierte, meine Möglichkeiten noch einmal durchzugehen. Als das Licht wieder eingeschaltet wurde, hatte ich außer dem Klicken des antiken Geräts und dem unaufhörlichen Nagen meiner fruchtlosen

Gedanken nichts mitbekommen; vor meinen Augen hatten sich die ganze Zeit über andere Szenen abgespielt, in denen Tod, Scham und Pornografie um meine Aufmerksamkeit kämpften: der halb erigierte Penis, das entsetzte Gesicht in der Tür, die feuchten, schlaffen Lippen.

Und so ging es auch den Rest der Woche weiter. Ich hatte nur eine Obduktion, der Auftrag einer Versicherung, die wissen wollte, ob ein alter Mann durch das Asbest gestorben war, das er während seiner Arbeit eingeatmet hatte. Daneben gab es noch ein paar Untersuchungen, unter anderem die eines angeblichen Folterungsopfers, das vermutlich Asyl bekommen würde, da meine Untersuchungen seine eigenen Angaben bestätigten.

Endlich hatte ich die Zeit, aufzuräumen und meinen Schreibtisch in Ordnung zu bringen.

Im Juli war das Institut in der Regel voll besetzt. Bonde Madsen und die Hälfte der Angestellten hatten im Juni Ferien genommen, der Rest wollte das im August tun, so dass wir eigentlich zu zahlreich für unser recht überschaubares Pensum waren. Mit anderen Worten hatte ich reichlich Zeit, mich den beiden Dingen zu widmen, die mich fast schon obsessiv beschäftigten: die Rotfärbung der Haut, die ich bei Emilie gefunden hatte, und meine mit Abscheu gemischte Faszination für Dr. Bonde Madsen. Die ganze Woche hindurch fand Bonde Madsen bizarre Vorwände, um mich in meinem Büro zu besuchen. So häufig hatte er mich noch nie in fachlichen Dingen um Rat fragen müssen, obwohl es sich eigentlich um Fragen handelte, die sein Fachgebiet betrafen und nicht meins. Am Mittwochnachmittag saß ich im Büro und hörte The Voice, als er plötzlich seine trockene Hand auf meine Schulter legte. Ich blieb sitzen und schrieb weiter an der E-Mail, die ich begonnen hatte, ohne ihn zu beachten. Vielleicht war ich neugierig, was er als Nächstes tun würde, doch als seine Hand in Richtung meiner Brust wanderte, riss ich die Kopfhörer heraus und drehte mich zu ihm um: »Kann ich irgendetwas für Sie tun?«

»He-he«, murmelte er nur mit unbegreiflicher Lässigkeit und stellte mir wieder eine seiner Fragen, dabei hatte ich von Firewalls nun wirklich keine Ahnung. Ich kannte gerade einmal das Wort. Immerhin nahm er seine Hand weg und legte sie wieder auf meine Schulter. Dabei erwähnte er kein einziges Mal die Episode auf dem Sofa oder beschwerte sich gar darüber, dass er mich zu seiner Sechs-Uhr-Sex-Vereinbarung am Montagabend nicht angetroffen hatte. Stattdessen beobachtete er mich mit einem stillen Lächeln in den Augen. Entweder genoss er es, mich auf diese Art zu quälen, oder er hatte keine Ahnung davon, wie sehr mich die Geschehnisse belasteten. Jedes Mal, wenn er ging, ließ er mich mit kreischendem, zitterndem Unterleib zurück, und mein Herz schlug mir bis zum Hals, so dass mir übel wurde und meine Konzentrationsfähigkeit der eines halbwüchsigen ADHS-Bengels glich. Wenigstens wurde ich durch Dr. Bonde Madsens unerklärlich intensiven Einfluss in gewissem Umfang davon befreit, die ganze Zeit an Emilie zu denken.

Die Polizei konzentrierte sich in ihrer Ermittlung auf die Gemeinsamkeiten der beiden Mädchen. Es gab keinen Zweifel, dass die Morde von der gleichen Person ausgeführt worden waren. Die Signatur des Mörders und auch seine Vorgehensweise waren gleich, die einzige konkrete Gemeinsamkeit der Mädchen aber waren ihr Alter und die Tatsache, dass sie beide auf die Kathedralschule gegangen waren, so dass dies der vorläufige Ansatzpunkt für die Ermittlungen war. Obwohl die Polizei vor der Presse die Verbindung zwischen den Morden an Emilie und Camilla noch verschwiegen hatte, waren die Journalisten natürlich längst selbst zu diesem Schluss gekommen. Schon am Dienstagmorgen titelte die erste Zeitung: *Serienmörder auf Fünen*. Der Artikel stellte eine wirklich präzise Verbindung zwischen den Morden an den beiden Mädchen her und äußerte die Vermutung, dass man es nun auch in Dänemark mit einem richtigen Serientäter zu tun habe. Ähnlich äußerten sich die *Berlingske Tidene* und das *Ekstra Blad*, die beide auch Fotoserien der Ermordeten brachten. Ich war noch immer der Meinung, dass man erst dann zum Serientäter wurde, wenn man drei oder mehr Morde verübt hatte, die alle unabhängig voneinander geschehen sein mussten, aber das Wort wirkte auf jeder Titelseite natürlich wie ein Magnet. Außerdem konnte sich Camillas und Emilies Mörder den ehrenvollen Titel ja auch wirklich noch erwerben, denn dass er die Kapazität dazu hatte, bezweifelte niemand. Seine Signatur zeigte der Polizei, dass sie es mit einem sexuellen Sadisten zu tun hatte, und solche Leute machten in der Regel weiter, bis sie geschnappt wurden. Zur Aufklärung des Falles fehlten noch einige Puzzlestücke, und eines davon war die seltsame Rotfärbung an Emilies Hals, da war ich mir sicher, weshalb ich Nkems Analyse mit großer Ungeduld erwartete. Jede freie Minute verbrachte ich damit, diverse Datenbänke zu durchstöbern oder verschiedene Kollegen in anderen Instituten auf der ganzen Welt zu befragen, um mich zu erkundigen, ob etwas Ähnliches schon einmal dokumentiert worden war. Ich sprach mit Britt in Kopenhagen, mit Maximilian in Freiburg und mit Chris in London. Aber niemand wusste mit diesen Flecken etwas anzufangen.

Ich hätte die ruhigen Sommermonate dafür nutzen sollen, mich meinen Forschungsverpflichtungen zu widmen, bei denen es um Todesfälle in der Psychiatrie ging, die durch zu hohen Medikamentenkonsum bedingt sein konnten. Aber einerseits konnte ich mich zum jetzigen Zeitpunkt einfach nicht darauf konzentrieren, andererseits waren meine Forscherkollegen am rechtsmedizinischen Institut in Kopenhagen ohnehin gerade beide in den Ferien. Ich war die sprichwörtliche angestochene Hummel, von der alle redeten, allerdings eine Hummel, die ihre Bürotür hinter sich schloss und den Kontakt mit den übrigen Angestellten weitestgehend vermied. Die ganze Woche verging auf diese Weise – mit nichts. Ich rutschte auf meinem Stuhl herum, versteckte mich, wartete, und hoffte vergebens, dass Bonde Madsens warme Handflächen nicht wieder in meine Nähe kamen – bis Donnerstagnachmittag Nkem in der Tür stand. Sie sah irgendwie verärgert aus.

»Schlechte Neuigkeiten. Ich habe wirklich keine Ahnung, was diese rote *nsi* ist. Die Standardanalyse hat zu keinem Ergebnis geführt. Wir haben diesen Stoff ganz einfach nicht in der Bibliothek, ich komme also nicht umhin, eine NMR-Spektroskopie machen zu lassen …«

»Und das dauert … wie lange? Eine Woche? Heute ist Donnerstag.«

Sie starrte vor sich hin und dachte nach. »Also, wenn ich es schaffe, die Proben heute noch wegzuschicken, sind sie morgen da und könnten über das Wochenende untersucht werden.« Sie dachte weiter. »Aber das ist nicht sonderlich wahrscheinlich, du solltest damit rechnen, dass sie die Proben erst am Montag haben, und dann kriegen wir die Ergebnisse am Donnerstag, wenn nicht erst am Freitag. Und dann muss ich die Ergebnisse noch in den Chemical Abstracts vermerken, du solltest also damit rechnen, dass es Freitag wird.«

»Die DNA kriegen wir auch erst am Freitag.« Entsetzt wurde mir bewusst, dass ich damit auch noch die nächste Woche so verbringen musste. Eine im wahrsten Sinne des Wortes *unerträgliche* Vorstellung.

»Aber ich habe auch noch eine gute Nachricht.« Nkem kam in mein Büro und setzte sich auf das Sofa. Ich blieb am Schreibtisch sitzen. »Das Mädchen hatte Unmengen von Rohypnol im Körper. In etwa die gleiche Dosis wie die bei Schloss Hvedholm.«

Irgendwie hatte ich das erwartet. Wenn er die Mädchen mehrere Tage in seiner Gewalt hatte, musste er dafür sorgen, dass sie ruhig blieben. Rohypnol war da eine fast schon gnädige Lösung. Alternativ hätte er sie wie ein Tier einsperren und fesseln müssen. Auch dies war also ein Hinweis darauf, dass es sich um den gleichen Täter handelte.

»Nur Rohypnol. Nichts anderes?«, fragte ich.

Sie schüttelte den Kopf. Und ich sah eine Woche vor mir, die mindestens so nervtötend würde wie die gerade vergangene. Plötzlich wusste ich, was ich tun musste.

»Weißt du was? Ich mache eine Woche frei«, platzte ich heraus, noch ehe ich den Gedanken ganz zu Ende gedacht hatte.

»Fahrradfahren?«

Ich nickte.

»Im Hinblick auf die drohende Explosionsgefahr.«

Ich war, was körperliche Betätigung anging, eigentlich eher faul veranlagt, aber wenn ich mich oder meine Mitwelt oder irgendetwas sonst nicht mehr ertrug, fuhr ich bis zur totalen Erschöpfung Fahrrad. Sie nickte und stand auf.

»Gib auf dich acht«, sagte sie und streichelte mir über die Wange. »Und setz deinen Fahrradhelm auf. Schuppen sind wirklich das kleinere Übel, wenn du dadurch dein makelloses Hirn schützen kannst.« Sie zwinkerte mir zu, bevor sie zur Tür ging und den Raum verließ.

Ich hasste Fahrradhelme. Wenn ich so ein Ding aufsetzte, juckte meine Kopfhaut wie verrückt und begann sich zu schuppen, so dass ich anschließend wochenlang Anti-Schuppen-Shampoo verwenden musste.

Ich rief unten bei Ruth an und teilte ihr mit, dass ich mir in der nächsten Woche Urlaub nahm und jetzt gleich gehen würde. Dann hastete ich durch die Glastüren nach draußen zu meinem Auto.

Zu Hause im Jagtvej holte ich als Erstes mein Mountainbike aus dem Keller, wo es seit dem Umzug gestanden hatte. Ich hatte mir jeden Tag aufs Neue vorgenommen, ein besserer Mensch zu werden und wenigstens mit dem Fahrrad zum Institut zu fahren. Auch mit dem Rauchen wollte ich aufhören und auf die abendliche halbe Flasche Wein verzichten. Leider war all diesen guten Vorsätzen bei mir immer nur ein bemitleidenswert kurzes Leben vergönnt. Auch damals, als die Magie mit Michael verloschen war, hatte ich mir jeden

Tag aufs Neue vorgenommen: *Morgen schmeißt du ihn raus.* Doch ehe ich mich versah, waren zwanzig Jahre vergangen, und er war noch immer da und hatte Wurzeln in meiner Wohnung geschlagen.

Das Fahrrad war von klebrigen Spinnweben bedeckt, und die Reifen sahen ziemlich platt aus, so dass ich es bis nach Vesterbro schieben musste, um neue Schläuche einsetzen zu lassen. Als ich dort ankam, wollte der Besitzer der Werkstatt gerade schließen, war dann aber doch so nett, mir zu helfen.

Während ich wartete, rief Großvater an. Kurzatmig erzählte er mir, dass jetzt auch das letzte Schwein verkauft war. Er vermisste es, wie er auch all die anderen vermisste. Nur all die Klagen über den Güllegeruch würden ihm nicht fehlen, und ganz sicher nicht die Gesundheitsapostel vom Veterinäramt mit all ihren demütigenden »Kontrollbesuchen«. Außerdem wurde es mit seiner Lunge auch nicht besser, und ein bisschen einsam fühlte er sich auch. Ob ich in diesem Jahr denn keinen Urlaub machen wolle? Ich zögerte und versuchte, der Antwort zu entgehen: *möglich*, *vielleicht*, *später*.

Großvater war der Einzige aus meiner Familie, der mir noch geblieben war, ein liebenswerter alter Kauz. Aber Rødekro war ein Ort, an dem die Zeit stillstand, dort waren die Tage mehr als doppelt so lang, und das konnte ich im Moment nicht ertragen.

Samstagfrüh war das Wetter noch immer seltsam mediterran. Ich fuhr, ausgestattet mit Fahrradhose, Helm und Sonnencreme und in viel zu hohem Tempo Richtung Süden. Abends um elf Uhr schlief ich so erschöpft auf der Bank am Gudmesee ein, dass ich erst am nächsten Morgen gegen vier aufwachte, weil ich fror und diese verfluchten Vögel wieder ihren Gesang angestimmt hatten. Mir tat alles weh. Luftlinie waren es zwar nur vierzig Kilometer vom Jagtvej bis nach Gudme, aber bei all den verschlungenen kleinen Wegen, die ich genommen hatte, war die zurückgelegte Strecke sicher doppelt so lang. Meine Beine fühlten sich an wie aufgepumpter Schinken, und mein Nacken war steif. Meine Kopfhaut juckte, und mein Fahrradhelm war voller Schuppen. Eine Weile saß ich jammernd da und starrte über das Wasser, auf dem keine Enten zu sehen waren. Die Vorstellung, dass Emilie hier gelegen hatte, fiel mir noch immer schwer. Die Pfosten, an denen der einfache Elektrodraht befestigt war, wuchsen wie Bäume geradezu organisch aus dem Boden, die gefleckten Kühe grasten friedlich im diesigen, schräg einfallenden Morgenlicht, und das Wasser war blank und still wie ein Spiegel. Es war einfach schön, ruhig und friedlich. Womit hatte ich gerechnet? Hatte ich geglaubt, ein Wiedersehen mit diesem See würde mir dabei helfen, das Rätsel um Emilies Tod zu lösen? Mit viel Ach und Weh gelang es mir, meinen schmerzenden Körper aufzurichten und in Richtung Svendborg zu radeln, um irgendwo zu frühstücken und vielleicht ein weiches Plätzchen zu finden, an dem ich liegen und mich meinem Selbstmitleid hingeben konnte.

In den nächsten Tagen quälte ich mich regelmäßig bis zur totalen Erschöpfung. Ich fuhr Fahrrad, litt, versank in traumlosem Schlaf, wachte auf, litt erneut und fuhr weiter. Unwillkommene Gedanken hatten nicht die Spur einer Chance, durch die dicke Schicht aus Leiden und Müdigkeit zu dringen. Jede Nacht schlief ich zwölf Stunden durch und ersäufte mich den Rest der Zeit bereitwillig in einer Hölle aus Schmerzen. Der Bereich zwischen Daumen und Zeigefinger war so überbelastet, dass er konstant schmerzte und pochte, und ich vermisste die Fahrradhandschuhe, die ich früher einmal gehabt hatte. Donnerstagabend stellte ich das Fahrrad wieder in den Keller und kletterte mit müden Beinen in den zweiten Stock empor. Ich hätte wirklich den Umfang meiner Oberschenkel messen sollen, bevor ich losgefahren war: Er hatte sich bestimmt verdoppelt.

Liebes Tagebuch,

wir sprachen nicht miteinander bei uns zu Hause. Meine Mutter zwitscherte natürlich eifrig drauflos, aber das war ein einsames, gleichgültiges Plappern, das nie zu einem Gespräch eskalierte. Niemand zwitscherte zurück. Mein Vater aß schweigend. Ich wusste, dass unser Schweigen sie bedrückte. Es war eine Qual für sie, mit uns, die wir nichts sagten, an einem Tisch zu sitzen. Je mehr sie zwitscherte, desto verbissener schwiegen wir. Es war herrlich.

Manchmal luden meine Eltern an den Wochenenden Gäste ein, in der Regel eine Auswahl der Honoratioren der Stadt. Dann gab es Suppe, Steak und Eis, gefolgt von einem Kaffee und Gebäck, das dann vor dem Aquarium eingenommen wurde. Meine Mutter verbrachte diese Tage mit hektischen roten Wangen in der Küche, bis abends ein Mädchen zum Servieren zu uns kam und ihr half. Manchmal, wenn die Sitzordnung das zuließ, saß ich mit am Tisch. Bei diesen Anlässen wunderte ich mich über meinen Vater. Er lachte, er redete und wirkte dabei sowohl klug als auch umgänglich. Er war in diesen Momenten ganz und gar nicht mehr der stille Mann, der er in den übrigen Tagen der Woche zu sein pflegte.

Warum?

Weil keiner von uns, weder meine Mutter noch ich, ein Gespräch wert war.

Ich kippte Reinigungsmittel in sein Aquarium, und bald darauf schwammen all seine glotzenden Fische kieloben. Er fragte nicht einmal, ob ich etwas damit zu tun hatte, denn er traute mir nichts zu. Nicht einmal die Fähigkeit, den pH-Wert seines Aquariums zu verändern.

Dann setzte ich seinen Rasenmäher in Brand. Zugegeben, da hatte ich ein wenig getrunken, aber nicht viel. Ich mag es nicht, die Kontrolle zu verlieren, an diesem Tag aber hatte ich eine Mischung aus Portwein und Rum intus, die einer meiner Klassenkameraden bei einem Schulfest in einer Weinflasche zusammengemischt hatte. Als ich nach Hause kam, blieb ich auf der Türschwelle stehen. Eine Welle des Hasses überkam mich schon beim bloßen Gedanken, dieses Haus betreten zu müssen. Ich drehte mich um und schlich stattdessen in den Garten, zog den Rasenmäher aus dem Schuppen und plazierte ihn mitten auf dem Rasen, wo alle Nachbarn ihn brennen sehen würden, wenn sie aus ihren Fenstern schauten. Nachdem ich mich versichert hatte, dass der Tank voll war, kippte ich Benzin über die Maschine. Feuer war so einfach zu machen, so wild, so potent. Der Anblick von Flammen versetzte mich in eine ganz besondere Stimmung, die ich auch verspürte, wenn ich ein Mädchen sah und mir vorstellte, was ich mit ihr anstellen könnte und wie wenig ihr das gefallen würde. Ein wohliges Gefühl durchrieselte meinen Körper, als ich das Streichholz auf den Rasenmäher warf und durch das Gartentor zurück auf die Straße lief, wo ich erst einmal einen Spaziergang machte, damit meine Kleider nicht mehr nach Benzin rochen. Der Lärm, den ich hörte, als der Rasenmäher explodierte, erregte mich, doch ich schob diese Erregung beiseite. Auf der Straße war kein Mensch zu sehen.

Eine knappe Stunde später trat ich dann durch die Haustür, aber da waren meine Eltern schon wieder im Bett. Meine Enttäuschung war grenzenlos. Ich hatte mich so auf ihre Reaktion gefreut. Stattdessen ging ich zu meiner Mutter und trieb es mit ihr, bevor ich ins Bett ging, obwohl ich sie eigentlich schon lange nicht mehr ertrug. Aber irgendwie musste ich meinen Überdruck loswerden. Und dann wurde mir bewusst, dass ich – wollte ich bei meinem Vater irgendwann einmal etwas erreichen – einen Gedanken wecken musste, einen Verdacht, Zweifel säen. *Ich kann noch ein bisschen mehr als bloß gute Noten nach Hause bringen und vorbildlich mit dem Besteck hantieren, Daddy!* Bei ihm musste ich allerdings etwas brutaler vorgehen, denn er sah absolut nichts, empfing keine der feineren Frequenzen. Solange ich mich in Diskretion übte, würde ich ihn nicht erreichen können.

ODENSE, 17. JULI 2009

13

Die Erklärung der rechtsgenetischen Abteilung lag auf meinem Schreibtisch, als ich am Freitagmorgen um acht Uhr ins Institut kam. Sie bestätigte, dass der Mörder von Emilie und Camilla ein und dieselbe Person war – keine große Überraschung. Ich rief Nkem an, um mich zu erkundigen, ob sie irgendwelche Ergebnisse für mich hatte, aber sie sagte nur: »Ich rufe gleich zurück«, und legte wieder auf. Ich konnte mich auf nichts konzentrieren, ertrug das Warten nicht und hatte zu allem Überfluss von meiner exzessiven Fahrradtour noch immer stechende Schmerzen zwischen Daumen und Zeigefinger, so dass ich eine Schmerztablette nahm und dadurch ein bisschen ruhiger wurde. Etwas abwesend ging ich die Mails der Woche durch; nichts Weltbewegendes, nur ein paar lästige Anfragen. Die Sonne fiel direkt auf meinen Computer, so dass die Schrift auf dem Bildschirm kaum mehr zu erkennen war. Schließlich räumte ich zwei Schubladen auf, zog die Gardine vor und beantwortete wortkarg und mürrisch eine Mail, die eigentlich etwas mehr Aufmerksamkeit verdient hätte. Dann legte ich eine Patience auf dem Computer und beantwortete anschließend eine weitere Mail. Gegen elf Uhr, das Thermometer war inzwischen auf dreißig Grad geklettert, fand Dr. Bonde Madsen sich ein und wollte meine Meinung zu dem sexuellen Missbrauch von zwei Mädchen hören. Angeblich. Während wir den Fall diskutierten, erachtete sein Kopf es für unbedingt notwendig, nur etwa einen Zentimeter von dem meinen entfernt zu sein, während seine Handflächen schamlos auf meinen Schenkeln ruhten. Ich sagte so wenig wie nur möglich, schob die Hand diskret beiseite und rückte schweigend meinen Stuhl etwas von ihm weg. Er kommentierte das nicht. Ebenso wenig äußerte er sich über meine viertägige

Abwesenheit. Glücklicherweise klingelte in diesem Augenblick das Telefon, und ich warf dankbar einen Blick darauf, bevor ich den Hörer abnahm. *Saved by the bell* – nie hatte diese Redensart besser gepasst. Ein junger Mann meldete sich und stellte sich vor: »Guten Tag, hier spricht Mads Lunde von der Zeitung *Fyens Stiftstidene*, ich arbeite an einem größeren Artikel über die beiden ermordeten Mädchen, Emilie und Camilla, aber leider rückt die Polizei mit keinerlei Informationen heraus.« Er machte eine Pause. »Sie haben die beiden doch obduziert, und da dachte ich mir, dass Sie vielleicht etwas für mich haben könnten.«

Ich war perplex. Etwas für ihn? »Sagen Sie mal, Mads, sind Sie Praktikant?«

»Ja, das bin ich wirklich, warum …«

»Lässt man die wichtigen Artikel jetzt schon von Praktikanten schreiben? Also, wenn Sie mich fragen, klingt das ein bisschen merkwürdig.«

»Nun, ähm, nicht ich schreibe diesen Artikel, ich bin nur beauftragt worden, die verschiedenen Leute anzurufen.«

»Okay, hören Sie: Über laufende Verfahren äußert sich ausschließlich die Polizei. Das sollte Ihr Redakteur Ihnen eigentlich gesagt haben.«

»Dann wollen Sie nichts sagen?« Er klang enttäuscht und schien die Pointe noch nicht begriffen zu haben.

»Nein«, sagte ich und legte auf. Ich hatte kaum aufgelegt, als es schon wieder klingelte.

»Willst du wissen, was ich herausgefunden haben, *nne*?«, fragte eine tiefe Stimme.

»Ich komme!« Ich drehte mich kurz zu Dr. Madsen um und stand auf. »Ich muss jetzt leider los«, sagte ich. Er sah mich fragend an, aber ich ging einfach, ließ die Tür offen stehen und hoffte, dass er selbst nach draußen fand.

Ich hastete die Treppe zu Nkems Büro hinauf und gab noch mehr

Gas, als ich am Ende des Flurs Helle erblickte, die mit einem Stapel Akten unter dem Arm aus einem Büro kam. Ein paar unerträglich lange Sekunden liefen wir uns auf dem menschenleeren Flur entgegen, und trotz des großen Abstands zwischen uns spürte ich ihren Hass bis unter die Haut, ja bis in mein zukünftiges Leben hinein. Meine Erleichterung war beinahe grenzenlos, als ich schließlich Nkems Tür erreichte und in ihr Büro flüchten konnte. Sie blickte von einem Artikel auf, in den sie sich vertieft hatte, und sah mich mit hochgezogenen Augenbrauen an. Es missfiel ihr, wenn man einfach ohne Anklopfen bei ihr eintrat, selbst wenn ich es war.

»Entschuldigung«, sagte ich und nickte in Richtung Tür. »Helle.«

»Ah«, sagte Nkem etwas abwesend lächelnd. Dann drehte sie sich auf dem Stuhl um und las von einem Blatt Papier ab:

»Clofazimin.«

»Was?«

»Die rote Farbe stammt von einem Stoff namens Clofazimin. Nachgewiesen an Hals, Armen und Gesicht von Emilie und auch bei … bei diesem Motorradpolizisten.« Sie sah mich vielsagend an.

»Damit haben wir schon gerechnet.«

»Gehen wir das mal von der anderen Seite an: Clofazimin ist ein Medikament, das gegen Lepra angewendet wird und das unter anderem den Schweiß der Patienten verfärbt …«

»Was?«, platzte ich ungläubig hervor. »Lepra? Das kann doch nicht stimmen! Nicht hier in Dänemark.«

Sie zuckte mit den Schultern und sagte leise: »Ich weiß noch nicht so viel, würde aber vorschlagen …« – »*Leprakranker Serientäter*, stell dir das mal auf der Titelseite der *Fyens Stiftstidene* vor. Das wäre das kollektive Grauen, fast noch schlimmer als ein Werwolf. Die Straßen wären dann komplett ausgestorben, ganz Odense würde erstarren.« Nkem ignorierte mich und zog die Schublade mit ihrem Laptop heraus. Ich plapperte nervös weiter: »Es muss da einen Migrationshintergrund geben, vielleicht ist das ein Einwanderer oder Asylsuchender aus einem Land, in dem diese Krankheit noch grassiert, oder jemand, der dort gewesen …«

»Sei ruhig und hör mir zu!« Nkem hatte ihren Laptop aus der Schublade genommen und ihn energisch auf den Tisch gestellt. Sie schnappte sich den Artikel, in den sie vertieft gewesen war, als ich hereinplatzte, und las vor: »Eine Nebenwirkung des Stoffes ist eine hellrote bis braune Pigmentierung bei fünfundsiebzig bis hundert Prozent der Patienten und eine entsprechende Verfärbung der meisten Körperflüssigkeiten und Sekrete. Auch die Schleimhäute in den Augen können sich gelblich verfärben. Diese Verfärbungen verschwinden nach dem Absetzen des Medikaments wieder, der Prozess kann aber Monate oder Jahre dauern. Viele Patienten werden aufgrund der chronischen Verfärbung der Haut depressiv, was bis heute bereits zu zwei Selbstmorden geführt hat.«

Das war ziemlich viel auf einmal. Ich stand eine Weile blinzelnd da, bevor ich den Gästestuhl näher zum Schreibtisch rückte.

»Das heißt …«, begann ich und setzte mich. Ich war schrecklich aufgeregt und musste erst einmal eine Pause machen, bevor ich weitersprechen konnte: »… dass er geschwitzt hat und dieser Schweiß seine Handschuhe durchdrungen hat. Außerdem können wir daraus schließen, dass hier irgendwo jemand unterwegs ist, dessen Haut deutlich verfärbt ist – für die Ermittler sollte das eigentlich ein Kinderspiel sein. Und drittens …« Ich sah zu Nkem. »Nein, das mit der Depression glaube ich nicht. Ein bestialischer Mord wirkt auf mich nicht gerade wie die Handlung eines Depressiven, aber vielleicht kann man das ja auch anders sehen.«

Nkem schüttelte den Kopf und sah mich etwas verärgert an. »Solche Fragen solltest du dem Polizeipsychologen überlassen. Ich schlage vor, dass du dich jetzt mal entspannst und wir unsere Laptops und unsere Handys nehmen und ein bisschen nach draußen auf den Assistens-Friedhof gehen. Vielleicht können wir den Tag nutzen, um rauszukriegen, was hier eigentlich läuft – ich meine, vielleicht gibt es ja noch andere Krankheiten, die mit dem Zeug behandelt werden. Das Wetter ist so schön …« Sie drehte sich um und sah aus dem Fenster: »Naja, nicht gerade hier drin, aber draußen, und warum sollen wir uns nicht ein paar angenehme Stunden gönnen? Ich habe zufälligerweise ein paar weiße Auberginen und Erdnussbutter mit Chili in der Tasche, und zwar mehr als genug für zwei – ja?« *Moore dan enov for doo – yeah?*

Ich lief nach unten, holte meine Sachen und schloss das Büro ab. Vor Montag wollte ich nicht noch einmal zurückkommen. Zu guter Letzt rief ich wieder Ruth an und meldete mich für den Rest des Tages ab. Das war viel besser, als mich noch länger all ihren neugierigen Blicken auszusetzen.

Der Assistens-Friedhof in Odense war der schönste Ort der Welt, zumindest einer der schönsten, die ich kannte, ohne jeden Zweifel aber das Beste, was Odense zu bieten hatte. Er war grün, romantisch und friedlich, ein Ort, wo man Kraft tanken und seinen Blick umherschweifen lassen konnte. Vom ersten Augenblick an hatte Nkem hier ihren Lieblingsplatz gehabt: die Bank unter der großen Buche mit Aussicht auf die Gräber von Birgit und Niels Lægdsgaard und die Rückseite von L. P. Fromms Familiengruft, die sich Kopf an Kopf unter den dichten Zweigen versteckten, die immer – auch an den heißesten Sommertagen – genug Schatten gaben, um etwas auf dem Bildschirm ihres Laptops erkennen zu können. Und das Beste von allem: Trotz der vielen Bäume gab es hier merkwürdig wenig Vögel.

Nicht weit von uns entfernt war eine Frau mit unglaublich langen, lockigen Haaren gerade dabei, mit einem gewaltigen Teleobjektiv Fotos von Grabsteinen zu machen. Sie sah zu uns herüber, als wir uns setzten. Ich lächelte ihr vage zu. Auch ich hatte einmal diese Faszination für Friedhöfe gehabt und überall auf der Welt Fotos von Grabsteinen gemacht. Wenn es denn das war, was sie tat.

Wir vertieften uns sofort in den Fall: Clofazimin wurde gemeinsam mit Rifampicin und Dapson in einer Dreierkombination gegen Lepra angewendet, eine Infektionskrankheit, die von dem Leprabazillus *Mycobacterium leprae* hervorgerufen wurde. Der Wirkstoff war ein funktioneller Hemmer der sauren Sphingomyelinase, eines Enzyms, das zu akuten, schmerzhaften Hautläsionen führen konnte. Auf experimenteller Basis war dieses Mittel auch gegen andere mykobakteriell bedingte Infektionen getestet worden, unter anderem bei Patienten mit Aids oder Morbus Crohn, einer chronisch entzündlichen Darmerkrankung, des Weiteren war es bekannt für seine enorm entzündungshemmende Wirkung, las ich überrascht. Dieses Mittel war also in der Lage, die Entzündungsreaktionen einer ganzen Reihe von Erkrankungen zu mildern.

»Hier steht«, sagte Nkem, »dass das *Mycobacterium leprae* ein Verwandter des Tuberkulosebakteriums ist. Clofazimin wurde ursprünglich sogar für die Tuberkulosebekämpfung hergestellt.« Sie blickte mit einem schiefen Lächeln auf. »Was ich heute wieder alles lerne: Der Originalname war B663, und das Zeug entstand 1954 in einem Labor am Trinity College in Cork in Irland. Zwar stellte sich heraus, dass das Mittel nicht sonderlich effektiv im Kampf gegen die Tuberkulose war, aber dann ...«, sie zog eine ihrer Augenbrauen hoch und vertiefte sich wieder in den Artikel, »... 1959 entdeckte ein Forscher namens Chang, dass Clofazimin höchst effektiv für die Behandlung der Lepra war ... Tuberkulose und Lepra, zwei ziemlich alte Krankheiten.«

Ich schüttelte den Kopf. Es konnte ganz einfach nicht sein, dass Emilies Mörder an Lepra litt. Andererseits war es mindestens zwanzig Jahre her, dass ich meinen letzten reisemedizinischen Kurs besucht hatte, und was wusste ich mit meinem müden Hirn überhaupt über Lepra und Tropenmedizin? Ich hatte geglaubt, die Krankheit wäre mehr oder weniger ausgestorben, dass sie nur noch in wenigen, eng begrenzten und sehr isolierten Gebieten vorkam, doch jetzt las ich, dass es allein in den USA in fünf verschiedenen Staaten akute

Fälle von Lepraerkrankungen gab und dass jeden Tag neue Patienten hinzukamen. In Afrika, Asien und Südamerika war die Krankheit noch immer in vierzehn Ländern so stark verbreitet, dass sie dort zu den Volkskrankheiten gezählt wurde. Die Forschung war überdies der Meinung, dass das Problem in Zukunft wieder größer werden würde. Fasziniert las ich Nkem vor: »Das Leprabakterium ist seit gut einhundertdreißig Jahren bekannt, trotzdem wissen wir noch heute erstaunlich wenig über seine Funktionsweise. Auch die Ansteckungswege sind nach wie vor unbekannt. Aus einer Reihe von epidemiologischen Untersuchungen weiß man allerdings, dass gut fünfundneunzig Prozent von uns immun gegen eine Infektion sind, wir haben aber keine Ahnung, was die übrigen fünf Prozent von dieser Mehrheit unterscheidet. Und über den Ansteckungsprozess wissen wir nur, dass eine Langzeitexponierung nötig ist. Aber der eigentliche Mechanismus, also die Frage, ob das Bakterium durch Tröpfcheninfektion, durch Berührung oder auf anderem Weg übertragen wird, ist noch ungeklärt. Auch der Krankheitsverlauf ist in gewissen Teilen ein Mysterium, man weiß nur ganz generell, was da vor sich geht. Das *Mycobacterium leprae* arbeitet extrem langsam, und die Inkubationszeit kann bis zu zwanzig Jahre betragen. Das Bakterium greift die Haut und die peripheren Nerven, die die Extremitäten versorgen, an. Die ersten Symptome der Krankheit sind demnach helle Flecken mit verminderter Empfindsamkeit.« Ich hielt inne und starrte auf die dicke Rinde des Baums. An Letzteres erinnerte ich mich gut. Die verminderte Empfindsamkeit war schließlich gerade die Ursache für die beängstigenden Symptome, die die Lepra in allen Zeiten so bekannt und gefürchtet hatte werden lassen. Das Abfaulen von Fingern, Zehen und Nasen war nämlich keine direkte Folge der Infektion, sondern rührte daher, dass die Patienten sich fortwährend selbst verletzten, ohne es zu spüren. Sie ignorierten all die kleinen Verletzungen, die man normalerweise entweder vermied oder gleich verarztete. Leprakranke übergingen diese Risse, Brandwunden, Stöße und Schläge einfach, dabei waren gerade diese kleinen Verletzungen mögliche Infektionsquellen, die über längere Sicht zu totem Gewebe führen können. Aber trotzdem: Lepra in Dänemark?

Ich sah ratlos zu Nkem hinüber. »Ja, aber … was wäre, wenn der Täter in einem der Länder gewesen ist, in dem die Krankheit noch grassiert, und zu den fünf Prozent gehört, bei denen sie aus unerfindlichen Gründen ausbricht?«

Nkem hatte sich in ihren Laptop vertieft und schüttelte langsam den Kopf. »Das glaube ich nicht. Ich habe hier eine E-Mail der Lepra-Kommission vor mir. In der steht, dass es in Dänemark seit 1911 keinen Fall von Lepra mehr gegeben hat und es sich bei dieser Person um einen Dänen gehandelt hat, der lange Zeit mit Leprakranken gearbeitet hat.« Sie blickte auf. »Weißt du was? Der hat ganz einfach keine Lepra. Hast du Hunger? Das ist echt unglaublich.« Sie nickte in Richtung der jungen Frau mit Teleobjektiv. »Was für seltsame Hobbys manche Leute doch haben, oder?«

Während Nkem eine Tischdecke ausbreitete und eine große Plastiktüte mit geschälten Auberginenstücken darauf ausleerte, las ich mit dem Laptop auf dem Schoß weiter. Es waren zahlreiche klinische Versuche unternommen worden, die alle darauf abzielten, die immundämpfende Wirkung des Stoffes Clofazimin zu erforschen, bereits zu Zeiten, in denen das Mittel noch gar nicht gegen Lepra zugelassen war. Zuerst erwies es sich als effektiv in der Behandlung gegen den chronischen Lupus erythematodes, eine Hautkrankheit, an deren Symptome ich mich allerdings nicht mehr richtig erinnerte. Siebzehn von sechsundzwanzig Patienten ging es nach der Therapie besser. Sporadisch gab es auch gute Resultate bei anderen Autoimmunkrankheiten wie Schuppenflechte, *Cheilitis* granulomatosa, wenn ich mich richtig erinnerte, eine üble Entzündung in den Lippen, Morbus Crohn und *Colitis* ulcerosa, einer chronisch-entzündlichen Darmerkrankung. Nachdenklich blickte ich von meiner Lektüre auf.

»Keinen Hunger?«, fragte Nkem und zwinkerte mir zu.

»Kriegt man etwa Hunger, wenn man sich über die verschiedensten Darmerkrankungen informiert oder über Lepra? Ich jedenfalls nicht.« Trotzdem schnappte ich mir ein Stück Aubergine, das ich in die mit Chili gewürzte Erdnussbutter tunkte. Doch, ich hatte Hunger. Meinen Gedanken nachhängend aß ich eine halbe Aubergine und sagte schließlich: »Eigentlich sind diese Krankheiten aber vollkommen egal. Denn wenn das hier ein meldepflichtiges Medikament ist, sollte es ja leicht herauszufinden sein, wer es beschafft hat und sicher auch, für wen. Vielleicht müssen wir nur das staatliche Gesundheitsamt anrufen. Aber das wäre dann die Aufgabe der Polizei.«

Als wir fertig gegessen hatten, rief ich Kenny Fyn Nielsen an, den Leiter der Ermittlungen. Die Erkenntnis, dass der Täter aller Wahrscheinlichkeit nach mit Verfärbungen auf der Haut herumlief, war schließlich von großer Bedeutung. Es wurde ein langes Telefonat, denn Fyn Nielsen saugte jede Information richtiggehend auf. Was ich ihm sagte, war Balsam für seine Seele, denn er litt sehr darunter, nach fast zwei Wochen noch immer keine Spur eines möglichen Verdächtigen zu haben. Fyn Nielsen war leitender Hauptkommissar, ein netter älterer Herr mit dem korrektesten Dänisch, das man sich nur vorstellen konnte. Er sagte in der Regel nicht mehr als unbedingt nötig, so dass ich die Redseligkeit, die er nun plötzlich an den Tag legte, als Zeichen seiner Wertschätzung deutete. Er hatte damals auch bei dem Fall Camilla die Ermittlungen geleitet, und die ergebnislose Entwicklung war ihm mehr als gegen den Strich gegangen. Fyn Nielsen redete so viel, dass ich fast vergaß, ihm das Wichtigste zu sagen: dass es sich bei diesem Präparat nämlich um ein in Dänemark nicht zugelassenes und damit meldepflichtiges Medikament handelte. »Sie müssen sich einfach bei den Gesundheitsbehörden erkundigen, für wen das Mittel genehmigt worden ist.«

»Sag ihm, dass es unter dem Namen *Lamprene* im Handel ist«, sagte Nkem und fischte den Rest Chili-Erdnussbutter mit dem Zeigefinger aus dem Topf. »Von Novartis.«

Als ich auflegte, rechnete ich damit, dass der Haftbefehl nur noch wenige Anrufe entfernt war. Dieses Medikament war in der letzten Zeit sicher kaum mehr als einmal genehmigt worden. Ich schaltete das Handy aus und dachte darüber nach, mir nach dem Essen vielleicht einen kleinen Mittagsschlaf auf dem Rasen zu genehmigen.

»Andererseits …«, dachte ich laut, »… würden die Ämter denn ein Mittel mit so vielen Nebenwirkungen genehmigen, wenn es nicht um Lepra geht?« Ich schnappte mir den Computer und rief erneut die Seite über Lepra auf. »Neben den Verfärbungen, die manche Leute sogar in den Selbstmord treiben können, gibt es noch mehr. Diese Effekte stehen aber nicht unter der Rubrik *Nebenwirkungen*, sondern unter *Hinweise/Warnungen*: schwerwiegende Magenkrankheiten, in seltenen Fällen Milzinfarkt, Magenverschluss oder Magenblutungen. Einige dieser Fälle haben bereits zum Tod geführt.« Ich sah Nkem an. »Dieses Zeug ist ganz schön heftig.« Nkem kaute still weiter, während ich nachdachte. »Nein, weißt du was?«, fragte ich nach einer Weile. »Die Gesundheitsämter würden das niemals in der Praxis genehmigen, erinnerst du dich noch an dieses Ziehen und Würgen um Glucosamin vor ein paar Jahren?«

Sie nickte und legte sich ins Gras. »Dunkel. Nebenwirkungen in Form eines erhöhten Cholesterinspiegels reichten schon, um dieses Präparat nicht freizugeben.«

Ich nickte. »Aber vielleicht ist der Stoff ja für ein Forschungsprojekt genehmigt worden. Vielleicht hat da jemand bloß eine Untersuchungsreihe vorgetäuscht?«

Ich legte mich in den Schatten einer großen Buche und stützte meinen Kopf auf den Rucksack. Zwar hatte ich jetzt mein Wissen über Lepra wieder aufgefrischt, aber wirklich weitergebracht hatte mich das auch nicht. Der Kies knirschte. Die Frau mit dem Teleobjektiv hatte ihr Zeug zusammengepackt und ging mit der Kameratasche über der Schulter Richtung Pforte.

14

Ich musste wohl eingenickt sein. Als ich wieder aufwachte und in den Himmel über mir blickte, spürte ich, dass ich am ganzen Körper schwitzte: zwischen den Schenkeln, unter den Achseln, an der Stirn und an den Händen. »Wir haben den Motorradpolizisten vergessen«, sagte ich zu Nkem und drehte mich zu ihr um. Aber sie lag seelenruhig auf dem Rücken und schlief fest. Ich blieb noch eine Weile liegen und dachte an die roten Fingerabdrücke auf dem Gesicht des Motorradpolizisten. Dann rief ich Poul an und fragte, ob ihm bei der Untersuchung von Leber, Milz und Lymphknoten des Mannes etwas aufgefallen sei. Falls der Motorradpolizist der unter Medikamenten stehende Täter war, der sich nur versehentlich selbst im Gesicht berührt und damit den Abdruck hinterlassen hatte, was ich als höchst unwahrscheinlich erachtete, müsste man in seinen Organen kristallisiertes Clofazimin finden. Bei der Organuntersuchung sei ihm jedoch nichts dergleichen aufgefallen, versicherte Poul mir. Ich erklärte ihm kurz, was wir herausgefunden hatten, er schien sich aber nicht dafür zu interessieren und wünschte mir nur ein schönes Wochenende.

Ich schaltete das Handy aus, richtete mich auf und ließ meinen Gedanken freien Lauf. Ich schwitzte noch immer am ganzen Körper, und auch der Täter hatte geschwitzt. An sich war das ja nichts Unnormales. Ich selbst schwitzte bei diesen Temperaturen, ohne mich dafür bewegen zu müssen. Der Sommer war in den letzten Tagen ja wirklich außergewöhnlich warm gewesen. Außerdem war es zweifellos harte Arbeit, ein junges Mädchen derart zu misshandeln. Obwohl er sich dabei natürlich Zeit gelassen hatte. Vier Tage lang. Er musste mit Emilie ein grausames Spiel gespielt haben, hatte sie immer wieder mit dem Messer verletzt und sie dann, wenn er sie nicht mehr brauchte, mit Rohypnol betäubt. Sich abwechselnde, nicht enden wollende Phasen von Schmerz und Betäubung. Vermutlich hatte er die Misshandlungen in der Nacht vorgenommen, damit ihn niemand hörte. Im Schutz der Dunkelheit, wenn es auch nicht mehr so heiß war. Oder hatte ihn der Akt selbst so erregt, dass er zu schwitzen begonnen hatte? Nahm er Drogen? Schwitzte er deshalb, oder war auch der Schweiß eine Nebenwirkung von Clofazimin? Davon hatte allerdings nichts in der Medikamenteninformation gestanden. Ich legte mich wieder auf den Rücken und starrte in den Himmel, der zwischen den belaubten Zweigen der Buchen hindurchschimmerte. Vielleicht hatte er sie irgendwo drinnen getötet, vielleicht war sie in einem engen, heißen Loch auf einen Stuhl gefesselt gewesen. Und nach der Tat hatte er sich dann in sein von der Sonne aufgeheiztes Auto gesetzt und war nach Hause gefahren. Es war durchaus möglich, dass er dabei von dem Motorradpolizisten angehalten worden war. Vermutlich hatte es ihm ganz und gar nicht gefallen, dass ein Vertreter der Obrigkeit ihn und seinen Wagen genauer unter die Lupe nehmen wollte. Oder hatte der Motorradpolizist ganz zufällig etwas gesehen, was er nicht hätte sehen sollen? Eine weitere Variante war, dass er selbst an dem Mord beteiligt gewesen und dabei zufällig von dem unter Medikamenteneinfluss stehenden Täter berührt worden war. Hatte er kalte Füße bekommen und war deshalb auf dem Nachhauseweg von seinem Komplizen aus dem Weg geräumt worden? Ich holte das Handy aus der Tasche und schaltete es ein. Zwei unbeantwortete Anrufe von der gleichen Nummer. Ich rief den Ermittlungsleiter Kenny Fyn Nielsen an: »Ich habe vergessen zu sagen, dass der getötete Motorradpolizist in irgendeiner Verbindung zu dem Mord an Emilie stehen muss. Auch die an ihm festgestellten Abdrücke stammen von Clofazimin, der Täter muss ihn also berührt haben.«

Fyn Nielsen war vollkommen still, weshalb ich fortfuhr: »Wissen Sie, was der Beamte vorher gemacht hat – oder haben Sie da keinen Überblick? Ich frage mich, ob er irgendwie an der Tat beteiligt gewesen sein könnte.«

Fyn Nielsen räusperte sich. »Er hieß Mike Barnknob und hatte einen ergiebigen Abend. Er hat drei Leute mit überhöhter Geschwindigkeit geschnappt und etwas nördlich von Faaborg einen Fahrer gestoppt, der unter Alkoholeinfluss gefahren ist, und zwar erst eine knappe Stunde, bevor er auf seinem Nachhauseweg ermordet wurde. Ich bezweifle also, dass er etwas mit der Sache zu tun hatte.«

»Vielleicht hat er den Täter angehalten …«

»Wenn der Täter aus Odense ist, hat er sehr wahrscheinlich diese Route gewählt, ja. Der Zeitpunkt könnte passen.«

»Wenn Barnknob den Täter gestoppt hat und dieser ihn mit einem Schlag auf den Kopf getötet und ihm dann auch noch vollkommen überflüssigerweise die Atemwege verstopft hat, muss er dafür einen Grund gehabt haben. Es könnte mit dem Schweiß zu tun haben – vielleicht hat der Täter Drogen genommen und deshalb nachts so stark an den Händen geschwitzt, denn auch an dem Polizisten haben wir einen Schweißabdruck festgestellt. Andererseits muss der ja auch einen Grund gehabt haben, den Täter anzuhalten …«

Ich stellte mir vor, wie der Polizist ein Auto anhielt, vielleicht weil es zu schnell oder in Schlangenlinien fuhr, wie er seinen Helm abnahm und sich den Kopf kratzte. Ich spürte dabei beinahe das Jucken auf meiner eigenen Kopfhaut. Dann ging er zum Auto und bat den Fahrer, das Fenster zu öffnen und ihm seinen Führerschein zu zeigen. Der Mörder erkannte, wohin das führte, so dass er nach der Brechstange griff und … Plötzlich wurde mir bewusst, dass ich mir die ganze Zeit über einen Kastenwagen vorgestellt hatte und kein normales Auto. Das ergab Sinn, denn wenn er wirklich ein mit Messerstichen übersätes, blutendes Mädchen transportiert hatte, riskierte er, dass dieses in einem normalen Wagen von anderen Autofahrern entdeckt würde oder einfach aus dem Wagen sprang. Wenn er sie hingegen in einem Kastenwagen malträtiert hatte, der den ganzen Tag über in der Sonne stand, war auch klar, warum er schwitzte. Ich dachte laut. Fyn Nielsen hörte höflich zu. »Das würde dann auch erklären, wie er sie so schnell und effektiv entführen konnte: Er musste sie einfach nur in den Laderaum stoßen, die Tür zuknallen und abhauen«, sagte ich. »Wahrscheinlich ist er mit ihr dann an irgendeinen verlassenen Ort gefahren, wo niemand sie hören konnte. Und dann wird er direkt nach dem Mord von einem Beamten angehalten und fürchtet, dass dieser einen Blick in den Laderaum werfen möchte. Weiß Gott, was da noch drin lag: Vielleicht ihre Kleider, Blut oder das Messer, möglich ist alles!«

Wir verabschiedeten uns, und ich dachte, dass Karoly mir niemals so aufmerksam zuhören würde. Der hätte sicher keine Gelegenheit ausgelassen, um jedes meiner Worte lächerlich klingen zu lassen. Ich drehte mich wieder zu Nkem um, die sich inzwischen auf die Ellenbogen gestützt hatte und mich beobachtete.

»Mit wem hast du so nett geredet? Du hast vollkommen normal geklungen.«

»Fyn«, murmelte ich und legte mich wieder ins Gras. Nkem liebte das Wort »normal«. Ich schloss die Augen. Am liebsten hätte ich noch weiter über das Gespräch mit Fyn nachgedacht, aber Nkems Lieblingswort zwang mich zurück ins Jahr 2000 in den Ørstedspark, wo ich ihr zum ersten Mal erzählt hatte, was genau an diesem Ort neun Jahre zuvor geschehen war.

»Das war kein normales Erlebnis«, meinte sie damals, nachdem ich ihr alles gesagt hatte. In diesem Moment fühlte ich mich wie eine Dichterin, die miterleben musste, wie ihr schönstes Gedicht von ungeduldigen Schülern, die darauf warteten, dass es endlich zur Pause klingelt, auseinandergerupft wurde.

Nkem und ich waren im Kino gewesen und waren auf dem Rückweg durch den Ørstedspark gelaufen. Der Abend war bitterkalt, und wir hatten in unseren Mänteln geschaudert, als wir über den gefrorenen, vom Mond beschienenen See geblickt hatten. Das war ein halbes Jahr, nachdem wir auf dem Flur zusammengestoßen waren und ich mir eine Beule geholt hatte. Im Laufe dieses halben Jahres hatte sie mir alles erzählt, Gutes wie Schlechtes. Und auch, wenn ich mich mit lebenden Menschen nicht wirklich auskannte, wusste ich doch über die Regeln einer Freundschaft Bescheid: Jetzt war ich an der Reihe. Und da wir nun schon einmal im Park waren, erzählte ich ihr von dem hübschen jungen Mann mit der Lederjacke, der mir hier begegnet war.

»Das war kein normales Erlebnis«, wiederholte sie, als ich nicht antwortete. »Auf jeden Fall war die *Reaktion* nicht normal.«

Es ging häufig etwas schief, wenn Gedanken das Hirn verließen und in Form von Worten zwischen den Menschen standen, die sie in ihrer Unzulänglichkeit zerstörten, banalisierten oder nur noch komplizierter machten. Ich war enttäuscht. Hatte damit gerechnet, dass Nkem auf ihre ganz persönliche Art reagieren würde – mit schweigendem Verständnis. Deshalb sagte ich nichts, ich hatte keine Ahnung, was ich sagen sollte und wollte mich am liebsten gar nicht mehr dazu äußern.

»Es ist nicht normal, eine Vergewaltigung zu genießen. Normale Frauen weinen. Normale Frauen gehen danach zu einem Psychologen. Das sind *Übergriffe*.«

Die Wut in ihrer Stimme schaffte eine Distanz zwischen uns, die mir Angst machte. Ich hatte keine Wut erwartet, sondern darauf gehofft, dass sie mich mit ihren verständnisvollen Augen ansehen und meinen Arm vielleicht ein bisschen fester drücken würde. Ich räusperte mich und sagte: »So hat es sich aber nicht angefühlt.«

Das Licht der Straßenlaterne fing ihre dichten Locken ein und ließ die Silhouette ihres Kopfes wie von einem Heiligenschein gekrönt leuchten.

»Das hat sich nicht wie ein Übergriff angefühlt«, wiederholte ich. »Eher wie eine … Erlösung. Lass uns weitergehen, ich friere.«

Wir gingen langsam über den Parkweg. Bald konnte ich durch die blätterlosen Zweige die erleuchteten Fenster meiner Wohnung sehen, hinter denen Michael auf mich wartete.

»Erlösung.« Nkem schüttelte verständnislos den Kopf. »Und was ist mit Michael ...«, begann sie, aber ich war weit weg.

»Manche Frauen sehnen sich nach einer Vergewaltigung, geben sie sogar in Auftrag. Es gibt also auch noch andere, die das nicht als Übergriff empfinden – oder sich eben gerne solchen Übergriffen aussetzen. Frauen, die ›Übergriffe‹ nicht notwendigerweise als etwas Negatives auffassen.«

Sie sah mich mit einem leeren Blick an. In diesem Augenblick gefiel mir ihr Gesicht gar nicht.

»Das ist aber auch nicht normal.«

»Muss denn immer alles normal sein, damit es gut ist? Für einige Frauen ist eben so etwas normal.«

»Das sind dann aber bestimmt diese SM-Frauen ...« Nkems Stimme klang noch immer wütend. Sie blieb stehen und musterte mich. »Bist du so eine?« Sie sah aus, als wollte sie schreiend das Weite suchen, wenn ich ja sagte.

»Hm, nein. Ich glaube nicht.«

»Hm, aber ...?«

Ich sah Michaels Profil im Fenster. Wahrscheinlich las er gerade ein Buch. Und dann erzählte ich Nkem, dass auch ich hin und wieder einen solchen Übergriff in Auftrag gab. Etwa zweimal pro Jahr. Michaels Gesicht hinter dem Fenster wandte sich mir zu, und für einen kurzen Moment hatte ich das Gefühl, von seinen Augen aufgespießt zu werden, ehe sie wieder ins Leere blickten und sein Blick verlosch. Einbildung. Ich schloss die Augen und verdrängte das Bild.

»Ja, aber *warum*?« Soviel Enttäuschung lag in diesem kleinen Wort. *Warum*. Nkem wollte eine normale Freundin haben, und jetzt erzählte ich ihr, dass ich diese Rolle niemals würde einnehmen können. Meine akademischen Titel, meine nette Erscheinung, mein »Zusammenleben« mit einem Mann – alles nur Fassade. In Wahrheit war ich eine von denen, über die man den Kopf schüttelte und die man nicht verstehen konnte. Abnormal.

»Warum?«, wiederholte sie. »Erlösung? Ich verstehe das nicht mal ansatzweise.«

Ich schüttelte den Kopf. »Nein, nicht Erlösung. Das war nur beim ersten Mal so.« Aber ich konnte ihr nicht sagen, warum. Ich hatte keine Ahnung. Das Wort »Erlösung« war wie von selbst gekommen, betraf aber nur den hübschen Mann mit der Lederjacke. Das einzige Wort, das mir zu den anderen Malen einfiel, war »Aderlass«. Und auch das war nicht gerade ein Wort, das unter normalen Menschen gebräuchlich war.

Ein junger Mann lief leichtfüßig und mit gesenktem Kopf, die Hände tief in den Taschen seiner Jacke vergraben, an uns vorbei durch die Kälte. Seine Sneakers knirschten über den Kies und übertönten das Klopfen meines Herzens und die Geräusche meines Atems.

»Wahrscheinlich ist das wie bei diesen Leuten, die Bungeejumping machen …«, begann ich. »Oder Extremsport. Nicht wahr?« Nkems Blicke waren wie tödliche Gewehrsalven, und ich zweifelte nicht daran, dass ich um mein Leben kämpfte. »Ich glaube, ich brauche das, wenn meine Gedanken verschlammen. Das ist irgendwie physisch. Entfernt all den Müll aus meinem Kopf, wenn mein Leben mich langweilt und ich nichts mehr spüren kann. Macht man nicht auch deswegen so einen Bungeesprung?«

Ich spürte förmlich, wie sie sich vor mir zurückzog, weshalb ich mich mit festem Griff bei ihr einhakte. Ich klammerte mich an sie und versuchte ihr zu sagen, dass ich sie brauchte und sie mir nicht den Rücken zuwenden durfte. Natürlich hätte ich sie fragen können, ob sie wirklich der Meinung war, ein Sadist könnte genaue Gründe dafür nennen, dass es ihm eine solche Befriedigung verschaffte, Schmerz zu verbreiten. War es nicht vielmehr so, dass man irgendwann einfach die Frage nach dem Warum aufgab? Was war mit Männern, die in Windeln herumliefen, wussten die, warum sie das taten? Wussten Schwule, warum sie auf Männer standen, oder spürten sie einfach nur, dass es eben so war? Klar, ich hätte all diese Argumente vorbringen können, sie hätten Sinn ergeben, und trotzdem hätten sie mir Nkem nicht zurückgebracht.

»Ich glaube …«, begann ich und spürte die Panik in mir aufsteigen. »Weißt du … warum – kannst du erklären, warum du kein Bier magst, wohl aber Wein? Warum du keine Austern isst, dafür aber sehr gerne Lachs?«

»Das ist etwas anderes.«

»Es geht einfach darum, was wir mögen und was nicht, was wir brauchen und wozu wir Lust haben. All das … das kann kein Mensch erklären.«

Sie schüttelte den Kopf. »Aber was ist, wenn das Ganze eines Tages außer Kontrolle gerät? Ich habe Angst, dass dir etwas passiert. Diese Menschen …« Sie schüttelte den Kopf, sagte aber nichts mehr. Wir gingen über die Brücke und den ganzen Weg um den See herum, wobei wir noch einmal an unserem Fenster vorbeikamen. Langsam spürte ich, dass Nkem sich entspannte und mir wieder näherkam. Deshalb wagte ich es, noch einen Schritt weiterzugehen und gleich alles hinter mich zu bringen. Ich lockte sie in Fuchs' Weinstube, bestellte zwei Gläser Wein, trank beide selbst und erzählte ihr von Emilie. Das Spiel begann von Neuem: Sie gab ihre übliche Vorstellung, sah betroffen von einer Seite zur anderen und schlug sich selbst mit beiden Händen auf die Oberschenkel. Ein alter Mann prostete mir aus einer einsamen Ecke zu, und zwei junge Kerle beobachteten uns mit etwas benebeltem Blick. Irgendwo würfelte jemand, und hinter uns lachte ein ganzer Tisch. Ich versuchte, mich zu sammeln.

»Kinder haben Fantasiefreunde. Das ist ganz normal. Ein Überlebensmechanis …«

»Aber Maria, du bist Mitte dreißig! Es ist nicht normal, in diesem Alter Fantasiekinder zu haben!« *It iznt norrrmal!*

»Das ist doch nur eine Vorstellung, ein Tagtraum. Erzähl mir nicht, dass du nicht träumst – zum Beispiel davon, eine andere zu sein oder etwas zu können, das du nicht kannst, irgendwo zu sein, wo du nicht bist.«

Sie hörte auf, den Kopf zu schütteln, und verzog den Mund zu einem dunklen Lächeln. »Doch, doch. Vor dem Einschlafen stelle ich mir oft vor, so eine Singer-Songwriterin zu sein, die in einem Restaurant sitzt und für die Gäste spielt. Ich trage ein langes, rotes Kleid und sehe aus wie Tracy Chapman … nur so laut bin ich nicht. Ich habe eine spröde, dünne Stimme, und auch das Kellerlokal ist nicht gerade toll. Es hat eine seltsam kalte Akustik, aber die Menschen lächeln mich an und wären gerne wie ich. In Wirklichkeit treffe ich ja nicht einen Ton.« Sie grinste von Ohr zu Ohr, als wäre sie froh darüber, nicht singen zu können.

»Und erzähl mir nicht«, fuhr ich fort, »dass du nicht schon mal ganz bewusst davon geträumt hast, Kinder zu haben, und dir vorgestellt hast, wie sie aussehen würden.«

Ihr Lächeln verschwand, und sie blickte auf ihre Hände. »Ich sehe mich selbst an einem Wickeltisch mit einem richtig süßen schwarzen Wonneproppen. Ich weiß nicht, ob das Baby ein Junge oder ein Mädchen ist, weil es in einem dunkelroten Strampelanzug steckt. Es windet sich herum und hat so viel Kraft, dass ich es kaum halten kann – ich habe auch noch viele andere, immer wiederkehrende Bilder, aber keine …« Sie sah mich an und sagte dann ganz leise: »Aber keine ganze Geschichte, keine Tochter, die Jahr für Jahr älter wird.« Sie schüttelte den Kopf. »So etwas habe ich nicht.«

Und dann sprachen wir nicht mehr darüber, neun Jahre lang, bis die Tochter einer anderen Frau starb und ich sie obduzieren musste.

Nkem hatte Hunger. Schon wieder. Ich war müde und wollte nur einen kleinen Bissen, ein Glas Wein und dann nach Hause ins Bett. Zu viel frische Luft vielleicht, zu viele noch unverdaute Erkenntnisse. Wir packten also unsere Sachen zusammen und fuhren mit dem Auto ins La Piazza, wo man ungestört essen konnte. Nkem aß ihre Pasta in Windeseile und sagte dabei kein Wort. Ich starrte auf die Tischplatte, stocherte fast genauso wortlos in meinem Essen herum und fragte mich, wie ich es ihr sagen sollte. Natürlich fragte sie irgendwann, was mit mir los sei. Drei Mal. Schließlich erzählte ich ihr alles bis ins Detail, Schritt für Schritt, und noch lange bevor ich bei der Obduktion von Emilie angelangt war, ja noch während ich mit starr auf den Teller gerichtetem Blick und leisen Worten von meinem Schock am Gudmesee erzählte, begann sie, ihren Kopf langsam, aber entschieden hin und her zu bewegen, rhythmisch, als wollte sie damit sagen, wie dumm ich war, *dumm*, *dumm*, *dumm*. Ich sah weg, ließ meinen Blick durch das gemütliche Restaurant mit den Holztischen gleiten, den bequemen Stühlen, den Weinflaschen unter der Decke, der Pasta, die in Cellophan gewickelt zum Verkauf stand, den hübschen Italienern und dem guten Essen, das in kleinen Portionen überall auf den Tellern lag. Schließlich verstummte auch ich. Eine Familie mit Kindern lärmte ganz in unserer Nähe, und ich stellte mir winzige Füße vor, die aus einer winzigen Jeans herausschauten. Eigentlich interessierte ich mich nicht sonderlich für Kinder, ich war nicht der mütterliche Typ. Nicht wie Nkem, die auf mich aufpasste, bis es ihr zu viel wurde. War dieser Punkt nun erreicht?

»Hör mal«, sagte ich mit Nachdruck und starrte auf die Tischplatte. »Diese Sache begleitet mich seit vielen Jahren, aber du darfst nicht denken, dass ich wirklich daran glaube, dass sie meine Tochter war. Ich bin ja nicht total bescheuert. Hörst du, was ich sage?«

Ich nahm all meinen Mut zusammen und sah sie an. Sie war die ganze Geschichte leid, jede Pore ihres Gesichts strahlte aus, wie müde sie war, ja, wie satt sie mich hatte.

»Versuch mir noch einen Moment zuzuhören«, sagte ich und ergriff den Ärmel ihres Cardigans. Es fiel mir nicht leicht, denn damit musste ich mir die ganze Geschichte auch zum ersten Mal selbst erklären. »Ich bekam fast einen Schock, als ich ihren Namen hörte, und ich war irgendwie … wie soll ich das sagen, ausgeknockt. Weg, eine gewisse Zeit lang. Baff. Jemand hatte mir meine Fantasie genommen. Mit einem Mal hatte ich keine fiktive Freundin mehr, keine Fantasietochter. Es ist gut möglich, dass ich sie schrecklich vermissen werde. Aber im Moment quält mich das nicht. Die Leiche eines jungen Mädchens zu obduzieren, fällt mir sowieso schon schwer – aber das verstehst du nicht, du hast ja noch nie eine Leiche auf dem Tisch gehabt. Das Problem war, dass dieses Mädchen für mich eben keine Leiche war, kein bloßes Stück totes Fleisch. Sie sollte am Leben sein und nicht ein entseelter Körper. Sie war ein Mädchen. Und irgendwie fühlte es sich so an, als hätte ich sie ein zweites Mal umgebracht. Genau davon redet Bonde Madsen immer, und ich glaube, dass ich ihn erst jetzt richtig verstehe. Ich hätte diese Obduktion wirklich jemand anderem überlassen sollen.«

An dieser Stelle hätte ich besser mit dem Reden aufgehört. Nkems Züge hatten sich etwas entspannt, sie nickte mir weich zu und nippte an ihrem Wein. In diesem Moment war ich in ihren Augen nicht mehr unnormal. Doch dann sagte ich: »Deshalb ist dieser Fall für mich auf eine merkwürdige Weise – nein, nicht wie du jetzt denkst, sondern auf eine ganz andere Art – sehr, sehr … persönlich geworden.«

Nicht mein Mädchen, nein, ein Mädchen, das wirklich gelebt hatte und das nun tot war. Mit einer richtigen Mutter und einem richtigen Vater, die sie betrauerten. Doch ich wusste trotz allem, was ein richtiges Mädchen war.

Ich sah weg, hielt nach dem Kellner Ausschau. Mein Essen war kalt geworden, Nkems Teller längst leer. Er konnte gerne abräumen. Ich war müde, wollte nach Hause und warf ihr verstohlen einen Blick zu. Sie hatte die Arme vor der Brust verschränkt, den Kopf zur Seite geneigt und betrachtete mich.

»Persönlich?«

ODENSE, 18. JULI 2009

15

Es klingelte an der Tür. Prompt integrierte ich das Klingeln wieder in meinen Traum, wenn auch nur für kurze Zeit. Ich sah auf die Uhr: halb acht. Wer kam denn auf die Idee, an einem Samstagmorgen um halb acht an meiner Tür zu klingeln, das war ja fast noch Mitternacht. Mein Handy lag auf dem Nachtschränkchen neben dem Wecker. Es war, wie immer, wenn ich keine Bereitschaft hatte, ausgeschaltet. Ich zog mir die Decke über den Kopf und ließ es klingeln. Türglocke und Telefon betrachtete ich als Serviceeinrichtungen, die man nutzen konnte, wenn man wollte. Wenn nicht, konnte ich sie durchaus auch ignorieren. Das war mein gutes Recht. Aber wer auch immer dort unten klingelte, war extrem hartnäckig.

Irgendwann resignierte ich, stand auf, zog mir den Bademantel über und ging ärgerlich zur Gegensprechanlage.

»Wer ist da?«

»Bjarne Vestesen von der *Stiften*. Ich wür ...«

»Stift? Was für ein Stift?«

»*Fyens Stiftstidene*, die Zeitung. Ich würde Ihnen gerne ein paar vertiefende Fragen zu Ihren Äußerungen im *Ekstra Bladet* heute Morgen stellen.«

»Was? Wovon faseln Sie da?«

»Haben Sie die Zeitung noch nicht gesehen?«

»Nein, und ich habe auch kein Interview gegeben – wovon reden Sie?«

»Ich rede davon, dass Sie dem *Ekstra Bladet* gegenüber geäußert haben, der Mörder der beiden Teenager in Südfünen leide an Lepra.«

Ich lachte ebenso ratlos wie kurz. »Das habe ich dem *Ekstra Bladet* gegenüber ganz bestimmt nicht gesagt. Sie haben wohl ein bisschen zu tief ins Glas geschaut.«

»Wollen Sie hören, was Sie der Zeitung gesagt haben?«

»Ja, lassen Sie mich hören, was ich der Zeitung NICHT gesagt habe.«

»›Alle auf Fünen sollten in der nächsten Zeit besonders auf der Hut sein. Die toxikologischen Proben, die im Zusammenhang mit der Obduktion von Emilie Haundrup genommen wurden, deuten nämlich klar darauf hin, dass der Täter an Lepra leidet, sagte Dr. Maria Krause, stellvertretende Leiterin des rechtsmedizinischen Instituts in Odense heute und betonte, dass die Bevölkerung ein Recht darauf habe, das zu erfahren. Dr. Krause, die die Obduktion von Emilie Haundrup geleitet hat, wollte diese Aussage aus Rücksicht auf die laufenden Ermittlungen aber nicht weiter vertiefen.‹ Und dann ist da noch ein hübsches Foto von Ihnen. Der Artikel fährt dann mit einer sehr detaillierten Beschreibung der beiden Morde sowie Unmengen von Bildern der Mädchen fort, deshalb würde ich gerne hören, was Sie …«

»Das ist der größte Unsinn, den ich seit langem gehört habe. Hören Sie: Zum einen habe ich nicht mit dem *Ekstra Bladet* geredet, zum anderen würde mir nicht im Traum einfallen, jemals so eine Aussage zu machen …«

»Der Täter leidet also nicht an Lepra?«

»Das kann ich mir beim besten Willen nicht vorstellen. Wir hatten hierzulande keinen Leprafall mehr seit …«

»Sie haben also nichts gefunden, das darauf hindeutet?«

Ich zögerte ein paar Sekunden zu lange, bevor ich sagte:

»Nein, das haben wir nicht.«

»Dann dementieren Sie also Ihre eigene Aussage?«

»Ich habe gegenüber dem *Ekstra Bladet* keine Aussage gemacht.«

»Sehr merkwürdig …« Jetzt klang es so, als wühlte er in seinen Kleidern herum. »Was?«

Eine tiefe Stimme löste die seine ab, »Entschuldigung, Maria – lässt du mich rein?« *Moria, wud ya led mee ina*?

»Ja, aber sieh zu, dass dieser Typ da erst verschwindet. Ich will nichts mehr davon hören.«

»Das wirst du wohl kaum vermeiden können. Lass mich rein.«

»Der soll erst verschwinden.«

»Er ist weg.«

Ich drückte den Summer, ließ die Tür offen stehen und ging ins Schlafzimmer, um mein Handy zu holen. Ich schaltete es ein und registrierte zahllose unbeantwortete Anrufe, einige von unbekannten Nummern, aber auch mehrere Anrufe sowohl vom leitenden Rechtsmediziner als auch von Nkem, Tommy Karoly und Kenny Fyn Nielsen.

Nkem knallte die Tür zu. »Was läuft hier eigentlich, und warum gehst du nicht an dein Handy?«

Ich ging rasch in die Küche und kochte Kaffee. »Ich habe keine Ahnung, was hier läuft. Dieser Journalist, der da gerade geklingelt hat, behauptet, ich hätte dem *Ekstra Bladet* gegenüber geäußert, der Täter leide an Lepra.«

»Und, hast du das nicht?«

Sie holte die tagesfrische Ausgabe der Zeitung aus der Tasche und legte sie auf den Küchentisch. Auf der Titelseite prangten Bilder und Schlagzeilen über die Morde an Camilla und Emilie, ebenso ein Foto von mir, das vor dem Gerichtsgebäude aufgenommen worden war, nachdem ich dort bei einem Fall eine Aussage gemacht hatte. Daneben stand der Text, den der Journalist mir eben vorgelesen hatte.

»Natürlich habe ich das nicht!«

»Aber das Bild ist schön«, sagte sie kalt und deutete auf die Zeitung. »Du siehst aus wie Grace Kelly.«

Ich drehte mich um und sah sie an. »Sag mal, glaubst du mir nicht? Wann hätte ich denn mit diesem Mann sprechen sollen? Als ich gestern Vormittag zu dir gekommen bin, hatte ich doch noch keine Ahnung von Clofazimin, und den Rest des Tages waren wir zusammen. Wann sind wir vom La Piazza nach Hause gekommen? War das halb zehn?«

Sie runzelte die Stirn. »Hmm.«

»Okay, ich kenne mich mit den Deadlines des *Ekstra Bladet* nicht aus, aber nehmen wir an, ich hätte gestern Abend gegen zehn wirklich noch mit diesem …«, ich hielt nach dem Namen des Journalisten Ausschau, »… Claus Jessen gesprochen, glaubst du, die hätten es dann noch geschafft, daraus eine Titelseite zu machen? Wie kannst du überhaupt glauben, dass ich so etwas tun würde?« Ich war sprachlos. Und zutiefst enttäuscht. Ich hatte wirklich gedacht, Nkem würde mich kennen und dass ich ihre *oyim* wäre. Ihre Herzensfreundin.

Sie zuckte mit den Schultern. »Weil es hier steht.« Sie nickte in Richtung der Zeitung, aber ihre Stimme klang schon wieder wärmer. Ich starrte auf ihren Finger, der noch immer auf mein Bild deutete. Ich würde es nicht ertragen, Nkem zu verlieren, ich wollte sie zurückhaben, jetzt! Also blätterte ich zurück zum Impressum, fand die Nummer der Redaktion, rief die Zeitung an und bat darum, mit Claus Jessen verbunden zu werden.

»Sie sprechen mit Dr. Maria Krause vom rechtsmedizinischen Institut in Odense«, sagte ich, als er sich gemeldet hatte, »Sie haben gestern angeblich mit mir gesprochen?«

»Ja, das habe ich – was wollen Sie?«

»Wann genau haben Sie gestern mit mir gesprochen? Mit welchem Anliegen haben Sie angerufen? Und unter welcher Nummer?« Die Worte rollten mir einfach so aus dem Mund, und sicherlich klang ich extrem verärgert.

»Äh … Sie haben so etwa gegen zwölf Uhr angerufen, denke ich …«

»*Ich* habe angerufen?«

»Äh – ja, wo liegt das Problem? Ich habe später übrigens noch mehrfach versucht, Sie für weitergehende Fragen zu erreichen …«

Ich unterbrach ihn: »Und welche Nummer haben Sie gewählt?«

»Ich habe im Institut angerufen, aber da waren Sie schon weg. Eine Ihrer Sekretärinnen hat mir dann Ihre Handynummer gegeben.«

»Eine Sekretärin, lassen Sie mich raten, an deren Namen Sie sich nicht mehr erinnern.«

»Im Augenblick nicht, nein.«

»Finden Sie, dass meine Stimme so klingt wie die der Frau, mit der Sie gestern gesprochen haben?« Ich hatte ein ganz bestimmtes, etwas schrilles Stakkato im Kopf.

»Jetzt, da Sie es sagen … nein, eigentlich nicht.«

»Dafür gibt es eine einfache Erklärung. Ich habe Sie gestern nämlich nicht angerufen.«

Am anderen Ende wurde es vollkommen still.

»Die Informationen, die Sie gestern angeblich von mir bekommen haben, entbehren jeder Grundlage. Seit Anfang des letzten Jahrhunderts haben wir in Dänemark keinen Fall von Lepra mehr gehabt. Es ist vollkommen verrückt von Ihnen, solch einen Unsinn zu glauben und auch noch ohne weiteres zu drucken.«

»Okay«, kam es leise zurück. »Deshalb habe ich ja auch versucht, Sie zu erreichen, aber eben ohne Erfolg. Als Nächstes habe ich dann versucht, den leitenden Rechtsmediziner zu kontaktieren, aber der war an einem Tatort im Vollsmose. Und auch Ihr Kollege, der andere stellvertretende Rechtsmediziner, war nicht zu erreichen, der war im Präsidium. Ich meine, es war niemand da und bei solch einer Story … Man sitzt nicht einfach auf solchen Informationen, ohne etwas zu tun. Außerdem hat diese Sekretärin die Geschichte ja bestätigt, also …«

»Bitte, versuchen Sie sich an ihren Namen zu erinnern.«

»Also, … irgendwo sollte ich hier einen Zettel mit dem Namen haben, einen Augenblick.« Er legte den Hörer weg, und ich hörte Papier rascheln.

Diese dumme Kuh! Diese unglaublich dumme Kuh.

»Ja, hier habe ich es«, sagte er, »Bente Hansen, Institutssekretärin.«

»Großartig, eine Bente Hansen haben wir bei uns im Institut natürlich nicht. Ich möchte Sie bitten, in der morgigen Ausgabe einen Widerruf zu drucken. Ansonsten kann das für uns beide eine sehr unangenehme Sache werden. Ich riskiere, meinen Job zu verlieren, wenn ich mich in einer laufenden Untersuchung der Presse gegenüber äußere, und das auch noch *falsch*. Und Ihnen dürfte es nicht anders gehen. Habe ich mich klar ausgedrückt?« Sein stammelnder Rückzug ließ mich verstehen, dass wir uns einig waren.

Ich legte auf und drehte mich zu Nkem um. »Das ist doch wirklich nicht zu fassen.«

»Was?«

»Diese Helle.«

»Deine Sekretärin?«

»Ja, zum Teufel, wer soll das denn sonst gewesen sein? Ich wäre gestern fast mit ihr zusammengestoßen, als ich auf dem Weg zu dir war – erinnerst du dich noch, wie ich bei dir reingeplatzt bin?«

Nkem nickte.

»Und worüber haben wir als Erstes gesprochen, als ich bei dir war?« Ich zappelte vor lauter Aufregung. »Du hast mir doch gleich gesagt, dass dieser Stoff Clofazimin heißt und als Lepramittel Verwendung findet. Mich hat das so überrascht, dass ich sofort an die Riesenschlagzeilen denken musste, die eine solche Information provozieren würde: *Leprakranker Serientäter*, erinnerst du dich, dass ich dir gesagt habe, was das für ein Grauen auf ganz Fünen auslösen würde?«

Sie nickte. »Und du meinst, sie hat draußen gestanden und uns belauscht?«

»Ja, und dann muss ihr die brillante Idee gekommen sein, wie sie mich loswerden kann. Ihr hübscher Kopf ist nur nicht gerade ein Füllhorn an Hirnzellen, so dass sie die Konsequenzen ihrer Superidee gar nicht überblicken konnte. Die wird sie jetzt aber zu spüren bekommen.« Ich nahm zwei Tassen aus dem Schrank und goss mit vor Wut zitternden Händen Kaffee ein. »Oh, wie ich unbegabte Verbrecher *hasse*.«

Nkem schüttelte den Kopf. »Wir können jetzt keinen Kaffee trinken, ich bin hier, um dich zu holen, der große *Oyinbo* wartet im Institut auf dich. Er ist wütend. Tommy Karoly ist auch da. Und der ist nicht weniger wütend. Du solltest versuchen, jemanden von der Berufsgenossenschaft zu erreichen.«

»Verdammt, dann lass sie wütend sein. Ich habe nichts Verbotenes getan. Und von der Gewerkschaft brauche ich ganz bestimmt keinen Beistand. Außerdem gehe ich nirgendwohin ohne einen Kaffee.« Ein bisschen hatte ich inzwischen dazugelernt.

Liebes Tagebuch,

Zeugen sind wichtig. Mindestens so wichtig wie Geheimnisse. Ich habe das schon einmal gesagt, aber manche Dinge kann man nicht oft genug sagen: Wenn es einen gibt, der deine Geheimnisse kennt, brauchst du auch mindestens einen, der sie leugnet. Auf diese Weise sät man Zweifel und Unsicherheit: *Vielleicht sollte man sich ja wirklich vor ihm hüten, man kann nie wissen.* Wenn sich der Zeuge seiner Sache zu sicher ist und laut wird, muss man in der Lage sein, Zweifel zu säen und den Betreffenden damit auch zu treffen: »Ist dieser Mensch denn wirklich glaubwürdig? Oder hat er nicht mehr alle Tassen im Schrank?«, werden die Menschen über den Zeugen tuscheln, wenn man seine Sache gut gemacht hat. Ein Beispiel: Hätte meine Mutter meinem Vater gesagt, was ich mit ihr trieb, wäre es wichtig, dass mein Vater davon überzeugt war, dass ich so etwas niemals tun würde. Ich wusste ja, dass er sie nicht wirklich ernst nahm, während es an mir nie etwas auszusetzen gab. Darauf hatte ich immer peinlich genau geachtet. Er durfte sich seinen Teil denken, durfte Zweifel haben, aber nur ein bisschen. Der Gedanke, dass sein Sohn vielleicht doch nicht der war, für den er ihn hielt, war erlaubt, doch alle Fakten mussten immer für mich sprechen. Und natürlich durfte er keinesfalls irgendwelche Beweise haben, durfte nie daran zweifeln, dass sein Sohn konnte, was wichtig war: mit Messer und Gabel essen, sich ordentlich anziehen, korrekt sprechen und gute Noten nach Hause bringen.

Aber meine Mutter hielt den Mund. Sie hatte viel zu viel Angst vor mir, und das machte mich mutig, nie aber übermütig. So war ich bereit, ein paar Zweifel mehr im Kopf meines Vaters zu säen. Bei dem Gedanken kribbelte es in meinem Bauch, als wäre mein Magen voller winziger Fische, die da unten herumschwammen. Ihn herauszufordern, ihn, den Mann, der nichts sah und der stets unglaublich gleichgültig und selbstzufrieden wirkte.

Mein Vater lobte mich, als ich das Abitur mit dem besten Notendurchschnitt absolvierte, der jemals auf meinem Gymnasium erreicht worden war. Vermutlich war er deshalb gleich einverstanden, als ich ihn fragte, ob ich das mit einer Party feiern durfte. Ich wollte meine Klasse und die Parallelklasse in unser Sommerhaus einladen. Er hatte nichts dagegen und wollte sogar einen Bus mieten, damit auch wirklich alle Gäste dorthin kommen konnten. Sogar einen Partyservice wollte er beauftragen.

Keine halben Sachen. Er lächelte, ich sah ihn nur an.

Während der Prüfungszeit hatte ich ihn gefragt, ob er mir ein Rezept für Amphetamine ausstellen könne. Auf den ersten Blick mochte das ziemlich abwegig wirken, das sah ich ein, aber ich erklärte ihm ruhig, dass ich noch ein paar Nachtschichten einlegen müsste, um mir auch in den noch ausstehenden Fächern Bestnoten zu sichern, sonst bliebe es wohl nur beim guten Mittelmaß. Er war kein Mann, der vor chemischen Hilfsmitteln zurückschreckte, das wusste ich. Meiner Mutter verschrieb er schon lange starke Schlafmittel und manchmal auch Beruhigungsmittel, vermutlich wollte er seine Ruhe vor ihr haben. Was mich anging, hatte er ziemliche Ambitionen. Ich war mir sicher, dass jede meiner Bestnoten ihm auf ganz spezielle Art Befriedigung verschaffte, eine Befriedigung, die ich mir auf andere Weise holte. Trotzdem konnte ich seine Gedanken beinahe wie große Zahnräder arbeiten hören, als ich meinen Wunsch äußerte. Nachdem er die üblichen vernunftbedingten Einwände vorgebracht hatte, holte er seinen Rezeptblock hervor. Merkwürdigerweise glaubte er mir und wünschte sich nichts mehr, als durch mich auch selbst an Größe zu gewinnen. Einen noch höheren sozialen Status zu erlangen. Das wiederum enttäuschte mich. Er hätte es besser wissen müssen.

Das kleine braune Glas mit den zehn Amphetamintabletten versteckte ich, Bestnoten bekam ich auch ohne dieses Zeug. Das Glas holte ich erst nach dem Abi wieder hervor und teilte die Tabletten im Bus auf dem Weg zur Hütte aus. Natürlich nur an diejenigen, die wussten, was für ein netter Kerl ich war.

Sie wurden aufs Neue Zeugen meiner Güte, während andere das

exakte Gegenteil davon erlebten. (Ein paar Pillen behielt ich auch für mich selbst und fühlte mich dank ihnen in wahnsinnig guter Form.)

Erik, ein Typ, der etwas weniger blöd war als die meisten anderen Menschen, fuhr in dem Wagen seines Vaters zum Sommerhaus. Er hatte gerade erst den Führerschein gemacht, und wir hatten das Auto seiner Eltern derart mit Bier, Likör, Wodka und Gin vollgepackt, dass es sogar meinen Vater beunruhigt hätte. Zusätzlich hatten wir noch massenhaft süßes Zeug zum Mischen besorgt, damit die Mädchen auch ihren Spaß hatten. Den ganzen Abend hindurch beobachtete ich, wie alle immer alberner wurden; die Gedanken und Gespräche wurden flacher und flacher und liefen schließlich im Leerlauf. Viele hatten inzwischen die Kontrolle über Arme und Beine, Zunge und Lippen verloren, sie benahmen sich wie Tiere und klangen auch so. An genau diesem Punkt lancierte ich meinen Vorschlag, baden zu gehen und nackt in den See zu springen. Die Mädchen schrien, die Jungs brummten, und ich löste vorsichtig eine der Rohypnol-Pillen meiner Mutter in Birgittes Wodka-O auf. Vermutlich wäre das gar nicht nötig gewesen, da sie sowieso schon extrem betrunken war, aber trotzdem, sie musste auf jeden Fall weg, denn sie hatte mich die Katze abfackeln sehen und in der letzten Zeit immer wieder darüber gesprochen. Sie durfte auf keinen Fall mitbekommen, was ich nun vorhatte.

16

Zitternd vor Wut stampfte ich über den Flur zu Bonde Madsens Büro. Die Tür stand offen, und aus dem braun möblierten Raum drang leises Murmeln. Nkem war nach oben in ihr Labor gegangen, um ein paar Reagenzien zu überprüfen, sie hatte aber versprochen, auf mich zu warten.

Bonde Madsen und Karoly saßen auf dem blaugrün gemusterten Sofa und tranken Kaffee. Als sie meine Schritte hörten, blickten sie beinahe synchron auf. Die Art, wie sie mich ansahen, wirkte irgendwie einstudiert, war in Wirklichkeit aber nur die Kopie der Blicke, die ihnen selbst zugeworfen worden waren, wenn man sie wieder einmal nach oben ins Büro des Direktors zitiert hatte. Das *Ekstra Bladet* lag aufgeschlagen auf dem Tisch.

»Sie wollten mich sprechen«, sagte ich und fixierte Bonde Madsen mit deutlichem Missfallen.

»Nicht nur er, *ich* auch«, ergänzte Tommy Karoly wütend, wobei seine Wut mich nicht überzeugte, dafür genoss er den Augenblick zu sehr: Endlich hatte er etwas gegen mich in der Hand, das schwerer wog als meine mangelnde Höflichkeit.

Ich hatte keine Lust, mir das alles anzuhören, hatte nicht die Geduld für die herablassenden Vorwürfe meines Chefs oder das wütende Geschimpfe von Karoly, der sich jetzt für all die Male rächen konnte, bei denen ich ihn auf seine dummen Fehler hingewiesen hatte.

Noch bevor ich den Tisch erreicht hatte, sagte ich deshalb: »Vergeuden Sie nicht noch eine Sekunde Ihrer Zeit damit, zu glauben, ich hätte mich dem *Ekstra Bladet* gegenüber geäußert. Oder mit sonst jemandem von der Presse gesprochen.«

»Aber meine Liebe«, sagte mein Chef bedrohlich freundlich. »Nehmen Sie doch erst einmal Platz.«

»Nein danke, ich möchte lieber gleich wieder gehen. Sagen Sie es nur frei heraus, wenn es noch etwas gibt.«

»He-he«, kam es eiskalt von Bonde Madsen. »Wer hat dem *Ekstra Bladet* denn dann diese Informationen geliefert? Ihr Bild ist im Übrigen richtig schön.«

»Tja, das war vermutlich Ihre wasserstoffblondierte Verehrerin aus dem Sekretariat.«

Bonde Madsen sah mich nachsichtig an. »Helle? Wie um alles in der Welt sollte sie denn auf so eine Idee kommen?«

»Sie hat an der Tür gelauscht ...«

»Was sagen Sie da? An welcher Tür? Und wieso?«

Ich erzählte ihm kurz und bündig von Nkems Entdeckung und unserem Gespräch in ihrem Büro. Zu diesem Zeitpunkt hatten wir noch nicht mehr gewusst, als dass die rote Farbe von einem Stoff stammte, der bei der Bekämpfung von Lepra zum Einsatz kam.

»Der Unterschied zwischen Helle und mir ist, nota bene, dass ich sehr wohl weiß, dass mehr als fünfundneunzig Prozent von uns immun gegen eine Infektion mit dem *Mycobacterium leprae* sind, und dass es sich bei Lepra um eine Krankheit handelt, die eine extrem lange Exponierung voraussetzt, weshalb es vollkommen unsinnig wäre, die Menschen vor einem eventuellen Leprakranken in unserer Mitte zu warnen.«

Ich wählte meine Worte ganz bewusst und war mir im Klaren darüber, dass *nota bene* eigentlich mehr zu Madsens Wortschatz passte. Überhaupt gab ich mir Mühe, wie jemand zu klingen, der mindestens einhundertsiebzehn Jahre alt war. Ich betonte jedes einzelne Wort, so dass jeder Buchstabe, aus dem es bestand, hörbar war. »Abgesehen davon wäre es ziemlich unsinnig, vor einem Mann zu warnen, den wir nicht finden können. Denken Sie nur an die Konsequenzen, die das nach sich ziehen würde. Soll die ganze Insel mit Mundschutz herumlaufen?«

Ich machte eine Pause und blickte streng vom einen zum anderen.

»Das Ganze ist komplett lächerlich, und das wissen Sie ganz genau.« Ich schüttelte den Kopf und sah für einen kurzen Moment weg, bevor ich fortfuhr:

»Das Schlimmste daran ist aber, *dass* Sie das ganz genau wissen. Und es gibt noch einen Unterschied zwischen Helle und mir. Ich weiß nämlich, dass die letzte Lepraerkrankung hierzulande bis ins Jahr 1911 zurückreicht. Und – Karoly, wären Sie so nett, einen Augenblick nach draußen zu gehen?«

»Nein«, sagte er feindlich. »Das bin ich ganz sicher nicht.«

»Es gibt wohl kaum etwas, das Karoly nicht zu hören verkraftet, reden Sie nur weiter«, sagte Bonde Madsen.

»Dazu kommt noch der Aspekt, dass Ihre kleine blonde Freundin vollkommen von Ihnen besessen ist, Dr. Hans Bonde Madsen, und dass sie rasend eifersüchtig auf mich ist, nachdem sie Sie mit heruntergelassener Hose in meinem Büro gesehen hat.« Ich starrte Bonde Madsen an, der lächelnd den Kopf schüttelte. Aus den Augenwinkeln sah ich, wie Karoly der Unterkiefer nach unten klappte. »Helle hat in dieser Situation ihre Chance gewittert, mich zu diskreditieren, hatte aber nicht genug Hirnzellen, um es wirklich richtig zu machen.«

»Ha-ha-ha!« Bonde Madsen schlug sich auf die Schenkel und klatschte sich auf den Bauch. »Diese schöne Frau? Scharf auf einen dicken, alten Mann wie mich? Das glaube ich nicht.« Aber sein Blick flackerte und seine Stimme klang schrill. Es war eindeutig, dass er verzweifelt versuchte, die ganze Sache ins Lächerliche zu ziehen. Er wusste Bescheid, und er log. Wie er auch gelogen hatte, als er bei unserer ersten Begegnung im Franck A. behauptete, nie mit einer Angestellten etwas anzufangen. Dann wurde mir mit einem Mal bewusst, dass es möglicherweise noch viel schlimmer war: Vielleicht hatten Helle und er immer noch ein Verhältnis. Sofort kam mir die Geschichte einer verschmähten Frau in den Sinn, die vor ein paar Jahren das Haus ihres Geliebten angezündet hatte, in dem dessen

Ehefrau und Kinder schliefen. Auch ihr Name fiel mir wieder ein, Elisabeth Væver, eine Ärztin, die ihrem Opfer zuvor noch Morphin gegeben hatte, damit sie wirklich sicher sein konnte, dass ihre Nebenbuhlerin nicht aufwachte. Ich spürte meinen Mundwinkel zittern, und registrierte ein kaum sichtbares, unsicheres Zucken in Madsens Gesicht.

Ich fuhr fort: »Außerdem arbeite ich seit fünfzehn Jahren als Rechtsmedizinerin, und in all diesen Jahren habe ich mir nie auch nur das Geringste zuschulden kommen lassen. Ich weiß, was ich zu wem sagen darf, und habe nicht die Spur eines Interesses …«

»Ach ja? Und warum haben Sie es dann getan?«, unterbrach Karoly mich mit gespielter Verblüffung. Selbst er musste es doch mittlerweile besser wissen.

»Wie soll ich mich ausdrücken, damit auch Sie mich verstehen? Ich habe mich dem *Ekstra Bladet* gegenüber NICHT geäußert. Jemand anderes hat dort angerufen und in meinem Namen Informationen preisgegeben.«

»So kommen wir nicht weiter. Wir haben hier einen Artikel. Sie haben sich zu einem Fall geäußert, zu dem Sie sich nicht äußern durften.« Karolys Stimme lag exakt einen Ton zu hoch, und er starrte die Wand an, als er diesen Satz abfeuerte.

»Das ist ein Bild von Ihnen. Ein Journalist hat mit Ihnen gesprochen und mit dem Sekretariat, das Sie zuvor ebenso bereitwillig darüber informiert hatten, dass der Mörder leprakrank ist.«

Ich schüttelte den Kopf. »Ich habe nichts mehr hinzuzufügen.«

»Sie sind vom Dienst suspendiert, bis Sie Ihre Behauptung beweisen können, Dr. Krause.« Da kam es also doch noch: Dr. Krause. »Legen Sie Ihren Schlüssel und Ihre Karte auf meinen Schreibtisch, bevor Sie gehen.« Bonde Madsen war aufgestanden und sah aus dem Fenster.

»Das *Ekstra Bladet* druckt morgen einen Widerruf. Des Weiteren habe ich diese Information gegenüber der *Fyens Stiftstidene* dementiert, aber das ist jetzt ja wohl auch egal.« Ich machte auf dem Absatz kehrt und ging vor Wut kochend und ziemlich verletzt zurück in mein Büro. Merkwürdig. Ich war der Meinung gewesen, er hätte ein Auge auf mich geworfen, und jetzt ließ er mich so einfach fallen? Wenn ich mich selbst schon bisweilen als erbärmlich empfand, wie erbärmlich waren dann erst *diese beiden*? Bonde Madsen hatte vorher zu allem Überfluss noch in meinem Büro gesessen und mitbekommen, wie ich den Praktikanten der *Fyens Stiftstidene* mit der Standardantwort, dass nur die Polizei sich zu laufenden Ermittlungen äußern durfte, abgefertigt hatte. War das hier wirklich die willkommene Gelegenheit, mich zu diskreditieren, damit sie mich ein für alle Mal abservieren konnten und Karoly mein freches Mundwerk und mein grimmiges Gesicht endlich los war? Wahrscheinlich sollte ich auf diese Weise lernen, dass sich Frauen im Revier des leitenden Rechtsmediziners etwas … kooperativer zu zeigen hatten. Damit ich nach Kopenhagen zurückging und dort das Gerücht streute, dass Rechtsmedizinerinnen in Odense nur willkommen waren, wenn sie dafür sorgten, dass auch ihr Chef ab und an auf seine Kosten kam.

Ich stand in meinem Büro, kochte vor Empörung und versuchte nachzudenken. Sah mich um. Natürlich, möglich war alles, aber auf diese Weise? Ich blieb eine ganze Weile stehen, zitterte vor Wut und spürte, wie meine Gedanken sich in einen zunehmend finsteren Brei verwandelten. Dann aber erblickte ich mein Diktiergerät, das neben dem Telefon auf meinem Schreibtisch lag, ein Olympus DS-2400, nicht gerade das neueste Modell, aber doch moderner als die der anderen und im höchsten Maße digital. Schweinebacke und Bonde Madsen arbeiteten noch immer mit ihren steinzeitlichen Mikrokassetten. Ich schnappte mir das Diktiergerät, steckte es in die Tasche und ging nach oben zu Nkem. Sie saß in ihrem Büro und hatte sich wieder in einen Artikel vertieft.

»Bist du fertig? Sollen wir fahren?«

»Einen Augenblick noch«, sagte sie, ohne die Augen vom Papier zu nehmen.

»Ich warte draußen«, sagte ich, schlüpfte durch die Tür und versuchte meine Wut loszuwerden, indem ich im Flur auf und ab ging. Als Nkem schließlich mit der Tasche über der Schulter in der Tür auftauchte, eilte ich auf sie zu.

»Ich bin suspendiert und habe Schlüssel und Karte abgeliefert, aber hör zu«, sagte ich und gab ihr das Diktiergerät. »Am Montag musst du mit Helle reden. Und dicht bei ihr stehen.«

Nkem sah mit zusammengezogenen Augenbrauen vom Diktiergerät zu mir und wieder zurück, bis plötzlich Leben in ihre Mundwinkel kam. Dann war ihr tiefes, rollendes Lachen zu hören. »Okay.« Endlich war sie wieder die Meine, und unsere wortkarge Kommunikation war wieder voll funktionsfähig.

»Und ich gehe eine Runde in den Park …«

»Nein!«, rief Nkem, blieb wie angewurzelt auf dem leeren Flur stehen und richtete ihren schwarzen Blick mit all der in ihr aufgestauten Mütterlichkeit auf mich. »Das darfst du nicht.«

Ich hatte im Laufe des Jahres so oft versucht, ihr zu erklären, wie wichtig es für mich war, dass mich hin und wieder jemand kniff, damit ich nicht schlafend durchs Leben lief. Und manchmal, wenn ich mein Leben nicht mehr richtig überschauen konnte, reichte Kneifen eben nicht mehr aus. Die einfachste Art und Weise war es da, mich freiwillig vollkommen überrumpeln zu lassen.

»Doch«, sagte ich, »das darf ich. Und das brauche ich. Komm!« Ich zog sie weiter, und sie folgte mir. Schließlich sagte ich: »Die Finsternis nimmt ihren Lauf.«

»Was?«

»Ach, das habe ich neulich im Radio gehört. Soll wohl bedeuten, dass wir immer tiefer in die Scheiße sinken.«

ODENSE, 18.–19. JULI 2009

17

Ich schloss die Tür meiner Wohnung hinter mir, holte mit noch immer zitternden Fingern mein Handy heraus und rief Steno an. Es klingelte endlos. Ich sah auf meine Uhr. Es war nach zwölf und eigentlich schon ziemlich lange hell. Irgendwann meldete er sich schließlich.

»Mmm.« Seine Stimme erinnerte mich an den Geruch des Morgens, das Gefühl einer verschwitzten Matratze und einer noch warmen Decke.

»Steno?«

»Mmm.« Er schien eine harte Nacht hinter sich zu haben. Ich stellte mir seine Lippen vor, wie sie sich langsam und mühsam öffneten. Ich hatte seine Lippen nie gesehen, ich hatte ihn nie gesehen. Er war nur eine Stimme am Telefon, aber eine Stimme, deren Nuancen ich kannte.

»Hier ist Maria. Habe ich dich geweckt?«, fragte ich überflüssigerweise.

»Was glaubst du denn?«, fragte er und räusperte sich.

»Ich brauche einen Spaziergang im Park. Heute Nacht, hier bei mir.«

»In Odense?« Mittlerweile klang er wach.

»Ja, hier, *hier* bei mir.«

»Ich habe in Odense keine Kontaktpersonen. Setz dich in dein Auto und komm nach Kopenhagen, dann kannst du heute Nacht gerne im Park spazieren gehen.« Er klang, als spräche er in sein Kissen.

»Nein, das geht nicht.« Ich war zu aufgeregt, um Auto zu fahren, und würde nur im Straßengraben landen oder einen Strafzettel wegen überhöhter Geschwindigkeit kassieren. »He, komm schon, das kriegst du hin. Du musst dich bestimmt nur ein bisschen umhören. Ich bezahle auch.«

»Frauen zahlen nicht«, er gab sich Mühe, dies wie den ersten Punkt eines Ehrenkodex klingen zu lassen.

»Nein, aber diese Frau hier ist gerne bereit, dich für die Zeit zu bezahlen, die du brauchst, damit heute Abend hier jemand parat steht.« Ich hätte mich am liebsten selbst geohrfeigt: So hatte das nicht klingen sollen. Aber ich hatte Glück, er rastete nicht aus. Vermutlich war er noch zu müde, um überhaupt auf meinen Befehlston zu reagieren. Ich hörte seinen Atem und das Knirschen und Knacken der Federn in der Matratze. Er schien sich gerade aufzusetzen, dann seufzte er und schwieg eine Weile.

»Ich kann es versuchen, aber heute Nacht … das wird schwierig. Es muss ja jemand sein, für den ich bürgen kann.«

»Heute Nacht wäre ideal. Zur Not geht aber auch morgen.« In der Zwischenzeit konnte ich meinen Frust ja ersäufen. »Versuchst du's?«

»Mmm.«

»Gut, dann hör genau zu …«

»*I shall only say this once*«, murmelte er und lachte heiser. Wenn man Steno am Telefon hatte, fiel es einem wirklich schwer zu glauben, dass er einer der finstersten Hintermänner der gesamten Kopenhagener SM-Szene war. Das hatte man mir jedenfalls gesagt, als ich über Umwege seine Telefonnummer bekommen hatte. Emilie war damals etwa ein Jahr alt gewesen. Ich kannte diese Leute nicht, hatte keine Ahnung von dem Milieu und wollte es auch nicht kennenlernen. Stenos Telefonnummer reichte mir vollkommen aus.

»Munke Mose. Jeder in Odense weiß, wo das ist«, fuhr ich fort. »Genauer gesagt zwischen dem Bach, dem Moor und dem großen Baum – ich weiß nicht mehr ganz genau, entweder ist das eine Esche oder eine Buche. Auf jeden Fall steht da so eine rostige Eisenskulptur, irgendein Kunstprojekt, sieht aber aus wie ein Pissoir aus der Hölle. Das ist in der Nähe der Schleuse, so dass alle Geräusche in dem Krach untergehen.«

»Geräusche? Was für Geräusche? Du gibst doch nie einen Laut von dir – das stimmt doch, oder?«

»*Just in case*.«

»Sag mal, Munke Mose, ist das nicht im Zentrum von Odense?«

»Keine Ahnung – warum? Ist das nicht egal?«

»Dann sind da sicher überall Bullen. Die laufen da doch Streife.«

»Odense ist eine total ausgestorbene Stadt. Da sind nachts mit Sicherheit keine Bullen, die gehen hier alle zu rechtschaffener Zeit ins Bett. Hast du alles verstanden? Dir Notizen gemacht?« Wenn Steno müde war, war er müde. Besonders im Kopf.

»Augenblick.« Er ächzte, als er sich nach dem Block auf seinem Nachttisch ausstreckte.

»Wiederhol das noch mal.« Ich wiederholte es.

»Heute Nacht um zwei Uhr – oder morgen Nacht. Dann ist es da garantiert menschenleer. Ich trage die üblichen Klamotten, und ich stehe nicht still rum und warte. Höre ich nichts mehr von dir, rechne ich damit, dass es heute Nacht klappt.«

Ich hörte nichts von ihm, fütterte die Katze, setzte mich ans Fenster und starrte hinaus. Unten auf der Straße parkten weiter entfernt ein paar Autos am Bürgersteig. Ich dachte nach. Die Katze sprang auf meinen Schoß und machte es sich bequem. Vor meinem inneren Auge sah ich immer wieder einen Kastenwagen, wusste aber nach wie vor nicht, wie ich darauf kam. Wieso ein Kastenwagen? Überhaupt fragte ich mich, wieso ich das Gefühl hatte, dass mir all das irgendwie bekannt vorkam. Alles war schrecklich vage, so dass ich die Gedanken kommen und gehen ließ, wie sie wollten. Irgendwann stand ich auf, zog den Pappkarton unter meinem Bett hervor und legte die vorgeschriebene Uniform auf dem Stuhl neben meinem

Bett bereit: das rote, hoffnungslos unmoderne, etwas zu kurze Kleid, das Pendel von meiner Großmutter und die kleinen Pumps, die noch immer passten.

Gegen sieben wärmte ich mir ein Fertiggericht auf, Scholle mit Beilagen, und trank eine halbe Flasche Wein; danach lief ich ruhelos durch meine Wohnung und wartete darauf, dass die Zeit verging. Badete. Unternahm eine gründliche Intimrasur. Nichts davon dauerte sonderlich lang, und der Überfluss an Zeit war einfach überwältigend. Ich verdunkelte die Fenster mit den etwas zu kleinen Rollos, nahm eine Schlaftablette und machte die Schlafmaske mit einem Gummi fest, um das Licht auszusperren. Als der Wecker mich schließlich um ein Uhr nachts weckte, war das Licht längst der Sommernacht gewichen.

Mit seltsam unruhiger Erwartung und noch benommen von der Schlaftablette, die wie eine dumpfe Mattheit in meinem Hinterkopf lauerte, schwang ich die Beine aus dem Bett. Ich hatte gebadet, also brauchte ich mich nur mit etwas kaltem Wasser frisch zu machen. Dann putzte ich mir die Zähne und legte an ausgewählten Stellen etwas Parfüm auf. Das tat ich nur, wenn ich in den Park ging. Zuletzt zog ich das rote Kleid an. Es reichte mir etwa bis zur Mitte meiner Schenkel.

Vermutlich gab es reichlich Menschen, die der Meinung waren, dass man so etwas mit siebenundvierzig nicht mehr trug. Ich betrachtete mich im Spiegel und stellte zufrieden fest, dass es bis jetzt noch keinen sichtbaren Zusammenhang zwischen meinen Beinen und meinem Alter gab. Ich schob meine nackten Füße in die alten, schwarzen Pumps und hängte mir Großmutters Pendel um den Hals. Make-up hatte ich noch nie getragen, so dass ich bloß etwas Lippenstift auflegte, in erster Linie, um wach zu werden. Zum Schluss half ich den Wimpern mit Max Factor etwas auf die Sprünge, im Dunkeln würde man das zwar nicht sehen, aber darum ging es auch gar nicht. Ich öffnete eine Flasche Wein und goss mir ein Glas ein, das ich trank, während ich die passende Musik auflegte: *Is this love or am I dreaming?*

Nervös? Ein bisschen. Es war das erste Mal, dass es nicht in meinem Park, in *dem* Park, geschehen sollte. Ich legte ein dunkles Strumpfband an und klemmte das Handy darunter. Es saß etwas zu stramm, war aber erträglich.

Ich parkte direkt vor der Havhexen, einer Kneipe, deren Fassade trockene Schnitzel, Albanibier in Plastikbechern und den beinahe unmittelbaren Hirntod versprach.

Einen Moment lang blieb ich im Auto sitzen und ließ meinen Blick über Munke Mose schweifen. Ich fixierte den verlassenen dunklen Weg, die künstliche Beleuchtung, die alles erstarren ließ, die Brücke, die Bäume, die Luft. Dann stieg ich aus, schloss das Auto ab, schaltete für einen Moment die Musik aus und lauschte den Geräuschen der dekorativen Schleuse. Tot, tote Geräusche, tote, dekorative Geräusche. Dann schaltete ich den iPod wieder ein und sah auf die Uhr, noch zehn Minuten; ich zündete mir eine Zigarette an und sah mich um; trat auf die Brücke und musterte die wasserspeiende Fischskulptur, ehe mein Blick sich auf das abenteuerliche, lichtgeblendete Dunkel des Parks richtete. Tagsüber nahmen die Odenser hier ihr Sonnenbad, gingen mit ihren Hunden spazieren, joggten oder liefen einfach kreuz und quer durch die Grünanlage. Tagsüber war Munke Mose voller Leben. Jetzt war die Anlage verwaist, dunkel und ausgestorben. Tot. Genau, wie ich es versprochen hatte. Keine Menschenseele, kein Auto. Trotzdem sah ich mich nach einem gelben Nachtbus um, einem hübschen, dunklen jungen Mann, einem knirschenden schmiedeeisernen Parktor. Ich sah an mir selbst hinunter, blickte auf meine Schuhe, korrekt, mein Kleid, korrekt, und nahm das Pendel, korrekt. Trotzdem erschien mir alles vollkommen verkehrt. Ich drückte die Zigarette aus, schloss die Augen und saugte den Gesang der Whitesnakes in mir auf. Aber dieses Mal machte die Musik nichts mit mir.

Geh!, sagte ich zu mir selbst und stellte die Musik lauter, so dass die gesamte Szenerie auf der nunmehr lautlosen hölzernen Brücke noch unwirklicher wurde. Auf der anderen Seite ging ich nach links, obwohl mir eine innere Stimme immer lauter mitzuteilen versuchte, dass ich umkehren, nach Hause fahren und das hier sein lassen sollte. Ich ignorierte die Stimme und lief zu dem großen Baum hinüber, der wie eine riesige, schwarze Spinne inmitten des Parks thronte, die eine Seite künstlich erleuchtet, die andere dunkel wie die Nacht. Von dort weiter hinein in die Dunkelheit. Ich wusste, dass zu meiner Rechten gleich die hässliche, rostige Eisenskulptur auftauchen würde, während linkerhand der modrige Moorteich lag. Ein sehr eng begrenztes Revier, aber nah genug an der Stadt, um mir Sicherheit zu geben (warum?), nah genug an der Schleuse, damit der Lärm alles schluckte (was? Was schlucken?) und weit genug im Dunkeln, um unsichtbar für all die Unbekannten zu sein, die auf der Straße unterwegs waren. Die Lichter der Stadt hingen wie ein von Dunkelheit umrahmtes Bild in weiter Ferne und konnten mich nicht erreichen.

Ich stand still in der schwarzen Nacht und fühlte mich ebenfalls wie eine Skulptur. Falsch, es war alles falsch. Ich sollte gehen. Ich ging auf das Licht zu, hinunter zum Wasser, aber das war nicht weit genug und ich lief zu schnell: also wieder zurück, hinein ins Dunkel, wo es mir nicht gefiel. Ich wollte nicht stehenbleiben, das wäre nicht richtig, ich hatte gesagt, dass ich in Bewegung bleiben würde. Ich sah auf meine Uhr, konnte in der Dunkelheit aber nichts erkennen. Also noch eine nachtblinde Runde durch das Dunkel. Dann zurück ins Licht und wieder ins Dunkel, hin und her, gehen, gehen, gehen. Doch irgendwann, als alles um mich herum nur noch dunkel war, blieb ich stehen und blickte zu Boden. Nicht einmal meine Schuhe konnte ich noch erkennen. Aber vielleicht würden sich meine Augen an das Dunkel gewöhnen, wenn ich lange genug vor mich hinstarrte. Der Gedanke war kaum gedacht, als ein Lichtkegel irgendwo aus der Dunkelheit einen meiner Schuhe traf. Ich zuckte zusammen und starrte nach unten: Das Licht ließ meinen jämmerlichen, schwarzen Schuh wie ein verschrecktes Tier aussehen. Ich blieb stehen; bewegte dann den Fuß; der Lichtkegel fand meinen anderen Schuh, den ich mit einem unterdrückten Schrei wegzuziehen versuchte, aber der Lichtkegel fing ihn wieder ein. Dann traf der Lichtschein mich im Gesicht und blendete mich. Meine Hände zitterten, so dass ich nicht die Musik ausmachte, sondern mir die Kopfhörer aus den Ohren riss. Jetzt schlich die Musik sich irgendwo von meiner Hüfte aus still und leise in den Park. Im gleichen Moment hörte ich einen Laut aus dem Dunkel hinter dem Lichtkegel.

»SIE?«, fauchte eine feuchte Männerstimme etwas zu laut. Etwas zu wütend. Vollkommen überrascht. Außer sich.

Meine Nerven sangen wie Telegrafenleitungen.

Das hier sollte *ein Spiel* sein. Steno nannte es immer ein Vergewaltigungsspielchen. Als ich das erste Mal mit ihm gesprochen hatte, war es ihm sehr wichtig, mich zu korrigieren, als ich von einer arrangierten Vergewaltigung sprach. »Du meinst ein Vergewaltigungsspielchen«, hatte er gesagt. Die Stimme des Mannes im Dunkel klang allerdings gar nicht nach einem Spiel. Ich drehte mich um und begann zu laufen, aber er packte mich mit seinen behandschuhten Händen von hinten grob an den Schenkeln, so dass ich mit der Wange im Gras aufschlug. Er fasste meine Beine und zog mich zurück ins Dunkel; ein kleiner, scharfer Stein ritzte meine Haut am Bauch auf. Ich sah Nkems Gesicht vor mir, ihre aufgerissenen, entsetzten Augen, ihre dicken Lippen, die ein perfektes O formten. *Oyinbo, oyinbo, oyinbo!* »Lauf!«, rief ihre tiefe, zitternde Stimme. Mein Kleid war mir bereits bis zu den Brüsten hochgerutscht, als er mich auf den Rücken drehte und mir den Slip wegriss: Das war nicht mein hübscher, freundlicher Mann von damals, das war ein stechender Schmerz an meiner rechten Schläfe.

Ich war einen Augenblick weggetreten, bevor ich von einem schmerzenden Stempel in meinem Unterleib aufwachte; ein geiferndes Raubtier war im Begriff mich zu zerfleischen; ich trat um mich, schrie, und spürte plötzlich einen brennenden Schlag am Auge, als seine Faust mich traf. Trotzdem gelang es mir, ihn abzuschütteln, auf die Beine zu kommen und zu laufen, aber irgendetwas legte sich um meine Knöchel. Ich schaffte es nur halbwegs, die Arme nach vorne zu werfen, so dass ich mit der Stirn im Gras landete. Irgendwo weit entfernt hörte ich leise Musik: *It's been so long*. Ich begann zu weinen, nur Schluchzen, keine Tränen, bevor das Brennen in meinem Fuß, der brutal umgedreht wurde, wie ein Blitz durch mein Hirn schoss, als wären Tausende von Elektroden kurzgeschlossen worden. Die Stimme sagte: »So, jetzt läufst du nirgendwo mehr hin!« Ich schrie, aber etwas legte sich auf meinen Mund und erstickte den Schrei. Ich lag auf dem Rücken, und wieder spürte ich einen schmerzenden Stempel in mir, er wurde zu einem Pflug, brach mich auf und riss mich in der Mitte entzwei. Ich konnte ihn jetzt hören. Aber diesmal klang er anders, roch anders. Er grunzte und murmelte, und das einzige Wort, dass ich dem Strom der Flüche entnehmen konnte, war *Schwein*, aber es versank in etwas Unverständlichem, *Schein*, *chein*, *hein*, *ein*, als zwei kochende, nasse Hände sich um meine Kehle legten und zudrückten, fest und immer fester. Das Letzte, was ich spürte, war die Wärme meines eigenen Urins. Dann war ich weg.

Danach, viele Tage später, dachte ich darüber nach, wie lange es gedauert hatte. Dreißig Sekunden? Eine Minute? Zwei? Es fühlte sich wie eine Ewigkeit an, wenn jede Zelle des eigenen Körpers nach Luft schrie.

Da waren Vögel, schon wieder Vögel. Und Sonne. Licht, das sich wie ein stechender Schmerz in mein Auge bohrte, wie eine brennende Nadel bis tief in mein Hirn hinein. Ich drehte das Gesicht weg und versuchte zu verschwinden, aber die Vögel waren zu zahlreich, das Licht zu grell. Mein Hals tat so weh, dass ich kaum schlucken konnte. Ich versuchte ihn zu strecken, aber das machte alles nur noch schlimmer. Nach und nach spürte ich auch den Schmerz in meinem Fuß, meinem Auge, meiner Nase. Ich stemmte den Oberkörper mit den Händen hoch und gelangte in eine sitzende Position; saß einen Moment da, alles drehte sich. Unmittelbar vor mir stand ein großes, hässlich verrostetes Stück Schrott. Ich sah an mir selbst herab. Mein rotes Kleid hing mir an den Hüften, und ich trug keinen Slip. Ich zog das Kleid nach unten und sah mich um, konnte aber nirgends den zerrissenen schwarzen Slip erkennen. Ich fuhr mit den Fingern über meine Nase. Sie war geschwollen und hatte eine Kante an einer Stelle, an der keine Kante sein sollte. Ich blinzelte mit den Augen und betastete vorsichtig das schmerzende Auge. Die Schwellung war deutlich zu spüren. Dann versuchte ich aufzustehen, aber mir wurde schwarz vor Augen, und ich verlor das Gleichgewicht. Mein Bein schmerzte, und ich fiel wieder hin. Ich blieb einen Moment sitzen, meine Gedanken reichten noch gar nicht so weit, dass ich darüber nachdenken konnte, was ich tun oder wie ich hier wegkommen sollte. Um irgendetwas Sinnvolles zu tun, umklammerte ich mit Zeigefinger und Daumen fest meine Nasenspitze und zog. Und schrie. Die Schmerzen waren kaum zu ertragen, ich biss die Zähne zusammen, schmeckte das Metall in meinem Mund und konzentrierte mich, bis das Stechen irgendwann etwas erträglicher wurde, wenngleich es nicht ganz aufhörte. Dann sah ich mir meinen linken Fuß an. Er war fast doppelt so dick wie der rechte. Das Gezwitscher der Vögel brachte mich noch zum Wahnsinn. Eines Tages, gelobte ich mir, würde ich in einem Wald übernachten und beim Morgengrauen all die zwitschernden Vögel abknallen.

Ich wollte weg und sah in Richtung der Brücke. Hinter den Bäumen konnte ich sogar ein Stück der Kühlerhaube meines GTI sehen. Dahin gelangen konnte ich allerdings nicht. Ich tastete nach meinem Handy am Oberschenkel, fand aber nur das Strumpfband und sah mich erneut um. Nach links. Kein Handy. Nach rechts. Auch kein

Handy. Geradeaus: nur die hässliche Eisenskulptur. Ich erinnerte mich daran, wie eine Stoffpuppe über den Rasen gezogen worden zu sein. Aber wo? Und wohin? Ich scannte das Gras um mich herum, konnte das Handy aber nicht sehen; legte mich hin und begann zu weinen, aber das machte die Schmerzen in meinem Kopf und meinem Auge nur noch schlimmer. Schließlich gab ich jeden Versuch auf und schlief vor Erschöpfung ein.

Irgendwann spürte ich eine warme, weiche Hand auf meiner Wange. Ich blickte auf und sah in das besorgte Gesicht einer älteren Frau.

»Sind Sie verletzt?«

Ich konnte mir ein Lachen nicht verkneifen, von dem mir allerdings der gesamte Körper so schmerzte, dass ich wieder jammerte.

»Nein, so sehe ich immer aus«, sagte ich mit einer dunklen Stimme, die meiner nicht einmal ähnlich war, und Tränen liefen über mein Gesicht. Das Sprechen tat unerträglich weh. Meine Kehle fühlte sich geschwollen und wund an.

»Ist Ihnen etwas geschehen? Soll ich den Notarzt …« Ich folgte ihrem Blick und bemerkte, dass mein Kleid wieder nach oben gerutscht war. Für einen Augenblick überwältigte die Scham die Summe der Schmerzen, aber wirklich nur für einen Augenblick. Vorsichtig zog ich das Kleid nach unten.

»Nein! Aber sehen Sie irgendwo in der Nähe ein kleines, schwarzes Handy?«

Sie erhob sich, und jetzt konnte ich sehen, dass sie eine Leine in der Hand hielt, an der etwas zog. Ein Hund. Ich schloss die Augen, war bereits wieder vollkommen erschöpft.

»Meinen Sie dieses hier?«

Ich öffnete langsam die Augen und sah auf mein Handy, das auf der ausgestreckten Hand der Frau lag.

»Vielen Dank.«

»Soll ich nicht doch den Notarzt …«

»Nein, danke, ich rufe selbst an. Vielen, vielen Dank.« Ich schloss die Augen und nickte ihr freundlich zu. *Sehr nett, danke, aber jetzt kannst du gehen.*

Sie lächelte blass, als hätte sie gerade einer Prostituierten geholfen, die von einem Kunden eine verdiente Tracht Prügel bezogen hatte, und ließ sich von ihrem Hund aus meinem Blickfeld ziehen. Ich biss mir kräftig auf die Unterlippe, um mich mit dem neuen Schmerz von den alten Schmerzen abzulenken; eine gute Idee, schade nur, dass sie nicht wirkte. Dann rief ich Nkem an. Und verlor wieder das Bewusstsein.

Liebes Tagebuch,

es hatte seit über einem Monat nicht mehr geregnet. Alles war staubtrocken, der Abend mehr als schwül. Sie waren so leicht zu führen, dass ich mich langsam wie der Erzieher einer Krabbelgruppe fühlte. »Los, mal schauen, wer als Erster unten am See ist!«, rief ich, als alle bereit waren. Ich warf einen Blick auf Birgitte, die auf dem Sofa schlief, und sah dann rasch nach Hanne, die in einem der Schlafzimmer lag, ebenfalls völlig benommen. Auch sie hatte eine Dosis Rohypnol bekommen, ich hatte ihren misstrauischen, giftgrünen Stachelbeerblick noch nie richtig ertragen können.

Sie hatte Birgittes Bericht über die abgefackelte Katze mit dem für Mädchen so typischen, boshaften und nie aufhörenden Nicken gelauscht und mich anschließend, als sie Birgitte getröstet hatte, als total bescheuerten Psychopathen bezeichnet. Mit Sicherheit meinte sie das auch so. Außerdem irritierte sie mich mehr als die anderen, ja manchmal brachte sie mich wirklich zur Weißglut.

Alle rannten wie angestachelt los, als ich zum Wettlauf zum See hinunter aufgerufen hatte. Als Nächstes würde dann unten sicher einer rufen: Wer zuerst im Wasser ist! (Warum war es eigentlich immer so wichtig, zuerst im Wasser zu sein? Oder um das Haus herum? Oder einfach nur am Ziel? Was war der Anreiz, wenn es um nichts ging außer eben darum, der Erste zu sein?)

Plötzlich waren die nur noch halb bekleideten und ziemlich besoffenen Schüler weg. Sie stürmten nach unten zum Wasser, das von unserer etwas höher gelegenen Veranda in der Ferne zu sehen war, und ich sandte ihnen all meine nachsichtigen Gedanken hinterher. Es war ein schöner Abend, und der Mond badete wie eine ertrinkende, romantische Zitrone im Wasser. Dieser Anblick, die Kiste Bier, die sie zum See mitgenommen hatten, und der von Lotte, die wir alle nur »Lotte Liederlich« nannten, in der Flasche zusammengemixte Wodka-O würden nicht ohne Wirkung bleiben. Die Chancen standen gut, dass sie das Fest da unten am Ufer fortsetzten und sich anschließend vielleicht in den Büschen dahinter vergnügten. Das alles war für mich nur ein großer Vorteil.

Ich stellte den Aschenbecher neben Birgitte, zündete eine Zigarette an und ließ sie in Gesellschaft all der anderen Kippen dort liegen, während ich im Schuppen das Benzin holte. Im Schlafzimmer, wo Hanne lag, benetzte ich den Teppich mit etwas Wasser, goss ein wenig Benzin dazu und zündete ihn an. Auf diese Weise würde es ordentlich qualmen. Ich versicherte mich, dass die Fenster vorschriftsmäßig verschlossen waren, und machte die Tür hinter mir zu, so dass der Rauch den Rest erledigen würde. Im Wohnzimmer machte ich das Gegenteil: Ich öffnete die Fenster und sorgte für richtig guten Durchzug, tränkte das Sofa, auf dem Birgitte schlief, mit Benzin und steckte es an. Die Musik dröhnte aus den Lautsprechern, so dass ich keine Angst vor den Schreien der Hexe hatte, wenn das Feuer erst loderte. Es ging überraschend schnell. Eigentlich wollte ich mit dem Kanister gleich wieder draußen sein, aber der Anblick der Flammen, die um Birgitte herum in die Höhe schlugen – und das Geräusch! – waren fantastisch und nagelten mich am Boden fest. Sie wachte beinahe unmittelbar auf, schlug mit Armen und Beinen um sich, schrie und brüllte. Es kitzelte in meinem Hirn und in meinem Bauch, meine Hose wurde eng. Ich wäre so gerne stehengeblieben und hätte bis zum Ende zugeschaut, aber ich musste weg, den Kanister in den Schuppen stellen, und dann runter zum See, um auch mir ein Alibi als glücklicher Nachtbader zu verschaffen. Ich stellte den Kanister an seinen Platz und lief nach unten, auch wenn das perlende, donnernde Rauschen in meinem Blut etwas ganz anderes wollte.

Dank des kleinen Abhangs und der Bäume konnte man das Haus vom vorderen Ufer des Sees aus nicht sehen, nur die Musik war zu hören. Der nächste Nachbar war weit weg, und wenn der etwas bemerkte – falls überhaupt, das Sommerhaus sah leer aus –, wäre es sowieso zu spät.

Unten am See fiel es mir wirklich schwer, mich auf das wilde Treiben einzulassen. Alle waren betrunken und total aufgedreht, und meine Erregtheit begann einer gewissen Sorge zu weichen, weshalb ich Lotte

Liederlich mit in die Büsche nahm und in Nullkommanix durchfickte, um anschließend ein wenig zur Ruhe zu kommen. Ich machte mir Sorgen, schließlich wusste ich nicht, wie lange das Haus ungestört brennen würde. Konnten sie es eventuell doch noch schaffen, das Haus lebend zu verlassen, um anschließend zu erzählen, was ich getan hatte? Außerdem fragte ich mich, ob die Polizei Benzinspuren finden und Verdacht schöpfen würde. Einen Verdacht, der sich gegen mich richtete. Aber warum sollten sie das eigentlich? Ich war doch hier unten, hatte mit Lotte geschlafen und lauthals Witze gemacht. Das konnten alle bezeugen. Niemand würde sich daran erinnern, dass ich zehn oder fünfzehn Minuten später gekommen war, dafür war die ganze Bande viel zu besoffen, und Lotte würde allen mit Freude erzählen, dass sie mit mir in den Büschen gewesen war. Gerade, als Lotte Liederlich meinen Saft zu schmecken bekam, verstummte die Musik oben am Haus. Das war gruselig. Aber niemand registrierte es, alle grölten nur weiter, prosteten sich zu und soffen. Ich stand auf, zog Lotte hoch und fragte, ob wir nicht eine Runde um den See laufen sollten. Es war nur ein kleiner blöder See, eigentlich ein Teich in einer kleinen blöden Sommerhaussiedlung, aber vom anderen Ufer aus war unser Haus zu sehen, tagsüber auf jeden Fall. In dieser Nacht, so stellte ich mit unendlicher Erleichterung fest, als wir eine Weile gelaufen waren, war das Haus auch in der Dunkelheit zu sehen: Es leuchtete grell orange und elektrisch blau und war schon zur Hälfte ein Opfer der Flammen geworden. Lotte stolperte mit ihren hochhackigen Schuhen am steinigen Ufer entlang, fiel immer wieder hin und sah nichts. Während ich dastand und das Schauspiel der orangen Zungen mit ihren elektrisch blauen Mützchen genoss, glotzte sie nur über das Wasser und schlug frierend die Arme um sich. In diesem Moment traf mich die Erkenntnis des menschlichen Unvermögens wieder wie eine Keule.

Erst als das Heulen der Sirenen durch die Nacht drang und ich sah, dass die anderen sich wie kleine Streichholzmännchen umdrehten und zurück zum Haus liefen, ging mir, um ehrlich zu sein, der Arsch auf Grundeis.

18

Nkems weiße, kühle Fingerspitzen an meinem Hals, ihr Talkumduft in meiner Nase. Ich öffnete langsam ein Auge, das andere war jetzt vollkommen zugeschwollen, und spürte Menschen um mich herum, Blicke. Die Sonne war mittlerweile unter das Laubdach gedrungen und briet mich. Schatten, ich wollte in den Schatten.

»Soll ich einen Krankenwagen rufen? Dann fahre ich dein Auto zurück, ich habe den Bus genommen.«

Ich schüttelte den Kopf und jammerte: »Nach Hause.« Ich war gerührt. Sie hatte den Bus genommen. Dabei hasste sie Busse. *Oyim*. Sie musterte meinen ganzen Körper und schüttelte den Kopf.

»Du musst zum Arzt. Dein Fuß ist wahnsinnig geschwollen und blau und grün. Und deine Augen und dein Hals … hat er versucht, dich zu erdrosseln? Bist du auch vergewaltigt worden?«

Aus ihrem Mund klang das vollkommen verkehrt. Dabei hatte ich ihr das alles doch schon so oft erklärt. Ich nickte und versuchte, die Stirn zu runzeln, um ihr zu vermitteln, dass er mich natürlich vergewaltigt hatte und dass ich nicht ins Krankenhaus wollte. Ich wollte niemandem erklären, dass ich das alles selbst in Auftrag gegeben hatte. Odense musste nicht unbedingt erfahren, was es sowieso nicht verstehen würde. Ich verstand es ja nicht einmal selbst.

»Nach Hause«, jammerte ich und hatte das Gefühl, dass mein Hals noch mehr schmerzte als zuvor, wenn das überhaupt möglich war. All meine Luftwege schienen von pochendem, geschwollenem Fleisch verstopft zu sein.

»Und wenn dein Bein gebrochen ist?«, fragte sie vorsichtig. Ich versuchte aufzustehen, spürte aber, wie meine Kräfte schwanden. Nkem zog mich vorsichtig hoch und stützte meine Schulter. Ich überprüfte den Fuß, er war ganz sicher nur verstaucht. Den konnte ich selbst verarzten, dafür brauchte ich keine Ambulanz.

»Nicht gebrochen«, flüsterte ich. »Nach Hause. Mein Slip.« Nkem musterte mein Kleid, das ich nach unten gezogen hatte. Dann suchte sie kurz die Umgebung ab, kam aber nur mit einem bedauernden Schulterzucken zurück.

Als sie mir half aufzustehen, wurde mir schwarz vor Augen. Ich wollte aus der Sonne, wollte um jeden Preis in den Schatten. Den linken Arm um Nkems Schulter gelegt und gestützt von ihrem Arm, den sie um meine Hüfte geschlungen hatte, gelangten wir langsam aus dem Park, begleitet von einer Unmenge neugieriger Blicke. Eine alte Nutte und eine Negerin. Ich zog das Kleid wieder nach unten, um mir zu dem Schaden nicht auch noch den Spott zu sichern.

Als Nkem die Autotür öffnete und mir vierzig Grad heiße, abgestandene Luft entgegenschwappte, hüpfte ich auf einem Bein einen Schritt zurück, was mein Auge, ja mein ganzer Kopf nur mit wilden Protesten quittierte. Hüpfen war im Moment wohl nicht die richtige Fortbewegungsweise.

Wir fuhren schweigend mit nach unten gekurbelten Fenstern nach Hause. Zwischendurch warf Nkem mir einen Blick zu, der weder nachsichtig noch mitfühlend war, sondern deutlich verkündete, dass sie für mich beten würde. Ich wollte gerne reden, konnte aber nicht. Auch mit Steno wollte ich gerne reden. Aber er würde mir bestimmt nicht sagen, wer das gewesen war. In dieser Szene hackte eine Krähe der anderen kein Auge aus, außerdem gehörte ich noch immer nicht dazu und würde auch nie dazugehören.

Ich wollte Nkem gerne erzählen, dass er mich gekannt hatte und wütend auf mich gewesen war. »*Sie!*«, hatte er gerufen. Genau mit der Betonung. Und ich wollte ihr gerne sagen, dass sie zu zweit gewesen waren, da war ich mir sicher. Ich war zweimal vergewaltigt worden, und das sehr schnell hintereinander. Ich hatte zwei verschiedene Gerüche wahrgenommen, der eine hatte nach Parfüm gerochen, der andere intensiv nach Schweiß. Außerdem erinnerte ich mich vage daran, dass einer meine Arme nach unten gedrückt und der andere meine Beine festgehalten hatte, aber das konnte auch ein Traum gewesen sein. Die Gerüche aber entsprangen keinem Traum. Und ebenso wenig hatte ich geträumt, dass mich zwei Hände gepackt hatten, während der Lichtkegel von der anderen Seite gekommen war, weiter entfernt. Morgen, morgen würde ich ihr das alles erzählen. Und morgen würde ich auch Steno anrufen. Heute wollte ich nur schlafen.

Nach oben in den zweiten Stock zu gelangen, war höllisch schwer, jeder Schritt schickte eine Welle aus Schmerz durch meinen malträtierten Körper, doch durch die unbeholfene Zusammenarbeit von Nkem, meinem gesunden Bein und dem Geländer erreichten wir schließlich meine Wohnung. Nkem führte mich ins Schlafzimmer, in dem das Rollo noch immer heruntergezogen war, und ich legte mich aufs Bett. Am liebsten hätte ich die Schlafmaske aufgesetzt, ich sehnte mich nach Dunkelheit, aber mein Auge war zu stark geschwollen. Ich lag auf dem Rücken und nickte ein, während das Licht an den Rändern des Rollos in den Raum sickerte. Nkem hob meinen Kopf mit ihrem linken Arm an und flößte mir 600 mg Paracetamol in Wasser aufgelöst ein. Es schmeckte nach Johannisbeeren. Dann legte sie meinen Kopf vorsichtig wieder auf die Kissen und tupfte mein Gesicht sanft mit Watte ab, die sie zuvor in lauwarmes Wasser getaucht hatte. Darauf legte sie einen Eisbeutel auf mein geschwollenes Auge und zog mir mühsam einen Slip an. Mit einem Geschirrtuch umwickelte sie eine Tüte gefrorene Erbsen und versuchte dieses Bündel dann irgendwie auf meinem Fuß zu befestigen, aber ohne Erfolg. Stattdessen setzte sie sich ans Fußende des Bettes und drückte die Erbsentüte auf die Schwellung: Ich weiß nicht, wie lange sie dort saß, denn ich schlief ein, nachdem ich sie gebeten hatte, die Katze zu füttern.

Als ich aufwachte, war es noch immer hell. Völlig orientierungslos sah ich mich im Zimmer um. Ich konnte meinen Fuß nicht mehr spüren; das Pochen im Auge war dafür nicht mehr so stark. Auch der Hals schmerzte weniger, wenn ich ihn auch noch allzu deutlich spürte und er sich noch immer wie zugeschnürt anfühlte. Auf der Suche nach meinem Handy blickte ich auf den Boden und entdeckte dort einen Zettel von Nkem. »Bin bei der Arbeit – habe dein Diktiergerät dabei und werde mit großartigen Resultaten und etwas Suppe zurückkommen. Schlaf jetzt, N.« Neben dem Zettel lag der Beutel mit Eis, das inzwischen zu Wasser geworden und irgendwie auf dem Boden ausgelaufen war. Wenn Nkem zur Arbeit gegangen war, musste es Montagmorgen sein. Da es im Schlafzimmer noch nicht sonderlich warm war, musste es also noch recht früh sein. Ein Blick auf mein Handy hätte mir die genaue Uhrzeit verraten, aber das lag auf dem Tisch im Wohnzimmer, und ich hatte keine Lust, es ohne Hilfe zu holen. Ich wollte einfach nur hier liegen und warten, bis die Schmerzen von alleine nachließen. Blöd war nur, dass ich aufs Klo musste. Am liebsten wäre ich einfach im Bett geblieben und hätte in die Kissen gepinkelt, es war sowieso schon alles beschissen, was machte es da noch für einen Unterschied, wenn auch das Bett nass war. *Nein, verdammt*, dachte ich und bewegte meine Lippen. Unter Aufbietung meiner letzten Reserven stellte ich vorsichtig den rechten dicken Zeh auf den Boden, dann das Knie, und schließlich beförderte ich den Rest meines Körpers auch auf den Boden und krabbelte in den Flur. Vorbei am Katzenklo, das mal wieder geleert werden musste, bis ins Bad, wo ich mich mit einer Hand auf dem Waschbecken und der anderen auf dem Spülkasten unelegant auf die Klobrille schob. Danach blieb ich lange sitzen, denn ich fühlte mich zu erschöpft für den Rückweg. Außerdem konnte ich durchaus nochmals eine Dosis Paracetamol vertragen. 600 mg. Die Päckchen mit dem wasserlöslichen Pulver lagen im Toilettenschrank über dem Waschbecken. Trotzdem blieb ich sitzen. Die Katze kam und schmiegte sich an meine Beine. Ich redete mit ihr, bis sie genug Aufmerksamkeit getankt hatte und wieder verschwand. Irgendwann packte ich das Waschbecken und drückte mich hoch, bis ich aufrecht stand und mein Spiegelbild sehen konnte. Meine Nase füllte die Hälfte meines Gesichts aus, und mein rechtes Auge war zugeschwollen und schillerte in allen Farben. Ich legte den Kopf etwas zurück und schob mich näher an den Spiegel heran. Jetzt verstand ich, warum die Handschuhe sich so rauh angefühlt hatten, denn trotz der Unterhautblutungen auf meinem Hals konnte ich deutlich die anderen Flecken erkennen: rote Abdrücke mit weißen Punkten. Nkem musste geglaubt haben, dass Unterhautblutungen immer so aussahen. Ich dagegen erkannte es sofort: Die Stelle an meinem Hals sah exakt so aus wie die bei Emilie.

ODENSE, 20. JULI 2009

19

Es klapperte, als Nkem die Tür aufschloss. Sie musste sich meinen Schlüssel genommen haben und kam jetzt mit zwei Krücken in den Raum.

»Die hier habe ich mir in der Ambulanz ausleihen können, Anne war da, das hat alles leichter gemacht – geht es dir besser?« Sie legte die Krücken neben mein Bett und lächelte mich etwas kurzatmig an. Ich war immer ein bisschen eifersüchtig, wenn sie Anne erwähnte, die gemeinsam mit ihr im Gospelchor der Methodistenkirche sang. Was eine Katholikin in einer Methodistenkirche verloren hatte, ging mir einfach nicht in den Kopf. Überhaupt waren mir all diese religiösen Unterschiede ein Rätsel. Wenn ich ehrlich sein sollte, störte mich grundsätzlich, dass sie andere Menschen außer mir kannte, da ich ja außer ihr niemanden hatte, weder die katholische noch eine andere Kirche brauchte und schon mit einem Wein und einem guten Buch zufrieden war. Ich wusste nicht, ob Nkem den bitteren Zug sah, der in diesem Moment meinen Mund umspielte, vielleicht ignorierte sie ihn auch einfach, auf jeden Fall lächelte sie weiter.

»Ich war ein braves Mädchen …«, sie hob die Einkaufstüte an, die sie in der rechten Hand hielt, »… und du kriegst jetzt ein bisschen Suppe. Du musst hungrig sein, du hast doch sicher nichts gegessen.«

Ich schüttelte langsam den Kopf und quakte: »Suppe«, wobei ich zu nicken versuchte. Das Sprechen tat gar nicht mehr so weh. Sie lachte tief und zeigte auf mich. »Du siehst wirklich jämmerlich aus!«

»Guck mal«, flüsterte ich, so laut ich konnte, und zeigte auf meinen Hals.

»Das habe ich doch schon gesehen, *nne*, so schlimm sieht das gar nicht aus«, sagte sie und verließ das Schlafzimmer in Richtung Küche, wo ich sie den Kühlschrank öffnen und schließen hörte, bevor sie summend mit den Töpfen zu hantieren begann.

»Ich war SO gut heute«, rief sie. »Ich habe die perfekte Aufnahme von Helle, die allerbeste Qualität.« Dann stand sie wieder lächelnd in der Tür. »Willst du sie hören?«

Eigentlich wollte ich ihr in diesem Moment nur von meinem Hals erzählen, ihr sagen, dass es Emilies Mörder gewesen war, der mich vergewaltigt hatte, aber stattdessen begnügte ich mich damit, sie anzulächeln. Sie war so begeistert von ihrer Aufnahme, dass ich ihr einfach den Vortritt lassen musste. Sie holte mein Diktiergerät aus der Tasche, legte es auf mein Bett und drückte auf Play. Dann setzte sie sich auf den Boden und grinste breit.

»Guten Morgen«, tönte Nkems Stimme aus dem Diktiergerät. Im Hintergrund waren gemurmelte Antworten zu hören. Anscheinend war sie bei den Sekretärinnen im Büro.

»War ganz schön schlau von Ihnen, diesen Journalisten anzurufen, Helle.« Nkem sprach Dänisch mit den Sekretärinnen, was ziemlich lustig klang, weil sie ihre ganz eigene Melodie hatte und bestimmte Vokale seltsam in die Länge zog, so dass aus *Ihnen Iiiiahnen* wurde, wohingegen sie *Journalist* gleich Englisch aussprach. Aus Helle wurde ganz einfach *Hell.* Ich wusste nicht, ob sie das mit Absicht machte.

»Wie meinen Sie das?«, kam es von Helle. Eine sehr deutliche Aufnahme des heftigen Stakkatos ihrer schrillen Stimme, die zu allem Überfluss jetzt auch noch beleidigt klang.

»Ich meine, dass hier doch jeder weiß, dass Sie beim *Ekstra Bladet* angerufen und sich als Dr. Krause ausgegeben haben.« *Angerufen* und *Ekstra* klangen auch sehr lustig. Sie musste die Zunge irgendwie wie eine Wurst zusammengerollt haben.

»Jetzt hören Sie aber auf, was reden Sie denn da, *Nikim*, werden Sie diese Krause denn nie leid? Seid ihr beste Freundinnen, wie damals auf dem Schulhof? Oder – ist da womöglich noch mehr?« Höhnisches Lachen. »Die ist wirklich was für Fortgeschrittene.« Es folgte eine Pause, jemand lachte, alle schienen sich aber einig zu sein, dass ich ein Fall für Fortgeschrittene war. »Hat Dr. Krause Ihnen vielleicht etwas über Lepra erzählt?«, fuhr Nkem fort, wobei sie sich jetzt offensichtlich den beiden anderen zugewandt hatte. »Haben Sie das wirklich nicht von Helle?« Es entstand wieder eine Pause, in der niemand etwas sagte, die Köpfe der Anwesenden aber sicher auf Hochtouren arbeiteten. »Doch«, kam es schließlich von Ruth, »aber die wusste es ja nur, weil Dr. Krause es ihr gerade zuvor erzählt hatte.« Sie klang unsicher und fügte hinzu: »Draußen auf dem Flur.« Es war deutlich, dass Nkem viel dichter bei Helle stand als bei Ruth, denn deren recht normale Stimme klang undeutlich und gedämpft.

»Helle, was hat Dr. Krause Ihnen denn genau gesagt?«

»Sie hat gesagt, lassen Sie mich nachdenken, ob ich mich daran erinnere – also, sie hat gesagt, das alles sei wirklich ein schrecklicher Mist. Der Täter leide an Lepra, man müsse deswegen eine Warnung herausgeben.«

»Ho-ho-ho«, kam es rollend tief aus Nkems Bauch. »Sie wissen doch ganz genau, dass Dr. Krause so etwas niemals tun würde, oder nicht?«

»Das hat sie aber gesagt. Dr. Madsen hätte sie wohl kaum suspendiert, wenn er nicht glauben würde, dass sie zu so etwas in der Lage ist.«

»Nein, das hätte er dann wohl nicht«, sagte Nkem, und ich hörte deutlich, dass sie breit lächelte und gleich wieder lachen würde. »Nun, hat irgendjemand ein bisschen was zu essen mitgebracht?«

»Ja, Wienerbrød, aber das mögen Sie ja nicht.«

»Nein, wirklich nicht. Ich mag keine Sachen, die dreißig Tage lang durch meinen Darm wandern.« Danach servierte das Diktiergerät nur noch leises Rauschen.

»Fantastisch«, sagte ich und lächelte Nkem zu, die vor Stolz fast platzte. Sie stand auf und schaltete das Diktiergerät aus. Dann ging sie in die Küche und kam mit einem Teller Suppe und einem Glas auf einem Tablett wieder zurück. Sie stellte alles auf die Fensterbank, weil sie glaubte, mir aufhelfen zu müssen, damit ich mich auf die Bettkante setzen konnte, dabei schaffte ich das, wie ich ihr gleich zeigte, inzwischen selbst. Sie gab mir das Tablett, und während ich langsam die kochend heiße Hühnerbrühe löffelte, setzte sie sich neben dem Bett auf den Boden und holte ihren Laptop hervor. Sie verband das Diktiergerät über ein USB-Kabel mit dem Computer und speicherte die Aufnahme als Tondatei, die sie Claus Jessen beim *Ekstra Bladet* schickte. Dann rief sie ihn an und bat ihn, uns möglichst schnell zu sagen, ob das die Stimme sei, die ihn am Freitag gegen Mittag angerufen hatte. Jessen bat sie, aufzulegen, während er sich die Aufnahme anhörte, was sie widerwillig tat. Währenddessen aß ich meine Suppe weiter, bekam aber von ihrem langen Gespräch kein einziges Wort mit. Meine Gedanken waren damit beschäftigt, wieder und wieder die letzte Nacht durchzuspielen. In meinem Kopf wiederholte sich die immer gleiche Sequenz: Er leuchtete mir ins Gesicht und rief entsetzt *SIE!*. Ich war mir sicher, dass er mich erkannt hatte, vermutlich von dem Foto in der Zeitung. Und dass er wütend war wegen meiner Aussage über eine mögliche Lepraerkrankung. Vielleicht hatte er diese Meldung auch mit der Fahndung der Polizei nach einem Mann mit verfärbter Haut in Verbindung gebracht. Es war möglich, dass er mir auch dafür die Schuld gab. Karoly hatte ja gesagt, dass diese Art von Berichterstattung bewirken könnte, dass der Täter nur noch aggressiver wurde und den nächsten Mord beging. Hatte er mich tatsächlich umbringen wollen, als er mich zu erdrosseln versuchte? Oder war das nur eine Art Strafe gewesen? *SIE!* Er hatte nicht gewusst, dass ich es war, die an seinem Vergewaltigungsspielchen teilnehmen würde. Natürlich hatte er das nicht gewusst. Namen waren in der Szene tabu. Er hatte überrascht geklungen und wütend. Er musste Teil des Milieus sein, aus dem man die Männer für die Vergewaltigungsspielchen akquirierte. Männer mit unterschiedlich starker Vorliebe für Dominanz und Schmerz.

Dieser Mann jedoch war der Mörder von Emilie und Camilla gewesen, daran zweifelte ich nicht eine Sekunde. Und der Gedanke, dass ich naiv genug gewesen war, in einen dunklen, menschenleeren Park zu gehen, um den Mann zu treffen, der zwei Mädchen vier Tage lang zu Tode gequält, ihnen die Brustwarzen abgeschnitten und sie mit seinem Messer verstümmelt hatte, bis sie verbluteten, ging einfach nicht in meinen Kopf. Vielleicht war das wie mit Menschen, die erst dann mit dem Rauchen aufhörten, wenn ihre Eltern an Lungenkrebs starben. Würde ich ab jetzt nie mehr in den Park gehen? Oder würde ich, statt damit aufzuhören, lieber sterben?

»So, das wäre erledigt.« Nkems Stimme schnitt durch meine Gedanken und rief mich zurück in die Wirklichkeit, in der sie auf dem Boden hockte und stolz zu mir aufsah. Ich blinzelte ein paar Mal und starrte sie an.

»Claus Jessen hat Helles Stimme ohne jeden Zweifel erkannt. Sie war die Person, die ihn am Freitag angerufen hat. Ich soll dich grüßen und dir mitteilen, wie leid ihm das alles tut und dass hoffentlich alle den Widerruf in der Sonntagsausgabe des *Ekstra Bladet* gelesen haben. Er schickt jetzt eine Kopie der Tondatei an Madsen, begleitet mit einer schriftlichen Bestätigung, wie das alles zusammenhängt; damit bekommst du deinen Job wohl wieder …« Ihre Stimme verhallte. »Wenn du wieder einigermaßen auf den Beinen bist …«

»Du bist echt spitze«, quakte ich und legte den Kopf nach hinten. »Aber guck dir jetzt mal meinen Hals an«, sagte ich mechanisch und erneut ohne große Schmerzen. Nkem kam zu mir, inspizierte meinen Hals und sah mich fragend an. »Siehst du diesen roten Abdruck mit den weißen Punkten?«

Sie nickte.

»Genau so sieht der Abdruck eines Menschen aus, dessen Schweiß durch Clofazimin verfärbt wurde. Die weißen Punkte stammen von diesen Noppenhandschuhen. Die Noppen werden aus einem synthetischen Material gemacht, das undurchlässig für Schweiß ist. Habe ich dir das noch nicht erzählt?«

»Das mit den Noppenhandschuhen nicht. Heißt das …?«

Ich erklärte ihr bis ins Detail, was vorgefallen war.

»Du hättest tot sein können, *nne*«, sagte sie. »Bist du dir darüber im Klaren? Willst du das denn nicht der Polizei erzählen?«

Ich schüttelte den Kopf. »Das kann ich nicht, Nkem. Das kann ich ganz einfach nicht.«

Liebes Tagebuch,

die Polizei kam sehr schnell zu dem Schluss, dass es sich um Brandstiftung handeln musste. Dafür sprach das Benzin, aber sie sahen natürlich auch, dass das Feuer an zwei unterschiedlichen Orten ausgebrochen war. Dass sie Benzinspuren finden würden, hatte ich befürchtet, den zweiten Punkt aber hatte ich nie bedacht. Ich war von dem Gedanken besessen gewesen, dass Hanne langsam an dem dicken, schwarzen Rauch erstickte, während Birgitte in den Flammen lichterloh verbrannte. Nacht für Nacht hatte ich in meinem Bett gelegen und mir das Prasseln der Flammen ausgemalt, das verlockende Knistern und die Schreie, und ich gestehe, dass ich dabei auch an den alten Witz gedacht hatte: *Was denkt ein Hund, wenn man ihn anzündet? Wow!* Man hat schließlich Humor.

Die Entdeckungen der Polizei musste ich mir auf jeden Fall notieren, nein, einprägen, denn einen solchen Fehler wollte ich nicht noch einmal begehen. Lebe und lerne, wie es so schön heißt.

Natürlich wurden wir alle verhört, aber niemand ahnte etwas. Ich war der am wenigsten Verdächtige, denn es war unser Sommerhaus, ich war der Schüler mit der besten Abinote und noch dazu der Sohn des Oberarztes.

Niemand kannte meine Geheimnisse. Die Sache wurde dann auch irgendwann, wie es so schön heißt, zu den Akten gelegt. Man ging davon aus, dass das tödliche Feuer von einem umherstreunenden Pyromanen gelegt worden war. Beide Klassen nahmen an den Beerdigungen teil, der Schock war groß, die Mädchen weinten, und die Jungen standen wortlos daneben.

In den folgenden Tagen registrierte ich, dass meine Mutter mich etwas zu oft und etwas zu intensiv anschaute. Mir ging das gegen den Strich, und ich fand, nun war es bald an der Zeit, dass auch sie einen Schritt weiter ging. Mein anmaßendes Ziel lautete schließlich: Übung und Perfektion. Dass mich nach dem Brand niemand misstrauisch ansah oder gar verdächtigte, hatte ich in erster Linie meinem Glück und meinem guten Ruf zu verdanken.

Mein Vater war zufrieden. Die Versicherung zahlte für das Sommerhaus, und als ich kurz nach der Katastrophe ankündigte, Medizin studieren zu wollen, sah ich ihn förmlich aus seinen Kleidern wachsen. Dass er glaubte, ich wolle damit in seine Fußstapfen treten, war mir allerdings peinlich. Er glaubte tatsächlich, ich wollte Arzt werden, weil er Arzt war. Nichts lag mir ferner. Manchmal erwog ich sogar ernsthaft, stattdessen Jura oder irgendetwas anderes zu studieren, möglicherweise sogar etwas, das ihn entsetzte. Dann und wann, wenn mein Trotz für einen Moment die Überhand gewann, dachte ich sogar darüber nach, irgendwo auf einer Autobahnraststätte die Toiletten zu putzen, in orangen Klamotten durch die Stadt zu laufen und mit einer verbogenen Greifzange das weggeworfene Kaugummipapier anderer Leute aufzusammeln oder als Gemüsemann in einem Supermarkt zwischen Jærslev und Maderup zu arbeiten. Aber diese Anfälle ebbten immer wieder ab, denn ich wusste ganz genau, was ich wollte. Meine zukünftige Laufbahn würde mir weitreichende Kenntnisse der Anatomie und Medizin verschaffen, außerdem war ich ein für alle Mal kuriert, was simple chemische Lösungen anging. Natürlich bedeutete das für mich, dass ich einen anderen Weg finden musste, um meinen Vater zu quälen. Also richtete ich meinen Blick wieder auf meine Mutter. Mein Vater sollte bald pensioniert werden, und zu meinem Entsetzen hatte ich sie schon Seite an Seite in bunten Broschüren blättern sehen. Voller Erwartung. So etwas hatte es zuvor nie gegeben. In den Augen meiner Mutter erkannte ich in diesen Momenten sogar so etwas wie Freude. Sie wollten nach Indien und von dort aus dann zu allen möglichen anderen Orten auf dieser Welt. Mein Vater war plötzlich wieder besser auf sie zu sprechen, das war eindeutig zu erkennen. Vielleicht hatte er sich mit seinem Schicksal abgefunden, damit, den Rest seiner Tage an ihrer Seite zu verbringen, denn welcher Greis fürchtet nicht die Einsamkeit? Aber er sollte einsam sein und sie unter die Erde, jedenfalls wenn es nach mir ging. Bei der Polizei verstanden sie sich mittlerweile aber so gut auf diese vieldiskutierten DNA-Untersuchungen, dass ich mich gründlich vorbereiten musste. Ich durfte kein Detail außer Acht lassen und musste an alles denken. Das Glück ist mit den Dummen, sagt man, von der Seite durfte ich mir also keine Hilfe erwarten.

20

Nkem und ich saßen eine Weile schweigend beisammen. Irgendwann nahm sie meinen Teller und ging in die Küche. »Willst du noch mehr?«, rief sie. Ich hatte keine Lust zu rufen und antwortete nicht. Das war aber auch gar nicht nötig, denn ich wusste, dass sie mir so oder so noch einen Teller bringen würde. Was sie auch tat. Dann holte sie mir die Zeitung und setzte sich mit ihrem Computer an den Esstisch.

»Wie spät ist es?« Ich musste mich endlich wieder orientieren.

»Etwa halb acht.«

»Willst du denn nichts essen?«

»Ich habe gegessen, bevor ich hergekommen bin. Außerdem habe ich vorhin in der Küche ein bisschen Suppe gegessen. Es ist alles okay, ich will nur ...« Sie zögerte und drehte sich zu mir um. »Wir hatten heute Morgen Institutssitzung ... Bonde Madsen hat erzählt, dass die Polizei sich vor Hinweisen aus der Bevölkerung kaum retten kann. Alle scheinen Männer mit Hautverfärbungen zu kennen. Auch das Gesundheitsamt hat sich gemeldet. Laut ihren Informationen wurde in Dänemark kein einziges Mal die Freigabe von Clofazimin gestattet, auch nicht zu Forschungszwecken. Und dann hat dein Chef tatsächlich noch gesagt, dass die Polizei inzwischen große Zweifel hat, dass es sich bei dem roten Zeug wirklich um Clofazimin handelt. Sie glauben, dass ich mich geirrt habe.« Sie sah mich an, ihre Verärgerung war echt. »Als würde ich Fehler machen. Aber ... äh ...«

Sie wandte sich einen Augenblick ab und sah mich dann mit dem verschämten Gesicht an, das sie immer aufsetzte, wenn sie ein *naughty girl* gewesen war, wie sie das nannte. »Ich war in Bonde Madsens Büro und wollte ihm eigentlich nur einen Bericht auf den Tisch legen, aber dann wurde ich so schrecklich neugierig ...« Sie lächelte schelmisch. »Und da habe ich mal einen Blick in seinen Computer geworfen. Im Moment scheint er auf der Suche nach billigen Reifen für seinen Volvo zu sein. Naja, und dann habe ich mich gefragt, was er wohl sonst noch online einkauft. In seiner Webhistorie bin ich dann auch noch auf eine Homepage gestoßen, auf der er online Viagra bestellt hat …«

»Was?«

»Mm.« Sie nickte, sichtlich stolz auf ihre Entdeckung.

»Aber er könnte sich das Zeug doch einfach selbst verschreiben, wenn er …«

»Schon, das dachte ich auch erst, aber weißt du, Odense ist eine ziemlich kleine Stadt. Und wenn der Leiter des rechtsmedizinischen Instituts Viagra kauft – weiß das dann nicht die ganze Stadt im Handumdrehen? Vielleicht ist das Zeug über das Internet aber auch billiger. *Anyway*, eigentlich ist das ja auch egal. Aber diese Sache hat mich auf die Idee gebracht, doch mal zu überprüfen, was man sonst noch alles im Internet kaufen kann. Ich weiß ja, dass man da Steroide und Rohypnol und all dieses Zeug bekommen kann, aber kriegt man auch Clofazimin? Das wollte ich eben gerade checken.« Sie wandte sich wieder dem Bildschirm zu. »Du kannst ja so lange Zeitung lesen, oder?«

»Jetzt hör aber auf!«, platzte ich verärgert heraus. »Ich kann mich doch wohl selber beschäftigen. Ich brauche keinen Babysitter.«

»Na dann«, antwortete sie, ohne den Blick vom Bildschirm zu nehmen. »Eigentlich wollte ich heute Nacht hierbleiben. Soll ich nicht?«

»Hm, jetzt, da du es sagst. Das wäre schon toll.«

»Muss der hier liegen?« Sie nickte in Richtung meines Fahrradhelms, der neben ihr auf dem Stuhl lag. Diese penible Negerin! Bestimmt hatte sie auch die Küche von der Decke bis zum Fußboden desinfiziert und all meine Schränke nach nicht vorhandenen Geheimnissen durchsucht.

»Nein, der soll in den Keller, und da kommt er auch noch hin, irgendwann.«

Sie hatte den Helm auf den Schoß genommen und sah hinein. »Jetzt verstehe ich, was du meinst! Das sind wirklich viele Schuppen – ganz schön unangenehm!« Sie sah zu mir hinüber. »Aber in deinem Haar sieht man das gar nicht, liegt das daran, dass du blond bist?«

»Doch, man sieht es schon. Was mich eigentlich stört, ist dieses Jucken.«

»Ach, hör auf«, sagte sie, in Gedanken bereits wieder an einem anderen Ort, und legte den Helm beiseite. Dann verschwand sie komplett im Internet.

Ich stellte den leeren Suppenteller auf den Boden, drückte mir ein Kissen unter den Nacken und begann die *Fyens Stiftstidene* zu lesen. Auf der Titelseite ging es um eine Reihe von Einbrüchen und eine Vergewaltigung: *Ragnar Optik & Uhren bekommt wegen Einbrechern Sicherheitsglas*, lautete die Überschrift des Artikels: »Die Schaufenster von Ragnar Optik & Uhren sind nach dem dreisten Einbruch in der letzten Woche noch immer leer. Statt Uhren, Brillen und Schmuck liegt in jedem der Schaufenster aktuell nur ein Brief der Geschäftsinhaber Alice und Steen Ragnar an ihre Kunden. Darin steht: ›Verehrte Kundschaft: Unser Geschäft ist geöffnet, aber wir hatten vier dreiste Besucher, so dass wir im Augenblick nichts haben, das wir in den Schaufenstern ausstellen könnten.‹« Des Weiteren gab es Einbrüche in einigen Einrichtungen, die aufgrund der Ferien derzeit geschlossen waren: *Einbruchsserie trifft Schulen und Kindergärten in ganz Fünen*. Auch in einigen Einfamilienhäusern in der Region hatte es unerwünschten Besuch gegeben. Die Zentren der Einbrüche schienen dabei eindeutig Odense und Svendborg zu sein. Weiter unten stand ein kurzer Bericht über eine Vergewaltigung: Eine einundzwanzigjährige Frau aus Odense soll in der Nacht von Samstag auf Sonntag zwischen halb drei und drei Uhr auf dem Parkplatz des

Hotels Windsor in der Vindegade in Odense vergewaltigt worden sein. Im ach so toten Odense schien doch mehr los zu sein, als ich geglaubt hatte.

Die kleine Notiz, die berichtete, dass Samstagnacht gegen dreiundzwanzig Uhr bei einem Einbruch in eine Hautarztpraxis sämtliche Computer und Patientenakten geklaut worden waren, hätte ich beinahe übersehen. Interessanter aber war die Frage, was ein Einbrecher mit Patientenakten und gebrauchten Computern wollte. Wertgegenstände waren das ja nicht gerade. Einbrüche bei Uhrmachern, in Einfamilienhäusern oder meinetwegen auch in Schulen konnte ich verstehen, Vergewaltigungen auch, aber ein Einbruch in einer Hautarztpraxis? Der einzige gute Grund, bei einem Arzt einzusteigen, war doch, sich Präparate und Drogen zu beschaffen, aber was war denn bei einem Hautarzt zu holen? Der hatte doch allenfalls Tetracyclin für die Behandlung seiner Aknepatienten vorrätig. Außerdem fehlten allem Anschein nach keine Medikamente. Hatte ein lokaler Promi Angst davor, dass die Zeitung Wind von seinen Genitalwarzen bekam, und die Sache deshalb selbst in die Hand genommen?

Ich sah zu Nkem hinüber, die konzentriert auf den Bildschirm starrte.

»Hast du schon etwas gefunden?«

»… noch nicht …«

Nachdem ich ihr eine Weile zugesehen hatte, gingen meine Gedanken zurück zu dem Hautarzt.

»Du … könnte es sein, dass der Mörder an einer Hautkrankheit leidet?«

»Wir wissen ja nicht, woran er leidet«, sagte sie, etwas verärgert darüber, dass ich sie nun doch gestört hatte.

»Nein, ich meine diese Verfärbungen der Haut – glaubst du, dass er auf die Idee gekommen ist, damit zum Arzt zu gehen?« Sie antwortete nicht. Zugegeben, es wäre auch dumm, mit so etwas zum

Hautarzt zu gehen, wenn man die Ursache der Verfärbungen kannte. Aber was, wenn man sich über die Gründe dafür nicht im Klaren war?

»Schon was gefunden?«, versuchte ich es erneut und nervte sie jetzt mit Sicherheit.

»Nee, es gibt Unmengen von Seiten, die Viagra, Rohypnol und all das andere Zeug verkaufen, aber kein Clofazimin. Hatte ich eigentlich auch nicht gedacht, aber …« Sie tauchte wieder in den Computer ein. Ich zog mir die Decke über den Kopf und machte die Augen zu. Sicher wäre ich auch eingenickt, wenn Nkem nicht plötzlich laut aufgeschrien hätte.

»Hier, ich hab's!«, hörte ich sie rufen.

»Es geht, man kann dieses Zeug online besorgen! Hallo!« Ich hörte ihre Schritte und dann zog sie mir die Decke weg und hielt mir ihren Laptop vor die Nase. Ich starrte auf die Webseite einer Internetfirma namens yourdrugstore.com, die Visa akzeptierte und alle möglichen rezeptpflichtigen Mittel verkaufte, von Beruhigungsmitteln über Psychopharmaka bis hin zu Clofazimin.

»Wow, ich verstehe ja, dass die Glückspillen und so ein Zeug verkaufen, aber warum Clofazimin? Wer um alles in der Welt will denn so etwas haben?«

»Jemand, der Lepra hat, aber nicht will, dass das publik wird?«, schlug Nkem vor.

»Vor kurzem war hier ein Einbruch bei einem Hautarzt. Alle Patientenakten und Computer wurden gestohlen.« Ich warf die Zeitung zu ihr hinüber. »Was, wenn der Mörder bei diesem Arzt Patient war und seine Akte geklaut hat, nachdem in der Zeitung von Lepra die Rede war? Oder als ihm klar wurde, dass er diese Hautverfärbungen hat?«

»Der Arzt hätte doch wohl die Polizei informiert, wenn er das in der Zeitung gelesen hätte.«

»*Wenn* er denn das *Ekstra Bladet* liest, vielleicht ist er ja auch in den Ferien.«

»Es wäre doch wohl die reinste Zeitverschwendung, die Akten zu klauen – wenn der Täter wirklich mit Lepra oder Hautverfärbungen zum Hautarzt gegangen wäre, würde der sich doch auch so an ihn erinnern, ob mit oder ohne Patientenakte. Aber keiner, der seine fünf Sinne beisammen hat …«

»Hm, ich bezweifle, dass so ein richtiger Psychopath seine fünf Sinne beisammen hat«, unterbrach ich sie.

Sie fuhr unbeeindruckt fort: »… käme auf die Idee, so eine Krankheit auf eigene Faust zu behandeln. Außerdem ist Clofazimin ja auch nur eine der drei Komponenten für die Behandlung … lass mich mal sehen.« Sie tippte weiter, las und tippte wieder. »Nein, auf der Webseite hier kann man weder Dapson noch Rifampicin kaufen. Aber eine Sache ist klar: Man kann sich dieses Zeug beschaffen, ohne dass das Gesundheitsamt davon Wind bekommt, die Polizei sollte sich also einmal mit dieser Firma hier auseinandersetzen. Unglaublich, dass die nicht selbst auf die Idee gekommen sind.«

»Woher willst du das denn wissen? Du weißt doch nicht, in welche Richtung die Ermittlungen gehen.«

»Wenn sie schon so weit sind, an meiner Analyse des Stoffs zu zweifeln, werden sie wohl kaum nach diesem Stoff suchen.« Der verletzte Stolz troff nur so von ihr herab.

»Wenn man Clofazimin im Internet kaufen kann«, begann ich langsam, »die zwei anderen Stoffe, die man für diese Dreierkombination braucht, aber nicht, heißt das doch wohl, dass jemand Clofazimin gegen etwas anderes nimmt – etwas anderes als Lepra.«

»Mm«, sagte Nkem, hielt den Kopf dicht vor den Bildschirm und tippte weiter.

»Was machst du jetzt?«

»Überprüfen, ob die beiden anderen Stoffe auf irgendwelchen anderen Seiten zu kriegen sind.« Ich atmete tief durch. Nach einer Weile fiel mein Blick auf den Fahrradhelm, der auf dem Stuhl lag, und mir kam ein Gedanke. Schuppen. Ich musste an den Mord bei

Schloss Hvedholm denken. Camilla Porsman war von Schuppen übersät gewesen, der Kopf, der Körper, der Genitalbereich. Die Tapestreifen mit den Schuppen des Täters, von denen einige seine DNA enthielten, waren irgendwo in der Kriminaltechnik. Warum sollte man nicht noch einmal einen Blick darauf werfen? Schuppen waren Schuppen. Über ihre Herkunft verrieten sie nichts. Ich weihte Nkem in meine Gedanken ein und sagte: »Gab es bei diesen Krankheiten, gegen die Clofazimin verwendet wird, nicht auch welche, die zur Bildung von Hautschuppen führen?«, begann ich, doch dann kam es mir selbst wieder in den Sinn, und ich sagte laut: »Schuppenflechte.«

Sie sah vom Bildschirm auf und sagte: »*Nope* – Dapson und Rifampicin sind über das Netz nicht zu kriegen –, was hast du gesagt?«

Ich wiederholte es. Nkem nickte kurz, widmete sich wieder ihrem Computer und suchte den Hauptartikel über den Stoff heraus. Sie begann laut vorzulesen, dass Clofazimin sporadisch auch gute Resultate bei anderen Autoimmunkrankheiten wie Schuppenflechte erzielte. »Aber würde man schuppenden Ausschlag gegen Verfärbungen im Gesicht eintauschen – und gegen all die anderen Nebenwirkungen?«

»Wenn man verzweifelt genug ist, probiert man das vielleicht«, sagte ich und dachte daran, wie sehr mich meine wenigen fahrradhelmbedingten Schuppen störten.

»Hm«, sagte Nkem. »Dann hatte er damals, als er das Mädchen bei Schloss Hvedholm getötet hat, noch nicht mit dieser Clofaziminbehandlung angefangen. Diese Therapie muss er dann irgendwann zwischen den beiden Morden begonnen haben.«

»Rein theoretisch kann er die Behandlung schon lange vor dem Mord an Emilie beendet haben – denk dran, wie lange es dauert, bis dieser Stoff den Körper wieder vollständig verlassen hat. Der Täter kann sehr schnell bemerkt haben, dass Clofazimin schlimmer ist als Schuppenflechte. Aber selbst, wenn er gleich wieder aufgehört hat, können noch über ein Jahr lang Verfärbungen von Haut und Körperflüssigkeiten auftreten.«

»Wie auch immer – ich meine, auch wenn das alles nur Spekulationen sind – die Polizei muss die Hintermänner dieser Internetfirma finden. Das ist die einzige Webseite, die ich gefunden habe, über die man dieses Zeug kaufen kann – ich überprüfe das aber noch einmal, damit ich wirklich sicher bin.« Sie nahm den Computer und setzte sich wieder an den Tisch. »Es soll mir niemand sagen können, ich würde meine Arbeit nicht richtig machen.«

Gerade, als ich mir die Decke wieder über den Kopf gezogen hatte, klingelte mein Handy. Ich sah müde auf das Display. Es war Bonde Madsen.

21

»Hier ist Hans.«

Naja. Er hieß ja wirklich so, nur nicht dann, wenn er sich, die Brille an einer Kordel um den Hals baumelnd, über den Sektionstisch beugte, beide Hände auf den frisch geputzten Stahl stemmte, die Stirn in Falten zog und die ganze Welt mit seinen tiefliegenden Augen musterte. Dann war er Lars von Trier, Pablo Picasso, oder ER selbst, der die Toten zum Sprechen brachte und alle Frauen verzauberte, so dass sie sich brav hinten anstellten.

Aber abgesehen von seinem Titel, dem Institut und dem Charisma gehörte diese Stimme Hans. Einem Hans, der bei sich zu Hause im weichen Lehnsessel gehockt und das Handy geknetet hatte, bis er sich irgendwann einen Ruck gegeben hatte. Barfuß, zahnlos und sehr verlegen. Frau und Kinder sprangen sicher übel mit ihm um, zwangen ihn, bei Discountern einzukaufen, und warteten auf seine Pensionierung, um ihn so endgültig zu kastrieren.

»Ich denke, ich sollte Sie um Verzeihung bitten«, sagte er.

Er sprach so leise, dass ich ihn auffordern musste, etwas lauter zu sprechen.

Dies alles war für ihn hörbar unangenehm und schmerzhaft. Aber so musste das sein, ja es durfte ruhig noch etwas unangenehmer, noch etwas schmerzhafter werden.

»Ich denke, ich sollte Sie um Verzeihung bitten, mich bei Ihnen entschuldigen«, wiederholte er nach einem Räuspern.

Ich sagte kein Wort. Nicht, weil ich seine Qualen bewusst verlängern wollte – oder wollte ich das? Ich hatte ganz einfach keine Ahnung, was man in so einer Situation sagte.

Trotzdem war es schnell überstanden: Helle war umgehend ausradiert worden, wie ein Klecks, der sich auf ein sauberes Blatt Papier geschlichen hatte. Sie würde nie wieder auch nur in die Nähe von sensiblen Informationen rechtsmedizinischen Charakters kommen. Und er freute sich wirklich darauf, mich demnächst dann wieder im Institut zu sehen.

Wirklich?

Das Gespräch dauerte höchstens drei Minuten, vielleicht weniger, trotzdem empfand ich seinen Anruf als echte Entschuldigung. Grundsätzlich war ich ihnen jedoch nach wie vor lästig, hätte meinen Platz für jemanden räumen sollen, der gehorchte. Sie hatten in diesem Vorfall eine Chance gesehen, die sich dann aber als ein faules Ei herausgestellt hatte, das versehentlich in den Zauberhut gerollt war. Vielleicht hatten sie beim nächsten Mal ja mehr Glück.

Ich teilte ihm mit, dass ich einen Unfall gehabt hatte und in den nächsten Tagen nicht ins Institut kommen könnte. Als ich aufgelegt hatte, entschied ich mich dann aber anders und fuhr am nächsten Morgen gemeinsam mit Nkem dorthin. Aus meinen Kopfhörern dröhnte *Love in a trashcan*, um mich an mein Verhältnis zur Welt ganz allgemein – und im Speziellen – zu erinnern.

Es war fürchterlich, mit den Krücken die Treppe nach unten zu laufen, denn anscheinend mussten alle bei mir im Haus nicht nur zur gleichen Zeit zur Arbeit, sondern auch zur gleichen Zeit über die Treppe nach unten, so dass ich mich wieder und wieder ans Geländer klammern musste, damit die fleißigen Arbeitsbienen auch an mir vorbeikamen. Mein Auge war inzwischen fast gelb geworden, meinen Fuß konnte ich dafür schon wieder einigermaßen belasten. Trotzdem freute ich mich beinahe darauf, im Institut mit den Krücken über den Flur zu laufen.

Vor dem Institutseingang trennten wir uns. Nkem ging nach oben in ihr Büro und zu ihren Laboratorien, während ich geradeaus den Flur im Erdgeschoss betrat und prompt auf Ruth stieß, die so etwas wie »Gott, was ist denn mit dir passiert?« rief.

Ich lächelte sie so breit an, dass mein Auge schmerzte. »Willst du das wirklich wissen?«

Sie zuckte verwirrt mit dem Kopf und setzte ihre Reise fort, während ich mich auf den Weg zu Bonde Madsens Büro machte. Die Tür stand offen. Er zog sich gerade seine leichte Sommerjacke aus und drapierte sie auf der Rückenlehne seines Stuhls.

Als ich die Tür hinter mir zuwarf, zuckte er zusammen.

»Wir müssen reden.« Ich hinkte zum Schreibtisch und nickte in Richtung des Stuhls vor seinem Computer. »Wären Sie so nett, den zu mir rüberzuschieben?« Er tat, um was ich ihn gebeten hatte, und sah mich mit aufrichtigem Entsetzen an.

»Was ist denn mit Ihnen passiert?«

»Ich bin vergewaltigt worden.«

Er half mir, mich zu setzen, er ließ sich auf seinen Bürostuhl fallen, lehnte sich zurück und riss den Mund auf, um etwas zu sagen, es kam aber kein Ton heraus.

Ich musste schief grinsen und sagte: »Man wird überall vergewaltigt. *Here, there, everywhere.*«

»Wie meinen Sie das?« Er sah mich aus schmalen Augen an und beugte sich zu mir vor. »Haben Sie das gemeldet?«

»Dann hätten Sie wohl davon gehört. Nein, in der Regel bin ich sehr diskret.«

Wir saßen eine Weile still da und sahen uns an. Schließlich brach ich das Schweigen: »Sehen Sie mal hier«, sagte ich, entblößte meine Kehle und legte meine linke Hand als unteren Rahmen auf mein Schlüsselbein. »Schauen Sie sich meinen Hals an.«

Er beugte sich zu mir vor. »Erkennen Sie das? Oder haben Sie Emilie Haundrups Hals nicht gesehen?«

»Natürlich habe ich ihren Hals gesehen«, sagte er verärgert. »Was wollen Sie denn damit andeuten? Sind Sie etwa von Emilies Mörder vergewaltigt worden?«

»Wie hoch ist die Wahrscheinlichkeit, dass auch noch andere Sadisten in Odense Clofazimin nehmen?«

»Karoly weiß auch davon nichts?«

»Und Karoly soll auch davon nichts erfahren. Und Fyn Nielsen auch nicht. Niemand. Ich sage Ihnen das im Vertrauen.« Und dann erzählte ich ihm alles. Alles, von dem schönen jungen Mann im Ørstedspark vor neunzehn Jahren, von den nachfolgenden nächtlichen Parkspaziergängen und von meinem letzten Besuch im Munke Mose. Als ich fertig war, sah er mich mit großer Verwunderung an und war erst einmal sprachlos.

»Warum tun Sie so etwas?«, fragte er schließlich.

»Ich weiß es nicht. Wissen Sie, warum Sie Ihre Finger nicht von einer Kollegin lassen können, die sich auf ihrem Sofa ausruht? Zu allem Überfluss auch noch eine Kollegin, deren unmittelbarer Vorgesetzter Sie sind.«

Er blickte zu Boden. »Sie werden das der Polizei sagen müssen.«

»Ich erzähle das der Polizei, wenn Sie dafür an allen schwarzen Brettern der Odenser Supermärkte einen Aushang machen, dass Sie im Internet Viagra bestellen.«

Er starrte auf die Tischplatte und blätterte nervös durch ein paar Papiere, bevor er mich wieder ansah.

»Woher wissen Sie das?«, fragte er schließlich, und als ich nicht antwortete: »Was wollen Sie eigentlich?« In diesem Moment erlebte ich uns wirklich wie eine schräge Version von Rotkäppchen und dem Wolf, ohne genau zu wissen, wer jetzt Rotkäppchen und wer der Wolf war.

»Ich will Burgfrieden. Ich will, dass Sie mich mit dem gleichen Respekt behandeln wie jeden anderen Kollegen mit meinen Qualifikationen. Ich will, dass Sie mich in Frieden lassen. Sie haben merkwürdige Gelüste, und ich habe merkwürdige Gelüste. Nichts davon hat etwas mit dem Institut zu tun. Lassen Sie Ihre Sexfantasien einfach zu Hause, wenn Sie zur Arbeit gehen. Und lassen Sie mich in Frieden.«

Er nickte. Irgendwie schien er sich plötzlich zu entspannen. Sein ganzer Körper sank auf eine Weise zusammen, die ich auch von mir kannte, wenn das Schlimmste überstanden war und man tat, was im Volksmund *erleichtert aufatmen* heißt.

»Eine einzige Sache quält mich aber. Ich bin mir nämlich vollkommen sicher, dass sie zu zweit waren«, sagte ich und brach das wohltuende Schweigen.

»Wie, zu zweit?«

»In dieser Nacht im Munke Mose … ich war zwar die meiste Zeit bewusstlos, aber da waren zwei verschiedene Gerüche. Ich habe einen guten Geruchssinn, obwohl ich rauche. Ich wurde zweimal vergewaltigt – vielleicht öfter, aber zweimal, als ich bei Bewusstsein war. Und da waren zwei verschiedene Gerüche. Außerdem kann ich mich erinnern, dass einer meine Arme und der andere meine Beine gepackt hat. Haben Sie eine Möglichkeit, diese Idee von zwei Tätern irgendwie in Karolys und Fyn Nielsens kleine Köpfe zu pflanzen?«

Er sagte nichts, ich sah aber, dass er nachdachte. Wenn ich auch nicht wusste, worüber.

»Ich habe mich auch schon gefragt, wie er sie ins Auto bekommen hat«, fügte ich hinzu. »Wenn keiner etwas gesehen oder gehört hat, muss das blitzschnell gegangen sein. Der Täter muss einen Helfer gehabt haben.«

Bonde Madsen schwang sich mit dem Stuhl herum und drehte mir den Rücken zu. Dann sagte er: »Sie haben doch wohl mitbekommen, dass schon wieder ein Mädchen verschwunden ist, oder?«

Liebes Tagebuch,

ich gab mir reichlich Zeit. Es war wichtig, sich unter den Kommilitonen an der Universität erst einmal den Ruf eines normalen, fleißigen Studenten zu sichern. Ich legte mir sogar eine Freundin zu, in erster Linie der Normalität wegen, denn obwohl sie zu den intelligentesten Menschen gehörte, die ich jemals getroffen hatte, war und blieb meine Beziehung zu ihr nichts als Fassade. Sie war eine Frau und sie zwitscherte wie all die anderen, doch ihrem Gezwitscher musste ich wenigstens ein Minimum an Gehör schenken. Sie durfte nicht den geringsten Verdacht schöpfen, und diese Herausforderung erregte mich. Natürlich hatte ich Lust, sie zu betäuben und ihre Körperteile auf eine größere Anzahl Marmeladengläser zu verteilen, trotzdem begnügte ich mich damit, ihr hin und wieder ein unschuldiges Fesselspielchen vorzuschlagen. Einmal spielten wir eine Vergewaltigung. Ich ließ sie im Wald los, zählte bis zehn und machte Jagd auf sie. Als ich sie hatte, »vergewaltigte« ich sie. Nicht gerade etwas, das mich sonderlich begeisterte, aber sicher besser als alles, was sie sonst zu bieten hatte. Sie war da allerdings anderer Meinung. Die Zweige und Äste hatten zu viele Kratzer auf ihrer makellosen Olivenhaut hinterlassen. *Schau doch mal! Ja, o je, ein kleiner, süßer Kratzer! Komm, wir pusten ein bisschen, und dann mache ich dir ein Pflaster drauf, mein Schatz!* Ich musste diese altmodische Fassade wirklich wahren, das übliche Rein-und-Raus-Spiel, aber sicher keine Ultragewalt, wie mein Freund Alex das genannt hätte.

Irgendwann kam mir die Idee, ein Skalpell unter die Matratze zu legen und es in meiner Fantasie hervorzuholen, wenn ich es mit ihr trieb. Aber auch das half nichts, so dass ich all meine Sublimierungsenergie auf das Studium verwendete und wie erwartet sehr gute Noten bekam. Wurde der Druck trotzdem zu groß, fuhr ich nach Frankfurt, wo ich einen ganz speziellen Kontakt hatte. Friedrich war Börsenmakler und randvoll mit nervöser Energie, die er loswerden musste. Jeden ersten Samstag im Monat füllte er seinen Mercedes Sprinter mit Prostituierten, die er auf der

Straße aufgabelte. Er fuhr mit ihnen in einen Wald, wo er sie – eine nach der anderen – laufen ließ. Wir waren eine Jagdgesellschaft von vier oder fünf Männern. Die Prostituierten begruben wir an Ort und Stelle im Wald. Friedrich bestärkte mich damals in meiner bereits existierenden Vorliebe für Messer.

Es war allerdings nicht Friedrich, der mir beibrachte, wie man biologische Spuren vermied, sondern einer seiner anderen treuen Kunden, ein Rechtsmediziner aus Freiburg namens Maximilian. Er besorgte uns auch die Schutzanzüge, die Mundbinden, Hauben und Handschuhe. Von ihm kam auch der Rat, uns nicht nur im Gesicht, sondern auch im Schritt zu rasieren, was ich ungeheuer stimulierend fand. Wenn man sich nicht auch noch die Augenbrauen abrasieren wollte, was ja sehr auffällig gewesen wäre, wurden sie einfach abgeklebt. Aber der Bart musste weg. Wir waren also eine sehr ungewöhnliche Jagdgesellschaft und erinnerten nicht im Entferntesten an Robin Hood und seine fröhlichen Gefährten, auch wenn wir uns so fühlten, wenn die Jagd auf die rehäugigen Damen begann. Wir alle waren stets hochprofessionell.

Meine Freundin, die zu allem Überfluss auch noch auf den fürchterlichen Namen Mette-Ann hörte, fand es pervers, sich die Schamhaare abzurasieren, und fragte mich immer wieder, warum ich das tat. Dabei erklärte ich ihr wieder und wieder, dass ich da unten einfach keine Haare mochte. Als sie mich schließlich ihren Eltern, Palle und Sita, vorstellte, wurde es mir einfach zu viel, und ich trennte mich von ihr. Zu diesem Zeitpunkt hatte ich sie schon drei Jahre ertragen. Das war sicher mehr als genug, sagte ich mir, wenn ich an all die Singles dachte, die sich ausgesprochen heteronormativ durch das Medizinstudium bewegten. Dann geschah das mit meiner Mutter.

22

Ich glotzte Bonde Madsen entgeistert an und schüttelte langsam den Kopf. Nein, davon hatte ich noch nichts mitbekommen.

»Karoly hat es mir gestern erzählt – es steht heute auf den Titelseiten.« Er schob die aktuelle Ausgabe der *Fyens Stiftstidene* zu mir herüber. Die Geschichte nahm die Hälfte der Titelseite ein.

Siebzehnjährige Jeanette spurlos verschwunden

Jeanette Lisa Jensen verschwand am späten Sonntagabend nach einem Besuch bei ihrer Freundin

Die siebzehnjährige Jeanette Lisa Jensen aus Odense war am Sonntagabend zu Besuch bei einer Freundin in der Christiansgade im Zentrum von Odense. Um elf Uhr rief sie ihren Freund an und bat ihn, sie abzuholen. Danach ging sie nach unten auf die Straße, um auf ihn zu warten. Doch als er um 23.50 Uhr in der Christiansgade ankam, war Jeanette verschwunden. Ihr Freund rief sofort die Polizei.

Die Familie fürchtet nun das Schlimmste, und die Odenser Polizei hat das Mädchen sofort zur Fahndung ausgeschrieben.

»Wir haben es hier erneut mit dem Verschwinden eines ganz normalen Teenagers zu tun. Im Hinblick auf die kürzlich begangenen, bestialischen Morde an zwei jungen Mädchen reagieren wir sofort«, sagte der Wachhabende bei der Odenser Kriminalpolizei, Kenneth Jørgensen, gegenüber der *Fyens Stiftstidene*.

Ich sah auf und spürte den Druck in meinem Kopf. Hans saß da und sah mich noch immer schweigend an. So nachdenklich und still hatte ich ihn noch nie kennengelernt. Die ganze Zeit über dachte ich:

Wäre es wirklich hilfreich, wenn ich der Polizei alles sagen würde – für die Ermittlungen? Für mich? Dass es mehr als ein Täter war? *Wenn* es denn mehr als einer war und ich mir das alles nicht bloß einbildete. Und selbst wenn es an diesem Abend im Park mehr als einer gewesen war, wieso schloss ich dann darauf, dass diese beiden auch die Morde gemeinsam begangen hatten? Ich schob den Gedanken als reine Spekulation beiseite.

»Was wissen Sie noch?«, fragte ich.

»Über das da?« Er zeigte auf die Zeitung.

»Worüber sonst?«

»Karoly sagt, dass die Polizei sich sehr auf das Opferprofil konzentriert hat – Sie wissen schon: hübsch, blond, intelligent, aus guten Familien und mit guten akademischen Aussichten. Aber die hier«, er zeigte auf die Zeitung, »macht das ganze Bild kaputt.«

»Warum? Ist sie eine arbeitslose Perle aus Vollsmose, die Mülleimer anzündet?«

Er zog einen Mundwinkel hoch. »Sie ist dunkelhaarig, hat nur einen mittelmäßigen Realschulabschluss geschafft und jobbt in einer Würstchenbude. Sie wollte da so lange bleiben, bis sie wusste, was sie aus ihrem Leben machen sollte. Ihr Geliebter ist deutlich älter als sie und Mitglied bei den Bandidos.«

»Welche Würstchenbude?«

»Der Wagen in der Fußgängerzone. Ich glaube, der steht in der Store Gråbrødrestræde, wenn Sie die kennen.«

Da hatte ich mir auch schon mal eine Wurst geholt. Der Wagen war mit einem Elite-Smiley ausgezeichnet, ein Emblem, das sich die dänische Regierung ausgedacht hatte, um gastronomische Betriebe auszuzeichnen, die sich besonders gut an die Vorgaben hielten – der erste dieser Art, den ich jemals gesehen hatte. Ich nickte: »Da gibt es nur braune Würstchen, keine roten. Sie ist siebzehn Jahre alt?«

Die Tür ging auf. Ruth kam mit einer Thermoskanne herein und plazierte sie mit einem vielsagenden Blick zwischen uns auf dem Tisch. Helle war fort, aber das Bild, das sie von dem »Alten Mann und der Hexe« gezeichnet hatte, würde in Ruths innerer Galerie hängen bleiben. *Love in a trashcan*. Ruth beeilte sich, wieder nach draußen zu kommen.

»Das ist merkwürdig, nicht wahr«, begann ich, als die Tür schon eine Weile wieder geschlossen war. »Die erste war neunzehn, die nächste achtzehn und diese jetzt siebzehn?«

»Das ist bestimmt ein Zufall.«

»Es erinnert mich an etwas, ich komme nur noch nicht darauf, an was. Was wissen Sie sonst noch?«

»Abgesehen davon, dass mich irgendwann mitten in der Woche jemand aus dem Schlaf reißen wird, weil ich Bereitschaft habe? Nein, ich glaube, das ist alles ... oder warten Sie. Sie hatte einen verstauchten Fuß, wie ...« Er nickte in Richtung meines bandagierten Fußes, über den ich einen Strumpf gezogen hatte. »Das ist doch eine Verstauchung, oder?«

Ich nickte. »Ich glaube schon. Es fühlt sich jedenfalls so an.«

»Also, eine Verstauchung ... vor etwa einer Woche.«

»Und trotzdem ist sie den ganzen Weg von dieser Würstchenbude bis in die Christiansgade gelaufen? Das sind doch mindestens zwei Kilometer.«

»Nein, ihre Freundin hat sie mit ihrem Mofa abgeholt.« Er streckte sich langsam auf seinem Stuhl und nickte mir dann zu. »Waren Sie damit in der Notaufnahme, haben Sie ein Röntgenbild machen lassen?«

»Natürlich nicht, aber Moment – war das verschwundene Mädchen mit ihrem Fuß in der Notaufnahme?«

»Keine Ahnung, warum?«

»Weil Emilie sich das Schlüsselbein gebrochen hatte. Manche Leute gehen mit so etwas erstmal in die Notaufnahme, es wissen ja nicht alle, was man tun muss, warten Sie …« Ich stand auf, nahm meine Krücken und humpelte, so schnell ich konnte, in mein Büro, wo ich den Obduktionsbericht von Camilla Porsman aufbewahrte. Ich setzte mich an den Schreibtisch und öffnete ihn. Meine Erinnerung hatte mich nicht getäuscht. Camilla Porsman hatte sich kurz vor ihrem Tod den Daumen gebrochen.

Ich versuchte, mich auf einen Gedanken zu konzentrieren, der sich aber nicht einfangen lassen wollte. Stattdessen drängten sich Millionen anderer Gedanken auf: Ich musste mit Steno reden. Neunzehn, achtzehn, siebzehn. Chronologische Teenagereliminierung? Gab es erst dann ein Ende, wenn eine Dreizehnjährige auf dem Obduktionstisch lag? Würde er dann von vorne beginnen, ebenso chronologisch, in umgekehrter Reihenfolge, genau wie beim Piratenbridge? Dieses Kartenspiel kannte ich noch aus meiner Kindheit. Die Zahlenreihe runter und wieder rauf.

Teenagereliminierung. Noch immer hatte ich das Gefühl, mich an etwas erinnern zu müssen, kam aber nicht darauf, was es war, so lange ich auch auf meinen chaotischen Schreibtisch starrte.

»Was haben Sie gefunden?« Ich drehte mich um. Bonde Madsen stand in meinem Büro. Natürlich hatte er nicht angeklopft.

»Camilla Porsman hatte sich kurz vor ihrem Tod den Daumen gebrochen. Ich denke«, begann ich langsam, »dass die Verletzungen, die sich alle drei Mädchen vor ihrer Ermordung zugezogen haben, vielleicht ein Anhaltspunkt sein könnten. Ich meine, wenn weder ihr Aussehen, noch ihr Alter, ihre Herkunft oder diese Kathedralschule der gemeinsame Nenner sein kann. Vielleicht waren sie kurz vor ihrem Tod alle in der Notaufnahme der Ambulanz. Das wäre doch möglich.«

»Und dann?«

»Ich weiß nicht, aber jetzt, da das gerade verschwundene Mädchen nicht ins Opferprofil passt, ist das vielleicht das Einzige, was diese drei Mädchen miteinander verbindet. Vielleicht gibt es in der Notaufnahme jemanden, der sich diese drei ausgeguckt hat? Ein Arzt, ein Pfleger oder jemand vom Reinigungspersonal …«

Bonde Madsen sah mich ungläubig an. »Ein Arzt?«

»Naja, auch Ärzte können verrückt sein«, konterte ich. »Sehen Sie uns an. Oder denken Sie an Mengele.«

»Hmm«, brummte er und rieb sich das Kinn.

»Man kann, wie Sie wissen, hochbegabt und trotzdem verrückt sein«, fuhr ich fort. »Und die Morde sind ja auch nicht gerade ungeschickt ausgeführt. Im Gegenteil, sie erscheinen mir bis ins Detail geplant worden zu sein. Ohne die Schuppen oder die roten Abdrücke hätten wir nicht einmal seine DNA.«

»Aber wir können uns nur auf Umwegen einbringen«, sagte Bonde Madsen und setzte sich neben mich auf den Stuhl. »Sie wissen, wie wütend Karoly werden kann. Wir sollen der Polizei immer nur Todesart und Todesursache mitteilen und …«

Ich unterbrach ihn. »Halten Sie den Mund, Sie haben doch selber Mädchen in dem Alter, oder?« Ich hatte jetzt wirklich keine Lust auf seinen Vortrag, außerdem kannte ich den schon auswendig. Wir waren eigentlich Universitätsangestellte und konnten darüber hinaus von der Polizei angefordert werden, um in einem Mordfall unter anderem Todesart, -zeitpunkt und -ursache festzustellen, wie ich es gerade erst bei Emilie getan hatte. Darüber hinaus hatten wir aber keinerlei ermittlungstechnische Befugnis. In den USA hingegen war das Stellenprofil des Rechtsmediziners im sogenannten *Code* so weit gefasst, dass man dort tatsächlich die gleichen Ermittlungsbefugnisse hatte wie die Polizei. Das Einzige, wozu meine amerikanischen Kollegen nicht befugt waren, war die Festnahme von Personen.

»Verstehen Sie mich nicht falsch«, sagte Bonde Madsen brummig und wollte weiterreden, aber ich unterbrach ihn erneut: »Das hier ist ein rechtsmedizinischer Fall.« Ich erzählte ihm von Nkems letzten

Entdeckungen im Web und unserem Verdacht, dass der Täter unter Schuppenflechte leiden könnte. »Wenn die Polizei anzweifelt, dass Nkem den richtigen Stoff identifiziert hat, heißt das doch wohl, dass sie die Möglichkeit, ob man sich das im Internet besorgen kann, nicht überprüft haben. Außerdem wissen Sie ja auch ganz genau, dass ein Stoff, der bis auf seine Struktur analysiert und als Clofazimin identifiziert worden ist, kaum etwas anderes sein kann. Karoly und Fyn Nielsen sollten dankbar sein – und Fyn Nielsen schien im Grunde recht froh über all diese Informationen zu sein, auch wenn sie ihm allem Anschein nach bislang nicht geholfen haben. Ich habe Fyn Nielsen gesagt, dass der Einbruch in diese Hautarztpraxis relevant sein könnte, und ihm erklärt, warum – Sie haben doch davon gelesen, oder?«

Er nickte.

»Dieser Bericht über eine mögliche Lepraerkrankung scheint den Mörder ganz schön nervös gemacht zu haben, wie Karoly das ja schon vermutet hatte. Außerdem hat er nachgelegt, mit mir und diesem neuen Mädchen. Sehr ungewöhnlich, so kurz nach dem letzten Mord. Vielleicht hat er meine, also Helles Äußerung, als Beleidigung aufgefasst. Gleichzeitig macht es ihm aber wohl auch Angst, dass wir das Clofazimin identifizieren konnten – dabei hätte er eigentlich damit rechnen müssen. Denn wenn er sich selbst mit dem Stoff behandelt, weiß er ja, was das für ein Mittel ist und wofür es benutzt wird. Er hatte Angst, dass wir irgendwann herausfinden könnten, dass er Clofazimin gegen Schuppenflechte nimmt, und ist deshalb bei dem Arzt eingestiegen und hat alle Akten, inklusive seiner eigenen, entfernt.«

Ich starrte in Bonde Madsens altes Gesicht, seine Wangen hingen wie bei einem Bluthund nach unten. Tiefe Falten zogen sich von der Nase zum Mund, und das Rot in seinen Augenlidern war sehr deutlich zu sehen. Dann wurde es mir plötzlich bewusst.

»Er *muss* Arzt sein!«

Bonde Madsen zuckte zusammen, aber ich fuhr fort, legte ihm beruhigend eine Hand auf die Schulter und sah aus dem Fenster hinter ihm. »Es gehört schon einiges dazu, wissenschaftliche Aufsätze auf Englisch zu lesen. Das kann nicht jeder …«

»Nein, aber ich kann das, und ich habe alles über diesen Stoff gelesen und würde gerade deshalb niemals auf die Idee kommen, dieses Zeug zu nehmen! Sie fantasieren.« Er schien plötzlich verärgert zu sein.

»Wenn Sie richtig verzweifelt wären, würden Sie dann nicht alles Mögliche nehmen? Sie nehmen Viagra, weil Sie Angst davor haben, keinen mehr hochzukriegen. Viagra ist auch nicht gerade ohne Nebenwirkungen, diese Art von Verzweiflung ist Ihnen also auch nicht fremd.«

»Ich kriege durchaus noch einen hoch!«, donnerte er und starrte mich wütend an, aber die Wut war nicht von langer Dauer. Dann sank er zusammen und legte wieder sein ganzes Gesicht in Falten. Ich schüttelte den Kopf und sah weg, vielleicht um ihm zu zeigen, dass es wirklich nicht um ihn ging.

»Wir reden hier doch nicht von Ihnen, nicht von Ihrer Art der Verzweiflung, seine ist viel genereller – das ist die Verzweiflung eines Psychopathen, der jetzt auch noch den Atem eines Fremden in seinem Nacken spürt. Was, wenn er wirklich verzweifelt war, als er begann, nach einem Stoff zu suchen, der ihm helfen kann, und vielleicht wirkt dieses Zeug bei ihm ja. Schauen Sie sich doch an, was er tut – das wirkt doch alles ziemlich verzweifelt.«

Vor meinen Augen begann Bonde Madsens Gesicht langsam zu verwischen und unscharf zu werden, irgendwie schien ich selbst langsam zu verschwinden. Ich weiß nicht, ob es das Wort *verzweifelt* war, das mich plötzlich meine eigene Zerbrechlichkeit erkennen ließ, aber ich stand auf, als ich spürte, dass mir die ersten Tränen in die Augen stiegen.

»Ich sollte jetzt lieber gehen«, sagte ich und griff nach meinen

Krücken, die ich eigentlich nicht brauchte. Auf einen verstauchten Fuß durfte man sich problemlos stützen, ich hatte nur keine Lust dazu. Vielleicht lag es an Emilie oder auch an meiner Nacht im Park, die still und leise durch den physischen Panzer all meiner oberflächlichen Verletzungen gedrungen war.

Als ich an der Tür war, drehte ich mich noch einmal zu Bonde Madsen um.

»Waren Sie mit Helle im Bett?«

»Ja doch«, sagte er und richtete sich auf dem Stuhl auf.

Ich ließ die Tür meines Büros offen stehen und lief über den Flur, während mir die Tränen über die Wangen rannen, obwohl ich nicht wusste, warum.

Hätte ich zu diesem Zeitpunkt geahnt, dass die Wände meiner Wohnung gerade mit dem Blut von Jeanette Lisa Jensen beschmiert worden waren, hätte ich einen wirklich guten Grund zum Weinen gehabt.

23

Ich ging auf die Toilette, wusch mir das Gesicht mit kaltem Wasser und machte mich erst nach einer ganzen Weile auf den Rückweg in mein Büro. Als ich dort ankam, war Bonde Madsen verschwunden. Ich setzte mich an den Computer und versuchte mich zusammenzureißen. Heulende Frauen hasste ich und fand mich selbst unerträglich, wenn mir ein seltenes Mal die Tränen kamen. Dabei war die Tatsache, dass Frauen weinten und Männer masturbierten, laut den Dresden Dolls einfach nur die Folge einer Arbeitsteilung, die bereits existiert hatte, als die ersten Protozoen an der kalifornischen Küste an Land krabbelten. Diese Sichtweise hatte mir jedoch nie wirklich geholfen. Ich konnte in diesem Moment einfach nichts dagegen tun, dass mir wieder die Tränen in die Augen stiegen, als hätten sie eine wichtige Nachricht für mich, die ich mich zu hören weigerte.

Ich schaltete den Computer ein und ging schnell die E-Mails des Tages durch. Eine einzige beantwortete ich, bevor ich Steno anrief und ihn natürlich weckte. Die Tränen liefen noch immer über meine Wangen, was mich stinkwütend machte. Andererseits trugen sie wohl ihren Teil dazu bei, dass Steno, als ich mit meinem Bericht über die Nacht im Munke Mose zum Ende gekommen war, sehr still wurde.

»So etwas darf nicht geschehen«, sagte er und wiederholte es noch einmal. »Ich bin mir leider überhaupt nicht sicher, ob ich aufklären kann, wer das war. Aber trotzdem, ich werde tun, was in meiner Macht steht.« Natürlich konnte er das aufklären. Er log. Alle logen.

Steno fragte nervös, ob ich zur Polizei gehen wolle. Das wollte ich nicht. »Ich vertraue darauf, dass ihr eure Leute selbst disziplinieren könnt«, sagte ich – und log. Eine Garantie gab ich ihm aber nicht. Außerdem wusste ich beim besten Willen nicht, was ich tun würde, wenn ich herausfände, wer da im Park über mich hergefallen war.

Wollte ich es einfach nur wissen? Oder würde ich etwas unternehmen? Aber was? Ich fühlte mich unberechenbar.

Ich sah aus dem Fenster. Das Wetter war umgeschlagen, die mediterranen Verhältnisse waren einem grünen Spätsommer auf grauem Grund gewichen. Regen trommelte gegen die Fensterscheibe, ich starrte vor mich hin und bemerkte Nkem nicht, die auf einmal in der Tür stand. Meine Gedanken hatten sich in einer gewalttätigen Fantasie verstrickt, die von dem Typ – oder den beiden Typen – im Park handelte; in meiner Vorstellung waren sie zwei erbärmliche Männer mit Bart. Und dieses Mal war nicht ich das Opfer der Gewalt.

»Sie arbeiten jetzt mit Hochdruck an dieser Seite, *nne*«, sagte Nkem. Ich drehte mich erschrocken um.

»Welche Seite?«

»Diese Webseite, der Internetshop, der Clofazimin verkauft. Du bist ja überhaupt nicht bei der Sache! Ich war gerade bei den Sekretärinnen … ganz schön still da drinnen. Ho-ho-ho.«

Ich hörte nicht wirklich zu, sondern fragte stattdessen: »Ist Schweinebacke in seinem Büro?«

»He, aufwachen, wo bist du eigentlich? Und wovon redest du?«

»Ich habe mich bloß gefragt, ob er irgendwelche Waffen bei sich hat – es könnte doch sein, dass er die mit nach Hause nimmt, wenn er die Schweine fertig onduliert hat. Du weißt ja, wie er ist … vielleicht spielt er ja dann zu Hause damit.«

»Warum willst du das wissen?« Sie trat in mein Büro, schloss die Tür hinter sich und fixierte mich mit zusammengekniffenen Augen. Ich zuckte mit den Schultern. »Entschuldige, ist sicher nur Blödsinn.«

»Jetzt komm schon, wen willst du erschießen … hast du Angst?«

Eigentlich hatte ich die nicht. Oder wäre es angebracht, Angst zu haben? »Nein, nein, das war nur so ein Gedanke.« Sie sah mich an, die Stirn voller Sorgenfalten.

»Glaubst du nicht, dass du zu Hause besser aufgehoben bist?«, fragte sie.

»Und dann? Nein, ich lege mich hier aufs Sofa und warte auf dich, und dann fahre ich mit dir wieder nach Hause.«

Sie blieb noch einen Moment stehen und sah mich misstrauisch an. »Ich bringe dir nachher etwas zu essen«, sagte sie schließlich und ging.

Ich legte mich auf das Sofa, sah den Regentropfen zu, die über die Fensterscheibe irrten, und dachte an neunzehn, achtzehn, siebzehn. An was erinnerte mich das nur? Wieder fragte ich mich, ob es zwei Täter sein konnten. Und wieso diese Leerstelle in meiner Erinnerung mir so wichtig erschien. Ich holte meinen iPod aus der Tasche, suchte die Meditationsmusik und stellte sie an. Versuchte, meinen Körper schwer zu machen, beobachtete das nasse Treiben auf der Scheibe, ließ *Healing Seas* meine Ohren erfüllen und wurde schnell ruhig. Ich musste eingeschlafen sein, denn ich bekam nicht mit, wie Nkem hereinkam und warmgeräucherten Lachs mit Skagensalat und einem Stück Naan-Brot auf den Couchtisch stellte. Mir war jedoch nicht nach Essen zumute. In meinem Kopf schwirrte auf einmal ein Name umher: *Murder Mack*. Ich richtete mich auf. Das war es also, was so lange in meinem Hinterkopf gelauert hatte. Es ging dabei um einen Fall, bei dem zwei Amerikaner vor vielen Jahren junge Mädchen gekidnappt, gequält und getötet hatten. Murder Mack war der Name, den sie dem Kastenwagen gegeben hatten, mit dem sie die Mädchen entführt hatten. Ich konnte mich vage erinnern, irgendwann spätabends einmal einen reißerisch aufgemachten Thriller über diesen Fall im Fernsehen gesehen zu haben. Aber vermutlich war ich dabei eingeschlafen, wie immer bei solchen Filmen. Der Müll, der jeden Abend auf verschiedenen Sendern lief, hatte mir lange Zeit als verlässliche Einschlafhilfe gedient. Ich holte meinen Laptop aus der Tasche, schaltete ihn ein und tippte *Murder Mack* in die Suchmaschine ein. An mehr erinnerte ich mich nicht, aber es reichte für eine ganze Reihe von Treffern, die mir mitteilten, dass die Namen der Wagenhalter Lawrence S. Bittaker und Roy L. Norris lauteten. Die beiden waren sich 1978 im Staatsgefängnis der kalifornischen Stadt San Luis Obispo begegnet, wo sie gemeinsam davon fantasierten, junge Mädchen zu vergewaltigen und zu töten. 1979 entführten sie mit ihrem sogenannten Murder Mack ein sechzehnjähriges Mädchen und fuhren mit ihr in die Berge, wo sie sie folterten und schließlich mit einem metallenen Kleiderbügel erdrosselten. Nur einen Monat später nahmen sie eine Anhalterin mit, ein achtzehnjähriges Mädchen, das sie schon wenige Minuten, nachdem es eingestiegen war, vergewaltigten. Sie machten Fotos von ihr, die Hände auf dem Rücken gefesselt, bevor sie ihr einen Eispickel ins Ohr rammten und sie erstickten. Im September des gleichen Jahres entführten sie an einer Bushaltestelle gleich zwei Mädchen, fünfzehn und dreizehn Jahre alt, mit denen sie wieder in die Berge fuhren und sie zwei Tage lang folterten und vergewaltigten, bevor sie ihnen wieder Eispickel in die Ohren rammten und … Ich hatte keine Lust, noch mehr zu lesen. Aber die Mädchen waren sechzehn, achtzehn, fünfzehn und dreizehn gewesen, gefolgt von einer weiteren Sechzehnjährigen, über die ich jetzt aber nichts mehr lesen wollte. Sie passte nicht ins System, das ansonsten aber klar zu erkennen war: neunzehn, achtzehn, siebzehn. Es konnte sich natürlich auch um einen Zufall handeln. Aber wenn nicht, wie konnte unser Täter dann wissen, wie alt seine Opfer waren? Ich aß die Hälfte des warmgeräucherten Lachses und starrte aus dem Fenster. Wenn die Mädchen alle vor ihrer Ermordung in der Notaufnahme gewesen waren, hatte man dort mit Sicherheit ihre Daten aufgenommen, die damit jedem zugänglich waren, der einen Blick in den Computer warf. Ich ging – ohne Krücken oder nennenswerte Schmerzen – zum Schreibtisch und überflog noch einmal die Obduktionsberichte von Emilie und Camilla. Gerade als ich mir ihre ID-Nummern auf ein Blatt Papier notierte und Nkem anrufen wollte, klingelte mein Handy. Es war Steno.

»Ich habe die gesamte Kontaktkette abtelefoniert«, sagte er ohne Einleitung. »Mit sieben Leuten habe ich gesprochen, der Letzte geht nicht an sein Telefon. Ich habe keine Ahnung, ob das wirklich der Typ aus dem Munke Mose ist, aber ich gebe dir seinen Namen. Mach aber bitte keinen Blödsinn, schließlich ist es nicht sicher, dass er das wirklich ist. Er war einfach der Einzige in der Liste, den ich nicht erreichen konnte – sein Name ist Larry Tang Mortensen.« Wieder log er. Er hatte mir gerade den richtigen Namen gegeben – Tang Mortensen war einer der Männer aus dem Park.

»Was weißt du über ihn?«

»Nix. Er ist Krankenträger, das hat er jedenfalls mal dem Mann gesagt, der vor ihm in der Kette ist. Ein stiller, ruhiger Typ. Ansonsten weiß ich nichts.«

»Krankenträger«, wiederholte ich wie in Trance, bedankte mich und legte auf. Das passte zu der These, die Bonde Madsen und ich gerade aufgestellt hatten: *War er ein Arzt, der in der Notaufnahme arbeitete, ein Krankenpfleger oder einer vom Reinigungspersonal?* Wenn die ermordeten Mädchen mit ihren Verletzungen in der Notaufnahme gewesen waren, wären all die Informationen, die die Mörder brauchten, im Computer vermerkt – vom Alter bis zu den Adressen, die auf der Versichertenkarte standen. Die Täter konnten diese Informationen aufgeschnappt und die Mädchen dann eine Zeitlang beobachtet haben, um sich mit ihren Gewohnheiten vertraut zu machen. Ich rief Nkem an, obwohl sich ihr Büro nur ein Stockwerk über meinem befand.

»Kannst du mich in die Notaufnahme fahren?«

»Das ist jetzt zu spät, du musst innerhalb von achtundvierzig Stunden dahin. Glaubst du, dein Knöchel ist doch gebrochen?«

»Okay, hör mal …«

»Du sollst nicht überall rumrennen!« Sie schrie fast in den Hörer. »Du musst mit der Polizei sprechen!«

»Gut, dann nehme ich eben ein Taxi.« Die Fahrt, von der ich

sprach, würde alles in allem vielleicht fünfundfünfzig Sekunden dauern, und Nkem reagierte, wie ich es erwartet hatte. Erst schwieg sie, dann sagte sie: »Gib mir zehn Minuten.«

Während Nkem sich bereitmachte, suchte ich aus dem Telefonbuch Larry Tang Mortensens Adresse heraus. Er wohnte in der Jernbanegade im fünften Stock eines Mehrfamilienhauses und hatte drei Handynummern. Ich speicherte sie in meinem Handy ein. *Jetzt brauche ich nur noch eine richtige Knarre* – diesen Gedanken konnte ich mir einfach nicht verkneifen.

Liebes Tagebuch,

meine Mutter wurde ganz einfach überfahren. Angeblich hatte sie auf der Post ein Kostüm abgeholt, das sie im Internet bestellt hatte, und war auf dem Weg nach draußen direkt vor einen Lastwagen gelaufen. Jedenfalls war sie auf der Stelle tot. Meinen Vater traf das hart. Der Unfall geschah am Tag vor seiner feierlichen Verabschiedung in den Ruhestand, und so kamen sie nie nach Indien oder an einen der anderen Orte, die sie sich in all den Prospekten angesehen hatten.

Ich fühlte mich betrogen, irgendwie aber auch bestätigt: Wie dumm musste man eigentlich sein, um direkt vor ein Auto zu laufen? Das war ja fast schon amüsant.

Zu dieser Zeit absolvierte ich gerade das praktische Jahr meines Medizinstudiums in der Rechtsmedizin. Man sagte, ich hätte flinke Finger. Eigentlich gefiel es mir dort richtig gut. Die Rechtsmediziner waren kantig und hatten einen ganz speziellen Humor, auch wenn ihnen etwas Weibliches anhaftete, denn sie öffneten die Leichen nichts selbst. Dafür hatten sie spezielle Leute – sogenannte »Vorschneider«. Anscheinend erledigten nur die Rechtsmediziner in Aarhus das noch selber, aber ich konnte ja nicht sicher sein, in dieser Stadt des Lächelns jemals eine Anstellung zu bekommen. Dabei gab mir gerade dieser Teil einer jeden Obduktion den absoluten Kick: der Y-Schnitt, das Entnehmen der Organe, das Öffnen des Schädels mit der Kreissäge, das Aufwirbeln des Knochenstaubs, der sich wie feuchtes, feines Kokosmehl auf den Boden legte, und die graue Masse des Gehirns. Und all das, diese Zurschaustellung der offenkundigen Beweise für die Armseligkeit der Menschen, überließen die Rechtsmediziner ihren Gehilfen. In der Regel waren das Leute mit einer handwerklichen Ausbildung, oft auch ehemalige Krankenträger. Ich war zweifelsohne ein guter Handwerker und hatte flinke Finger, egal, was ich mir damit vornahm – jetzt wusste ich endlich, wie ich glücklich werden konnte.

Als mein praktisches Jahr zu Ende ging, war ich bereit, zwei Fliegen mit einer Klappe zu schlagen und dem Medizinstudium den Rücken zu kehren – ein halbes Jahr vor dem Examen. Mit etwas Glück würde diese Entscheidung mir nicht nur die richtigen Türen öffnen, sondern überdies meinen Vater so massiv enttäuschen und ihm damit so zusetzen, dass er das Zeitliche segnete. Das nicht ganz unbedeutende Erbe, das mir zustand, konnte ich gut gebrauchen. Die Fahrten nach Deutschland waren nicht gerade billig, insbesondere die Jagdausflüge.

Vater ging auch wirklich in die Knie, als ich ihm meinen Entschluss mitteilte und ihn vor vollendete Tatsachen stellte, denn ich hatte bereits die Zusage für eine Anstellung als Krankenträger im Universitätsklinikum in Odense. Ich musterte meinen Vater: Seine Augen waren rotgerändert und seine Haare dünn und grau. War es überhaupt wünschenswert, so alt zu werden? Ich war es verdammt leid, ihn zu besuchen, auch wenn ich das nur äußerst selten tat. Wir hatten noch nie miteinander reden können, und seit er allein war, gingen mir seine Wehleidigkeit und sein Selbstmitleid derart auf den Geist, dass mir manchmal richtig schwarz vor Augen wurde. Ich erwog einen Moment lang, kurzen Prozess zu machen, dachte dann aber, dass die Natur mir diese Arbeit in absehbarer Zeit schon abnehmen würde. Er langweilte mich.

24

Ob die drei Mädchen vor ihrem Verschwinden in der Notaufnahme gewesen waren, hätte die Polizei bestimmt ohne jede Schwierigkeit vom Klinikum erfahren, aber dieser Fall war für mich in vielerlei Hinsicht so persönlich geworden, dass ich endlich Gewissheit wollte. Sofort. Außerdem hatte ich ganz sicher nicht die Geduld, erst wieder alles zu erklären oder zu warten und Däumchen zu drehen und mir dabei womöglich wieder anhören zu müssen, dass ich mich in die Ermittlungen einmischte.

Leider waren wir uns alles andere als sicher, ob die Schwester am Empfang der Notaufnahme des Odenser Universitätsklinikums auch uns die gewünschten Informationen geben würde. Wie absurd das auch sein mochte, aber einige Leute nahmen ihre Schweigepflicht sehr ernst, auch wenn wir nur wissen wollten, ob die drei Mädchen mit ihren kleineren Verletzungen in der Notaufnahme gewesen waren. Dass wir ihre Versicherungsnummern kannten, zwei von ihnen ermordet worden waren und ich sie obduziert hatte, war den Angestellten in der Notaufnahme vielleicht sogar völlig egal. Ich hatte jeden Millimeter ihrer inneren Organe inspiziert, musste aber trotzdem damit rechnen, nicht zu erfahren, ob sie in der Notaufnahme gewesen waren. Um dem entgegenzuwirken, zogen wir unsere Arbeitskleider an, manchmal zeigte das ja Wirkung. Ich streifte meine weiten Obduktionskleider über, und Nkem zog ihren Laborkittel an und nahm das giftgrüne Haarband ab, denn ihre dunkle Lockenpracht war ohne Zweifel weniger auffällig als dieser Stoff. Wir befestigten unsere persönlichen, mit Passbildern ausgestatteten ID-Karten auf der linken Brustseite an den Kitteln und waren bereit. Wären wir doch nur am Klinikum selbst angestellt gewesen und nicht am rechtsmedizinischen Institut. Das gehörte nämlich zur Süddänischen Universität, womit wir in der Klinik offiziell Fremde waren.

»Wenn Anne heute Dienst hat, ist das sicher kein Problem«, sagte Nkem und meinte damit *Abscheulia* – das war mein privater Kosename für ihre bestimmt kluge und nette Chorfreundin. »Die sieht so etwas nämlich lockerer, aber sie geht nicht ans Telefon.« Nkem stand in der Tür meines Büros und fingerte an ihrem Handy herum, während ich zur Sicherheit noch die Kopie der Obduktionsberichte in meine Tasche packte, es mir dann aber doch anders überlegte und sie wieder zurücklegte. Dann gingen wir.

Die Gegend rund um das Klinikum war wenig einladend. Die Gebäude waren niedrig und hässlich, von ihrer weißen Farbe war nicht mehr viel zu erkennen. Insbesondere die Notaufnahme machte einen kleinen, fast schon dürftigen Eindruck. Sie lag direkt gegenüber der Krankenhauswäscherei, aus der beständig Dampfschwaden emporstiegen, die das Gebäude einhüllten. Auch die Notaufnahme war früher einmal weiß angestrichen gewesen, wirkte jetzt aber eher graublau und gläsern. Zusammen mit den neuerdings giftgrünen Rettungswagen, die draußen vor dem Gebäude parkten, und den überall herumlaufenden, orange gekleideten Rettungssanitätern wirkte das Ganze wie ein Fragment aus einem größeren Industriekomplex, in dem sich alle möglichen lichtscheuen Aktivitäten entwickeln konnten. Wenn der Assistens-Friedhof der schönste Ort in Odense war, blieb für das Klinikgelände wirklich nur der allerletzte Platz. Ich war nie zuvor in der Notaufnahme gewesen, sondern immer nur daran vorbeigefahren, doch schon nach wenigen Schritten jenseits der gläsernen Schiebetür war mir klar, dass dies ein Ort war, den ich verabscheute.

»Ist es billiger, wenn alles hässlich und jämmerlich aussieht?«, fragte ich Nkem, aber sie überholte mich und lief schnellen Schrittes an drei kleinen Warteräumen vorbei zum Empfang. Als sie nach rechts und links schaute und ihren Kopf, nach ihrer Chorfreundin Ausschau haltend, teleskopartig in alle Richtungen drehte, sah es fast so aus, als hätte sie Kugellager in ihrem Hals. Die Frau am Empfang war also nicht Anne. Sie hatte ein herbes Gesicht mit einem strengen Blick, war korpulent, trug eine dicke Brille, und ihre Frisur erinnerte an eine versteinerte Dauerwelle. Ohne ein Wort zu wechseln, waren wir uns einig, dass bei dieser Frau jeder Versuch von vornherein zum Scheitern verurteilt war. Sie würde uns nur mit ihrem kalten Blick mustern und uns dann belehren, dass solche Anfragen von der Polizei gestellt werden müssten. Bestimmt würde sie es auch schaffen, dass wir uns wieder wie zehnjährige Mädchen fühlten, die eine Dummheit begangen hatten.

»Setzen wir uns in eines der Wartezimmer«, begann Nkem. »Ich versuche noch einmal, Anne anzurufen.« Genau in diesem Moment trat eine etwa vierzigjährige Frau eilig aus einer der Türen. Ihre Haare waren mit Henna rot gefärbt, und sie trug einen blauen Cardigan über ihrem Kittel und eine auffallend schöne Ledertasche über der Schulter. Als sie Nkem erblickte, blieb sie wie angewurzelt stehen, lächelte breit und umarmte sie. Ich sah weg. Nkem zog sie zur Seite, um etwas von dem Gedrängel am Empfang wegzukommen. Ich sah, wie sie die Köpfe zusammensteckten. Anne schaute nachdenklich, nickte, hörte zu und sah noch nachdenklicher aus. Dann kam Nkem zu mir und sagte, Anne sei zwar auf dem Nachhauseweg, wolle das für uns aber noch kurz überprüfen. »Gib mir die Versicherungsnummern«, sagte sie. Ich zog den Zettel aus der Tasche und reichte ihn ihr.

»Kann ich nicht mitkommen?«

Nkem schüttelte den Kopf. »Eine Negerin ist sicher schon mehr als genug. Noch eine in voller Obduktionskluft würde zu viel Aufmerksamkeit erregen. Es dauert nicht lang.« Sie verschwand mit Anne über den Flur, der vom Empfang wegführte, und ich ging missgestimmt nach draußen und rauchte eine Zigarette. Es regnete aber so stark, dass ich schließlich doch wieder hineinging und mich in eines der Wartezimmer setzte, wo ich prompt zwischen heulenden und jammernden Blagen mit Schniefnasen landete – warum mussten die eigentlich jedes Wartezimmer dieser Welt bevölkern? Mir gegenüber saß ein Handwerker, der seine blutende Hand mit einem Lappen umwickelt hatte. Unwillkürlich musste ich an eine Säge denken. Eine Blondine Anfang dreißig, die ein großes Muttermal auf der Wange mit Make-up abzudecken versuchte, saß mit geschlossenen Augen da und presste sich die Finger auf ihren Schädel. Sie schien sich den Kopf gestoßen zu haben.

Die Luftfeuchtigkeit im Wartezimmer war so hoch, dass sie die übelsten aller natürlichen Körpergerüche hervorlockte. Kein Wunder, draußen regnete es noch immer kräftig und anhaltend.

Die Warterei quälte mich, und so ging ich wieder nach draußen und lief im Foyer vor dem Drachenweib mit der Dauerwelle auf und ab, ohne mich um die Blicke zu kümmern, die sie mir zuwarf. Bestimmt würde sie mich gleich fragen, ob sie mir helfen könne. Oder – anders ausgedrückt – sie würde von mir wissen wollen, was zum Henker ich hier in meiner lächerlichen Obduktionskluft wolle, bis Halloween sei es schließlich noch ein Weilchen hin.

Dann aber tauchte Nkem plötzlich aus einer Tür auf dem langen Flur auf und winkte mich zu sich. Auf ihren Lippen prangte ein zufriedenes Lächeln. Ich lief schnell zu ihr, und gemeinsam verschwanden wir in einem Behandlungszimmer, in dem Anne auf einem Stuhl vor einem Computer saß. Nkem stellte uns einander vor und wir reichten und höflich die Hände, bevor ich auf einem Stuhl neben Anne Platz nahm. Nkem setzte sich auf die Untersuchungsliege.

»Sie waren alle drei in der Notaufnahme, jeweils zwei bis drei Wochen vor ihrem Verschwinden. Der Täter kann also wirklich hier auf sie aufmerksam geworden sein.« Nkem flüsterte. Ich tat es ihr gleich: »Damit hatte ich schon gerechnet, es muss aber jemand sein, der Zugang zu den Krankenakten hier im Haus hat.« Ich wandte mich an Anne. »Auf wen trifft das zu?«

»Alle Schwestern, Pfleger und Ärzte, die hier arbeiten, haben das. Darüber hinaus aber auch viele in anderen Abteilungen. Die Patienten wechseln ja oft von einer Station auf die andere. Wer alles über Zugangsdaten verfügt, kann ich aber wirklich nicht sagen. Die Psychologen könnt ihr aber ausschließen, die haben keinen Zugriff.«

»Okay, welche Personalgruppe hat ebenfalls keinen Zugang? Wie ist das mit den Hilfskräften, den Krankenträgern und so?«

»Nein«, sagte sie mit einem Grinsen. »Die haben keinen Zugriff, auch wenn einige von denen das sehr bedauern. Besonders ein kleiner Dicker interessiert sich sehr für gewisse Damen und will immer ihre Adressen haben.«

»Die kriegt er aber nicht?«

»Nein, die kriegt er nicht«, sagte sie mit Nachdruck.

»Wie kompliziert wäre es für andere, sich die Zugangsdaten für das System zu beschaffen?«, fragte ich. Sie sah mich verblüfft an, so dass ich meine Frage noch etwas präzisierte: »Ich meine, stell dir vor, du hast Nachtdienst und sitzt gerade an deinem Computer, um dich einzuloggen. Wie ist das, wenn dann jemand mit einer Tasse Kaffee kommt und sich neben dich setzt, um ein Schwätzchen zu halten?« Ich hatte vor ewigen Zeiten auch einmal in einer Notaufnahme gearbeitet und konnte mir diese Situation sehr gut vorstellen. In meiner Erinnerung hatte es da nicht so viele Geheimnisse gegeben.«

»Darüber habe ich noch nie nachgedacht«, sagte sie langsam.

»Würdest du denn zögern, dich einzuloggen, wenn jemand neben dir säße? Zum Beispiel ein Krankenträger?«

Sie schüttelte langsam den Kopf. »Nein, das würde ich nicht«, sagte sie ebenso langsam. »Ich würde gar nicht auf den Gedanken kommen. Das heißt … jetzt schon, jetzt würde ich zögern.« Sie machte eine Pause und sah mich direkt an. »Ich habe bis jetzt wirklich nie daran gedacht.«

»Dann wäre das also möglich?«

Sie nickte. »Ja, das wäre es durchaus.« Sie machte eine Pause, ehe sie fortfuhr: »Und jetzt, da du das sagst – ich logge mich eigentlich ziemlich häufig ein und bleibe dann nicht immer am Computer, du weißt ja, wie das hier zugeht, man muss immer hektisch vom einen Ort zum anderen, mal in dieses Zimmer, mal in jenes … Manchmal nutze ich auch andere Computer mit dem Login der entsprechenden Kollegen. Wir rennen ja alle immer nur hin und her. Mein Gott, so habe ich das noch nie gesehen.«

»Es gibt hier einen Larry Tang Mortensen«, fuhr ich fort. »Sagt der Name dir etwas?«

Sie nickte. »Ein Krankenträger. Ein sehr stiller Typ. Spricht nicht viel. Mit dem habe ich aber definitiv niemals Kaffee getrunken, das kann ich dir gleich sagen.«

»Wie ist er sonst so?«

»Hm, wie soll ich das sagen? Ziemlich unangenehm!« Sie lachte und zuckte dann mit den Schultern. »Er ist etwa Ende zwanzig und hat reichlich Übergewicht. Würde man sein Body Age ausrechnen, läge das bestimmt irgendwo bei fünfundsiebzig. Du weißt schon, immer kurzatmig und schweißgebadet. Seine einzige Bewegung besteht sicher darin, gaaanz langsam hier über die Flure zu schleichen und irgendwelche Betten zu schieben. Aber selbst davon gerät er schon ganz außer Atem. Und ständig krank ist er auch: Hat eine Latex-Allergie und eine höchst merkwürdige Krankheit, irgend so ein deutsch klingendes Syndrom, das einem gelbe Augen macht … wie … heißt das noch mal? Er sieht jedenfalls aus, als hätte er eine Leberentzündung. Aber ich glaube, das ist das Einzige, worüber ich jemals mit ihm gesprochen habe. Wie hieß diese Krankheit noch, irgendetwas mit M?«

»Du meinst bestimmt Morbus Meulengracht, nicht wahr?«

»Genau, das ist es. Er sagt, es sei vollkommen harmlos, aber er bekommt ebendiese gelben Augen davon. Oft krank ist er trotzdem. Immer irgendetwas mit dem Magen.«

Schwerwiegende Magenkrankheiten, in seltenen Fällen Milzinfarkt, Magenverschluss oder Magenblutungen, so hatte es in der Medikamenteninformation von Clofazimin unter »Warnungen« gestanden. Ich spürte das Blut in meinen Adern kochen. Das war er, wir hatten ihn.

Ich sah zu Nkem, die unruhig auf der Untersuchungsliege hin und her rutschte und die Papierunterlage, auf der sie saß, zerknitterte.

»Hat er … gibt es jemanden in der Notaufnahme, der Hautverfärbungen hat – vor allem im Gesicht und an den Händen?«

Anne strich sich über ihr Kinn und dachte nach, schüttelte dann aber den Kopf. »Nein … ich meine, ich weiß ja, dass die Polizei nach jemandem mit Hautverfärbungen sucht, aber hier bei uns fällt mir da keiner ein.« Sie schüttelte lange den Kopf. »Also, theoretisch könnte Larry durchaus Verfärbungen haben, aber nicht im Gesicht …«

»Kannst du dich noch einmal an den Computer setzen und herausfinden, wer an den Tagen, an denen die Mädchen hier waren, Dienst hatte? Ärzte, Pfleger, Träger – einfach alle?«

»Ich weiß nicht, ob das geht. Jetzt auf jeden Fall nicht. Die haben schon sehr seltsam geguckt, als ich mit Nkem noch einmal zurückgekommen bin. Einige hier sind krankhaft neugierig, die wollen immer wissen, was die anderen machen. Ich habe mich gerade erst ausgeloggt, das würde zu merkwürdig aussehen, wenn ich mich außerhalb meiner Arbeitszeit zweimal kurz hintereinander einlogge. Und wir wollen ja nicht, dass jemand anfängt, unsere Recherche zu überprüfen. Ich mach es morgen, okay?« Sie stand auf, ergriff ihre Tasche und öffnete die Tür.

»Nur dass es morgen leider schon zu spät sein kann«, murmelte ich und folgte Anne auf den Flur. Die Blondine mit dem Muttermal ging mit halb geschlossenen Augen an uns vorbei, Arm in Arm mit einem grimmigen Typen, der sich aber gut um sie zu kümmern schien.

»Gibt es jemanden mit Make-up?«, rutschte es mir über die Lippen.

Hinter mir lachte Nkem leise. »Die meisten Träger sind doch

Männer«, flüsterte sie und bohrte ihr Kinn beinahe in meine Schulter.

»Klar!«, platzte Anne hervor und eilte nach draußen, wo der Regen aufgehört hatte. »Carsten, meine ›Freundin‹ Carsten. Wir nennen ihn immer die Minitranse. Die alten Frauen haben Angst vor ihm. Er hat sich die Augen schwarz geschminkt und sieht ein bisschen aus wie der Sänger von Sort Sol – wie heißt der noch?«

Ich sah der Blondine nach, die jetzt zu einem Mercedes älteren Baujahrs geleitet wurde. Sie hatte ihr Muttermal abzudecken versucht, das Ergebnis war jedoch, dass nun erst recht alle darauf starrten, wie wenn man einen Pickel mit einem Abdeckstift zu verstecken versuchte.

»Er heißt Steen Jørgensen, also der Sänger von Sort Sol«, sagte ich mechanisch. »Und diese Minitranse heißt Carsten, und wie weiter?« Wir standen unter dem Vordach im Eingangsbereich.

»Bjerre. Er hat früher Medizin studiert, ist ein supernetter Kerl und manchmal, wenn die Dinge sich hier überschlagen, wahnsinnig hilfsbereit.« Ich schrieb den Namen auf die Rückseite einer Tankquittung.

»Kennst du ihn gut?«

Anne zuckte mit den Schultern. »Ja und nein, er ist ein sehr netter Kerl, jemand, mit dem man gerne Kaffee trinkt und die ganze Nacht hindurch Blödsinn quatscht.«

»Wie weit war er denn mit seinem Medizinstudium?«

»Das weiß ich nicht genau, aber mehr als die Hälfte hatte er wohl bereits hinter sich. Einmal, als wir nachts zusammensaßen, hat er mir erzählt, dass er irgendwann einfach das Interesse verloren hat, vielleicht aus Angst, so wie sein Vater zu werden …«

»Und dieses Make-up, versucht er damit etwas zu verdecken?«

»Ach, du denkst an die Verfärbungen? Keine Ahnung, es ist normale Schminke, er sieht aus wie so ein Rocksänger. Anfangs habe ich ihn für schwul gehalten, aber das ist er wohl nicht, ich denke, das ist einfach so ein Lack-und-Leder-Tick, ich weiß nicht. Er hat sich auch die Augenbrauen abrasiert und mit schwarzen Strichen nachgezeichnet, du weißt schon, wenn schon, denn schon.«

»Macht er das denn schon immer? Ich meine, war er immer schon geschminkt?«

»Nein, angefangen hat er damit vor etwa einem halben Jahr.«

»Und davor?«

»Nichts. Da hatte er einen Bart, den er sich in regelmäßigen Abständen aber immer wieder komplett abrasiert hat.«

»Und dann kam er eines Tages ohne Bart, dafür aber mit dieser Schminke?«

»Ja, ich erinnere mich noch ganz genau. Das war an einem Montag, wir waren alle noch ziemlich fertig vom Wochenende, Kater und so. Carsten war auf irgendeiner Mega-Fetischparty in Kopenhagen gewesen und meinte nur, er gefiele sich mit all der Farbe richtig gut, so dass das jetzt wohl sein neues Image wäre. Ab da lief er dann immer so rum. Aber schwul ist er nicht. Er steht wohl einfach auf diese Fetischpartys und Treffen. Ich habe ihn übrigens gerade noch gesehen.«

»Und ist dieser Carsten zufällig mit diesem anderen, diesem Larry Tang Mortensen befreundet?«, fragte ich.

Sie sah mich überrascht an. »Stimmt, jetzt, da du es erwähnst … Ich glaube, Carsten ist der Einzige, der Larry zum Reden bringt. Sie unterhalten sich die ganze Zeit über Musik, Heavy Metal oder Death Metal oder wie das heißt …«

Ich spürte meine Nervosität. »Arbeitet Larry heute?«

»Ich habe ihn nicht gesehen. Gestern übrigens auch nicht.«

»Aber dieser Carsten Bjerre ist hier?«

Sie sah auf die Uhr. »Wenn er nicht auch gerade gegangen ist.«

Wenn Carsten Bjerre mit einem Mädchen in seinem Kastenwagen abgehauen war, konnte er doch wohl kaum zur Arbeit erscheinen, oder? Andererseits konnten nur diese beiden Typen die Täter sein, und das wiederum musste ich der Polizei sagen. Ich musste unwillkürlich meinen Kopf geschüttelt haben, denn plötzlich knallte ich mit der Schläfe gegen ein Abwasserrohr.

»Danke, Anne, vielen Dank, aber ich muss jetzt gehen«, sagte ich und lief zu meinem Auto, um ein paar Minuten mit mir und meinem Dilemma allein zu sein. Ich starrte durch die Windschutzscheibe hinaus in den wieder einsetzenden Regen. Neben mir stand ein kleiner, frisch gepflanzter Baum, von dessen Blättern die Regentropfen abperlten und hinabrannen. Was sollte ich tun? Sollte ich mich selbst schützen oder versuchen, das Leben eines jungen Mädchens zu retten? War die Information, dass es zwei Täter waren, wirklich so wichtig? Himmel, wie dämlich konnte ich eigentlich sein?

Erst jetzt wurde mir bewusst, wie sehr ich mich für mich selbst schämte.

25

Als ich Nkem mit einer Plastiktüte auf dem Kopf durch den Regen rennen sah, setzte ich mich auf den Beifahrersitz und holte mein Handy heraus. Eigentlich war der Fall mehr als klar. Ich rief Fyn Nielsen an, der sofort den Hörer abnahm. Die Autotür fiel ins Schloss, und Nkem saß auf dem Fahrersitz und sah mich nervös an.

»Er heißt Carsten Bjerre …«, begann ich, wurde aber sofort unterbrochen. »Das wissen wir. Wir stehen gerade in seinem Haus, bedanken Sie sich bei Ihrer Chemikerin dafür.«

Mir verschlug es die Sprache, mein Kiefer rutschte nach unten und klappte schlaff wieder zu, so dass ich bestimmt wie ein Fisch aussah. Ich brachte keinen Ton heraus, bis Fyn Nielsen schließlich fortfuhr: »Aber da ist er natürlich nicht.« Er klang nervös und schien parallel irgendein anderes Gespräch zu führen. »Das einzig Auffällige in seiner Wohnung ist die unglaublich umfangreiche Sammlung illegal kopierter CDs. Übles Zeug, das wir mitnehmen und uns näher anschauen.«

Ich zündete mir eine Zigarette an und rauchte aus dem geöffneten Fenster, so dass die Hälfte von mir und meiner Zigarette nass wurde.

»Es gibt noch einen zweiten Täter«, gelang es mir zu sagen. »Sie machen das gemeinsam. Ich bin mir ziemlich sicher, dass der andere Larry Tang Mortensen ist. Er wohnt in der Jernbanegade, die Hausnummer weiß ich nicht mehr, aber es ist irgendwo im fünften Stock.«

»Was denn noch, Doktor, was denn noch …? Woher haben Sie das denn alles?«

Und dann kam er, mein Gang nach Canossa, bei dem ich alles, was geschehen war, preisgab und lediglich verschwieg, dass die Vergewaltigung bestellt war. Es war so leicht, dass ich über mich selbst nur den Kopf schütteln konnte. Ich begnügte mich mit der Aussage, ich sei zu beschämt gewesen, um die Vergewaltigung anzuzeigen. Fyn

Nielsen fragte nicht weiter nach, glücklicherweise hatte auch er anderes im Kopf.

»Sie haben aber doch sicher seine Autonummer?«, fragte ich.

»Darauf können Sie einen lassen! Die Fahndung ist raus, so dass es wohl nur noch eine Frage der Zeit ist, bis wir ihn haben. Und Sie hatten recht, er fährt einen Kastenwagen, so einen alten Astro Van, Baujahr 1987.«

Ich legte auf und sah zu Nkem hinüber, die mich vom Fahrersitz meines Autos aus beobachtete. Sie hasste Rauch und hatte ihr Fenster geöffnet, so dass sie ebenso nass war wie ich. Eigentlich hätten wir gleich draußen im Regen stehenbleiben können. Sie drehte den Schlüssel um, und der Motor brummte beruhigend.

»Wo soll ich dich absetzen?«, fragte ich. »Ich will nach Hause und trockene Sachen anziehen.«

»Ich denke, ich sollte dich absetzen. Ich will auch nach Hause, aber vorher muss ich noch bei dir vorbei, mein Laptop ist noch dort.«

»Gut«, sagte ich, als sie zurücksetzte, »aber ich würde auf dem Rückweg gerne an Larry Tang Mortensens Wohnung in der Jernbanegade vorbeifahren.«

Natürlich hatten wir die Rush Hour erwischt, und auch wenn das hier in dieser Gegend nicht wirklich viel bedeutete, floss der Verkehr auf dem Sdr. Boulevard und vorbei am Assistens-Friedhof nervenaufreibend langsam. Irgendwann gelang es Nkem, zwei Busse zu überholen und dann in die Ansgarsgade abzubiegen, die in die Vindegade überging und schließlich in die Jernbanegade mündete.

»Eine ziemlich noble Adresse für einen Krankenträger«, murmelte Nkem.

»Das ist nur die eine Straße, die so nobel wirkt, weiter hinten ist die Gegend hier ziemlich übel«, sagte ich und nickte in Richtung des heruntergekommenen Straßenabschnitts, den man vom alten Hotel aus sehen konnte.

»Bleib nur sitzen«, sagte ich, als sie vor dem Bahnhof in eine Parklücke gefahren war, in der man dreißig Minuten stehenbleiben durfte. So lang würde ich sicher nicht brauchen. »Ich will nur überprüfen, ob er zu Hause ist.« Ich warf die Tür zu, hörte aber noch, dass sie wissen wollte, warum. Ohne zu hinken ging ich bis zur nächsten Straßenecke und fragte mich kurz, mit welchem Straßenabschnitt ich beginnen sollte, entschied mich dann aber rasch für den eher heruntergekommenen Bereich. Ich lief nach links über den Bürgersteig und überprüfte die Klingelschilder an den Hauseingängen, aber ohne Erfolg. Was ich wirklich vorhatte, wusste ich selbst nicht, spürte aber einen ungeheuren Drang, meine Theorie von den zwei Tätern bestätigt zu sehen. Ich ging zurück, überquerte die Straße, lief an einem schäbigen Restaurant vorbei, in dem es als Tagesgericht Schnitzel gab, und steuerte auf einen reichlich abweisenden Hauseingang zu. Und da war er. Auf einem handgeschriebenen Zettel stand mit gekritzelten Buchstaben: L.T. Mortensen. Ich klingelte. In diesem Moment glaubte ich wohl, dass es – sollte er nicht zu Hause sein – nur einen anderen Ort gab, an dem er sein konnte. Irgendwie war mir vollkommen klar, dass er nicht unten im Supermarkt war, nicht auf Angeltour und auch nicht tot da oben in seiner Wohnung. Wenn er nicht zu Hause war, das hatte ich mir fast hypnoseartig eingeredet, gab es nur eine andere Möglichkeit: Dann musste er in diesem Augenblick damit beschäftigt sein, einem witzigen, wortgewandten, merkwürdig therapierten und obszön geschminkten Serienmörder zur Hand zu gehen. Dabei war das vielleicht die unwahrscheinlichste von allen Möglichkeiten. Und sollte er doch zu Hause sein und sich über die Gegensprechanlage melden, konnte ich ja noch immer zurück zum Auto laufen. Oder ihn fragen, ob er es war, den ich in dieser Nacht im Park getroffen hatte. Tief drinnen in meinem Gehirn lief immer wieder der gleiche Film ab: Ich schlug ihn so lange, bis er schließlich starb. Obgleich ich den Film mochte, schob ich diese Bilder beiseite. Mit beiden Händen umfasste ich meinen Kopf, denn meine fixe Idee tat fast physisch weh. Außerdem ertappte ich mich dabei, wie ich mir einzureden versuchte, diese Fantasie könne ruhig in die Tat umgesetzt werden, schließlich hatte ich ja sowieso eine Schraube locker. Als ich an der Tür klingelte, kam mir Fünen mit einem Mal riesig groß vor, die Insel entfaltete sich und wurde zu einer unendlichen Weite aus Wäldern, Büschen und Dunkelheit, in der sich ein großer Astro Van lang genug verstecken konnte, damit zwei Männer, die ich mir trotz Annes Beschreibung noch immer als zwei kleine, fiese, bärtige Kerle vorstellte, ein weiteres junges Mädchen quälen, foltern und ermorden konnten, egal, wie intensiv nach diesem Kastenwagen gefahndet wurde. Die Täter waren unsichtbar geworden, und Unsichtbare konnte man weder finden noch aufhalten.

Niemand reagierte, und ich klingelte noch einmal und wartete. Tief in meine Gedanken versunken stand ich vor der Haustür, bis ich eine leichte Berührung an meiner Schulter spürte und zusammenzuckte.

»Das sind Einzimmerapartments da oben, habe ich gerade erfahren«, hörte ich Nkem hinter mir sagen. »Komm, fahren wir.« Sie zog mich sanft zurück zum Auto. »Die Polizei wird das schon hinkriegen, jetzt, da die Täter bekannt sind.«

Ich schüttelte mechanisch den Kopf und setzte mich in den Wagen. »Wenn die zwei Psychopathen mitkriegen, dass nach einem von ihnen gefahndet wird, legen sie bestimmt nur einen Zahn zu, um ihr Werk zu Ende zu bringen. Und damit nicht genug, bestimmt steigert das auch ihre Wut.« Sie ließ das Auto an. »Und das ist für das Mädchen sicher nicht von Vorteil. Verstehst du das denn nicht?«

Als Nkem den Wagen endlich im Jagtvej zwischen zwei Peugeots geparkt hatte, sah ich sofort, dass die Haustür aufgebrochen war. Ein junges Ehepaar, das ich am Morgen im Treppenhaus gesehen hatte, begutachtete mit Einkaufstüten in der Hand den zersplitterten Rahmen und drehte sich fragend zu Nkem und mir um, als wir auf sie zugingen.

»Was ist passiert?«, fragte ich.

»Keine Ahnung«, antwortete die Frau. »Aber jemand hat die Tür kaputtgemacht.«

Liebes Tagebuch,

Malcom Gladwells Buch *Blink* hat mir gut gefallen. Es erzählte mir zwar nichts Neues, aber an manchen Stellen, in manchen seiner Erlebnisse, erkannte ich mich wieder, und überdies fand ich nun einen Namen für dieses Phänomen, das ich schon häufig bei mir selbst festgestellt hatte: das adaptive Unbewusste. Damit ist die Fähigkeit unseres Gehirns gemeint, im Bruchteil einer Sekunde die Daten zu bearbeiten, die wir benötigen, und prompt das Resultat auszuspucken, statt das Problem ewig lang abzuwägen. Manche haben besseren Zugang zu ihrem adaptiven Unbewussten als andere, mein Zugang war immer perfekt gewesen. Ich musste nur einen Blick auf Larry werfen und wusste alles über ihn.

Es war am ersten Tag in meinen hübschen weißen Klamotten im Universitätsklinikum in Odense gewesen: Er kam auf mich zu, ich sah ihn an und spürte sofort seine ungeheure Wut auf die Ungerechtigkeit, die er so verzweifelt und doch vergebens bekämpfte.

Alle Menschen in diesem Land sollen gleich behandelt werden … *nice try*, wie soll das gehen, wenn die einen von Geburt an hässlich, die anderen aber bildhübsch sind, wenn die einen unattraktiv sind, die anderen aber spontan sympathisch wirken, oder wenn die einen klug sind und die anderen strohdumm?

Die Gegensätze trafen sich auf einem Krankenhausflur und zogen sich an wie zwei entgegengesetzte Pole. Ich sah einen dicken und ganz und gar unattraktiven jungen Mann, der mir mit jeder Pore zu verstehen gab, wie sehr er es hasste, mit einem dicken, pickeligen Stahllöffel im Mund geboren worden zu sein, und der seinen Kampf, sich wenigstens ein kleines Stück vom Kuchen dieser Welt zu sichern, beinahe schon aufgegeben hatte. Die Wut troff aus seinem Fett und umgab ihn wie eine zitternde Aura. Wie viele dicke Menschen schwitzte er wie ein Schwein. Ich spürte das, als ich ihm die Hand gab und einen Blick auf seine glänzende Stirn warf. Nach nur wenigen Worten wusste ich auch, dass er nicht gerade der Klügste war und eben deshalb: mein ideales Spielzeug. Ihn konnte ich mit Sicherheit dazu bringen, alles Mögliche zu tun, und dass ich Hilfe brauchen würde, um die Dinge etwas glatter über die Bühne zu bringen, war mir klar. Aber wie weit war er bereit zu gehen? Was gab ihm einen Kick, wovon träumte er? Die Antworten auf diese Fragen erhielt ich erst, nachdem wir ein paar Abende lang, zugedröhnt mit phrygischen Mollklängen, Rohypnol mit Bier heruntergespült hatten und ich die Gelegenheit bekam, seine mit Schuppen überzogenen Hände zu studieren, nachdem er die feinen, weißen Baumwollhandschuhe ausgezogen hatte. Er wollte seiner Wut freien Lauf lassen und sich für sein Schicksal und seine Jugend rächen, auch wenn er das nur zwischen den Zeilen durchblicken ließ und vor allem durch seine Körpersprache und seine wütende Aura deutlich machte. Seine Jugend? Klassisch – welch ein Gegensatz zu mir. Er war ein Paradebeispiel der Statistik, während ich die Ausnahme war, die jede Regel bestätigte. Ich will an dieser Stelle nur erwähnen, dass seine Mutter Heroin nahm und auf den Strich ging, als er noch klein war. Manchmal hatte sie ihn mitten in der Nacht geweckt und ihm ein Brathähnchen angeboten. Es gibt keine Gerechtigkeit, das soll jeder wissen, der von Ungerechtigkeit und diesen armen Mädchen plappert oder Menschen wie Larry verurteilen will. Niemand außer mir – und auch ich hatte keine guten Absichten – wollte etwas mit Larry zu tun haben.

Er glaubte wirklich, dass die Schuppen, die er überall zurückließ, daran schuld waren, dass sich niemand für ihn interessierte – okay, mag sein, dass ich etwas übertreibe, aber wenn ich ihn ansah, musste ich immer an Pig Pen von den Peanuts denken. Nicht nur wegen des Schuppenstaubes, sondern auch, weil es ihm genau wie Pig Pen auf wundersame Weise immer gelang, sich vollzusauen, sobald er saubere Kleider angezogen hatte. Seine feinen, weißen Handschuhe waren niemals sonderlich lange fein und weiß, denn er schwitzte literweise, und Schweiß zog bekanntlich Dreck an.

Für Larry war es vollkommen klar, dass seine Schuppen der Hauptgrund für sein elendes Leben waren. Er hasste seine Hautkrankheit, und er hasste Frauen. Für ihn waren sie regelrechte Monster, die ihn nicht nur ignorierten, sondern ganze Stacheldrahtrollen auftürmten, um nicht in seine Nähe kommen zu müssen.

Das war ein Gefühl, das ich nicht nachvollziehen konnte. Ich kam mit allen gut zurecht, jeder mochte mich, und die Schwestern warfen mir Blicke zu und luden mich nachts, wenn wenig los war, auf einen Kaffee ein. Das hätten sie niemals tun sollen.

In meinem Leben gab es nur einen Pferdefuß: mein Vater, der sich standhaft zu sterben weigerte und mir – nicht zuletzt wegen meiner Berufswahl – jegliche finanzielle Unterstützung versagt hatte. Ich verdiente jetzt ja mein eigenes Geld, sagte er immer wieder voller Bitterkeit. Für mich bedeutete das, dass ich meine monatlichen Ausflüge nach Deutschland vergessen konnte und meine Jagden auf Eis legen musste. Schon bald spürte ich einen zunehmenden inneren Druck, der alsbald zu einem schmerzenden Pochen wurde, so dass es irgendwann keinen Ausweg mehr gab: Irgendetwas musste geschehen. Und so begann ich, mich umzusehen. Es war ja alles da – der Zauberer hatte einen Lehrling bekommen.

26

Ich rannte so schnell, wie mein noch immer nicht ganz schmerzfreier Fuß es zuließ, die Treppe hinauf, obwohl ich es mir eigentlich hätte denken können: Meine Wohnungstür stand einen Spaltbreit auf und wies in etwa die gleichen Schäden auf wie die Haustür. Mein Namensschild war abgelöst und in der Mitte durchgerissen worden, obwohl es sich nur um ein mit der Hand beschriebenes Stück Karton handelte. Ich schob die Tür vorsichtig auf und trat ein. Hinter mir ertönte Nkems melodischer Bass. *Die Polizei anrufen, nicht reingehen, bevor nicht eventuelle Spuren gesichert sind …*

»Spuren gesichert?«, fragte ich und verzog den Mund zu einem Grinsen. »Warum das denn? Das ergibt doch keinen Sinn, wir wissen doch sowieso, wer das war.«

Auf dem Boden im Flur lag meine Wanduhr, zerschmettert, den Zeigern nach zu urteilen um Punkt zehn Uhr. War das bloß ein Resultat seiner Wut, oder wollte er mir damit zeigen, wann er hier gewesen war? Aber was war daran so wichtig? Hielt er sich für Superman, nur weil es ihm am Vormittag gelungen war, in meine Privatsphäre einzudringen? Um diese Uhrzeit hatte ich mit Bonde Madsen zusammengesessen und ihm dem Hausfrieden zuliebe alles erzählt.

»Ich hab doch gesagt, dass er es eilig hatte«, fuhr ich fort und hörte plötzlich die Stimmen des Ehepaares hinter mir. Sie waren einfach in meine Wohnung marschiert, als wäre das hier eine neue Attraktion des Tivoli.

Ich ging ins Wohnzimmer und starrte die rückwärtige Wand an. Normalerweise war sie kahl, so kahl, dass ich schon lange darüber nachdachte, dort ein Bild aufzuhängen, doch jetzt stand dort mit fetten, roten, langsam zerfließenden Buchstaben LEPRA. Das Wort stammte aus dem Griechischen und bedeutete so viel wie Ausschlag.

Eigentlich leitete es sich von *lepros* ab, »uneben, schuppig«, inzwischen wurde es aber nur noch stellvertretend für Aussatz verwendet.

Der Anblick erschreckte mich nicht, eher musste ich an die Streiche kleiner Jungs denken. Trotzdem war mir bei der Sache nicht wohl. *Ich habe meine schlafende Kollegin auf dem Sofa in ihrem Büro betatscht und meinen Schwanz herausgeholt, das ist doch wohl mein gutes Recht. Ich bin in die Wohnung der stellvertretenden Leiterin des rechtsmedizinischen Instituts eingebrochen und habe etwas an ihre Wand geschmiert, das ist doch wohl mein gutes Recht. Ich habe drei Mädchen getötet, weil mir danach war und weil das doch wohl mein gutes Recht ist.*

»Entspann dich! Wir wissen doch ganz genau, dass du keine Lepra hast.« Nkem klang verärgert, und irgendwie sah sie ziemlich geistlos aus, wie sie da stand und mit der Wand redete.

»Ich glaube, er will mir mitteilen, dass er nicht irgendwer ist. Dass er tut, was er will, wann immer es ihm passt«, sagte ich.

Hinter mir unterhielten sich meine Nachbarn, oder was auch immer sie waren. Sie diskutierten laut, und die Stimme der Frau drang schrill an mein Ohr. »Ist das Blut?« Ihr Mann wiederholte ständig, dass er nicht verstehen könne, wie so etwas am helllichten Tage geschehen konnte. Wenn sie doch nur ihren Mund halten und gehen würden. Dann erklang Nkems tiefe Stimme, die irgendetwas davon sagte, dass dieses Viertel zu Bürozeiten recht ausgestorben sei. Unweigerlich musste ich an die morgendliche Rush Hour im Treppenhaus denken, wegen der ich mich immer wieder ans Geländer hatte drücken müssen, um nicht zu Tode getrampelt zu werden.

Ich ging durch das kleine, unberührt aussehende Esszimmer ins Schlafzimmer. Alles war an seinem Platz, Wände und Boden waren leer. Stimmen und Schritte hallten unnötig laut. Es war das erste Mal, dass andere Menschen außer Nkem und mir meine Wohnung betraten. Aber wo war die Katze? War sie weggelaufen, durch die Tür geschlüpft und auf die Straße gerannt? Aber das traute sie sich bestimmte nicht, sie war eine Wohnungskatze.

»Nkem, hast du meine Katze gesehen?« Ich drehte mich um. Nkem stand im Esszimmer und starrte auf ein weißes Stück Wand, und plötzlich sah ich meine Wohnung durch ihre Augen: Es gab nicht eine Blume, nichts an den Wänden, alles war kalt und kahl. Die Kartons mit den Möbeln, die ich vor über einem Jahr bei Ikea gekauft hatte, standen noch immer unangetastet an der Wand. Eine Kommode, in der ich all den Kleinkram sammeln wollte, den ich nicht besaß. Vier Esszimmerstühle. Anscheinend reichten mir die zwei, die ich bereits ausgepackt hatte. Ein großes totes Zimmer. Meine ganze Wohnung war ein Totenzimmer.

»Hast du meine Katze gesehen?«, wiederholte ich.

»Entschuldigen Sie die Frage«, sagte die Frau aus dem Flur und betrat das Esszimmer. Ihre hochhackigen Schuhe klapperten wie ein plötzlicher Hagelschauer über das Parkett. »Aber was machen Sie so?«

Ich blickte sie leer an, während sie die beschmierte Wand anstarrte.

»Wie meinen Sie das?«

»Was Sie arbeiten.«

»Ich bin Rechtsmedizinerin.«

»Okay«, sagte sie und musterte mich, bevor sie sich umdrehte und weiter mit klackernden Sohlen durch meine Wohnung stolzierte.

Was machte sie überhaupt hier? Was machten *sie beide* hier?

»Wären Sie vielleicht so freundlich, jetzt zu gehen?«, fragte ich mit all der mir zur Verfügung stehenden Freundlichkeit.

»Ja, aber könnten Sie dann bitte bald den Hausmeister anrufen, damit die Haustür repariert wird?«, fragte der Mann.

Ich sah ihn leer an, und dann gingen sie.

»Komm mal her«, sagte Nkem, die noch immer vor der kahlen Wand stand und den Kopf zur Seite gelegt hatte. *Kum ova hea!*

»Schau mal, hier!« sagte sie und zeigte auf einen hellroten Fleck an meiner Wand, der mir ohne sie sicher nicht aufgefallen wäre. »Auf den ersten Blick sieht das bloß nach irgendwelchen hellrosa

Flecken aus, aber wenn du ganz genau hinguckst, also so von oben«, sie schob mich nach links, damit ich nicht im Licht der Nachmittagssonne stand, »siehst du, dass das Buchstaben sind.« Ich stellte mich wie sie hin und sah gleich, dass an meiner sonst so kahlen Wand HURE stand. Irgendwie musste ich an Rosen denken, an Rosen, deren Rosa so hell war, dass es beinahe wie Weiß aussah. Die Buchstaben waren kaum zu sehen, doch nachdem ich sie erkannt hatte, prangten sie überdeutlich an der Wand. Langsam ging mir auf, dass es kein verschwitzter Finger war, mit dem diese Buchstaben gemalt worden waren, dafür waren sie zu breit.

»Ich glaube, er hat an der Tapete geleckt. Der hat diese Worte mit der Zunge geschrieben«, sagte Nkem, als hätte sie meine Gedanken gelesen.

Ich konnte mich von dem Anblick nicht losreißen. Warum um alles in der Welt hatte er das getan? Allem Anschein nach hatte er keine Angst mehr, seine DNA zu hinterlassen, vermutlich wusste er, dass wir die längst hatten, entweder aus den Zeitungsmeldungen oder durch die Fahndung nach dem Mann mit den Hautverfärbungen. Er hatte Medizin studiert, das Studium dann aber abgebrochen und steuerte jetzt mit rasendem Tempo auf den Höhepunkt seiner Existenz zu, seine vollständige Selbstzerstörung. Sonst hätte er seine Zeit nicht damit vergeudet, zu mir zu kommen. Er war wütend, doch er hatte aufgegeben, auch wenn er das selbst noch nicht wusste.

Er? Es waren doch zwei. Hatten sie beide … der eine trug Make-up, der andere hatte gelbe Augen.

Ich drehte mich wieder zur Wand, an der LEPRA stand. »Wenn das Blut … Nkem, hast du meine Katze gesehen?« Sie schüttelte den Kopf und ging durch die Tür in die Küche.

»Verdammt!« Zum ersten Mal hörte ich sie auf Dänisch fluchen. Als ich durch den Flur in die Küche lief, sah ich, dass an der Wand hinter meinen Jacken, die an einer Kleiderstange im Flur hingen, einige Blutstropfen klebten. Mein Blick kletterte langsam zur Hutablage hinauf, auf der meine Winterhandschuhe und eine Taschenlampe lagen – und heute auch meine Katze. Sie hatte sich so eng zusammengerollt, als wollte sie in sich selbst verschwinden, und dort, wo normalerweise ihr Schwanz war, entdeckte ich nur noch einen dunklen Klumpen geronnenen Blutes. Sie musste sich gekratzt haben, denn an einer Seite war die Wunde aufgesprungen, so dass ein kleiner Tropfen frischen roten Blutes ausgetreten war, das wie das letzte lebende Blütenblatt einer abgestorbenen Pflanze aussah.

»Nkem!«, rief ich, nahm das Handy aus der Tasche und wählte die Nummer meines Tierarztes. Während ich telefonierte, eilte Nkem zu mir in den Flur und entdeckte nun ebenfalls die Katze auf der Garderobe.

»Warte, nimm sie noch nicht herunter«, sagte ich und griff nach ihrem Kittel, als ich sie ihren Arm nach dem malträtierten Tier ausstrecken sah. Ich brachte den Tierarzt, der sich offensichtlich überhaupt nicht daran störte, dass meiner Katze der Schwanz abgeschnitten worden war, dazu, mir die entsprechende Medizin mit einem Taxi zu schicken, und legte auf.

»Die Wunde sieht glatt und sauber aus, die lassen wir lieber in Ruhe«, sagte ich und blickte auf die zerschmetterte Uhr.

»Wie heißt sie eigentlich?«, fragte Nkem plötzlich. Ich zuckte mit den Schultern. »Keine Ahnung – Katze? Aber nenn sie ruhig weiter *Misser*, wie du es immer getan hast.«

»Komm mal hier rüber«, sagte Nkem, nahm meine Hand und führte mich in die Küche, wo mir schwerer Blutgestank in die Nase stach und mich zu einem verschmierten Holzbrett führte, das auf dem Boden lag. Jemand war zu allem Überfluss noch hineingetreten und hatte das Blut überall verteilt. Auf dem Brett lag der Schwanz der Katze. Ein Messer war nicht zu sehen, und meine hingen alle sauber und ordentlich unter dem Küchenschrank.

»Er scheint seine eigene Machete mitgebracht zu haben«, sagte ich matt, nahm den Schwanz und warf ihn in die Mülltonne.

»Und jetzt sollte ich wohl lieber die Polizei anrufen.«

»Habe ich schon gemacht«, sagte Nkem, »Wir sollen hierbleiben, bis sie kommen, sie meinten aber, es könne eine Weile dauern.«

Es klingelte an der Tür, und Nkem ging nach draußen, um die Medizin für die Katze in Empfang zu nehmen, während ich eine Einmalspritze aus dem Badezimmerschrank holte. Danach nahm sie das kleine Fellbündel vorsichtig von der Hutablage und redete mit einem beruhigenden Brummen auf sie ein, als ich ihr die Spritze setzte. Als die Augen der Katze glasig wurden und sie sich langsam zu entspannen schien, legten wir sie in ihr Körbchen im Wohnzimmer, wo sie sofort einschlief. Schließlich nickte Nkem in Richtung der blutbesudelten Wand und sagte: »Ich glaube nicht, dass die Katze für diese Wandmalerei genug geblutet hat.«

Wir setzten uns ins Wohnzimmer und warteten schweigend, bis Nkem irgendwann sagte: »Als wir reingekommen sind, dachte ich erst, das wäre Helle gewesen.«

Liebes Tagebuch,

ich habe ein Problem, ein Problem mit seiner Wut, und ich mache mir Sorgen. Wenn seine Wut erst einmal entfesselt ist, kann ihn nichts mehr stoppen. Ich weiß das schon, seit ich diese Wut zum ersten Mal erlebt habe; er war wie ein Vulkan, der jahrelang und voller Leidenschaft auf seinen Ausbruch gewartet hatte. Das ist nicht gut, das funktioniert so nicht, es kommt doch in erster Linie darauf an, seine Geheimnisse zu wahren und über den Dingen zu stehen. Man muss immer die Kontrolle behalten, wenn man weiterhin ungestört seine Geheimnisse pflegen will. Aber wenn Larry von seinem Rausch gepackt wird, bleibt nur noch seine unbändige Wut zurück und zwingt mich dann in die Rolle desjenigen, der auf uns beide aufpasst. Das ist nicht gut. Ich kann nicht auf ihn aufpassen, wenn ich ihn nicht steuern kann, und noch schlimmer ist, dass ich dann auch nicht auf mich aufpassen kann. Es ist zu spät, mich von ihm zu trennen, er weiß zu viel, sogar über Max und Friedrich und die ganze Gruppe, denn er war zweimal mit mir in Deutschland.

Mein Drang, mich ein für alle Mal und vor allem *endgültig* von ihm zu trennen, ist groß. Seine Physis ist mir zuwider, und vielleicht wäre es für ihn ja wirklich das Beste. Ganz ausgeschlossen habe ich diese Möglichkeit noch nicht. Er ist wirklich ekelerregend mit all seinen Krankheiten! Als ich ihn gebeten habe, Latexhandschuhe anzuziehen, sah ich, wie seine Hände fast augenblicklich anschwollen und zu jucken begannen, was ihn fast wahnsinnig gemacht hat. Und dann diese Schuppen! Wäre er ein Hund, hätte man ihn ohne jede Skrupel eingeschläfert.

Dass diese Schuppen weg mussten, habe ich bereits zu einem sehr frühen Zeitpunkt unserer Zusammenarbeit erkannt. Sie waren die primäre Ursache für seine unbändige Wut und damit einer der Schwachpunkte, die uns letzten Endes zum Verhängnis werden konnten. Larry verstand aber wohl nicht, dass er auch ohne Schuppen ein fetter, hässlicher Mann von geringer Intelligenz war, so dass es weiterhin Menschen geben würde, die Mauern hochzogen, um ihn auf Distanz zu halten.

Er hatte im Laufe der Jahre alles nur Erdenkliche gegen die Schuppen unternommen, manches davon hatte auch ein bisschen geholfen, doch all diese Linderungen waren nicht mehr gewesen als ein Tropfen auf einem heißen Stein. Also recherchierte ich in diversen Datenbanken und stieß schließlich auf einen Stoff namens Clofazimin, der ihm vielleicht helfen konnte, das hieß, seine Hautkrankheit lindern und damit – hoffentlich – seine Wut zügeln könnte. Er ging zu seinem Hautarzt und bat um ein Rezept für dieses Mittel, doch der Arzt unterrichtete ihn über die Nebenwirkungen, so dass Larry schließlich den Mut verlor. Ich habe ihn bearbeitet, ihm eingeredet, dass diese Nebenwirkungen nur selten aufträten und er ja jederzeit wieder aufhören könne, wenn es zu schlimm würde. Er versuchte es deshalb noch einmal, dieser Idiot bedrohte seinen Arzt sogar, aber der blieb standhaft und sagte, dass dieses Mittel hierzulande gar keine Zulassung habe und folglich auch nicht beschafft werden könne. Ach, wer's glaubt, dachte ich und suchte im Internet, wo ich mir schon so viele Spielsachen besorgt hatte. Ganz leicht war es nicht, aber schließlich fand ich es und bestellte es für ihn. Die wirklich heftigen Nebenwirkungen traten bei Larry tatsächlich nicht auf, nur ebendiese gelben Augen, für die ich ihm aber gleich eine erklärende Diagnose mitgegeben hatte: Sollte jemand fragen, musste er nur sagen, er leide unter Morbus Meulengracht, einer ganz ungefährlichen Krankheit, von der sich lediglich die Augen gelb verfärbten. Auf dem Bauch und den Armen entwickelten sich zudem ein paar dunklere Flecken, aber das konnte ja niemand sehen. Auch ein kleiner Punkt am Kinn war zu sehen, der wie eine unschuldige Pigmentveränderung aussah. Irgendwann war dieser Punkt dann auch wieder verschwunden, was ihn deutlich ruhiger machte. Was wir beide nicht wussten, war, dass er eine Visitenkarte bekommen hatte. Sein unablässiger Handschweiß drang in Windeseile durch seine Baumwollhandschuhe, was ich hätte bedenken müssen, schließlich wusste ich, dass auch sein Schweiß mit großer Wahrscheinlichkeit verfärbt sein würde. Daraus hatten sie, wie ich ohnmächtig in der Zeitung lesen musste, den Stoff analysieren können, mit dem Larry seine

Schuppen zu behandeln versuchte. Als der Zeitungsartikel über einen leprakranken Täter publiziert wurde, lief Larry fast Amok. Er empfand diesen Text wie einen Spiegel seines Lebens, in dem er immer ein Aussätziger gewesen war: von allen gemieden, isoliert und verabscheut. Als er dann in der Dunkelheit des Munke Mose plötzlich sah, dass die Frau, mit der wir etwas spielen sollten, diese Hexe vom rechtsmedizinischen Institut war, die ihn öffentlich als Aussätzigen bezeichnet hatte, brach ihm unkontrolliert der Schweiß aus, und er verlor die Beherrschung. Dass sie sich selbst auf eine derart simple Weise servierte, kam ihm allem Anschein nach wie ein Geschenk des Himmels vor. Er war sicher, sie erdrosselt zu haben, aber sie war nicht tot, hatte wohl sieben Leben, und als er davon erfuhr, wurde er so wütend, dass er gleich ein neues Mädchen wollte. Für mich war das zu früh, auch wenn ich bereits das perfekte Mädchen im richtigen Alter gefunden hatte. Dummerweise hatte ich Larry aber schon von ihr erzählt. Es musste sein, betonte er, und auch wenn ich das für keine gute Idee hielt, schrak ich davor zurück, mich seiner vulkanischen Wut in den Weg zu stellen. Es wurde eine Riesenschweinerei und war viel zu schnell vorüber, doch selbst das reichte ihm noch nicht. Er kochte noch immer vor Wut. Obwohl ich entschieden dagegen war und lauthals protestierte, bestand er darauf, die Wohnung der Rechtsmedizinerin mit dem Blut des Mädchens zu streichen.

Ich glaube an Kontrolle und Vernunft, und aus diesem Grund will ich auch nicht mehr mitmachen, nichts mehr damit zu tun haben, will mich nicht der Panik anheimgeben; ich gehe zur Arbeit, beiße die Zähne zusammen und werfe immer wieder einen vorsichtigen Blick über die Schulter. Er aber ist voller Übermut, seine Wut dagegen ist unvermindert groß. Ich muss langsam einsehen, dass ich ihn nicht mehr steuern kann und er mich auf direktem Weg ins Gefängnis bringen wird, wenn ich ihn nicht ein für alle Mal los werde. Er macht mir Angst, erschreckt mich. Sogar über eine Flucht nach Deutschland habe ich schon nachgedacht. Aber ohne ihn und sein Wissen. Dort könnte ich dann abwarten, bis sie ihn finden, was bei seinem Verhalten nur eine Frage der Zeit sein wird.

Aber da ist noch ein Punkt: Immer, wenn wir uns eines dieser Mädchen vorgenommen hatten, meldete er sich danach krank und widmete sich ganz seiner Ekstase und seinem enormen Schlafbedarf, während ich alles in Maßen genoss und brav meine Arbeit erledigte. Das hat mir zwar kein Alibi beschert, aber auch keine Abwesenheitstage, die auffällig mit den interessanten Perioden korrelieren. Und ich habe keine Spuren hinterlassen, während die Polizei mit Sicherheit bereits seine DNA aus dem Schweiß analysiert hat und vermutlich auch in der Lage sein wird, Reste dieses Stoffes in seinem Körper nachzuweisen.

Gestern habe ich meinen Vater angerufen und ihm gesagt, dass ich unter einer stressbedingten Depression leide, wie alle anderen hier, und ihn gebeten, mich für einen längeren Zeitraum krankzuschreiben. Er zögerte, wollte wohl, dass ich ihn anbettelte, aber ich sagte nur, dass ich auch sein Ansehen in den Schmutz ziehen würde, wenn er mir dieses Attest nicht ausstellte. »Sonst mache ich dich fertig, endgültig.«

So werde ich es machen. Ich werde mich nach Deutschland absetzen und abwarten, bis Larry sich selbst zu Fall bringt. Sollte er versuchen, mich mitzureißen, stünde mein Wort gegen das seine, und ich bin schließlich in vielerlei Hinsicht noch immer der Sohn des Oberarztes.

Es *gibt* Unterschiede zwischen den Menschen. Die Klugen steuern die Welt, die anderen werden von ihr zermalmt. Oder sollte ich ihn doch lieber beseitigen? Ich weiß nicht … er ist so groß, so wütend. Und so atemberaubend eklig.

Und du, liebes Tagebuch – vielleicht ist es an der Zeit, auch dich zu beseitigen?

Nein, das kann ich nicht, so simpel ist das nicht, es geht einfach nicht.

ODENSE, 21.–22. JULI 2009

27

In Nigeria, wo Nkem herkam, waren die Gründe, warum Menschen sich gegenseitig umbrachten, wenigstens verständlich; nicht gut, aber verständlich. Hausa schlachteten Igbo in irgendwelchen ethnischen Auseinandersetzungen ab, und die Igbo töteten sicher auch Hausa – diese Seite der Medaille hatte Nkem bestimmt nur vergessen zu erzählen. In den Dörfern wurden unerwünschte Familienmitglieder noch immer mit uralten Giftpülverchen beseitigt, die erst zu unglaublichen Schmerzen führten, bis dann irgendwann die Herzen der Ärmsten zu schlagen aufhörten. Dort tötete man nicht, um seine Lust zu befriedigen.

Ich lag auf dem Rücken und versuchte einzuschlafen. Schon seit Stunden verharrte ich in dieser Position und starrte ins Dunkel. Drüben in Nkems Wohnzimmer hörte ich die Uhr ticken. Nkem lag neben mir auf dem schmalen Bett und schlief fest, und ihre tiefen, ruhigen Atemzüge hätten auch mir Ruhe geben sollen. Aber das taten sie nicht. Ich spürte nicht einmal die Wirkung der Schlaftablette, die ich vor einigen Stunden genommen hatte, oder die halbe Flasche Rotwein, die ich unter Nkems kopfschüttelnden Protesten getrunken hatte. Ich drehte mich zu ihr und roch an ihren dichten Locken. Nkem hatte einen ganz speziellen Geruch nach Talkum und Gewürzen, gemischt mit dem Hauch eines süßen Parfüms, das sie aus Nigeria geschickt bekam. Sie hatte mich gefragt, ob ich Angst hätte, aber die hatte ich nicht, ich hatte nicht einmal verstanden, wie sie das fragen konnte. Ich fühlte mich nicht bedroht, weil Carsten Bjerre und Larry Tang Mortensen in meine Wohnung eingedrungen waren; ich sah darin nichts anderes als ihren Wunsch, mir ihre Übermacht und ihre Wut zu zeigen. Aber ich gehörte nicht zu ihrer Zielgruppe, sie hatten eine ganz andere Agenda. Ich war wütend. Hatten diese beiden etwa komplett vergessen, total übersehen, dass sie nicht die Einzigen waren, die wütend werden konnten? Und dass Wut ansteckend war?

Meine Muskeln waren steinhart und angespannt, mein Atem ging schnell und flach. In meinem Kopf spielte sich zum Gott weiß wievielten Mal die Nachtfantasie ab, sie bei lebendigem Leibe zu obduzieren. Zwei Männer, die ich mir noch immer klein und jämmerlich vorstellte und die ihre Gesichter hinter Vollbärten versteckten. In meinem Traum hatte ich sie wie Hunde eingefangen, während die ganze Stadt schlief. Ich hatte sie mit dem curareartigen Stoff, der in jedem Narkosemittel enthalten war, bewegungsunfähig gemacht, sie mit übermenschlichen Kräften in die Rechtsmedizin gebracht und wie Puppen auf die Obduktionstische geschleudert, wo sie liegenblieben, ohne dass ich sie festzubinden brauchte. Ich hatte ihnen das Mittel in solch hoher Dosis gegeben, dass sie außerstande waren, sich zu bewegen oder zu sprechen. Nur ihre Augen verrieten mir, welch unbändige Angst sie hatten, als das Skalpell zum Y-Schnitt ansetzte und unter ihre Haut drang. *Ich weiß, Jungs, im Bauch sind unheimlich viele Nerven.* Wieder und wieder spielte ich die Fantasie vom Augenblick des Fangs bis zu dem Moment durch, in dem ich ihre Organe auf dem Sektionstisch plazierte. Dass diese Vorstellung mir eine ganz besondere Form von Befriedigung verschaffte, wunderte mich nicht. Erst der eine, während der andere mit vor Angst geweiteten Augen zusah, und dann der zweite, langsam und voller Genuss. Diese Fantasie hielt mich wach, und ich war einfach nicht dazu in der Lage, den Film, der sich in meinem Kopf abspielte, anzuhalten. Die Katze lag in ihrem Körbchen im Wohnzimmer, narkotisiert und von jetzt an außerstande, ihren Schwanz als Instrument ihrer Routinekommunikation zu nutzen. *Das war die letzte Katze, die ihr gequält habt.* Drei Mütter und drei Väter hatten ihre Töchter auf die bestialischste Weise verloren. *Das waren die letzten Eltern, denen ihr die Töchter weggenommen habt.* Ich zweifelte keine Sekunde daran, dass Jeanette Lisa Jensen längst tot war. Wer waren diese Menschen, die unter ihrer Haut das gleiche Gewebe, die gleichen Adern, Muskeln und Sehnen hatten wie alle anderen und dennoch so monströs anders waren?

Die eigentliche Frage aber, die ich mir gestellt hatte, als ich mit meinem kleinen Koffer in der einen und der Transportbox mit der Katze in der anderen Hand in Nkems Wohnung stand, lautete: Wer war ich, die ich in einer leergeräumten Wohnung mit nicht ausgepackten Möbeln und einem ungemachten Bett hauste, in der es neben meinen Klamotten und den Lebensmitteln in der Küche kein anderes Lebenszeichen gab? Lauter tote Räume, ein großes Totenzimmer. Dieses Wort lag mir spontan auf der Zunge, als ich in Nkems Wohnung kam und all die Pflanzen sah, die Zeichnungen, Kerzen, Duftlampen, afrikanischen Masken und Gemälde mit ihren sanften, warmen Farben; im Schlafzimmer hing Henri Matisse, ein Bild in Rot- und Orangetönen. Und überall standen und hingen Fotografien in alten Goldrahmen, die die unzähligen Menschen zeigten, mit denen Nkem verwandt war. Ein dunkelrotes Volantkissen mit dem aufgedruckten Foto einer ihrer Nichten. Auf dem Boden lagen mehrere handgewebte Teppiche, in der Ecke stand eine große Palme und auf dem Tisch ein Strauß Rosen. Alles quoll über vor Leben, es roch sauber und freundlich, und ich spürte eher die Summe von allem als irgendeinen Einzelgegenstand. Hier wohnte ein lebendiger Mensch. Sicher, ich war schon oft hier gewesen, doch erst jetzt fiel mir auf, wie sehr sich Nkems Wohnung von meiner unterschied.

Als ich endlich kurz davor war, einzuschlafen, klingelte mein Handy, das neben mir auf dem Boden lag. Ich hatte diesen Anruf erwartet, weshalb ich ihn gleich entgegennahm. Als ich hörte, wer es war, stand ich auf und ging in die Küche.

»Ich dachte, Sie würden gerne mitkommen. So wie die Dinge liegen.« Ich hörte, wie Bonde Madsen nebenher mit einem Glas hantierte. »Ich kann in fünf Minuten bei Ihnen sein«, sagte er leise.

Das war extrem ungewöhnlich. Die ganze Sache war ungewöhnlich. Aber schließlich hatte sich auch unsere Beziehung verändert. *Ich* hatte sie verändert. Wie genau, das wusste ich allerdings nicht zu sagen.

Ich sah aus dem Fenster. Es regnete noch immer. Ich zog eine Jogginghose aus meinem Koffer und fand im Flur einen warmen Pullover, der nach Nkem roch. Dann lieh ich mir noch ihre Regensachen, die im Flurschrank lagen. Draußen auf der Treppe zündete ich mir eine Zigarette an, legte meine Hand fest um das Geländer und ging nach unten. Vor der Tür stand bereits sein Auto und lief im Leerlauf.

»Ich muss nur noch kurz etwas aus meiner Wohnung holen«, sagte ich durch die heruntergelassene Scheibe ins Dunkel, in dem nur seine Konturen zu erkennen waren. »Zwei Sekunden.«

Ich hastete mit der Kippe im Mund durch die Tür des Nachbarhauses, duckte mich unter dem Absperrband hindurch, ging in meine Wohnung und öffnete meinen Tatortkoffer im Flur. Bonde Madsen war berüchtigt dafür, nie die Batterien in seinem Thermometer zu wechseln, also steckte ich meines ein.

Ich wollte gerade zu ihm ins Auto steigen, als mir die Schutzkleidung einfiel. »Warten Sie, ich muss auch noch meinen Schutzanzug holen«, sagte ich, er aber meinte, ich könne auch einen von ihm nehmen.

»Steigen Sie ein, damit wir loskommen«, sagte er mit seiner besonderen Stimme. Eine Stimme, die mir immer wieder auffiel, weil man ihr sein wahres Alter so deutlich anhörte. Abgesehen von dem sehr offenen »A« und der überdeutlichen Aussprache gab es noch einen weiteren Aspekt, der ihn alt wirken ließ, den ich aber nicht klar in Worte fassen konnte, wie sehr ich auch darüber nachdachte. Sie wirkte so zerbrechlich wie Porzellan.

Ich drückte die Kippe mit den Gummistiefeln aus und stieg ein.

»Sie riechen nach Tabak«, sagte er und wendete das Auto.

Die Sicht war schlecht. Der Regen prasselte herunter, und die Dunkelheit war irgendwie massiver als sonst in dieser Jahreszeit. Die hellen Streifen, die sich an anderen Tagen oft über den Himmel zogen, waren nirgends zu sehen. Ich sah an Bonde Madsens konzentriertem Gesichtsausdruck und seinem nach vorne gereckten Kopf, dass auch er Schwierigkeiten hatte, sich zu orientieren, und ein Navi hatte er nicht.

»Wissen Sie, wie man dort hinkommt?«

»Ich war oft mit den Kindern dort. Das ist eine schöne Gegend da unten.«

Das mochte stimmen, auch ich hatte schon gehört, dass die Kiesgruben rund um Davinde landschaftlich reizvoll seien und Ornithologen und Naturliebhaber anzogen. Und es gab Wasser, Seen, teils künstlich geschaffen, teils natürlich.

Als wir die Stadt hinter uns ließen, wurden die Straßen kurviger und leerer; winzige Dörfer glitten wie neblige Kulissen an uns vorbei, als wir hindurchfuhren. Bonde Madsen war ruhig und konzentriert. Er hielt das Lenkrad mit beiden Händen fest umklammert. Die Scheibenwischer, die dringend ausgewechselt werden mussten, kratzten so laut und nervtötend über die Scheibe, dass ich das Gefühl hatte, verrückt zu werden, wenn ich das Schweigen nicht brach.

»Wer hat sie gefunden? Ich meine, bei diesem Wetter?«

Er räusperte sich. »Das ist eine richtig gute Frage. Die Polizei hat einen anonymen Anruf bekommen.«

»Klingt seltsam.«

»Ja … durchaus«, sagte er und zeigte nach vorn, wo sich an einem etwas tieferliegenden Ort eine Halbkugel aus Licht abzeichnete. Die orangen Lastwagen der Bereitschaftspolizei, der blaue Kastenwagen und der Ford Mondeo sahen in diesem Licht beinahe unwirklich aus. Bonde Madsen parkte den Wagen neben einem Schild, auf dem *Nymølle Steinindustrie* stand, und stieg aus. Er trug keine Regenkleider, sondern bloß eine normale Jeans und eine Art Leinenjacke. Unbeeindruckt von dem Regen blieb er einen Moment stehen, bevor er zum Kofferraum ging und ihn öffnete. Er nahm sich viel Zeit, um sich die Schutzkleider überzuziehen. Bonde Madsen schien den Begriff »DNA-Verunreinigung« irgendwie nicht verstanden zu haben, dachte ich müde. Vermutlich fragte er sich auch noch immer, was die Kriminaltechniker eigentlich machten.

»Kommen Sie«, sagte er und riss mich aus meinen müden Gedanken. Aber ich blieb sitzen. Das grelle Licht, das aus dem Hexenkessel vor uns in den Himmel strahlte, war mir zuwider.

»Gehen Sie schon mal, ich komme gleich nach«, sagte ich und bereute bereits, mitgekommen zu sein. Ich sah seiner ausladenden Gestalt nach, während er, den Tatortkoffer als Balancestange nutzend, durch den feuchten Sand lief. Seinem Gang war anzusehen, dass der Boden nachgab und er immer wieder mühsam die Füße aus dem Matsch ziehen musste. Endlich hatte er den Rand der erleuchteten Grube erreicht und begann, weiterhin das Gleichgewicht suchend, den Abstieg. Als Letztes verschwand sein Kopf in der Tiefe.

Ich sah zu den Autos hinüber und erblickte zwei junge Polizisten, die ihre Köpfe aus den Fenstern reckten. Ihre Zigaretten glühten rot im Dunkel. Der Regen hatte mittlerweile aufgehört und war einem feuchten Nebel gewichen. Ich stieg aus, holte mir einen Schutzanzug aus dem Kofferraum und ging dann über den nassen, schwingenden Boden. Hinter mir hörte ich eine Tür zufallen, gefolgt von leisen Stimmen.

Als ich die Stelle erreicht hatte, an der die Böschung steil abfiel, sah ich, dass unten ein See war, bestimmt künstlich, an dessen schmalem Ufer die Bereitschaftspolizei zwei Zelte errichtet hatte. Zwei Zelte? Für ein Mädchen? Die Zelte waren flankiert von Scheinwerfermasten, einer auf jeder Seite. Irgendwo aus der Ferne war das monotone Brummen der Generatoren zu hören. Der Kies kam unter meinen Füßen ins Rutschen, und mein verstauchter Fuß schmerzte, als ich über die Böschung nach unten kletterte.

Unten angekommen warf ich einen Blick in das erste Zelt, während ich mir, abgestützt auf den soliden Zeltpfosten, den Schutzanzug überstreifte. Karoly war da, der kleine John und ein Mann, den ich nicht kannte. Und sie. Vom Regen gewaschen lag sie da wie ein molliger, gehäuteter Seehund, den jemand zum Verrotten aufs Eis geworfen hatte. Ihre Haare waren schwarz, und ich bildete mir ein, dass ihre Haut einen hellroten Schimmer hatte. Wie bei einem Baby.

Ich wäre beinahe mit Bonde Madsen zusammengestoßen, als ich das zweite Zelt betrat, aber er schüttelte nur den Kopf und trat nach draußen. Ein weiterer Beamter, den ich nicht kannte, saß auf einer Kiste im Zelt und telefonierte. Der Mann, der dort drinnen am Boden lag und wie wir einen Schutzanzug trug, glich ganz und gar nicht dem erbärmlichen Kerl aus meinen Fantasien. Es dauerte daher eine Weile, bis ich begriff, dass das Carsten Bjerre war. Er war groß, ein allem Anschein nach attraktiver Mann, ganz anders als der kleine, verwelkte Kerl, den ich mir vorgestellt hatte. Attraktiv, sah man einmal von seinem Kopf ab, der – ich suchte nach dem richtigen Wort – zerschmettert war. Bis zur Unkenntlichkeit. Die rasierten und grotesk wieder aufgemalten Augenbrauen ließen jedoch keinen Zweifel zu. Er musste geblutet haben, ungemein stark, aber der Regen hatte alles weggewaschen und mögliche Spuren vernichtet. Ich lieh mir die Lampe des Polizisten, hockte mich hin und inspizierte seinen Hals. Keine roten Abdrücke. *Er sieht aus wie ein Rockstar*, hatte Anne in der Notaufnahme gesagt. Jetzt nicht mehr, Anne.

Ich konnte meinen Blick nicht von seinem zerschmetterten Schädel losreißen und spürte eine ungeheure Wut in mir aufkeimen. Er hatte wahrscheinlich nicht viel gespürt. Einer der ersten Schläge musste ihm das Bewusstsein geraubt haben, so dass er, obgleich so übel zugerichtet, kaum gelitten haben konnte. Er hatte ganz sicher nicht bekommen, was er verdiente. Ich hatte Lust, ihn anzuschreien, ihn zu treten, ihn zu packen und zu schütteln, bis er aufwachte. Und ihm dann eine Abrechnung zu verpassen, die er spürte.

Ein Schrei der Frustration hallte immer noch durch meinen Kopf, als ich kehrtmachte und zurück in das Zelt mit dem Mädchen ging. Der Staatsobduzent hatte gerade sein Thermometer hervorgeholt, fluchte und versuchte es zum Laufen zu bringen. Warum änderten sich bestimmte Dinge einfach nie? Ich reichte ihm mein Thermometer und ging dann zurück zu seinem Wagen, wo ich mir ein Taxi rief.

Es gab keine Spur von einem Astro Van, und dort unten lag nur ein toter Mann. Irgendwo waren der Kastenwagen und der andere Mann. Ich hatte recht gehabt. Es waren zwei.

ODENSE, 20. OKTOBER 2009

28

An diesem Dienstag sollte ein Anruf endlich ein wenig Licht ins Dunkel bringen.

Es war Herbst geworden. Die Bauern hatten ihre Felder längst gepflügt, und braune Samtmäntel flatterten durch Odense, halb Stadt, halb Land; wir hatten unsere Garderobe längst ausgetauscht, die Wintermäntel hervorgeholt, durch die Kälte rote Hände bekommen und die Heizkörper aufgedreht. Der Fall des Clofazimin-Täters war noch immer frustrierend unabgeschlossen und zehrte an mir. Ich sehnte mich förmlich nach dem abschließenden Kapitel, damit ich das Ganze in eine Schublade packen und vergessen konnte, ein für alle Mal ... Schwachsinn! Das würde ich niemals können. Ich sehnte mich ganz einfach nach dem Gefühl ausgleichender Gerechtigkeit. Ein zerschmetterter Schädel war nur das halbe Königreich. Einer fehlte noch. Am liebsten hätte ich diesen anderen Schädel selbst eingeschlagen.

Meine alten Schlafprobleme flammten wieder auf, und ich lief wie durch einen Nebel aus Müdigkeit, den ich paradoxerweise meinem zunehmenden Schlaftablettenkonsum zu verdanken hatte. Die Pillen wirkten, indem sie einen Zustand erzeugten, der dem normalen Schlaf glich, aber künstlich und traumlos war. Wenn man eine Zeitlang Schlaftabletten genommen hat, schaffte man es nicht mehr, sich munter und ausgeruht zu fühlen. Trotzdem hörte ich nicht auf. Seit jener Nacht an der Kiesgrube hatte ich jeden Abend Schlaftabletten genommen. Um eine Abhängigkeit zu vermeiden, aber auch, weil Imovane schnell an Wirkkraft verlor, stieg ich auf andere Präparate um, die nach einer gewissen Zeit dann aber auch keine Wirkung mehr zeigten. Irgendwann stand ich in einer Apotheke und schrieb mir selbst ein Rezept für Rohypnol. Ich fühlte mich wie eine Drogenabhängige. Es musste dringend etwas passieren, damit es gar nicht erst so weit kam.

Beim letzten Mädchen war alles viel schneller gegangen; die Stiche waren tiefer, so dass sie heftige innere Blutungen gehabt hatte. Ich hatte an der Obduktion teilgenommen, jedenfalls teilweise; ich erinnerte mich daran, wie betroffen mich ihr Bauchnabelpiercing gemacht hatte. Sie hatte auf ihre ganz spezielle Weise doch nur versucht, ein bisschen schön zu sein. Wie Emilies Versuch mit dem roten Nagellack auf den Zehennägeln. Das waren Lebenszeichen, Zeichen all der überschüssigen Energie, und die Bilder dieser Lebenszeichen hallten in meinem Kopf nach. Wie ein Autoradio, das noch weiterspielte, obwohl das Auto mit voller Wucht gegen einen Baum gerast und der Fahrer längst tot war. Lauter kleine Rädchen, die sich sinnlos weiterdrehten und über unsere menschliche Begrenztheit triumphierten.

Carsten Bjerre, dessen Hirn in einer Kiesgrube bei Davinde zerschmettert worden war, hatte als Krankenträger im Universitätsklinikum von Odense gearbeitet. Zuvor hatte er Medizin studiert, das Studium aber kurz vor Ende seines praktischen Jahres in der Rechtsmedizin abgebrochen, was alle überrascht hatte, da er zu den Besten seines Jahrgangs gehört hatte. Angeblich war er ein netter Mensch gewesen, einer, über den man sagte, er habe flinke Finger. Man fand keinerlei Spuren von kristallisiertem Clofazimin in Milz, Leber oder Lymphknoten, und auf seiner perfekten Haut waren keine Verfärbungen zu erkennen gewesen. Auch in seinem Haus gab es keine Spuren von Clofazimin, dafür aber »ganze Paletten« von Rohypnol, wie Tommy Karoly sich ausgedrückt hatte. Es gab längst keinen Zweifel mehr, dass Bjerres Komplize – und mit größter Wahrscheinlichkeit auch sein Mörder – der sechsundzwanzigjährige Krankenträger Larry Tang Mortensen war, der sich seit dem Freitag vor dem Mord an Jeanette Lisa Jensen, deren Blut meine Wand geschmückt hatte, nicht mehr im Klinikum hatte blicken lassen. Ein DNA-Abgleich des Täterprofils mit einem Haar, das auf Tang Mortensens Waschbecken lag, und einer weiteren DNA-Probe aus seiner Zahnbürste zeigte volle Übereinstimmung. Er war der Täter, oder wenigstens einer von ihnen.

Larry war es gewesen, der Spuren hinterlassen hatte, während es von Carsten nicht eine Spur gab. Ob das Zufall war, ein Hinweis darauf, dass er der friedlichere gewesen war, oder der ganz konkrete und perfekt gelungene Versuch, keine biologischen Spuren zu hinterlassen, konnten wir nicht sagen. Ein Hinweis aber war, dass Carsten Bjerre kahl geschoren war. Sein Schädel war rasiert, die Augenbrauen entfernt und durch braune Striche ersetzt, genau wie Anne es erzählt hatte; auch die Schamhaare waren komplett abrasiert, und als man ihn fand, trug er Mundbinde und Latexhandschuhe.

Auch bei der Untersuchung von Larry Tang Mortensens Apartment fand man kein Clofazimin, dafür aber Unmengen von Medikamenten gegen Schuppenflechte, von Methotrexat bis zu diversen Salzen. Die meisten Schachteln aber waren leer, das Haltbarkeitsdatum vieler Medikamente war bereits abgelaufen. Was diese Sammlung jedoch deutlich zeigte, war, dass man es hier mit einem Mann zu tun hatte, der voller Verzweiflung jedes erdenkliche Mittel ausprobiert hatte, um seine Krankheit zu lindern. Fyn Nielsen hatte bekannt gegeben, dass Carsten Bjerre im November letzten Jahres über das Internet genug Clofazimin für eine sechs Monate dauernde Therapie bestellt hatte. Tang Mortensen konnte mit der Therapie also frühestens im Dezember begonnen haben.

In Larry Tang Mortensens Wohnung fand die Polizei außerdem eine große Anzahl illegal gebrannter CDs. Es handelte sich um Death-Metal-Songs, in die Sequenzen der Schreie der Mädchen hineinkopiert worden waren, um dem Ganzen den letzten Schliff zu geben. Wie groß war wohl die statistische Wahrscheinlichkeit dafür, dass sich zwei derart abnorme Typen über den Weg liefen? Und was für eine Beziehung hatten die beiden gehabt? Der eine bestellte Medizin für den anderen und endete mit zerschmettertem Schädel in einer Kiesgrube.

Kenny Fyn Nielsen hatte mein besonderes Interesse an diesem Fall bemerkt, kam eines Tages in mein Büro und schloss die Tür hinter sich. »Sie müssen das wirklich nicht lesen«, sagte er und legte ein schickes, mit Leder eingebundenes Notizbuch vor mir auf den Tisch. »Von großem ermittlungstechnischem Interesse ist es nicht – er hat mehrere Seiten herausgerissen, vermutlich die interessantesten.« Er setzte sich und beobachtete mich schweigend, während ich das Buch aufschlug und las: *Liebes Tagebuch*, stand dort, geschrieben in einer Handschrift, die so schön und ebenmäßig war, dass sie fast wie gedruckt wirkte. Diese Schönheit jedoch stand in einem starken Kontrast zu der Selbstverherrlichung, die dieser Psychopath auf dem weichen, unlinierten Papier festgehalten hatte. Wie auf eine unsichtbare Schnur gezogen reihten sich die Buchstaben auf, um eine teuflische Wollust zu neuen Taten anzustacheln, sie zu pflegen und zu kultivieren, bis der Verfasser schließlich die Kontrolle verloren hatte und die Buchstaben über den Rand der Seiten zu stürzen drohten, wild durcheinander, wie Zinnsoldaten, die einfach nicht mehr gehorchen wollten.

»Was meinen Sie?«, fragte Kenny Fyn Nielsen, als ich das dezimierte Tagebuch schließlich zuklappte und ihm zurückgab.

Ich zuckte mit den Schultern. »Carsten Bjerre wusste sich auszudrücken. Ich kann das nicht so gut.« Tief in meinem Kopf, weit weg von Kenny Fyn, obduzierte ich wieder ein kleines, bärtiges, jämmerliches Männlein, das sich nicht rühren konnte. Das Einzige, was Kenny Fyn von meiner Wut sehen konnte, waren meine geballten Fäuste.

Nach und nach setzte sich das Puzzle immer weiter zusammen. Der Hautarzt beispielsweise, dessen Patientenakten gestohlen worden waren, konnte sich ziemlich gut an Larry Tang Mortensen erinnern, als die Polizei ihn verhörte. Er beschrieb ihn als einen Mann, der extrem unter Schuppenflechte litt, die sich fast am ganzen Körper ausgebreitet hatte. Er berichtete, dass Tang Mortensen sehr aggressiv und drohend aufgetreten sei, als der Arzt seinen Wunsch abgelehnt hatte, einen Versuch mit Clofazimin zu unternehmen, wie es ihm einer seiner Freunde empfohlen hatte. Zudem sei er ein Mann von nicht gerade schneller Auffassungsgabe. War er deshalb ein so perfekter Partner für den hochbegabten Carsten gewesen? War er jemand, den Carsten Bjerre nach Wunsch manipulieren konnte, jemand, der es, ähnlich wie meine Sekretärin Marianne, einfach nicht gewohnt war, eine Rolle in der *großen weiten Welt* zu spielen? Jemand, der zu guter Letzt und aus Gründen, die wir nur vermuten konnten, zu viel von seinem Puppenspieler hatte und sein übermächtiges Hirn zu Makulatur verarbeitete? All das waren Spekulationen, die wir wohl nie bestätigt bekommen würden.

In solche Gedanken versunken saß ich da, als das Telefon an diesem Mittwochabend Ende Oktober klingelte. Draußen heulte ein erster Herbststurm und Regen klatschte gegen die Fensterscheibe meines Büros. Am Telefon war mein Kollege Maximilian aus Freiburg, einer der vielen, die ich wegen der roten Farbe um Rat gefragt hatte, während ich in der Sommerhitze frustriert auf Nkems Analyseresultate gewartet hatte.

»Ich habe ein sechzehnjähriges Mädchen auf dem Sektionstisch liegen«, sagte Maximilian. »Wirklich noch ein Kind. Sie hat so einen merkwürdigen roten Abdruck am Hals. Sieht fast so aus wie das, was Sie damals beschrieben haben, ich dachte …«

Er zögerte, und ich dachte nach. Ein Kastenwagen, schallisoliert mit Steinwolle und Spanplatten, der offensichtlich als mobile Schlachterei genutzt worden war, war kurz nach dem Mord an Jeanette Lisa Jensen in einem kleinen Dorf unweit der deutschen Grenze gefunden worden.

Ich begann Maximilian auszufragen, während die Gedanken auf

mich einstürmten. Irgendwann bat ich darum, ihn zurückrufen zu dürfen, denn meine Fantasien nahmen überhand. Ich fühlte mich merkwürdig, als sei ich plötzlich nicht mehr ich selbst; Ameisen kribbelten wieder in mir herum, schneller und schneller. Ich sah ihn wieder vor mir, eine jämmerliche Gestalt mit gelben Augen, aber jetzt verwundbar, nicht mehr geschützt von einem Mann, der alles vorhersah und alle nur erdenklichen Vorsichtsmaßnahmen traf.

Ich stand auf und wollte zum Fenster gehen, blieb aber mit dem linken Fuß am Teppich hängen und wurde daran erinnert, dass ich mir vor fünf Tagen schon wieder den Fuß verstaucht hatte. Es war auf der Treppe passiert, als ich zwei Stufen auf einmal nehmen wollte und dabei umgeknickt war. Ich setzte mich deshalb wieder hin, begrub das Gesicht in den Händen und versuchte mich auf die guten Gedanken zu konzentrieren. Trotzdem waren es die hasserfüllten Gedanken, die mich jetzt überwältigten. Mein Knöchel pochte dumpf und schmerzhaft. Ich nahm eine Paracetamol aus dem Glas, das vor mir stand, und spülte sie mit kaltem Kaffee hinunter. Dann versuchte ich mich erneut an den guten Gedanken, musste aber aufgeben und kam schließlich zu dem Schluss, dass die weniger guten die richtigen sein mussten. Ich rief Maximilian zurück und sagte, dass ich persönlich kommen wollte, um mir die Sache anzusehen.

Danach suchte ich Nkem und fand sie schließlich im Labor.

»Er ist in Deutschland. Ich fahre hin.«

»Wer?«

»Larry Tang Mortensen.«

»Und was hat das mit dir zu tun?«

»*C'mon*. Das habe ich dir doch erklärt.« Sie wusste alles über meine Schlaflosigkeit, und ich hatte ihr auch erzählt, an was ich dachte, wenn ich nicht schlafen konnte.

»Überlass das doch der Polizei.«

»Die werfen ihn ja doch nur ins Gefängnis.«

»Ja, und?«

»Das ist viel zu gut für ihn.« Ich sah wieder Carsten mit seinem eingeschlagenen Schädel vor mir. Auch er war viel zu glimpflich davongekommen.

»Sag mal, tickst du noch ganz richtig?«, flüsterte Nkem und ließ mich nicht aus den Augen, wobei sie langsam den Kopf schüttelte. »Das eine sind Worte, das andere aber …«

»Ein guter Freund aus Schulzeiten hat einmal zu mir gesagt, dass ein Bumerang immer wieder zurückkommt.« Ich starrte zu Boden, um ihrem anhaltenden Blick auszuweichen. »Wenn Larry bloß ins Gefängnis kommt, wer soll denn dann seinen Bumerang auffangen, wenn er zurückkommt?«

Als ich die Treppe hinauflief, beschloss ich, das Auto zu nehmen. Der noch immer leicht verstauchte Fuß war der Kupplungsfuß, er tat noch ein kleines bisschen weh, aber wie oft musste man auf der Autobahn schon kuppeln? Außerdem konnte ich ja noch immer eine Paracetamol nehmen, wenn er zu sehr schmerzte.

Schwer würde es nicht werden. Ich wusste ja, wo ich nach ihm suchen musste. Das sechzehnjährige Mädchen hatte sich kurz vorher das Handgelenk gebrochen.

Nkem verfolgte mich weiter mit ihrem besorgten Blick, und ihre schwarze Haut wirkte mit einem Mal aschgrau. Dann stand sie auf, kam zu mir, legte ihre Arme um meine Schultern und drückte ihren Mund an mein Ohr. »*Oyinbo*«, flüsterte sie mir zu.

Igbo war eine Sprache ohne Geschlechter. Ein Oyinbo war ein weißer Mann oder eine weiße Frau, aber in Nkems persönlichem Dialekt hatte das Wort noch eine ganz besondere Bedeutung, die mich nun, wie ich es schon lange befürchtet hatte, mit einschloss. Ein Oyinbo zu sein hieß, nicht mehr richtig zu ticken, nicht mehr alle Tassen im Schrank zu haben. Sie trat einen Schritt zurück und sah mich noch einmal an, sagte aber nichts mehr, was mich verletzte. Jetzt würde sie wieder für mich beten. Aber das war ganz in Ordnung, solange sie dabei nur auf meine Katze aufpasste.

FREIBURG, OKTOBER 2009

29

Auf dem Weg Richtung Deutschland fuhr ich bei Großvater in Rødekro vorbei. Der Geruch der Schweine hing noch immer in der Luft, aber außer Großvater und einer kleinen grauen Katze war kein lebendes Wesen auf dem großen, rot angestrichenen Hof zu sehen. Ich wollte nur kurz Hallo sagen, dabei allerdings auch einen Blick auf die Jagdflinte werfen, die draußen in der Scheune hing – obwohl ich ja keine Ahnung von diesen Dingern hatte.

In Großvaters eiskaltem Schlafzimmer öffnete ich rasch die oberste Kommodenschublade und nahm die Handschellen aus dem Zweiten Weltkrieg heraus, die er dort aufbewahrte. Als Kind hatte ich in all den endlosen Sommern, die ich bei ihm und Großmutter verbracht hatte, viel damit gespielt. Sie funktionierten noch wie geschmiert, als wären sie gerade erst aus der Fabrik gekommen. Ich verstaute sie in einem Gefrierbeutel, knotete diesen zu und steckte ihn diskret in meine Tasche. Großvater saß auf seinem wackeligen Stuhl in der Küche und lauschte dem lokalen Radiosender. Im Grunde hatte ich nur seinen Rat befolgt: *Wenn man nicht um Erlaubnis bittet, riskiert man auch nicht, dass die Antwort Nein ist.* Um sechs Uhr holte er altbackenes Brot, Aufschnitt und ein Glas Curry-Hering aus dem Schrank und warf mir einen fragenden Blick zu: Ich lehnte erst dankend ab, aß dann aber doch zwei Brotscheiben mit Wurst. Er hätte sich bestimmt auch gefreut, wenn ich mich anschließend zu ihm aufs Sofa gesetzt und mit ihm deutsches Fernsehen geschaut hätte, aber die Ameisen unter meiner Haut und die in Rødekro so langsam vergehende Zeit ließen mich unruhig werden. Um 19.30 Uhr küsste ich ihm auf die Stirn und fuhr weiter. Zehn Stunden Fahrt hatte ich veranschlagt, plus Pausen: Essen, Toilettenbesuche, die Beine vertreten, Rauchen, Schlafen. Im Laufe der Nacht hielt ich zweimal an einer Raststätte an und schlief eine Weile, bis die Kälte mich wieder weckte. Dann fuhr ich weiter, bis meine Augen erneut unsicher wurden. Ich war keine gute Nachtfahrerin, die Straße verschwand, und der entgegenkommende Verkehr blendete mich, so dass meine Augen schmerzten.

Die Müdigkeit veränderte mich. Sie reduzierte mich auf meine ganz basalen Bedürfnisse. Auch meine Gedanken wurden dann müde und flüchtig, als blätterte man abwesend in einem wohlbekannten Familienalbum. Außerdem war ich all die Grübelei leid und stattdessen bereit zu handeln, mit Tunnelblick darauf eingestellt, das Leben zu verlassen, wenn es denn so sein sollte; mir war alles egal, alles, was ich wollte, war, dass Larry Tang Mortensen den gleichen Schmerz erlebte, den er diesen Mädchen zugefügt hatte. Mal drei. Und dann sollte er sterben. Das erschien mir leichter und wesentlich machbarer als das Auspacken von Möbelkartons.

Das Autoradio war ausgeschaltet, denn ich wollte die Stille in meinem Kopf nicht stören. Das Rauschen der anderen Autos und das leise Summen der Räder reichte mir, und besonders auf den betonierten Straßenabschnitten, die ganz andere Töne von sich gaben und den Eindruck einer besseren Straßenhaftung erweckten, genoss ich die gleichförmigen Geräusche.

Die Sonne schien bereits wieder vom Himmel, als ich über die Hügel bei Kassel fuhr. Der Oktober hatte das Laub rot gefärbt, aber das ständige Auf und Ab der Straße machte sich in meinem Fuß bemerkbar, so dass ich irgendwann anhalten und mir eine kräftige Bandage anlegen musste, woraufhin mein Fuß nicht mehr in den Schuh passte. Zum Glück hatte ich mit dieser Möglichkeit gerechnet und nicht nur Bandagen, sondern auch weite Strümpfe und Überschuhe eingepackt.

Erst als ich Maximilian Schöning gegenüberstand, ärgerte ich mich über meinen dicken Fuß. Er war ein dunkler Mann mit einer dunklen Ausstrahlung, und ich hatte wirklich keine Lust, ihm gegenüber schwach oder minderwertig zu wirken.

Obwohl dies unsere erste Begegnung war, hatte ich das Gefühl, ihn bereits zu kennen – ich hatte all seine Publikationen gelesen und ihn schon mehrfach telefonisch um Rat gefragt, wobei er immer freundlich und zuvorkommend gewirkt hatte. Doch leibhaftig getroffen hatte ich ihn noch nie. Schockiert musste ich nun feststellen, dass er ganz und gar nicht der freundliche, rundliche Mann war, den ich mir am Telefon vorgestellt hatte. Maximilian Schöning war klein, kleiner als ich. Ein drahtiger Mann um die vierzig, mit rabenschwarzen, schulterlangen Haaren und einem stechenden Blick, bei dem mir schlagartig unwohl wurde, ohne dass ich erklären konnte, warum. Manche Menschen machten einen auf unerklärliche Weise verlegen und nervös, so dass man alles Mögliche umwarf oder über die eigenen Füße stolperte. Maximilian Schöning machte mich nicht nur unruhig, er jagte mir Angst ein. Er war kein Mann, dem ich freiwillig den Rücken zudrehte. Ich versuchte seinem forschenden Blick zu entgehen, indem ich seine heftig pulsierende Halsschlagader fixierte. Am Telefon war er immer Maximilian gewesen, jetzt war er Dr. Maximilian Schöning.

»Danke, dass Sie kommen konnten«, sagte Dr. Schöning langsam auf Hochdeutsch, als wir uns über seinen Schreibtisch hinweg die Hände geschüttelt hatten. Eine ältere Sekretärin hatte mich schweigend zu Dr. Schönings Büro eskortiert, nachdem sie ihn zuvor telefonisch über meine Ankunft unterrichtet hatte. Sie war bereits auf dem Weg nach Hause, als ich an der Tür des Neuen Instituts für Rechtsmedizin geklingelt hatte. Durch unzählige Glastüren hindurch hatte ich beobachtet, wie sie gerade damit beschäftigt war, sich ein Kopftuch anzulegen. Es war bereits nach fünf Uhr nachmittags, und der Himmel wurde zusehends dunkler.

Maximilian Schönings Büro war klein und dunkel, mit einem Mahagonischreibtisch und einem passenden Regal. Er selbst trug einen dunkelmelierten Anzug aus Wolle. Statt der Anzugjacke streifte er sich einen Kittel über, den er aus einem Schrank hinter seinem Schreibtisch nahm. »Wir können gleich nach unten gehen«, sagte er. Als er zur Tür ging, fiel sein Blick auf meinen Fuß.

»Was ist denn mit Ihrem Knöchel passiert?« Er starrte lange auf meinen dicken Verband und den blauen Überschuh.

»Bloß eine kleine Verstauchung.«

»So ein Pech. Können Sie gehen?«

»Langsam«, sagte ich, und obwohl die Schmerzen nicht gerade weniger wurden, bemühte ich mich, nicht zu humpeln, als ich Schöning durch einen langen Flur folgte. In einem kleinen Erker saß ein Mann mit weißem Kittel, weißer Hose und weißen Holzclogs und las an einem Computertisch Zeitung. Dr. Schöning bellte ihm in einem für mich unverständlichen Dialekt einen Befehl zu. Vielleicht redete er aber auch einfach nur zu schnell für mich. Ich folgte ihm weiter bis zum Ende des Flurs, wo er eine Tür öffnete. Der diskrete und in höchstem Maße vertraute Geruch von Desinfektionsmittel verriet mir, dass wir den Obduktionsflur erreicht hatten. Wie in Kopenhagen lagen hier mehrere Obduktionsräume Seite an Seite. Dr. Schöning führte mich zu dem letzten und gleichzeitig größten der Räume, in dem die Obduktionen von Mordopfern vorgenommen wurden.

Wir standen eine Weile schweigend in der Mitte des Raumes und warteten, Maximilian Schöning mit eng geschlossenen Beinen und geradem Rücken, den Blick auf die Tür vor uns gerichtet. Die Sekunden verstrichen nur schleppend, ihre langsamen Schritte hallten in der Uhr über der Tür wider. Endlich ging die Tür auf, und der weiß gekleidete Mann aus dem Erker schob eine Bahre herein, auf der ein Leichensack mit einem recht kleinen Menschen darin lag. Dr. Schöning öffnete den Reißverschluss und drückte das knisternde Plastik des Sackes zur Seite. Ein auffallend kleines, blondes Mädchen kam zum Vorschein. Ich konnte kaum glauben, dass sie schon sechzehn war. Das Muster der Schnitte und Stiche sprach Bände, und der rote Abdruck an ihrem Hals war unverkennbar identisch mit dem bei Emilie, was ich Dr. Schöning auch sagte. Er musterte mich eingehend, während ich auf die Details einging, die ich ihm am Telefon noch verschwiegen hatte.

»Woher wissen Sie, dass sie mit ihrem gebrochenen Handgelenk in der Notaufnahme war?«, fragte ich schließlich.

»Ich habe den Bruch bei der Obduktion bemerkt, und die Eltern erwähnten ihn, als ich mit ihnen gesprochen habe. Warum?« Sein Gesicht war ausdruckslos.

»Weil unsere ermordeten Mädchen auch alle mit diversen kleineren Verletzungen in der Notaufnahme waren, und weil sich herausgestellt hat, dass die beiden Täter dort als Krankenträger gearbeitet haben und die Mädchen ohne Schwierigkeiten ausspionieren konnten.«

Ein Muskel in Dr. Schönings Gesicht zuckte. »Interessant«, sagte er kalt, nachdem er mich mit seinem finsteren und unangenehmen Blick eine Weile fixiert hatte. Aus meiner Tasche holte ich die Titelseite der *Fyens Stiftstidene* heraus und reichte sie ihm. Larry Tang Mortensens und Carsten Bjerres Gesichter waren Seite an Seite darauf abgebildet. Unter Carsten Bjerre stand ERMORDET, unter Larry Tang Mortensen VERSCHWUNDEN. Ich übersetze für Dr. Schöning. »Die haben das gemeinsam gemacht«, sagte ich. »Sehr ungewöhnlich.«

Dr. Schöning nickte. »Sehr.« Die Pulsader an seinem Hals zuckte rhythmisch.

»Larry Tang Mortensen hat Carsten Bjerre getötet. Zumindest vermuten wir das.«

»Hat die dänische Polizei Kontakt mit den Kollegen in Freiburg aufgenommen?« Er stand plötzlich sehr dicht bei mir. Ich wich ein Stück zurück.

»Äh, das weiß ich nicht … ich habe die Polizei jedenfalls noch nicht von Ihrem Anruf informiert. Vielleicht könnten Sie …«

»Ich werde mich darum kümmern.« Er nickte dem Weißgekleideten zu und verließ das Obduktionszimmer. Als er mir die Tür zum Hauptflur aufhielt, fragte er mich nach meinen weiteren Plänen und wollte wissen, ob ich geflogen war und gleich wieder nach Dänemark zurück wollte.

Plötzlich bekam ich Angst, er könne mich irgendwohin zum Essen einladen. Das würde ich nicht ertragen.

»Nein, ich bin mit dem Auto gekommen. Ich habe ein paar Tage frei, will ein paar Freunde besuchen und im Schwarzwald ein bisschen wandern …«

Er unterbrach mich und warf einen Blick auf meinen bandagierten Fuß: »Auto? Wandern?« Er sah mir wieder in die Augen und durchleuchtete mich mit seinem rabenschwarzen Blick. »Wenn Sie meinen.«

»Keine langen Wanderungen«, stammelte ich. »Der Fuß ist schon fast wieder in Ordnung. Nur dieses Auf und Ab bei Kassel hat ihm nicht so gut getan.« Als würde ich jemals daran denken, wandern zu gehen, selbst mit gesundem Fuß. Warum hatte ich das nur gesagt? Nervosität. Er machte mich nervös.

Wir hatten die Tür seines Büros erreicht. »Nun, dann darf ich mich von Ihnen verabschieden«, sagte ich und sehnte mich danach, ihn loszuwerden.

»Warten Sie, ich hole nur kurz meine Sachen, dann begleite ich Sie nach draußen.«

Ich hielt die Luft an.

Er war gleich wieder auf dem Flur und ging, jetzt wieder in seine dunkle Anzugjacke gehüllt und mit einem Trenchcoat über dem Arm, langsam in Richtung Ausgang.

»Dann sind Sie den ganzen weiten Weg hierhergefahren, nur um sich diese roten Stellen anzusehen?«

»Nein, nicht nur …«

»Mit einem verstauchten Fuß?« Er blieb am Ausgang stehen und sah mich kurz an, ehe er die Tür öffnete. »Sagen Sie mir«, fuhr er fort, als ich ohne zu humpeln an ihm vorbeizugehen versuchte, »… haben Sie irgendein persönliches Interesse an diesem Fall?«

»Nein, nicht doch«, antwortete ich etwas zu schnell. »Aber dieser Fall war in vielerlei Hinsicht hochinteressant … rein rechtsmedizinisch betrachtet. Finden Sie nicht?«

»Absolut. Eine sehr ungewöhnliche Sache. Wo ist Ihr Auto?«, fragte er und spießte mich mit seinem Blick erneut auf. Draußen war es inzwischen stockfinster. Bei meiner Ankunft war der Parkplatz noch ziemlich voll gewesen, so dass ich am hinteren Ende hatte parken müssen. Jetzt waren nur noch wenige Autos da, und mein GTI stand unendlich einsam gut hundert Meter von den wenigen anderen entfernt. Ich nickte in Richtung des Wagens.

»Ganz da hinten.«

»Lassen Sie mich Ihnen helfen«, sagte er, fasste mich mit einem viel zu festen Griff unter dem Arm, der wie ein Summen in meinen Muskeln zurückblieb, als wir endlich da waren und er mich wieder losließ. »Eine gute Zeit«, sagte er, als ich mich in den Wagen gesetzt hatte. »Und danke für Ihre Hilfe.« Er lächelte, und seine Augen glänzten wie schwarzes Eis in der Dunkelheit.

Er blieb stehen, beobachtete, wie ich zurücksetzte und wegfuhr, und ich wusste, dass ich mich irgendwie lächerlich gemacht hatte. Dieses Gefühl wurde noch stärker, als ich kurz darauf bemerkte, dass mir ein Auto folgte. Mein Herz hämmerte und mein Fuß pochte schmerzend, so dass ich in eine kleine Nebenstraße fuhr und dort anhielt. Im Rückspiegel sah ich, dass der Wagen, der mir gefolgt war, weiter geradeaus fuhr. Ich nahm zwei Paracetamol aus meiner Tasche und spülte sie mit dem Rest des Mineralwassers herunter, das seit Kassel in meinem Auto lag. Dann schloss ich die Augen, um ein bisschen nachzudenken, während ich darauf wartete, dass die Pillen wirkten. Aber irgendwie fehlte mir die Geduld dazu, so dass ich ausstieg, um das Auto herumging, die Heckklappe öffnete und den Reißverschluss meiner Tasche aufzog.

30

Ich spürte die beiden Obduktionsmesser in meiner Gesäßtasche. Sie waren noch originalverpackt, und ich hatte die beiden Klingen mit zwei festen Lederriemen umwickelt. Ich spürte sie, aber sie störten mich nicht.

Die Handschellen lagen samt Schlüssel in der Tasche. Ich hatte sie, einem spontanen Impuls gehorchend, mitgenommen. Ich wusste zwar, was ich mir vorgestellt hatte, nicht aber, was mich erwarten würde und für was ich Verwendung haben könnte.

Um mich herum war Dunkelheit. Ich sah Silhouetten von Häusern, in denen Licht brannte, einen Briefkasten, Bürgersteige, Zäune und Hecken. Ich hatte keine Ahnung, wo ich mich befand. Alles wirkte fremd und seltsam und erinnerte mich daran, wie belastend es war, irgendwo zu sein, wo man sich nicht zu Hause fühlte. Das Schlimmste im Leben.

Von jetzt ab musste ich mich vortasten: Meine Gedanken waren unklar und nur darauf eingestellt, einen Schritt nach dem anderen zu machen. Mein Ziel war es, irgendwo Larry Tang Mortensen zu finden. Es war klar, dass ich mich an die Notaufnahme wenden musste – aber es gab mehrere, verteilt auf verschiedene Krankenhäuser. Ich schaltete die Innenbeleuchtung ein und warf einen Blick auf die Liste, die ich erstellt hatte. Welche Krankenhäuser? Ich hatte gedacht, einfach Maximilian fragen zu können, aber zu diesem Zeitpunkt hatte ich ja noch nicht gewusst, welche Angst mir dieser Mann einjagte. Was hätte ich antworten sollen, hätte er mich gefragt, warum ich wissen wollte, in welcher Notaufnahme das Mädchen gewesen war? Schließlich hatte ich ihm gerade erst versichert, kein persönliches Interesse an dem Fall zu haben.

Aber eigentlich war es egal, und so gab ich im Navi die Adresse des St. Christophskrankenhauses ein. Es stand nicht nur ganz oben auf meiner Liste, sondern war auch ganz in der Nähe. Ich wendete den Wagen.

Natürlich hatte ich mir Gedanken darüber gemacht, was ich tun wollte, wenn ich Larry Tang Mortensen gefunden hatte. Er durfte mich nicht erkennen. Meine Lesebrille lag neben den Zigaretten und dem Mineralwasser im Handschuhfach, aber die Brille allein reichte als Tarnung nicht aus. Plan A lief darauf hinaus, mich an den Empfang zu wenden, ihnen ein Bild von Mortensen zu zeigen und zu fragen, ob dieser Däne dort arbeitete. Sollte das der Fall sein, wollte ich den Betreffenden bitten, Mortensens Adresse auf ein Kuvert zu schreiben, das ich mir in einer Tankstelle unweit von Kassel besorgt und frankiert hatte. Ich würde die internationale Zahlungsanweisung über tausend Euro aus dem Umschlag ziehen, die ich meine Bank hatte ausstellen lassen, und sagen, dass ich ihm endlich meine Schulden zurückzahlen müsse und mir nur noch seine Adresse fehle. Würde ich seine Adresse bekommen? Würde jemand am Schalter einer Notaufnahme so ohne weiteres Namen und Adresse eines Kollegen preisgeben? Bestimmt nicht. Außerdem würde dieser Plan nur dann funktionieren, wenn Mortensen nicht im Haus war. Was sollte ich tun, wenn sie mich baten, einen Moment Platz zu nehmen und auf ihn zu warten? Er durfte mich dort nicht sehen und erkennen. Einen konkreten Plan B hatte ich nicht. Nur vage Ideen. So hatte ich darüber nachgedacht, in der Ambulanz anzurufen und nach ihm zu fragen, aber zum einen konnte er einen anderen Namen benutzen – die Auskunft hatte in Freiburg jedenfalls keinen Larry Tang Mortensen finden können – und zum anderen wäre es fatal, wenn er erfuhr, dass eine Frau mit dänischem Akzent nach ihm gefragt hatte. Mein Deutsch war zwar dank all der Sommer bei Großvater mit deutschem Fernsehen und seinen deutschen Freunden recht gut, aber den Akzent hörte man trotzdem deutlich.

Eines nach dem anderen, dachte ich und folgte den Anweisungen des Navi zum St. Christophskrankenhaus, wo ich auf den beleuchteten Parkplatz vor der Notaufnahme fuhr und gleich einen Schock bekam: Da war er. Ich sah ihn, als das Licht meiner Scheinwerfer über den Eingang der Notaufnahme schweifte. Mein Körper zuckte augenblicklich zusammen. Angst. Ich parkte, schaltete mit zitternden Händen den Motor aus und vergaß zu atmen. Es war, als riefe sein Anblick in meinem Körper alle Erinnerungen an jene Nacht im Munke Mose wieder wach, so dass sich alle Schmerzen, die ich damals gespürt hatte, wieder zurückmeldeten, wie bei einem amputierten Bein, das immer noch wehtat. Die Bilder in meinem Kopf prasselten auf mich ein: Emilies schiefes Lächeln, Larrys Gesicht, Carsten Bjerres zerschmetterter Schädel, der Lichtkegel im Dunkel des Munke Mose. Dann die Stimme: *Sie!* Ich senkte den Kopf und versuchte langsam zu atmen. Dann richtete ich mich auf, warf kurz einen Blick in den Rückspiegel und tastete nach einer Zigarette. Er stand groß und unförmig mit ein paar anderen weiß gekleideten Männern vor dem Eingang in dem grellen Neonlicht und rauchte. Selbst trug er keinen Kittel, sondern Jeans und Pullover, über seinem Arm lag ein Mantel. Entweder war er gerade erst gekommen oder er war auf dem Weg nach Hause. Wenn er gerade erst gekommen war, musste ich irgendwie in Erfahrung bringen, wann seine Schicht zu Ende ging, doch gerade, als ich mir die nächste Lüge ausdenken wollte, sah ich ihn die Zigarette wegwerfen und den Mantel anziehen. Er ging schräg über den Parkplatz und trat dann auf den Bürgersteig. Ich bekam Panik und drückte die Zigarette im Aschenbecher aus. Was sollte ich jetzt tun? Mit dem Auto konnte ich ihn nicht beschatten, das würde er sofort bemerken. Ihm zu Fuß zu folgen, das traute ich mich nicht. Im Grunde war das jetzt der richtige Moment für Plan A, um am Empfang seine Adresse herauszubekommen. Aber auch das konnte nach hinten losgehen.

Während ich nachdachte, band ich meine Haare zu einem kleinen, festen Knoten zusammen und streifte in Windeseile meine letzten Besorgungen über: eine Baskenmütze, die ich jetzt zum ersten Mal aus der Einkaufstüte hervorholte; einen Regenmantel, den ich erst noch aus der Plastikhülle befreien musste; ein paar schwarze, dünne Lederhandschuhe, umwickelt mit feinem Seidenpapier, und einen Baumwollschal. Im Tatortkoffer hatte ich zwar Haube, Mundbinde, Schutzkleider und Latexhandschuhe, aber damit wollte ich in der Stadt nicht gesehen werden. Das Paracetamol hatte das Pochen in meinem Knöchel zum Schweigen gebracht, und obwohl ich Angst hatte, wagte ich es, Mortensen zu Fuß zu verfolgen. Ich griff nach meiner Tasche, stieg aus dem Auto und hastete hinter ihm her. In der Einfahrt der Ambulanz stand ein großer Mülleimer, in den ich das leere Verpackungsmaterial stopfte.

Schon nach wenigen hundert Metern gesellte sich Mortensen zu drei anderen Menschen an eine Bushaltestelle. Ich schlüpfte in eine Einfahrt und versuchte klar zu denken, gab den Versuch aber gleich wieder auf; ich musste mich einfach von meinen Beinen tragen lassen und ihm folgen, so gut ich konnte. Und so stand ich mit steifen Gliedern da und wartete, bis schließlich ein bereits ziemlich voller Bus mit pfeifenden Bremsen an der Haltestelle vorfuhr. Larry Tang Mortensen stieg als Zweiter ein. Ich folgte ihm, schlug den Kragen meines Mantels hoch und setzte meine Lesebrille auf. Dem Fahrer reichte ich einen Fünf-Euro-Schein und gab ihm mit einem Handzeichen zu verstehen, dass er das Wechselgeld behalten könne. Dann setzte ich mich neben eine ältere Frau direkt hinter den Fahrer. Als der Bus an der nächsten Haltestelle hielt, drehte ich mich kurz um, aber Mortensen wollte dort nicht aussteigen. *Du kannst nicht hier sitzen und dich ständig umdrehen*, dachte ich und holte einen kleinen Schminkspiegel aus meiner Tasche. Beim nächsten Halt wollte meine Nebensitzerin aussteigen. Ich stand auf, ohne mich umzudrehen, fühlte mich aber steif und unbeholfen. Als ich wieder saß, versuchte ich den Spiegel mit der rechten Hand so auszurichten, dass ich sehen konnte, wer ausstieg. Er war nicht dabei. Ein junger Mann kam atemlos in letzter Sekunde angerannt und machte Anstalten, sich neben mich zu setzen. Ich zog die Beine an, damit er vorbeikam, aber er sagte, er müsse an der nächsten Haltestelle gleich wieder aussteigen und würde deshalb lieber außen sitzen. Etwas ärgerlich schob ich mich auf den Fensterplatz. Irgendwie musste ich das alles hinter mich bringen. Ich wollte nicht in einem Bus sitzen und beobachten, wie Leute aus- und einstiegen. Ich wollte überhaupt nicht hier sein, das Ganze überstieg meine Kraft und meine Fähigkeiten, ich wollte einfach nur weg.

In diesem Moment sah ich ihn in meinem kleinen Spiegel: ein hässlicher, fetter Mann. Mit der Hand an der Stange stand er seitlich zu mir gedreht, offensichtlich in seinen Gedanken versunken. Der Bus hielt an, er stieg aus, ich erhob mich und sah ihn nach rechts gehen. Menschen stiegen ein. Ich schlüpfte durch die vordere Tür nach draußen und folgte ihm. Ungefähr hundert Meter vor mir verschwand er in einem Hauseingang. Er schien nicht aufschließen zu müssen, sondern ging einfach so ins Haus. Ich blieb neben einer Bank unter einem dicken Baum stehen und sah das Licht im Treppenhaus angehen. Nur in wenigen Wohnungen brannte Licht, doch nach einer Weile wurde auch in der Wohnung ganz rechts oben das Licht eingeschaltet. Die benachbarten Fenster waren alle dunkel. Jetzt also sollte sich zeigen, ob ich auch dazu fähig war, meine Fantasien in die Tat umzusetzen. In diesem Moment fühlte ich mich, als gäbe es von nun an kein Zurück mehr. Als ich im Schutz des Baumes, weitab der nächsten Straßenlaterne, eines der Obduktionsmesser aus der Gesäßtasche zog, den Lederriemen abwickelte, das Messer in den Jackenärmel schob und zur Haustür ging, floss meine Angst langsam durch das Messer nach unten und verschwand.

Ich trat in den dunklen Hausflur und schaltete das Licht ein. Unter der Treppe im Erdgeschoss lag eine fleckige Decke neben ein paar Zeitungsfetzen und einigen leeren Flaschen. Die Treppe war verdreckt, und von der Haustür blätterte die grüne Farbe ab. Der Dunst fremder Gewürze hing in der Luft.

Im dritten Stockwerk begann mein Fuß wieder zu schmerzen, aber ich dachte nur an das Auge. Sein Auge. Mein Entschluss stand längst fest.

Ich band mir den Schal so um den Kopf, dass er Nase und Mund bedeckte, und klingelte. Er öffnete, und ich stürzte direkt auf ihn zu und bohrte das Obduktionsmesser tief in sein rechtes Auge. Genau so hatte ich das geplant, und so musste es klappen. Wie in einem Traum, in einem Film, schneller als jeder Gedanke. Mit einer schnellen Bewegung betrat ich seine Wohnung und stieß die Tür mit dem Fuß hinter mir zu. Er hatte es gerade noch geschafft zu registrieren, wer ich war, aber da war die Klinge auch schon in sein Auge gedrungen. Er schrie wie ein Tier, seine Finger tasteten wild über sein Gesicht, aber ich ließ das Messer keine Sekunde los, sondern zog es wieder heraus, bevor er es packen konnte. Er schrie weiter und weiter, und mir war das alles viel zu laut. Ich stieß ihn heftig weg, so dass er nach hinten in die Wohnung taumelte. Noch immer tasteten beide Hände über sein Gesicht, huschten wie verschreckte Insekten über Stirn, Wangen und Nase. »Halt den Mund, sonst erwischt der nächste Stich dein Herz«, sagte ich und wunderte mich über meine Stimme. Sie klang wie die eines anderen. Tang Mortensen war jetzt auf die Knie gesackt, bedeckte mit den Fingern sein Auge und jammerte unentwegt. Ich fühlte mich eiskalt, meine Angst war komplett verschwunden.

»Leiser«, sagte ich und trat ihn. Sein Körper war weich vor Fett. »Dreh dich auf den Bauch und leg die Hände auf den Rücken.« Er jammerte noch immer, tat aber, was ich verlangte. Ich legte ihm Großvaters Handschellen an und drehte ihn wieder auf den Rücken.

»Wen kennst du hier in der Stadt? Mit wem arbeitest du zusammen?« Sein Auge war dunkelrot und blutete, die Klinge des Messers war durch das untere Augenlid gedrungen. Ob das andere Auge gelb war, konnte ich bei dem erbärmlichen Licht in der Wohnung nicht erkennen.

»Niemand. Ich bin allein«, heulte er und versuchte mit dem verletzten Auge zu blinzeln,

»Warum Freiburg? Wen kennst du hier?«

Er jammerte nur, sagte aber nichts.

»Ein Auge hast du noch.« Ich klang wie ein knurrender Hund und erschrak vor mir selbst. »Wen kennst du hier in der Stadt?«, fragte ich wieder.

»Nur Maximilian!«, schrie er.

»Maximilian?«, platzte ich hervor, trat einen Schritt zurück und sah mich um. Plötzlich war alles anders. Mein Körper fühlte sich mit einem Mal ganz leicht an und zitterte vor Adrenalin.

»Du meinst … Dr. Maximilian Schöning?«

»Ich kenne seinen vollen Namen nicht. Ich weiß nur, dass er Maximilian heißt und Arzt ist, also Rechtsmediziner.«

»Weiß er, dass du das sechzehnjährige Mädchen getötet hast?«

Er schüttelte den Kopf. »Nein, nein, das weiß er nicht, sonst wäre er stinkwütend.«

»Stinkwütend«, wiederholte ich und ließ das Wort auf mich wirken.

»Das klingt für mich ein bisschen merkwürdig. Das musst du mir erklären. Woher kennst du ihn?«

»Über Carsten.« Er jammerte wieder. »Ich kenne ihn über Carsten.«

Er heulte immer weiter. Langsam machte er mich wütend. Ich trat ihn so fest ich konnte; und er ächzte, als ginge ihm die Luft aus.

»Erzähl mir von ihm. Was hatte Carsten mit Maximilian zu tun? Wenn ich du wäre, würde ich jetzt ganz schnell antworten.«

Sein Unterkiefer zitterte, er stammelte, jammerte und blinzelte, aber mit Hilfe ein paar weiterer Tritte bekam ich endlich all das schockierend Grausame aus ihm heraus: die unvorstellbaren Treibjagden auf die Nutten, die ein Frankfurter Börsenmakler in seinem dicken Auto aufgesammelt hatte. Die Touren durch all die dichten

Wälder Deutschlands, die langsamen Messermorde und die schnellen Beerdigungen an Ort und Stelle im weichen Waldboden. Noch bevor er fertig war, wusste ich, dass ich so schnell wie möglich hier wegmusste. Ich stand auf und spürte die Panik wie eine Hitzewelle über mich schwappen. Ich war gekommen, um ihm so viel Schmerzen wie möglich zu bereiten und ihm dann das Messer ins Herz zu bohren. Aber das war total verkehrt, war viel zu groß für mich. Maximilian war ein übermächtiger Gegner. Mein erster Einfall war, wegzulaufen, abzuhauen, aber wäre es wirklich klug, die Wohnung zu verlassen? Irgendwo dort draußen war Dr. Maximilian Schöning, und ich hatte mittlerweile das untrügliche Gefühl, dass er ganz genau wusste, wo ich mich in diesem Augenblick befand.

»Weiß Maximilian, wo du wohnst?«

»Klar, er hat mir ja diese Wohnung besorgt.«

Okay, ich musste die Polizei anrufen. Ich warf einen Blick auf Mortensens Auge und dann auf das Obduktionsmesser in meiner Hand. Nein, nicht die Polizei anrufen. Aber was dann? Das hier schaffte ich nicht. Das war zu groß. Die Panik vernebelte meine Gedanken und pumpte das Blut so fest durch meine Adern, dass es in meinen Ohren rauschte.

Larry Tang Mortensen hatte aufgehört zu wimmern, und das Einzige, was ich hörte war sein schwerer, gequälter Atem und mein eigenes Herz, das in meiner Brust pochte.

»Wo ist dein Handy?«

»In meiner Manteltasche.«

Der Mantel hing über einer Stuhllehne, und während ich die Taschen durchsuchte, sah ich durch die Glasfenster der Tür, dass auf dem Flur das Licht anging.

Meine Finger zitterten, und ich schaffte es nicht, das Mobiltelefon zu aktivieren. Ich drückte wieder und wieder auf irgendwelche Tasten, doch auf dem Display war fortwährend zu lesen, dass die Tastensperre eingestellt sei. Schließlich gelang es mir dann doch, den Notruf zu wählen, aber als sich dort eine deutsche Stimme meldete, wusste ich nicht, von wo aus ich anrief, weshalb ich das Telefon vor Larrys Mund hielt.

»Sag deine Adresse«, flüsterte ich tonlos und hielt das Messer direkt vor sein linkes Auge. In diesem Augenblick wurde die Klinke der Wohnungstür nach unten gedrückt.

»Albrecht-Dürer-Straße sieben«, konnte Larry noch ins Handy keuchen, bevor Maximilian den Raum betrat und die Tür hinter sich schloss.

31

Da hockte ich, das Telefon in der linken und das Obduktionsmesser in der rechten Hand; aus dem Handy hörte ich den Mann in der Notrufzentrale wieder und wieder *Hallo* rufen. Mein Blick aber klebte die ganze Zeit an Maximilian Schöning, und hätte dieser nicht mit einer Pistole mit viel zu langem Lauf, vermutlich ein Schalldämpfer, auf mich gezielt, wäre ich vielleicht geistesgegenwärtig genug gewesen, seinen Namen zu rufen, damit die Polizei am anderen Ende der Leitung ihn hörte. Doch in diesem Moment spürte ich, was es hieß, vor Schreck gelähmt zu sein, keinen Muskel bewegen, ja nicht einmal sprechen zu können. Der Grund dafür war nicht etwa die Pistole, sondern einzig und allein er, das wurde mir plötzlich klar. Er nahm mir das Telefon aus der Hand und schaltete es aus.

»Geben Sie mir das Messer.« Er trug Latexhandschuhe.

Ich starrte meine Hand an, die das blutige Obduktionsmesser hielt. Sie zitterte, gehorchte aber und hielt ihm das Messer hin. Er nahm es, kniete sich hin und stieß es Larry Tang Mortensen, der mit einem schnappenden Laut ein letztes Mal ausatmete, ohne zu zögern ins Herz. Dann zog er das Messer langsam heraus und warf einen Blick darauf.

»Verdammt«, murmelte er. »Sie benutzen wirklich exakt die gleichen Messer wie wir. Legen Sie sich auf den Bauch.« Ich tat, was er sagte, und versuchte zu verstehen, was er meinte. Hätte er ein anderes Messer dann einfach als deutlichen Gruß von mir in Larry Tang Mortensens Herz stecken lassen? Er war über die Leiche gestiegen und ans Waschbecken getreten, wo er das Messer sorgsam abspülte und mir den Rücken zudrehte. Ich tastete nach dem anderen Messer in meiner Gesäßtasche, aber meine Hände gehorchten mir nicht. Außerdem war das nicht der richtige Zeitpunkt. Ich musste warten, bis er dichter bei mir war. Ungeduldig zog er eine Schublade nach der anderen heraus und schob sie mit der Pistole wieder zu. Die linke Hand, in der er das Messer hielt, stützte sich dabei auf den Küchentisch, seine halblangen Haare berührten fast die Klinge. Schließlich nahm er etwas, das wie eine längliche Brotdose aussah, aus einer der Schubladen, legte das Messer hinein, steckte die Dose in die Tasche seines Trenchcoats und kam wieder zu mir. Als sein Blick auf den Toten fiel, versuchte er kurz, ihn mit dem Fuß umzudrehen, gab das Vorhaben dann aber wieder auf. Stattdessen beugte er sich über die Leiche, packte Tang Mortensens Schulter und Hüfte und drehte ihn mühsam um. Als er die Handschellen um Mortensens Handgelenke entdeckte, schaute er mich kalt an. »Geben Sie die Schlüssel her«, befahl er. Mit zitternden Händen griff ich in meine Hosentasche und reichte ihm den Schlüssel. Er öffnete Großvaters Handschellen und nahm sie dem Toten ab. »Stehen Sie auf«, sagte er dann und stieß mich mit dem Lauf der Waffe. »Und drehen Sie sich um, Hände auf den Rücken.« Er legte mir die Handschellen an und straffte sie. »Los, Sie gehen vor.« Ich ging langsam und vorsichtig die Treppe nach unten und hoffte, dass die Notrufzentrale die Adresse aufgeschnappt hatte und jeden Moment die deutsche Polizei angestürmt käme, am besten in dem Moment, in dem wir das Haus verließen. Maximilian drückte mir die Waffe in den Rücken, damit ich schneller ging.

Draußen auf der menschenleeren Straße war nur das Rauschen des Verkehrs der größeren Straße zu hören, in die die Albrecht-Dürer-Straße weiter entfernt mündete. Maximilian dirigierte mich in Richtung eines cremefarbenen Mercedes, der ein Stück vom Eingang entfernt stand, und öffnete den Wagen mit der Fernbedienung. Dann befahl er mir, mich auf den Beifahrersitz zu setzen, und stieß die Tür zu, die schwer und lautlos wie ein Safe ins Schloss fiel. Er schloss ab, ging ums Auto herum und öffnete es wieder, als er auf der anderen Seite war und selbst einstieg. Während er mit der Pistole in der rechten Hand auf mich zielte, öffnete er mit der linken das

Handschuhfach und holte ein Pillenglas und eine Flasche Cola heraus. Er legte die Cola auf meinen Schoß und versuchte ein paar Pillen aus dem Glas zu schütteln und mir zu geben.

»Nehmen Sie die zwei hier.« Er wollte mir die Pillen in den Mund zu schieben, aber ich kniff die Lippen zusammen. »Kommen Sie, diese Pillen werden Sie nicht umbringen, die können Sie ruhig nehmen«, fauchte er und sah an mir vorbei. Ich gehorchte, ich wagte es nicht, ihm Widerstand zu leisten, und hatte keine Ahnung, wie ich mich aus dieser Lage befreien, konnte. Meine Gedanken waren wie die gerade Linie eines EKG-Diagramms, das einen Herzstillstand anzeigte, und ich bemerkte kaum, dass Maximilian den beinahe lautlosen Motor anließ, zurücksetzte und langsam in Richtung der größeren Straße fuhr. Ich versuchte mir die Welt einzuprägen, bevor ich sie verließ, als wollte ich etwas an den Ort mitnehmen, an den ich jetzt ging, aber die Welt war in diesem Moment nichts anderes als eine Straße, die so vielen anderen Straßen glich, die ich im Laufe meines Lebens gesehen hatte.

Als wir nach rechts abbogen, sah ich von der anderen Seite her einen Polizeiwagen in die Straße einbiegen. Ich presste mich mit all meinem Gewicht gegen die Tür und unternahm einen jämmerlichen Versuch, sie mit meinen auf dem Rücken gefesselten Händen zu öffnen. Maximilian beobachtete mich aus den Augenwinkeln und stieß ein leises Lachen aus, sagte aber nichts. Und dann war es zu spät und der Polizeiwagen wieder außer Sichtweite. Wir fuhren mitten durch die Stadt, Tausende von Autos um uns herum, und die Monotonie, das Rauschen des Verkehrs und die gleichförmige Fahrt unterstützen die Wirkung der Pillen, die ich genommen hatte, so dass sich bald ein schwarzer Vorhang vor meine Augen zog und ich verschwand.

Ich stehe irgendwo in der Dunkelheit, Einöde, unter mir Bahnschienen. Maximilians dunkle Augen bohren sich in mich. Sein langer Mantel streift die glänzenden Schienen, und mit ausgestreckter Hand reicht er mir eine

Pistole. Nimm sie, sagt er heiser. Ich nehme die Pistole, schiebe mir den Lauf in den Mund und drücke ab. Mein Hinterkopf explodiert. Es fühlt sich weicher an, als ich erwartet hatte, und ich spüre, dass meine Zähne splittern und in einem Schwall aus Blut und Leben aus meinem Mund gespült werden. In diesem Augenblick stürze ich ins Nichts, wo es nur noch Dunkelheit gibt und das plötzliche, unabwendbare Gefühl der Auslöschung. Ich weiß, das ist der Tod – so fühlt er sich an. Und ich weiß, dass es keine Möglichkeit mehr gibt, diesem Nichts zu entrinnen.

Die Angst, nicht wieder aufzuwachen, weckte mich schließlich wieder. Ich war verschwitzt und panisch. Die Autoscheinwerfer fraßen sich durch das dichteste Dunkel, das ich jemals gesehen hatte. Wir fuhren langsam über einen holperigen Weg. Nach einer Weile registrierte ich, dass wir in einem dichten Nadelwald waren, dessen Zweige weder Mond noch Sterne durchdringen konnten. Weitab von den Lichtern der Stadt: Das musste der Schwarzwald sein. Aber ich wollte nicht sterben, wollte dem unvermeidlichen Nichts, das mir in meinem Traum begegnet war, entgehen. Noch steckte das zweite Messer in meiner Gesäßtasche. Ich blieb ruhig sitzen und tat so, als ob ich schliefe. Ganz langsam spürte ich, dass die Angst vor Maximilian Schöning von mir abfiel und der gleichen Form von Hass und Abscheu wich, die ich auch für Carsten Bjerre und Larry Tang Mortensen empfunden hatte.

Ich blieb mit leicht geöffnetem Mund und schräg hängendem Kopf sitzen, während ich nachdachte und spürte, wie das Adrenalin durch meinen Körper schoss. Plötzlich war ich wacher, als ich es jemals in den letzten Monaten gewesen war, die Ameisen krabbelten wie wild unter meiner Haut herum. Auf seltsame Weise fühlte ich mich stark, fast übermächtig: Es gab einiges, das Maximilian nicht wusste. Er hatte keine Ahnung, dass mein Toleranzniveau für gewisse Beruhigungsmittel außergewöhnlich hoch war, und er rechnete sicher nicht damit, dass ich noch während der Fahrt wieder aufwachen würde. Ich könnte mich gegen seinen Oberkörper werfen, vielleicht würde das Auto dann vom Weg abkommen und gegen einen Baum prallen, so dass die ganze Situation außer Kontrolle geriet. Maximilian wusste ebenfalls nicht, dass ich ein Messer in der Gesäßtasche hatte – und auch nicht, dass ich die Leichen noch selbst öffnete und deshalb mehr Kraft in meinen Händen und Armen hatte, als mein schmächtiger Körper es vermuten ließ. Des Weiteren wusste er nicht, wie sehr ich ihn und seine perversen Jagdfreunde hasste. Vorsichtig lugte ich unter meinen leicht geöffneten Lidern hervor: Die Landschaft war unverändert, das Auto bohrte sich noch immer holpernd durch einen Tunnel aus schwarzen Bäumen. Wie weit wollte er in diesen finsteren Wald hineinfahren?

Ich hatte jedes Zeitgefühl verloren, als er den Wagen schließlich auf einer Lichtung anhielt. Er blieb einen Moment sitzen, ehe er den Motor ausmachte und ich seinen Atem hörte: ruhig und erwartungsvoll. Er stieß mich mit dem Ellenbogen an und ich reagierte langsam und mit einem verschlafenen Murmeln, war dabei aber hellwach. Jede Zelle meines Körpers war zum Kampf bereit. Er stieg aus dem Auto, öffnete den Kofferraum, nahm etwas heraus und schloss ihn wieder. Dann ging er um das Auto herum, öffnete die Beifahrertür und packte meinen Arm, »Raus mit Ihnen«, kommandierte er. Ich reagierte kaum. Er zerrte wieder an meinem Arm, ohne Resultat. Dann lachte er, ein seltsam einsames Lachen, und ich hörte ihn mit etwas hantieren. Mein Ärmel wurde bis zum Ellenbogen hochgeschoben, und dann spürte ich erst einen scharfen, schneidenden Schmerz und dann mein warmes Blut, das aus einem Schnitt vom Ellenbogen bis zum Handgelenk herausquoll. Ich biss die Zähne zusammen, murmelte: »Was?«, und sah ihn mit wässrigen Augen an.

»Verdammt, jetzt raus mit Ihnen«, kommandierte er.

Ich wälzte mich aus dem Auto, kam mit gespielten Schwierigkeiten auf die Beine, die bei weitem nicht so wackelig waren, wie ich es vorgab. Ich glaubte noch immer daran, gewinnen zu können und fragte schließlich: »Was wollen Sie?« Obwohl die Scheinwerfer des Wagens noch immer brannten, konnte ich die Klinge des Messers nur erahnen.

»Drehen Sie sich zum Wagen.« Ich gehorchte und spürte zu meiner Überraschung, dass er mir die Handschellen abnahm und zu Boden fallen ließ. Die Erleichterung war aber nur von kurzer Dauer, denn im nächsten Augenblick stieß er mir das Messer in den Oberschenkel, so dass ich aufschrie. Er bewegte das Messer etwas zur Seite, und ich spürte, wie in meinem Bein etwas durchtrennt wurde und schrie erneut auf. Als er das Messer wieder herauszog, sackte ich neben dem Wagen auf den Boden und krümmte mich vor Schmerzen zusammen. Dann spürte ich das Messer durch den Stoff meiner Jacke in meine Schulter dringen. Ich schrie wieder und versuchte mich von ihm wegzudrehen, aber er zog mich wieder hoch. Das Einzige, was ich sah, war eine Million Lichtpunkte, die vor meinen Augen flimmerten. Und erst in diesem Moment verstand ich, was ich längst hätte verstehen sollen, spätestens seit jenem Abend im Munke Mose: Ich war keine Freundin des Schmerzes, wie ich es tief in meinem Inneren befürchtet hatte, tiefer, als Nkem jemals vorgedrungen war, ja tiefer als ich selbst mich bislang vorgewagt hatte. Dieser Schmerz, den ich jetzt spürte, war dem Tod viel zu nah. Dann war Maximilians Stimme wieder da: »Ich zähle jetzt bis hundert, und dann komme ich und tötete dich. Eins, zwei, drei …«

»Warum«, murmelte ich noch, als ich durch den Lichtschein der Scheinwerfer taumelte, um in das Dunkel auf der anderen Seite zu gelangen.

»… vier, fünf, weil ich so etwas nun mal tue … sechs, sieben …«

Kurz bevor ich das Dunkel erreichte, hörte ich einen dumpfen, lauten Knall hinter mir und eine Kugel, die an mir vorbeipfiff und vor mir im Kies einschlug. Das Adrenalin schoss durch meinen Körper. Dann knallte es wieder, dieses Mal schlug die Kugel hinter mir ein. Als ich in das Dunkel zwischen den Bäumen tauchte, spürte ich, dass ich nicht absichtlich humpelte, wie ich geglaubt hatte, denn als ich schneller zu laufen versuchte, wurden die Schmerzen in meinem Schenkel so stark, dass die Muskeln mir kaum mehr gehorchten. Das dicke, warme Blut, das aus meiner Schulter troff, fraß sich durch meine Kleider, und eine merkwürdige Mattheit überlagerte den Adrenalinschock, so dass ich mir meines Überlebens nicht mehr so sicher war. Etwas tief in mir lockte mich mit Seelenfrieden, Linderung und schwarzem, tiefem Schlaf. Da erinnerte ich mich wieder an meinen Traum während der Autofahrt ... *In diesem Augenblick stürze ich ins Nichts, wo es nur noch Dunkelheit gibt und das plötzliche, unabwendbare Gefühl der Auslöschung. Ich weiß, das ist der Tod – so fühlt er sich an. Und ich weiß, dass es keine Möglichkeit mehr gibt, diesem Nichts zu entrinnen.* Nein, dorthin wollte ich nicht ... noch nicht.

Ich zog das Bein hinter mir her in das Dunkel des Waldes, wo ich mir mit ausgestreckten Armen den Weg durch das Dickicht ertasten musste. Ich hatte im gleichen Rhythmus wie Maximilian mitgezählt und wusste, dass er gleich bei hundert ankommen und die Jagd aufnehmen würde.

Ich humpelte weiter ins Dunkel, bis das Auto nur noch ein weit entfernter Punkt war. Er ließ die Scheinwerfer brennen. Sogar der Fürst der Finsternis brauchte in dieser dunklen Wildnis also einen Anhaltspunkt. Die längst zu einem kleinen Punkt verschmolzenen Lichter waren das Einzige, was ich sehen konnte. Doch der Punkt begann zu flimmern und zu tanzen, und ich fühlte mich schwach und blickte auf meinen Schenkel. Er musste eine Pulsader erwischt haben, denn meine Hose war durchnässt von Blut. Und eiskalt. Wenn ich keine Hilfe bekam, würde ich in kürzester Zeit verbluten. Plötzlich verloschen die Scheinwerfer, und ein tanzender Lichtpunkt huschte durch das Dunkel: Maximilian hatte eine Taschenlampe.

Mir wurde klar, dass er mich sehr bald finden musste, vermutlich würde ich wegen des Blutverlustes bewusstlos auf irgendeinem Waldweg liegen oder allein im Dickicht verbluten, einsam, Tropfen für

Tropfen, bis das Herz zu schlagen aufhörte. *Ich weiß, das ist der Tod – so fühlt er sich an.* Ich taumelte zurück in Richtung Waldweg, auf irgendeinen Punkt in der Dunkelheit zu, den ich erreichen wollte, bevor sein Licht mich fand.

32

Ich hatte es geschafft, mich auf den Waldweg zu werfen, bevor mich der Lichtschein seiner Taschenlampe gefunden hatte, und lag nun kraftlos auf dem Rücken, bereit, abgeschlachtet und aufgeschlitzt zu werden. Der Schlaf lockte mich, schlich sich an, kam mit jedem Tropfen Blut, den ich verlor, näher. Aber ich blinzelte ihn weg und versuchte, tief und langsam zu atmen. Die Klinge des Obduktionsmessers war unter meiner Handfläche versteckt, der Schaft unter meinem Arm. Jetzt fiel das Licht seiner Taschenlampe auf mich, suchte mich ab, Zentimeter für Zentimeter, verweilte kurz an meinem blutroten, nassen Schenkel, an meiner Schulter, meinen geschlossenen Augen und meinem schlaffen Kiefer. Er nahm die Lampe in den Mund, hockte sich neben mich hin, schlug meinen Mantel und meinen Cardigan zur Seite, knöpfte meine Bluse auf, strich mir über den Brustkorb und wischte meine Halskette beinahe mechanisch zur Seite. Sein Atem ging schwer. Er streichelte mir über den Hals, fand meine Halsschlagader und legte Mittel- und Zeigefinger darauf und ertastete meinen schwachen, aber noch vorhandenen Puls. Dann setzte er sich rittlings auf mich und holte sein Messer aus der Tasche. Als er sich schließlich nach vorn beugte, stieß ich zu. Ich rammte das Messer mit der rechten Hand in die linke Hälfte seines Brustkorbes, hörte ihn nach Luft schnappen und spürte, wie er schwer auf mich fiel. Noch während er auf mir lag, fischte ich mit letzter Kraft ein Handy aus seiner Manteltasche und wählte den Notruf. Ob ich überhaupt noch ein Wort herausbringen konnte, wusste ich nicht, ich erinnerte mich nur noch daran, dass ich auf das leuchtende Display des Handys starrte, als mir schwarz vor Augen wurde.

Beim Aufwachen war alles weiß: Wände, Decke, Nachttisch, Bettzeug: weiß wie Kreide. Nur der dünne Schlauch, der aus der Kanüle in meiner Hand schräg nach rechts oben zu dem Gestell führte, an dem die dunkelrote Blutkonserve hing, aus der ich tröpfchenweise versorgt wurde, glänzte gelblich fahl.

Als ich aus dem Fenster blickte, konnte ich ein paar kahle Zweige mit vereinzelten orangen Blättern vor einem grauen Hintergrund erkennen. Draußen war noch immer Herbst, tiefhängende Wolken und kalter Wind.

Von der anderen Seite der Tür drangen leise Geräusche zu mir herein. Hektische Betriebsamkeit, fremde Laute aus einer anderen Welt: leichte, schnelle Schritte, gedämpfte Stimmen, weit entfernt; Türen, die sanft geöffnet oder geschlossen wurden. Dann auf einmal etwas Metallisches, das schnell und schwer an meiner Tür vorbeischepperte, gefolgt von etwas lauteren, schnellen Schritten. Dann versank die Welt dort draußen wieder in Watte, alles wirkte weit weg und gedämpft.

Ich lag da wie betäubt, auf einer vollkommen flachen Matratze, und spürte meinen Körper, schmerzlos, ohne Gefühle, bloß wie etwas Schweres, Weiches.

Zuerst wusste ich nicht, wo ich war, doch dann rollten die Bilder heran, langsam und leise, eines nach dem anderen, bis ich zum Schluss alle zu einer Sequenz zusammensetzen konnte, die Sinn ergab. Ich wusste auch, dass die Polizei kommen würde, und war nicht überrascht, als zwei Männer mit ernsten Gesichtern und kurzen Lederjacken in meinem Zimmer auftauchten, gefolgt von einer Krankenschwester, die sich freundlich lächelnd über mich beugte.

»Doktor Krause – wie geht es Ihnen?«

»Es geht mir gut«, sagte ich und wünschte mir in diesem Moment, dass niemand wusste, wer ich war. Aber vor vielen Jahren hatte ich einmal einen jungen Mann aus dem Rockermilieu obduziert, der sich all seine persönlichen Daten auf die Brust hatte tätowieren lassen, inklusive Blutgruppe und Versicherungsnummer. Es hatte ihn nicht vor der Kugel gerettet, die ich aus seinem Herz gezogen hatte, aber die Idee war gut. Ich hatte mir deshalb damals eine Hundemarke mit meinen eigenen Daten machen lassen, die ich an einer Kette unter der Bluse um den Hals trug und die auf den ersten Blick wie ein ganz normaler Anhänger aussah. Schön war sie nicht, und bislang hatte sie auch mein Leben nicht retten können.

»Die zwei Herren sind von der Polizei und würden gerne mit Ihnen sprechen. Was meinen Sie? Schaffen Sie das?«

»Ich werde es versuchen«, sagte ich. »Aber geben Sie mir noch fünf Minuten, mir ist so schwindelig.«

Ich schloss die Augen und hörte, wie die Krankenschwester den Polizisten erklärte, dass sie noch einen Moment warten müssten, da die Patientin sich gerade etwas unwohl fühle.

Ich schloss die Augen und ließ mir das Wort *unwohl* auf der Zunge zergehen. Eigentlich traf das überhaupt nicht zu. Und schwindelig war mir auch nicht. Ich brauchte nur einen Moment, um alles noch einmal in aller Ruhe durchzugehen. Wenn sie herausfanden, dass ich ein Obduktionsmesser in Larry Tang Mortensens Auge gestoßen hatte, wäre ich als Rechtsmedizinerin erledigt.

Ich hörte die Schwester erklären, dass ich unter starkem Medikamenteneinfluss stünde und der Blutverlust mich ungeheuer geschwächt habe, so dass sie es kurz machen sollten.

Also nur ein paar kurze Lügen. Kurz und sehr überzeugend.

Ich öffnete die Augen wieder und registrierte, dass die beiden Männer mich noch immer anschauten. Die Krankenschwester hatte ihre Arme vor der Brust verschränkt und lächelte abwartend.

»Alles in Ordnung?«, fragte sie, und als ich nickte, verschwand sie still durch die Tür.

Die zwei Männer kamen näher, setzten sich aber nicht. Sie stellten sich als Mathias Riedel und Borrmann (ohne Vornamen) von der Polizeidirektion Freiburg vor. Riedel hielt eine Plastiktüte in der

Hand, und Borrmann hatte meine Reisetasche geschultert, stellte sie jetzt aber neben das Bett.

»Das sind Ihre Sachen, nicht wahr?«, fragte Borrmann mit einem Lächeln und zeigte auf die Tasche.

Ich nickte. »Könnten Sie das Kopfteil meines Bettes etwas anheben?«, fragte ich Borrmann, der mir am nächsten stand. Er war etwa Mitte vierzig, hatte halblange Haare und einen Seehundschnauzer, der ihm ein freundliches Aussehen verlieh. Riedel war älter, drahtig und fast kahl. Aber keiner der beiden wirkte unangenehm, es war eher so, als empfinge ich Besuch von freundlichen Familienmitgliedern, die mir meine Sachen brachten. Es gelang Borrmann schließlich, mein Kopfteil um etwa fünfundvierzig Grad anzuheben.

»Wir würden uns gerne einen Überblick verschaffen, was in der Nacht, in der wir Sie gefunden haben, da im Wald passiert ist.« Riedel nahm einen Block und einen Kugelschreiber aus der Jackentasche.

Ich erzählte ihnen die Geschichte von Anfang an: über die Morde und die seltsamen roten Stellen am Hals; dass ich mir Rat bei anderen Rechtsmedizinern geholt hatte, darunter auch Dr. Maximilian Schöning, und dass dieser mich angerufen hatte, weil er bei einer Obduktion eine ähnliche rote Stelle gefunden hatte. Ich gab an, die Sache sei rechtsmedizinisch so interessant für mich gewesen, dass ich mich spontan entschlossen hatte, Dr. Schönings Entdeckung zu inspizieren, insbesondere auch deshalb, weil die dänische Polizei ohnehin den Verdacht hegte, der Täter könne sich in Deutschland aufhalten.

»Die Polizei haben Sie aber zu keinem Zeitpunkt informiert?« Borrmann legte den Kopf zur Seite und musterte mein Gesicht mit noch immer freundlicher Miene.

»Ich bin gar nicht auf die Idee gekommen. Ich ging ja davon aus, dass die Polizeibehörden im Bilde waren. Wir mischen uns nicht in die Arbeit der Ermittlungsbehörden ein. Das ist ja bekannt. Aber ich hätte das natürlich tun sollen, denn es zeigte sich schließlich, dass Dr. Schöning der Freiburger Polizei natürlich nicht den Tipp gegeben hatte, mit den Kollegen in Odense Kontakt aufzunehmen.« Als keiner von ihnen etwas sagte, fuhr ich fort:

»Als ich das ermordete Mädchen sah, erkannte ich, dass nicht nur die rote Stelle identisch mit derjenigen war, die ich bei Emilie Haundrup gefunden hatte, sondern dass auch das Muster und die Anzahl der Stichverletzungen und die Todesursache mit den Umständen der Morde, die auf Fünen verübt worden sind, übereinstimmten. Doch als ich Dr. Schöning sagte, unsere Mädchen seien von zwei Krankenträgern der Notaufnahme ausspioniert worden, änderte sich sein Verhalten – ich weiß nicht, wie ich das beschreiben soll, aber er begann mir Angst zu machen. Er fragte mich, ob ich mit der Polizei gesprochen hätte, aber das hatte ich nicht, weshalb ich mich eilig aufmachte, um nach draußen zu meinem Auto zu kommen.«

»Ihren Wagen haben wir vor der Notaufnahme des St. Christophskrankenhauses gefunden.«

Ich nickte. »Ich bin hier runtergefahren, aber das hätte ich nicht tun sollen, denn mein linker Fuß ist verstaucht. Ich dachte, es würde schon gehen.« Ich zuckte mit den Schultern. »Ich habe Flugangst. Aber während ich bei Dr. Schöning war, wurden die Schmerzen in meinem Fuß unerträglich, und die Schmerzmittel, die ich genommen hatte, wirkten irgendwie nicht mehr. Die Apotheken waren bereits geschlossen, und ich brauchte einen besseren Verband und … ja, wenn ich ehrlich sein soll, wollte ich auch ein stärkeres Schmerzmittel. Wohin sollte ich mich da schon wenden?«

Riedel nickte, ohne seine Augen von mir zu nehmen.

»Aber als ich vor der Notaufnahme geparkt hatte und die Tür öffnete, um auszusteigen, stand da plötzlich Dr. Schöning mit einer Pistole in der Hand. Ich war wie starr vor Schreck, und natürlich hätte ich nicht mit ihm zu seinem Auto gehen sollen, ich meine, da stand ja eine ganze Gruppe Raucher vor dem Eingang. Dr. Schöning hätte es bestimmt nicht gewagt, mich vor deren Augen zu erschießen. Aber ich habe ihm gehorcht, ohne nachzudenken. Er hat mir wirklich eine Wahnsinnsangst eingejagt.« Ich sah die beiden Polizisten an und hoffte inständig, dass meine Worte Sinn ergaben. Sie sagten kein Wort.

»In seinem Auto hat er mir dann Handschellen angelegt und mich gezwungen, ein paar Pillen zu schlucken, so dass ich die Besinnung verloren habe. Ich muss ein paar Minuten geschlafen haben, glaube ich, mir ist irgendwie der Sinn für die Zeit abhanden gekommen; aufgewacht bin ich jedenfalls, als wir schon mitten in einem dunklen Wald waren.«

»Irgendwo im Schwarzwald«, sagte Borrmann. Ich nickte. Und dann erzählte ich ihnen, dass Maximilian Schöning mir, während er darauf wartete, dass die Pillen wirkten, von den Jagden erzählt hatte, an denen unsere beiden Mörder teilgenommen hatten, und dass er auf der Lichtung, als wir am Ziel waren, mit dem Messer auf mich eingestochen hatte, bevor er mir die Handschellen abnahm und mich laufen ließ, während er bis hundert zählte.

»Was zuletzt geschehen ist, weiß ich nicht mehr. Das Ganze war ein Riesenalptraum, ich habe nur versucht, irgendwie zu überleben. Ich glaubte, dass meine einzige Chance darin bestand, mich auf den Weg zu legen, wo er mich finden konnte, um dann mit dem Messer auf ihn einzustechen, wenn ich ihn direkt vor mir hatte.«

»Dem Messer? Was für ein Messer?« Ich hielt die Luft an und starrte sie an, aber sie hielten meinem Blick stand. Ja, welches Messer? *Eines der beiden Obduktionsmesser, die ich selbst aus Dänemark mitgebracht hatte, um Larry Tang Mortensen damit zu quälen und so langsam und schmerzvoll wie nur möglich zu töten.* Mein Hals schnürte sich zusammen, ich brauchte etwas Zeit.

»Könnte ich ein Glas Wasser bekommen?« Es pochte in meinen Schläfen. Mein Kopf war leer. Riedel nahm ein Wasserglas von meinem Nachttisch, füllte es am Wasserhahn und reichte es mir. Ich nahm langsam ein paar kleine Schlucke. Das Wasser war lauwarm. Jetzt musste ich antworten. Der Tatortkoffer war das Einzige, was mir in diesem Augenblick in den Sinn kam.

»Wie gesagt, ich hatte Angst und fühlte mich irgendwie bedroht. Dr. Schöning war mir schon im Institut nicht wirklich geheuer gewesen, und als ich von der Rechtsmedizin wegfuhr, folgte mir ein Auto. Außerdem wurden die Schmerzen in meinem Fuß immer schlimmer. Ich bin deshalb in die nächste Seitenstraße gefahren, habe eine Paracetamol genommen und mir das Obduktionsmesser aus dem Tatortkoffer geholt.« Ich wusste nicht, was Tatortkoffer auf Deutsch hieß und sprach deshalb einfach von meiner Arzttasche. »Das Messer habe ich dann einfach in meine Gesäßtasche gesteckt.« Die Polizisten schwiegen. »Nur, um irgendetwas zu haben.« Sie sagten noch immer nichts. »Für den Fall.« Hoffentlich wussten sie nicht, dass in einem Tatortkoffer Messer nichts zu suchen hatten.

Irgendwann zog Borrmann meine Handtasche aus der Plastiktüte, die er in der Hand hielt. In diesem Augenblick wurde mir wirklich schwindelig, denn an die hatte ich keine Sekunde gedacht. Ich konnte mich nicht einmal daran erinnern, wann ich sie zuletzt gehabt hatte.

»Ist das Ihre?«

Ich nickte.

»Wir haben sie in einer Wohnung hier in der Stadt gefunden, nicht weit vom St. Christophskrankenhaus entfernt.« Borrmann machte eine Pause und studierte mich eingehend. Ich glaube, ich starrte ihn mit offenem Mund an. Ich war geliefert. Sie wussten es. Ich hatte keine Ahnung, was ich sagen sollte, aber glücklicherweise sprach Borrmann weiter. »Die Wohnung gehörte einem Dänen, Larry Tang Mortensen – habe ich den Namen richtig ausgesprochen?« Ich nickte, ohne meinen Blick von ihm zu nehmen. »… der gestern Abend getötet wurde. Wir haben Ihre Tasche in seiner Wohnung gefunden. Und in der Tasche war ein Bild von ihm und einem anderen Mann.« Ich nickte wieder. »Wir haben Kontakt mit der dänischen Polizei aufgenommen und wissen nun Folgendes: Die zwei Männer waren Komplizen, bevor vermutlich einer den anderen ermordet hat. Sie sind für drei, vielleicht vier bestialische Morde in Dänemark verantwortlich. Zwei der Leichen haben Sie obduziert. Tang Mortensen ist mit größter Wahrscheinlichkeit auch für den Mord an Renate Bluhme verantwortlich.« Borrmann hatte mich nicht eine Sekunde aus den Augen gelassen, aber sein Blick war nach wie vor nicht unfreundlich, eher neutral, und das verwirrte mich, schließlich teilte er mir gerade zwischen den Zeilen mit, dass ich des Mordes an Larry Tang Mortensen verdächtigt wurde. Diese Information funkte mir jedenfalls mein hämmerndes Herz. Und die Tasche … es war aussichtslos.

»Ich habe sie in der Rechtsmedizin gesehen, hatte aber keine Ahnung, dass sie Renate Bluhme heißt«, sagte ich, um Zeit zu gewinnen, während ich an die Tasche dachte.

»Wir warten natürlich noch die genaueren Untersuchungen ab, aber haben Sie irgendeine plausible Erklärung dafür, wie Ihre Tasche in Larry Tang Mortensens Wohnung gelangt sein kann?«

Ich schüttelte langsam den Kopf: »Ich muss einen Moment nachdenken – wann habe ich die Tasche denn zuletzt gehabt?« Ich schloss die Augen und sah sie vor mir auf dem Boden in Larry Tang Mortensens Wohnung. An sie hatte ich nicht gedacht, als Maximilian Schöning mich nach draußen dirigiert hatte.

»Also: Im Institut für Rechtsmedizin habe ich die Tasche dabeigehabt, denn ich habe Dr. Schöning die Bilder gezeigt, die darin waren. Und ich habe sie auch wieder mit nach draußen genommen, denn später nahm ich ja noch eine Schmerztablette, und die sind in der Tasche – jetzt weiß ich's wieder: Dr. Schöning hat mich vor der Notaufnahme aus dem Auto gezerrt, und da ließ ich die Tasche im Auto zurück.«

»Und Dr. Schöning hat Sie von der Notaufnahme aus in seinen Wagen verfrachtet, wo dann … ach, erzählen Sie uns das Ganze doch bitte noch einmal«, sagte Riedel.

»An der Straße, in der das St. Christophskrankenhaus liegt, parkten sehr viele Autos, darunter auch das von Dr. Schöning.« Ich hoffte, dass ich mich richtig erinnerte. Die Umgebung hatte ich mir nicht genau eingeprägt. »Er hat mich gezwungen, ein paar Pillen zu nehmen, und mir dann noch im Auto Handschellen angelegt. Aber er ist nicht gleich losgefahren, wir saßen da ziemlich lange.«

»Und? Was ist dann geschehen?«

Ich nippte an dem lauwarmen Wasser und versuchte konstruktiv zu denken. Es nützte nichts, mich daran zu erinnern, dass wir irgendwann losgefahren waren. Ich musste Maximilian genug Zeit geben, um meine Tasche aus dem Auto zu holen, und das konnte er nur getan haben, als ich schlief.

»Das Ganze ist ein bisschen unklar. Ich glaube, wir saßen einfach im Wagen. Er ist nicht losgefahren, saß einfach da. Wahrscheinlich hat er darauf gewartet, dass die Pillen wirken, ich erinnere mich wirklich nur noch daran, dass ich immer schläfriger geworden bin. Als Letztes hat er mir von diesen Jagden erzählt, und dann war ich irgendwann weg und bin erst in diesem Wald wieder aufgewacht.«

Riedel sah auf seinen Block, blätterte ein paar Seiten zurück und sagte dann: » Sie haben eben von ein paar Minuten gesprochen, also, dass Sie nur kurz geschlafen haben?«

»Ja, so hat es sich angefühlt. Ich kann fünf oder sechs Stunden schlafen und habe doch manchmal das Gefühl, dass es nur fünf Minuten waren. Ich habe keine Ahnung, das Zeitgefühl fehlt mir total. Wann haben Sie mich gefunden?«

»Das war gegen drei Uhr in der Nacht. Der genaue Zeitpunkt steht im Bericht.«

Er hätte irgendeinen Zeitpunkt nennen können, ich konnte so oder so nur nicken und mit den Schultern zucken.

»Das alles passt sehr gut mit den toxikologischen Proben zusammen, die man bei Ihnen genommen hat«, sagte er. »Sie waren vollgepumpt mit Flunitrazepam.«

Flunitrazepam war die aktive Komponente in Medikamenten wie Rohypnol; die Polizei kannte den genauen Todeszeitpunkt von Larry Tang Mortensen, da sie ja direkt nach dem Mord in die Wohnung gekommen waren und die Leiche gefunden hatten. Es war unmöglich zu beweisen, dass ich zu diesem Zeitpunkt noch nicht mit Drogen vollgestopft war.

»Aber da ist noch eine Sache, die ich nicht ganz kapiere«, fuhr Riedel fort und sah an mir vorbei. »Ich kann verstehen, warum Dr. Schöning Larry Tang Mortensen ermorden musste – wenn das, was Sie über diese Jagden gesagt haben, wirklich zutrifft, wollte er sicherlich nicht, dass Mortensen anderen davon erzählte. Aber warum sollte er versuchen, Sie umzubringen, Dr. Krause?«

»Das müssen Sie ihn fragen …« In diesem Augenblick zuckte meine Hand unwillkürlich, als mir bewusst wurde, was geschehen war. Fast spürte ich wieder das Messer in meiner Hand, das ich in Maximilians Körper gerammt hatte. »O nein!«, platzte ich heraus.

»Eben, den können wir leider nicht mehr fragen.« Sie sahen mich beide an, und ich vergrub mein Gesicht in den Händen.

»Wie konnte mir das nur alles passieren?«, jammerte ich. »Ich wollte doch nur einen Blick auf das Mädchen werfen.«

»Warum? Warum sind Sie den weiten Weg von Dänemark bis Freiburg gefahren, um ein ermordetes Mädchen zu sehen? Noch dazu mit einem verstauchten Fuß.« Noch immer verbarg ich mein Gesicht in den Händen, als ich murmelnd antwortete: »Naja, das ist … ich bin eben ein ziemlicher Workaholic. Diese roten Stellen, so etwas hatte ich noch nie gesehen. Und es nagte an mir, dass dieser Fall noch immer nicht aufgeklärt war. Außerdem glaube ich nur, was ich mit meinen eigenen Augen sehe …«

Das alles klang schrecklich falsch, und das war es ja auch. Als ich die Hände sinken ließ und den Kopf schüttelte, sah ich ihre Blicke. Sie waren nicht bloß gekommen, um eine zusammenhängende Geschichte zu hören.

»Kommen wir zu der Frage zurück, warum Maximilian Schöning Sie töten wollte«, sagte Riedel nach einer Weile, in der sie mich nur stumm angesehen hatten.

Ich schüttelte weiter den Kopf. »Keine Ahnung, aber er schien so etwas öfter zu tun – ich meine, Frauen im Wald laufen lassen und sie dann jagen und ermorden. So hat er das mir gegenüber jedenfalls dargestellt, als ich ihn gefragt habe. Seine Begründung lautete bloß: *Weil ich so etwas nun mal tue*. Ich glaube aber nicht, dass er wusste, dass Larry Tang Mortensen das Mädchen ermordet hat.«

»Nicht?«

Ich schüttelte den Kopf. Fast hätte ich ihnen erzählt, dass mir Larry Tang Mortensen selbst bestätigt hatte, dass Maximilian keine Ahnung hatte, dass er der Mörder von Renate Bluhme war. Stattdessen sagte ich: »Nein, er war vollkommen überrascht, als ich ihm dieses Zeitungsbild gezeigt habe. Danach fragte er, ob ich Kontakt mit der Polizei aufgenommen hätte, was ich ja nicht hatte. Das muss ihn zu dem Schluss gebracht haben, dass er mich beseitigen musste, weil ich die Polizei zu Larry Tang Mortensen und damit auf direktem Weg auch zu ihm führen konnte. Aber ich kann jetzt wirklich nicht mehr, ich brauche ein bisschen Ruhe.« Ich schloss erschöpft die Augen.

»Ich glaube, wir haben auch keine Fragen mehr«, sagte Riedel. »Fürs Erste.«

Fürs Erste bedeutete, dass sie jetzt auf die Resultate der kriminaltechnischen Untersuchung warteten.

Sie verabschiedeten sich und schlossen leise die Tür hinter sich. Ich zitterte am ganzen Körper. Ich hätte niemals lügen dürfen, aber hatte ich eine andere Wahl gehabt? Verdächtigten sie mich, Larry Tang Mortensen ermordet zu haben, oder nicht? Ich blieb mit geschlossenen Augen liegen, während die Gedanken in meinem Kopf Achterbahn fuhren, schlief aber bald vor echter Erschöpfung ein.

Die folgenden Tage verbrachte ich mit paranoiden Rekonstruktionsversuchen. Was hatte ich gesagt, was hatten sie gesagt? Wie hatten ihre Gesichter ausgesehen? Und hatte meine Aussage Sinn ergeben, oder hatten sie mir angemerkt, dass ich log? Auf jeden Fall würden sie Schwierigkeiten haben, mir ein Motiv nachzuweisen. Nur Nkem wusste, dass ich eines hatte. Und was mein Alibi anging, reichte es da nicht, dass ich mit Flunitrazepam vollgepumpt war? Meine Erklärungen zu Tasche und Messer? Wieder und wieder ging ich alles durch, bis ich mich zu guter Letzt nicht mehr daran erinnern konnte, was ich wirklich gesagt hatte. Ich hoffte nur, keinen der beiden Polizisten jemals wiederzusehen, und war abwechselnd steif vor Angst und vollkommen resigniert. Den Rest der Zeit schlief ich. Ich stellte mir vor, wie sie mit unfreundlichen Gesichtern wieder aufmarschieren würden, um die Geschichte noch einmal zu hören, bis ich endlich einen Fehler machte. Oder dass ein Techniker einen Fußabdruck von mir in Larry Tang Mortensens Wohnung finden würde, oder irgendetwas anderes, das ich mir gar nicht vorstellen konnte. Es gab immer etwas, an das man nicht gedacht hatte. Immer. Ich sah mich selbst, wie ich in Handschellen aus dem Krankenhaus zu einem Polizeiauto geführt wurde, und fragte mich manchmal sogar, wie es wohl in einem deutschen Frauengefängnis aussah. Merkwürdigerweise erschreckte mich der Gedanke an das Gefängnis nicht sonderlich, vielleicht, weil ich mich dort normaler fühlen würde als der Durchschnitt.

Aber sie kamen nicht, keiner von ihnen kam. Bis zum Tag meiner Entlassung.

Eine Krankenschwester war gerade dabei, mir in meine Kleider zu helfen, ich hatte noch ein paar saubere Sachen in meiner Reisetasche.

Die Kleider aus meiner Nacht im Wald hatte die Polizei bekommen und an die Kriminaltechnik weitergegeben. Als ich endlich eine Jeans und ein frisches T-Shirt trug und mir gerade ein Paar weiße Tennissocken anziehen wollte, klopfte es an der Tür, und Borrmann trat ein. Mein Herz beschleunigte von Null auf Hundert in weniger als einer Sekunde und hüpfte wie wild in meinem Brustkasten herum.

»Sie wollen heute nach Hause?«, fragte er fast fröhlich und blieb dicht hinter der Tür stehen. Langsam beruhigte ich mich wieder. Ich sah ihn an und zögerte mit meiner Antwort, denn ich wartete darauf, dass die Wirklichkeit meine Angstfantasien einholte und er sagen würde: *Das hätten Sie wohl gern, aber ich verhafte Sie jetzt wegen des Mordes an …* oder *Wären Sie bitte so freundlich, mir zu folgen*? Deshalb zögerte ich lange und sah ihm in die Augen, während ich mich über meine Socke beugte.

»Ja und nein, ich glaube nicht, dass ich schon in der Lage bin, die ganze Strecke auf einmal zu fahren, ich würde also sagen, dass ich heute meinen Heimweg antrete.« Ich zog die rechte Socke hoch und strich sie glatt. Dann hielt ich die Luft an, ich hatte keine Ahnung, ob ich wirklich so cool klang wie geplant. »Wenn Sie denn mit mir fertig sind?«

»Ihre Geschichte an sich ist zwar schlüssig, aber ganz ehrlich …« Er schüttelte den Kopf. »Wir haben ein Messer in einer kleinen Metalldose in Dr. Schönings Auto gefunden und konnten daran sowohl Larry Tang Mortensens als auch Dr. Schönings DNA nachweisen. Ihre hingegen nicht.« Ich erinnerte mich an Maximilians lange Haare, die über dem Messer hingen. War es das? Oder etwas anderes?

Borrmann sah mich an und zwinkerte mir plötzlich schelmisch zu. »Wissen Sie was? Eines Tages, wenn das alles vorbei ist, in ein paar Jahren vielleicht, hoffe ich, dass Sie mal mit mir was trinken gehen und mir dann erzählen, was wirklich passiert ist.« Er lächelte. »Kommen Sie gut nach Hause.«

Ich saß mit offenem Mund da und starrte ihm nach, als er die Tür hinter sich schloss. Die Krankenschwester tippte mir auf die Schulter und fragte, ob ich Hilfe bräuchte. Ich schüttelte den Kopf, am meisten aber wohl über mich selbst. Wie konnte eine intelligente Frau wie ich, noch dazu eine, die dumme Verbrecher hasste, nur so dermaßen dumm sein? So dumm, wie ich es gewesen war, als ich Dänemark verlassen hatte. So durch und durch dumm. Und doch so voller Glück.

»Das Glück ist mit den Dummen«, sagte ich auf Dänisch zu der Krankenschwester und sah sie mit einem Gesichtsausdruck an, der klar zu erkennen gab, dass ich nicht alle Tassen im Schrank hatte. Ich lächelte sie an. »Nein danke, ich glaube, ich schaffe das«, sagte ich dann, dieses Mal auf Deutsch.

»Der große *Oyinbo* kam gestern am späten Nachmittag in mein Büro.« Nkems dunkle Stimme klang ungemein fröhlich, und ich konnte hören, dass sie ein Lachen unterdrückte. Während ich auf einem weichen Hotelbett lag und es mir, den Umständen entsprechend, gut gehen ließ, sagten mir die digitalen Zahlen auf dem Flachbildschirm vor mir, dass wir schon fast eine Stunde miteinander telefonierten.

»Und dann sagte er …« Jetzt konnte sie das Lachen nicht mehr zurückhalten, so dass ein Gurgeln aus dem Hörer erklang. »… *diese Haut*, sagte er und hatte plötzlich Speichel in den Mundwinkeln. Danach hat er sich ganz dicht hinter mich gestellt und begonnen, meinen braunen Wollpullover zu kneten. Und weißt du, was er dann gesagt hat?«

»Nun sag schon, was hat er gesagt?«

»Er hat gesagt: *Ich habe noch nie eine Negerin gehabt.*«

Sie prustete vor Lachen und ich sah sie leibhaftig vor mir und vermisste sie plötzlich schrecklich. Ich lächelte vor mich hin und dachte über das Wort *gehabt* nach.

»Ich bin in zwei Tagen zu Hause, was machen wir dann, gehen wir zurück nach Kopenhagen, zurück nach Hause?«

»Nein, *nne*, das machen wir nicht. Ich will nicht wieder ganz von vorne anfangen. Und du, du klingst doch auch ganz glücklich …«

»Hmm, vielleicht … ich weiß nicht, ich fühle mich auch beinahe glücklich. Ich weiß nur nicht, warum.«

DANK

Ein herzlicher, warmer Dank geht an Kriminaltechniker Mads Fyn Andersen, der in vielerlei Hinsicht unentbehrlicher war, als er vielleicht vermutet. *Du bist ein echter Kumpel, Mads. Möge die gute Laune dir allzeit erhalten bleiben.*

Großer Dank auch meiner ebenso unentbehrlichen, mystischen und tiefschwarzen rechtsmedizinischen *Deep Throat. Mögest du für immer eingehüllt sein in diese seltsame mönchische Mystik, die so wenig mit dir zu tun hat, wie du selbst immer sagst.*

Vielen Dank an den Rechtsmediziner Professor Dr. med Jørgen Lange Thomsen, der auf das Clofazimin-Rätsel gekommen ist und darüber hinaus immer unglaublich hilfsbereit war. *Wenn du weder dein Institut noch deine Mitarbeiter wiedererkennen kannst, liegt das daran, dass ich im Dienst der Sache gezwungen war, euch durch passende Stellvertreter zu ersetzen. Und die Architektur ein wenig zu dehnen und zu lockern.*

Dank auch an die Rechtschemikerin Dr. Helene Bendstrup Klinke vom rechtsmedizinischen Institut in Kopenhagen; an Schwester Anne Juul von der Notaufnahme und Schwester Susie Wagner-Bondorf.

Ein lächerlich großes Dankeschön auch an meine Tochter Tessa Henglein für den Einsatz ihres gnadenlosen Bullshit-Detektors.

Zu guter Letzt: ein ganz ehrlicher, liebevoller Dank an meine private Nkem, Joan Campbell, auch genannt *Amiemenoghena* (nichts ist größer als Gott).